加州校园迷迭香

Joe in America

上海少年美国游学日记

李逸超 著

语文出版社

图书在版编目（CIP）数据

加州校园迷迭香：上海少年美国游学日记 / 李逸超著.
北京：语文出版社，2009.7
ISBN 978-7-80241-171-5

Ⅰ.加…　Ⅱ.李…　Ⅲ.日记－作品集－中国－当代
Ⅳ.I267.5

中国版本图书馆 CIP 数据核字（2009）第 109484 号

加州校园迷迭香
上海少年美国游学日记
李逸超　著
*
语文出版社出版
100010　北京朝阳门南小街 51 号
E-mail:ywp@ywcbs.com
新华书店经销　北京市大天乐印刷有限责任公司印刷
*
787 毫米×1092 毫米　16 开本　23.25 印张　322 千字
2009 年 8 月第 1 版　2009 年 8 月第 1 次印刷
印数：1-4,000　定价：38.00 元

少年强则国强（序言）

王旭明

1872年，清朝向美国派出第一批30名留学幼童，开启了近现代中国人出洋留学的先河。但中国人的留学史并非从此走上坦途，而是有太多的波折。第一批幼童留学时，家人担忧悲伤，以为儿子将入虎狼之境。到民国初年留学镀金成为时尚，到上世纪50年代基本上中止了向欧美资本主义国家派遣留学生，再到改革开放以后，出国留学再成时尚……其中的反复，能形象地说明中国人对西方的认识，逐渐走向理性的轨迹。

今日中国人到世界各地留学，已不再是什么新鲜事了。不但留学生数量增多，留学的途径和方式多样，而留学生的年龄也日趋低龄化。在涌动的留学热潮中，本书的作者、17岁的枫叶秋千(李逸超)，已不算一个“小留学生”了。

说枫叶秋千不算“小留学生”，不仅仅指他的年龄，更重要的理由是，尽管作者的行文中不时流露出真纯的少年情怀，但他对待外国人以及外国文化从容平和的态度，显得老到而成熟。

我认为，这本书最大的特点是能体现作者可贵的好奇心、进取心和平常心。

好奇心和进取心是接受新生事物，学习新知识最好的驱动力。对新事物、新知识的好奇也是青少年的天性，这一点在本书中体现得尤为突出。可以说是强烈的求知欲，帮助作者从登上去美国的飞机开始，一点点克服异国他乡所遇到的种种困难。难能可贵的是，枫叶秋千十分敏锐地观察生活与学习中的细节，并及时地、非常传神地记录下来。这样，一位上海少年在美国一年交流学习的状况就有机会“原生态”地呈现在读者面前。

平常心和好奇心并不矛盾，但二者之间如何达到一种平衡，则颇有学问。枫叶秋千年纪虽小，而且是首次独自在国外生活，却能较好地掌握这种平衡，殊为不易。这当然首先要拜中国改革开放之所赐，更由于近年来网络等新的信息技术的突飞猛进，让中国的青少年比他们的上一辈人，更容易了解不同国家、不同民族的文化。枫叶秋千从踏上美国土地，进入为交流生安排的美国家庭，进入学生文化背景复杂多元的学校开始，和“美国爸爸”、“美国妈妈”、姐姐、弟弟等“家人”，以及同学打交道时，就能保持一颗平常心。所谓的平常心，就是能平静而包容地看待彼此文化的差异，以平等的态度对待差异和分歧，做到自尊、自信。

对枫叶秋千在游学期间的优秀表现，我想没必要将其上升到某某主义的高度。其实，这只是一个在改革开放期间出生的中国大男孩一种自然、纯朴的表现，和其他民族、国家的同龄人没有太大的区别。而且不同民族和国家之间，越是年轻的人越能消除偏见，容易相互沟通。枫叶秋千这本书中，有很多段落生动地记录了他和其他国家的少年成为朋友的过程，以及他和美国“家人”交流的趣事。促使成长环境千差万别的他们之间产生深厚情谊的，最终是基于人类共同珍爱的那些价值观。比如诚实、勤奋、独立、渴望心灵的自由、对知识和艺术的尊重等等。

当下我们的一些专家、媒体往往以九斤老太太的口吻，忧虑80后、90后独立性不强，吃苦精神不足，包容性不够，看完这本书，其态度或许会有所改变。梁启超先生100多年前曾饱含激情地写下《少年中国说》，以笔挟风雷的气势写道：“少年智则国智，少年富则国富，少年强则国强，少年独立则国独立，少年自由则国自由，少年进步则国进步”。枫叶秋千这代少年，他们所接受现代科学、现代民主的教育和训练，其完整性、开放性远胜这一百多年来任何一代人，我们有充分理由相信，枫叶秋千这代少年，比他们的父辈、祖父辈更能适应新的生活，更有能力创造一个新的世界。

这部书稿部分内容从2008年8月22日在著名网站“凯迪网络”的名牌栏目“猫眼看人”连载以来，引起了极大的反响，跟帖如云，许多作者的同龄人和家长不惜用赞美的语言表达他们对作者自信精神、仁爱情怀、独立生活的能力，以及幽默风趣的笔调的肯定。这部书最终能在敝社出版，是对敝社的信任，我相信广大读者会和我一样喜欢这本书，也会和我一样，继续关注枫叶秋千这位可爱大男孩的成长。

2009年7月22日

引 言

不知不觉地，我已步入17岁。我的同学们都在一如既往地为了理想的大学而奋力拼搏，而我似乎对现在的学习有些迷茫。我不想再做一个只会应付考试的机器，更不想将高三整整一年的时间全花在机械的“复习”与“总结”上。

感谢父母的引导，是他们让我明白我可以去追求自己想要的生活。看着妈妈在美国时拍的照片，那一尘不染的街道，随处可见的鲜花和树木，我知道在决定未来人生道路的十字路口，我需要多看看外面的世界。

我决心争取做赴美交流学生的机会，经过一轮轮的笔试和面试，我终于幸运地被挑中。

目录contents

CeBIT

Palmdale High School
Diploma

赴美签证 2008年6月25日

2008年6月25日上午9点，我要去美领馆签证了。我们一群十六、七岁的中学生，手捧着一大堆签证资料，倚靠着大理石墙面静静地等候着。数分钟后，保安示意我们可以进去了。一进去就是安检，这个安检的机器像老跟我过不去似的，对着我“嘟”了三次，呵呵，好事多磨嘛！

在签证大厅等了2个多小时后，终于轮到我面试了。面试官是一个穿着粉红色衬衫的中年老美，态度很友善。他用英语问了我些诸如：美国接待家庭的地址、美国读书的学校、出去目的等问题，我用英语作答并对他表示感谢后，顺利地拿到了签证。

道别上海 2008年7月26日

昨晚，父母将我的个人用品和给美国家庭准备的礼物装了满满两大箱，我的手提电脑和护照、美金则放在随身的背包内。想到即将离开父母、离开熟悉的环境和亲朋好友，我的心中充满了难以言状的不舍！

辗转反侧了好久，大约在凌晨2时许，我终于睡着了。清晨六点，该起床了！听着Chris Brown 的*Say Goodbye*，我知道，出发的时刻到了！

一个多小时后，我们顺利地到达了上海浦东国际机场。看着在机场忙碌的父母，想到再过几个小时，我将远离百般呵护我的父母，心中

上海飞往美国的飞机

有些茫然，我暗暗鼓励着自己："人总要离开父母，我不能做温室的花朵，一辈子的娇嫩。"想到这里，笑容悠然浮现在了我的脸上。

办完登机手续，我们在机场2楼餐馆用餐，看着眼前可口的食物，听着父母声声美好的祝愿，想着遥远美国的另一个家，我的心中既充满了对未来生活的期待，又夹杂着些许担忧。

时间过得飞快，到了不得不跟父母说再见的时刻了，当我步入"中国边检"站，我挥手向父母道再见时，也向上海道了别。我在美国一定会学着自己照顾好自己，也在心中祈愿爸爸妈妈健康幸福！

满怀憧憬 2008年7月26日

告别父母，过了边检后，我很快找到了登机口。候机时，发现对面坐着一个与我年龄相仿的孩子正拿着一包薯片慢慢嚼着，神情凝重。他是和我一样，在思念自己的亲人吗？

飞机起飞前，乘务员向乘客介绍着紧急逃生的方法与技巧，我的心又一下子悬了起来，万一……，但如果真那样，也是老天的安排，担心又有什么用呢？

经过11个小时的飞行，我抵达了旧金山，要在此办理入境手续并转机去伯班克机场。我已经到美国了！哇！

眼前呈现的全是英语！当看见前方有一个大大的"行李申领处"标示牌时，我兴奋极了，因为至少我明白该往哪边走了。可当我走到标示处时，却没发现可以领行李的地方！怎么办？！我两眼直直地盯着身边经过的每一个人，似乎没有一个人提着行李。我迷糊而不安，可必须问清楚，试试自己的胆量吧！

我走到一个老美面前，"请问……"我一开口，老美立即转过身来，高大的他俯身像看孩子一样看着我，耐心地回答着我的问题，当他意识到我不是本地人后，放慢了语速，并把刚才的话又重复了一遍，直到我弄明白才离开。原来要先在这里办理入境手续，然后才去拿托运的行李，我松了口气，并再三向这位友善的美国人致谢。

我和我的接待家庭

我拿出在飞机上填好的入境表和护照等，等待办理入关手续，很快，我便顺利过关了，哈哈！

出关后，我来到U型转盘前取行李。可接下来我该去哪里转机呢？突然，我听到有人在说国语，激动啊！我的中国同胞告诉我去何处转机后，我推着行李，沿着他指的方向一路走过去，却发现那是个出口！我转身想再问明白时，这位同胞已不见了踪影。我只好推着行李车，寻找指示牌。幸运的是，我遇到了一对上海夫妇，他们告诉我，得先从出口处出去才能找下一个航班。

找到第二个航班的登机口后，我放心了。为了确保万无一失，我又向机场工作人员核实了两遍。时间还早，我在机场各处转了转，还试着买了点东西。可在付账时，我不小心碰到了一个老美的包，我立刻向他说了三声对不起，老美听到后回答道："对不起？你是对我说对不起吗？你不必说对不起的，Dude！"我印象中dude是花花公子的意思，他为什么叫我Dude呢？

买了一瓶饮料和一本杂志后，我重新回到登机口候机。这一次飞行只用了55分钟。拿好行李后，我向出口走去。

另一个家 2008年7月26日

"嗨！Joe， 你好吗？"循着响亮热情的声音，我看到了我的接待家庭的妈妈爸爸正一起热情地招呼着我。哇！太激动了！经过漫长的旅途，我终于又到"家"了！我还没有反应过来，妈妈的双手已经"溜"到我的背部，给了我一个大大的拥抱！

我家客厅

一上车，妈妈就给我生母打了电话。 看到妈妈和我的生母开心地聊着，我很难想象我生母此刻的感受。我听到妈妈在电话中说我很好看，哈，让我感觉太好了！

接待家庭是在加利福尼亚的棕榈谷，周围有好多好多的山。这里四季分明，气候比较干燥。小镇的建筑都是一栋栋漂亮的小别墅。

45分钟后，我们到家啦！车库门敞开着，除了车之外，里面还有一台洗衣机和各种排放整齐的家庭用品。

下车之后就到了真正的家里。妈妈Jay是位专业护士，爸爸Damone是位工程师，在加州的一所著名大学工作。接待家庭有两个孩子，一个是我的姐姐Christine，她住在她工作的城市，是美国一家著名电视台的制片人。我还有个12岁的弟弟Matt，今年刚上初中。

来到餐厅，餐桌上已放着美味的午餐了，妈妈吩咐我坐下吃饭，一进新家就开始吃东西，好像不太好吧？虽然我很饿了。怎么办呢？我先拍了几张照片，既为留作纪念，也为化解小小的尴尬，哈哈！

妈妈和爸爸去机场接我时，叔叔在家里特意为我做了米饭。用餐时，我们开心地聊天。当我说出“棕榈谷很漂亮，感谢你们接纳我成为家庭一员！”时，在座的所有人都开心地笑了。我的弟弟很可爱，他帮我解开了谜团：原来Dude是朋友的意思，是很友善的称呼。

吃完午饭，我想作为家中的一分子，应该分担些家务。可妈妈坚决不让我做任何事，只好作罢。当我把从上海带来的礼品拿给家人时，大家都很开心，很高兴自己精心挑选的礼品能让他们喜欢。

新家很漂亮，我忍不住拿起相机拍了很多照片。明天我们要在家中的后花园吃烧烤，哎呀，兴奋啊！

妈妈还带我去手机商店为弟弟买手机，那里的营业员竟然是位三十来岁的四川女子，估计是嫁给老美的吧，她的英语已很流利了。

手机买好后，我们又去购物中心采购。那里的人们都是一大箱或一大包地买东西，很爽哦！回到家，已是下午6点，洗完澡，我就该好好睡觉啦。我的房间是Christine姐姐以前住的，房间里有电脑，可以自由上网，真好！

明天妈妈要带我去教堂，听说教堂里还可以遇上中国人呢，很期待哦！

其乐融融 2008年7月27日

今天我早早就起床了，洗漱完毕，打扫好自己的房间后，准备在线上传一些照片。正在此时，我听见有声音从客厅传来，是妈妈在准备早餐呢，我得去帮忙。

我轻轻下楼，生怕影响到还在熟睡的爸爸和弟弟。妈妈看到我有些意外，当她知道我来帮忙准备早餐时很高兴。冰箱里摆放着各种丰盛的食物，在美国要抵挡住食物的诱惑真不容易啊！

妈妈拿出面包，放进烤箱，数分钟后，阵阵香味扑鼻而来。我在面包上抹了些花生酱，放上火腿、牛肉和片状黄油，将另一片面包盖在上面，哇！太好吃了！

教堂唱诗

洗 礼

用完早餐，出发去教堂。教堂在加州著名城市蓝卡斯特，开车过去要一个多小时。妈妈说，教堂虽然不大，但历史很悠久。

在去教堂的路上，我边欣赏美景边和妈妈聊天。妈妈告诉我，他们一家是25年前从菲律宾移民来美国的。棕榈谷四面环山，山上有很多别墅，非常华丽气派。那些房子的主人都是有钱人，拥有私家车道，家里配有好几辆越野车和货车。妈妈笑着说，或许有一天我也会住在自己买下的小山顶上，我很想哦，哈哈！

路上我们还经过了弟弟的学校。弟弟今年上7年级，上午7:30到校，下午1:25放学，轻松吧！怪不得弟弟每天都有那么多时间玩。想想自己以前的初中生活，我真是无语。

不知不觉间，我们已到了教堂。一进教堂，就见到了热情的阿姨，显然她已知道我这个来自中国的交流学生了。阿姨夸奖我的英语很好，哈哈，很感谢阿姨的鼓励。

教堂很安静，弟弟带我到教堂后花园玩。后花园有很多花和树，我还碰到一个非常友善的广东人。

我们还去了基督徒读经的地方，刚进去时，我还以为是食堂呢，真是没文化啊，呵呵。我的美国外婆正好在那里，弟弟从小就是她带大的。我和外婆闲聊了一会儿，外婆看我的样子就好像看到了自己又一个外孙。

很快地，我的阿姨舅舅们都来了，他们热情地招呼着我。妈妈家是个大家族，我太荣幸了！外婆一共有14个孩子，6女8男，厉害吧？Eve

阿姨开玩笑地要求我在离开美国前必须将他们的名字全都记住。我会努力的，哈哈！

没想到，我在后花园碰到的广东人是这里的神父。礼拜结束前，神父请妈妈将我介绍给大家，所有的老美都来向我问好。神父还请我在教堂的大本子上写下名字。在和三位神父合影留念后，我们就开心地去奶奶家看望奶奶了。

在奶奶家我见到了一位很幽默的叔叔，我还为奶奶弹奏了一首美妙的钢琴曲，奶奶很开心。

今天晚上吃了烧烤，烤鱼和烤肉很香。爸爸的吃法有些“粗鲁”，他直接用手抓着大块的牛排往嘴里塞，哈哈，酷！

明天是星期一，要去学校注册了，好期待啊！

忙碌周一 2008年7月28日

今天一觉睡到八点，想到妈妈要带我去学校注册，然后她还要赶去上班，我飞快地行动着。

昨天在准备裤子时，发现自己忘了带皮带！妈妈说我很搞笑。是啊，在上海家中什么都不操心的我，一来美国就出了个洋相。

我得尽快去买皮带，可我不知道皮带用英语怎么说，郁闷啊！我的英语虽然能沟通，但离直接用英语思考并交流还差一大截呢。现在我与人沟通前，通常先想好中文，再将其用最简明的英语表达出来。可有时会来不及反应。比如，我想向妈妈解释今天起晚了是因为闹钟坏了的缘

学校俱乐部

故，可话出口时，我竟然把今天说成了明天，妈妈不会觉得我思路有问题吧，唉！

准备完毕后，妈妈带我去学校注册。我就读的学校名叫棕榈谷高级中学（PHS），离我家非常近，是一所很不错的高中。进入学校，呈现在我眼前的学生什么肤色的都有。忽然，我听到有人对我说“对不起”，有些莫名其妙，才发觉是一位黑人学生的脚不小心碰到了我的鞋子。

妈妈告诉我，无论是在无意间或不小心碰到别人时，都要及时而又礼貌地对别人说声“对不起”。去别人办公室时，只有在办公室人员请你坐时你才能坐，而且必须坐，这样才是礼貌和尊重他人的方式。今天因为我的健康单上漏填了一项疫苗接种记录而无法注册。妈妈送我回家后立刻去上班了。我自己烤了面包、夹上牛肉和奶酪，自在地享受着美味的早餐。

弟弟还在睡觉，我和生母在电话中聊了一会儿，告诉她我很好，让她放心。一转眼，已是中午了，下午还要陪弟弟看动画片和玩游戏，我要做个好哥哥。

今天中午吃的仍是面包奶酪牛肉之类的，因为我只会弄这一个东西，Matt是我弟弟，我总不见得叫他弄给我吃吧？弟弟很喜欢玩游戏，玩了一会儿又让我和他一起看电影。他拿出好多电影光碟给我看，一张张地耐心介绍。当我说想看《极限飙车》时，他拿着自己已经挑好的碟片说他想看搞笑电影，除了同意我还能说什么呢？

下午六点，妈妈回来了。今天的晚饭是中国点心，我告诉她点心先要蒸。在蘸点心的调料时，我用英语说辣椒和芥末，可一样也没有，唉！妈妈问我是否要一些酱油蘸蘸点心，我不会说其他的，但又确实需要调料，只好这样了。

吃饭时，妈妈教了我很多美国的餐桌礼仪。别看美国人平时很随意，却有一套相当规范的餐桌礼仪呢！

吃东西时，不能将头凑在盘子上，必须慢慢用叉子将食物叉起，然后轻轻地放进嘴里，没有任何声音地咀嚼吞咽。取用食物时必须使用公匙。喝茶或饮料时，轻轻将杯子放在嘴边小口啜饮，尽量不要发出任何声音。如果你已用餐完毕，只需把叉子和小刀放在一起，而且最好放在盘子中间，垂直于桌边，那就提示服务员可以来收了。倘若还需要食物，就将小刀放左边，叉子放右边，叉子略微靠前，很复杂吧？吃饭时，要挺胸坐直，洗碗时也是如此，否则会给人以懒惰的不良印象。

晚饭后，我将房间整理得整整齐齐，看上去很舒服。两分钟后，我和弟弟被叫到卫生间，原因是弟弟没将水龙头关紧！妈妈表情严肃地说，美国虽然富有，但生活中还是要处处节约资源。

加州地震 2008年7月29日

今天早早地起床了，和妈妈一起准备早餐。说到早餐，妈妈问弟弟昨天早饭吃什么了，弟弟可爱地看了看她，没有回答，大家知道为什么吗？

妈妈和我一边吃早饭一边聊起不能说谎，不要做任何欺骗人的事情，这一点弟弟已经做了，嘿嘿！因为弟弟昨天起得超级晚，差不多12点才起床的，所以早饭当然没有吃！妈妈问他时，他就不回答。因为他知道撒谎不是乖小孩！

妈妈是个有涵养、有学识的人。这两天她一直在耐心地调教我，想让我举止更儒雅。我本来就是一个很懂礼貌的孩子，现在住在别人家，更要守规矩了。妈妈教我的礼仪，对我一辈子都有好处！妈妈还说，别人在你身旁说话时，你绝不可以有“我在听”的动作，像耳朵凑过去，或是看着其中的一个人之等等，都不可以有。别人在谈话时不能去打断别人，实在有紧急的事说，必须先说声对不起，征得别人同意后才可以说话，否则很无礼。

平时在家，穿鞋子走路要轻声，关门要慢慢关，不能用手一带，管它关上还是没关上呢，这是很不礼貌的。美国人崇尚礼貌，所以国家的秩序和治安会保持得这么好。美国只有200年的历史，世界上有多少国家的历史比美国长？而美国现在是全世界最富有、最先进的国家！

美国是一个移民国家，它是凭借什么才会发展得这么强大的呢？妈妈跟我讲了许多美国之所以先进发达的原因，我深受启发。美国，善于吸收各方优点，是站在别国的肩膀上发展起来的，他们不断推进和完善各项制度法规，使之更合理、更有效。美国人很会取长补短，国民富裕了，就会更有礼貌、更儒雅。一大群有礼貌的国民继续推动整个国民的素质，国民的整体素质又影响着国家的潜在实力，潜在实力直接影响到国家的硬件设施、科技、经济和国际威望。

去学校的时间到了，妈妈示意我该走了。不知大家有没有想过为什么美国教育如此轻松，却依然能培养出那么多各方面的杰出人才？

今天到学校注册时，看到老师们一个个都笑得很甜，就像自己的爸爸妈妈一样和蔼，学校的氛围让你感觉很放松，很温馨。

噢，对了，刚才加利福尼亚州发生了一场大地震！我住的棕榈谷有很强的震感！地震约持续了5秒钟。地震停了之后，我看看窗外，发现有好几辆警车在巡逻！美国的警察很敬业啊，哈哈！

医疗管理 2008年7月30日

妈妈每天帮我安排好学校的事情后，还要赶去上班。今天一早，妈妈要带我去蓝卡斯特卫生中心检查。

今天妈妈教了我如何吃Cheerio，她让我把Cherrio倒在牛奶里，再加一些切成小片的冰草莓。Cheerio的颜色是淡黄的，草莓的颜色红中夹着些绿色的叶子，做好后简直是色香味俱全矣，的确好吃！

到蓝卡斯特也已经是七点半了。那里排队的人很多。美国学校特别注意学生的健康状况，只要以前有过传染病史，一律得先去指定医疗中心复查，确认正常后才允许你注册读书。

我很想通过阅读英语小说来提高自己的英语水平，妈妈要求我看小说时必须读懂所有的句子，那样英语才会有提高。

完成体检后，妈妈带我去商店买了两本书，妈妈送我回家后就去上班了，我一个人坐在写字台前，静静地读着心爱的小说。

完成注册 2008年7月31日

昨天晚上，妈妈看到我从行李箱中拿出的衣服很皱，让我拿下去重新洗一下。我“精心”挑选了几件最皱的拿下去洗了，可洗完后忘了挂起来，衣服又皱了，妈妈发现后生气了。接下来我要努力表现好点了，否则太恬不知耻了！

今天一早来到厨房，发现没有什么我能帮的，决定先把自己的早餐解决掉。

妈妈很快下来了，她昨天在超市里买了一个烤箱是坏的，去换了后发现又是坏的，很气愤。知道妈妈心情不好，我就一直站在她旁边，看有什么需要帮忙的就帮帮她，总觉得自己像只惊弓之鸟。

原来在美国买东西也会有质量问题啊，这个“坏东西”还得拿去换。妈妈要先带我去学校完成最后的注册。我对妈妈说很抱歉给她添了很多麻烦，妈妈说我现在是她的孩子，她必须要对我负责。

吃完早饭，妈妈又带我去了学校。一切顺利。学校老师非常热情，就像你的老朋友一样。当我说我喜欢美国时，他们都开心地大笑了起来。

注册好以后就能选课了，选修课有：演讲、新闻学、视频设计、视觉沟通、音乐理论。主课有：几何学、英美文学、物理学、生物学、经

美国早餐

弟弟的多米诺骨牌

济学。学生的作息时间为早上7：30到校，下午2：30放学。

美国中学，学生要按照自己所选的科目去不同教室找老师上课，根据自己的兴趣选择喜欢的课程或老师。每节课都会有不同的同学组合，能潜移默化地培养孩子的社交能力。

若有所思

2008年8月1日

今天吃完午饭，弟弟叫我看他搭在楼梯上的多米诺骨牌。他还弄了两部玩具车开，活得乐哉乐哉！我回房间没多久，弟弟神情紧张地跑到我床边拍拍我，还拼命摇我，原来他是被一只小虫吓得半死。

我笑着叫他带我去看，结果他走到楼梯当中就停住了。弟弟告诉我虫在楼下的沙发那儿。我晕！楼梯离沙发还很远呢！弟弟吓得一直躲在我后面，我终于体会到什么叫当"哥哥"的感觉，就是冲在前线为弟弟打虫子！

弟弟看到小虫子会害怕，可看电影《大白鲨》时却很勇敢。看着人被大白鲨吃了，他好像一点也不害怕，胆可真大呀！

昨晚妈妈让我将上次没洗的衣服全部洗一遍，这样就能让衣服平整了。我告诉妈妈衣服全部洗好时，她却转头问弟弟是否看见我洗，难道她觉得我在撒谎？我婉转地问妈妈，她说是想确认一下我是不是会用这里的洗衣机和烘干机了，要不要弟弟帮忙之类的。哦，或许是我太敏感了。在别人家中终究活得有些诚惶诚恐，呵呵。

骄阳别绪 2008年8月2日

今天阳光很灿烂，醒来时一看表，哇！才7点钟！今天是星期六，妈妈爸爸一定也会起的很晚，我坐在电脑前，看看新闻，找些朋友聊聊天。

今天的早餐是白脱面包，还有我最爱的培根！吃完早餐，我开始清理房间。家里非常干净，我努力扫出了一些垃圾后，开始拖地板，全部搞定后，我竟然有些出汗了。妈妈看我忙得不亦乐乎，笑着向我表示感谢。哈哈！难得做一次家务，我还在妈妈家白吃白住呢！

没多久，妈妈的同事来了，一进门，她就给我了一个大大的拥抱。她告诉我这个月23号会有Fergie的演唱会，我很想去看。我送了她一些中国特色的小玩意，她很喜欢，连声说谢谢。

中午我在厨房帮忙，削芋艿皮、切娃娃菜等，我很乐意帮妈妈分担些家务活。午饭有喷香的牛肉汤，还有美味的烤肉和烤鸡翅，妈妈做的每一样食物我都很喜欢。

食物很好吃，可洗餐具就不那么好玩了。一顿饭下来，有好多餐具要洗，叉子、小刀、各种调羹一大堆，通常要洗半小时。

妈妈告诉我洗碗时人要站直，她说她相信我以后会是一个成功的人，希望我的气质能更好一些。虽然我181cm的身材坚持30分钟洗碗都保持上身笔直很累，但我仍然坚持按妈妈的要求去做。

我知道，未来的路还很长，我相信自己的路一定会越走越宽，越走越顺！

我在后花园

教堂入口告示牌

又逢周日 2008年8月3日

弟弟这几天常常来找我打游戏。游戏里的英语很多我看不懂，他就乘机“草割”我，呵呵！

妈妈，爸爸和弟弟都超级爱听音乐，我也是个音乐痴迷者，与接待家庭的风格很相配。

早晨7点，下楼时，妈妈笑着跟我说早上好。我知道妈妈喜欢听话的孩子，你越听话，她越喜欢你，越愿意帮助你。早餐后，我们就去教堂了。下车时，看见外婆刚好从前面一辆车上下来，我和弟弟赶忙前去搀扶。

我们在教堂内挑了靠走廊的座位坐好，牧师幽默地跟我们开着玩笑，一副慈眉善目的样子。教堂里陆陆续续地来人了，那些上次见过的人居然还记得我的中文名字，好感动哦！一位广东老太太的女儿也来了，她一进教堂就伸手向我走来，当我告诉她我叫Joe时，她竟然把我的名字叫成球了，后来她才明白，我告诉她的是英文名字Joe，哈哈！

妈妈每次上完教堂都会去探望奶奶。今天在奶奶家我看到了样新鲜玩意——奶奶亲自在她后花园里种的小辣椒！黄的红的绿的都有。午饭没吃的我，就在奶奶家吃起饭来了，米饭加鸡肉，鸡肉蘸辣椒酱油很好吃哦！临走时奶奶还送我一大袋小辣椒呢，开心！

思绪徜徉 2008年8月4日

昨天从奶奶家回来时，我和弟弟在车上都睡着了。到家时弟弟都没醒，依然是灰色的保险带绑在胸前，两手摊在身体两侧，惬意地在躺在座位上，直到我叫醒他。

这两天妈妈给我们做了很多的鸡。弟弟超级喜欢吃鸡，一看到有鸡翅，他就把米饭填满整个盘子，一副准备拼命的样子，搞的妈妈很无奈。

今天看到文章说美国食物很容易让人发胖，赶紧去称了称体重，没想到，我居然瘦了。唉，幸运啊！

恬静家园 2008年8月5日

今天妈妈打电话说她要加班，让我和弟弟自己搞定晚餐。

妈妈的电话让我小小地晕了一把。我和弟弟像无头苍蝇似的在冰箱里一阵乱翻，最终我们同时“盯”上了鸡蛋。一通忙活后，我做了两个水铺蛋，弟弟做了份炒蛋，每人盛了盘米饭，将就着吃了起来。

妈妈每天都来我房间转转，看看脏衣服有没有洗，洗好有没有挂起来，床有没有铺好，然后再跟我聊聊美国的一些风俗习惯。

妈妈告诉我，美国人很注重运动，喜欢打网球、游泳、慢跑等等，运动能促进人体血液循环，让人变得更年轻。

妈妈还问我开学了，会不会紧张。当我说我只是有些担心校园里的美国小流氓，她叫我不用担心，我是交流学生，一定会被“特别照顾”的。下周我就要开始美国校园生活了，为自己加油！

妈妈走后，我站在窗前，抬头望着夜空中的星星，任自己思绪飞扬。记得来美国的前一夜，我也曾这样望着天空中闪闪发亮的星星，憧憬着、期待着、担忧着。现在自己已身在美国了，一切都很好。凡事开头难，在人生的旅途上，我们每跨过一道坎，成功就离我们又近了一步。

我在果树旁

阳光味道 2008年8月6日

我来棕榈谷后，这里每天都是晴空万里的，很爽。

弟弟看我在电脑前写东西，一脸认真地对我说："你这么爱写作，以后做个作家吧！"弟弟手里虽然拿了架小飞机，可规划起我的人生来，倒是有模有样的，哈哈！弟弟还说，姐姐和我很像，喜欢写作，喜欢看书，喜欢学习各种东西。这是我第一次跟弟弟这么认真聊，感觉他真把我当成哥哥了，这让远在异国他乡，渴望亲情和友情的我，分外激动。

今天的晚饭是爸爸做的。平时很少吃爸爸做的菜哦，今天算是有幸品尝了一次。爸爸的手艺很不错，简简单单的一份牛肉炒西兰花，却是难以想象的美味。

吃完饭，我照例准备去洗餐具，洗完餐具，妈妈拿来了些水果请我吃，那是一种加州独有的水果，是我们家自己种的，有黄的，有红的，颜色很好看。

又该睡觉了，拉上窗帘后，一切归于平静。

星座趣谈 2008年8月7日

"滴滴滴"——好熟悉的声音！我生母又上线了，当她知道我很想吃中国菜时，立刻发给我一张水煮鱼的照片，看得我的口水飞流直下三千尺啊！

这两天妈妈都不在家，吃的都是冷东西，常常拉肚子。

我是狮子座，我所在的加州州长施瓦辛格是狮子座，下一届美国总统的热门竞选人物奥巴马也是狮子座，突然觉得身边有好多同伴，狮子座好样的，为狮子座加油！

今天貌似是中国的情人节吧？可我现在只是孤单一个人，上网时看到有关情人节的文章只好情绪低落的避开，狮子座的多情啊，没办法。衷心祝愿所有中国同胞有情人终成眷属。虽然没我的份，呵呵。

奥运开幕 2008年8月8日

今天起床后我发现了一样新食物，方便面！兴奋啊，终于可以吃辣的了。我拿出从奶奶家拿来的小辣椒，放上两三个，撒一点胡椒粉，再弄一小杯加冰可乐，这就是我的美味了。

弟弟和我一样喜欢音乐。上次妈妈带我去买电话卡时，弟弟在店里听到一段节奏酷炫的嘻哈乐时，高兴得当场翩翩起舞，十分可爱，周围的人都被他逗乐了。

晚上六点，爸爸回来了，我知道妈妈今天去看牙医，要很晚回来。这个周末弟弟也要去清洁口腔，让牙齿更亮白。一口超白的牙齿，真是很大的诱惑啊，我也想试试，嘿嘿！

今天晚餐由爸爸来做。爸爸今天做的是沙丁鱼，他做菜的风格是速度快和狂加调料。调料加多了，沙丁鱼太咸了，没关系，加水！最后变成鱼汤了，爸爸挺得意地说："嘿嘿，汤也有了，我做的菜太棒了！"我和弟弟无语，哈哈！

弟弟看到这样一条被"蹂躏"得不像样的沙丁鱼不肯吃，可没其他菜了，也只好吃点了。爸爸问他味道如何，弟弟敷衍地点点头，爸爸高兴地叫道："我说很好吃吧！"弟弟只好苦笑了。

我胃口大开，吃了两碗米饭，还把那个汤差不多都解决了。爸爸在一边抽着烟，一边看着我说："只管吃，吃饱为止。"还得意地晃晃脑袋，很搞笑。

今天是奥运会开幕的日子，为奥运加油！为祖国加油！

学会坚强 2008年8月9日

来美国前，我的亲生父母告诉我，一个人在海外，孤独与寂寞是难免的，要学会坚强，要以积极的心态去迎接生活中出现的种种挑战。

昨晚吃饭时，电视台播放着美国人对北京奥运会开幕式的种种评价。ABC电视台派出了好多记者在鸟巢周围采访各种各样的人，被采访的男同胞们个个风趣幽默，弟弟乐翻了天。

奥运会开幕式中给我印象最深的节目是三个“和”。爸爸和弟弟看到箱子里这么多人，能这么整齐的配合变化出各种造型时，他们惊呆了！弟弟一边看一边叫着：“太棒了！”

就在此时，妈妈在楼上叫我了，声音貌似不太对劲。我紧张地跑到楼上。“你把电脑弄坏了！”我一阵莫名其妙。妈妈的语气越来越重，我当时有种想钻地洞的感觉。我无可奈何地说我来看一下，后来很快就弄好了。为什么发那么大脾气呢？大概只是一时激动吧。弄好后，我连声说对不起，可妈妈没有回答，还摇摇头，我真有些不知所措了，只好忍。

等我下楼时，爸爸和弟弟都不在了，我只好把电视关了。

回房后，关上灯早早地躺在床上，脑子里一片茫然就上网和生母聊了一会儿，她叫我不要想太多。在我有睡意时，已是凌晨2点了。

妈妈的微笑

今天一早起来，想再次向妈妈道歉。洗完澡，鼓足勇气下楼了。

“嗨！Joe！早！”嗯？妈妈的笑容这么灿烂？也许她意识到昨天脾气太大了，而且她知道我是个敏感的孩子，会很痛苦！当我转身去拿扫帚整理房间时，我笑了。

妈妈已经原谅我了，我很开心！

跃跃欲试 2008年8月10日

昨天下午，英俊的Jimmy哥哥来了，热情的他一见到我，早早地把手伸过来，热情地和我握手。晚餐时，我们一家五口围坐在一起，其乐融融！妈妈做了好多菜，有牛排汤，红烧猪蹄，还有美味的意大利通心粉，通心粉里有鸡肉还伴着花生酱，很香！

今天早早起床了，一下楼，刚要张嘴向他们问好，他们已经先向我问好了，温暖哦！妈妈问我明天开学是否会紧张，我告诉妈妈虽然我要面对新环境、新同学和新老师，但我一点不紧张。妈妈让我每天放学回家把会做的作业先做完，不会做的她晚上回来辅导我，我真是太幸福了！

妈妈告诉我，美国学校的午餐是学生自己去学校快餐店买的，有三明治、热咖啡之类的食物。每餐估计2块美金就够了。

妈妈还说，在学校遇上小流氓不要搭理他们。我叫妈妈放心，我不会去招惹小流氓的。我是来读书的。爸爸点点头，并不住地为我打气。

下午开开心心地想出去看电影，没想到电影院关门了。好吧，那就早点回家，做好明天开学的准备。

感受校园 2008年8月11日

今天是开学的第一天。早上5:50，我就起床了，洗完澡、吃完早饭已是6:40了。出门前，妈妈特意关照我带好钥匙，嘿嘿，我早就准备好了。

学校操场

今天妈妈带我步行去学校，以后我每天都要自己步行上学和放学。从家到学校步行约二十分钟。一路上，我盯着那些可以做标识的花花草草或小房子看，希望回家时不要走错方向。很快地，我们就到校了。

学校人真多啊！我们先要去学生咨询处拿课表，在那里学生的任何问题都可以得到解决。我让妈妈去上班，自己解决学校所有的事情。

拿好课程表，我要去找第一节课的教室了。一踏出咨询处门，我的天！外面人山人海，一路上真是让我开足了眼界。美国学生是那么的活力四射，好像体内有着释放不完的能量。接吻、搂抱、打闹，什么都有。学生的肤色从全黑到全白，各种黑白配都有。这里有西班牙人、墨西哥人、中国人（我）、韩国人、日本人、德国人、还有各种混血儿，全世界各民族大联合啊！

我找到第一节课教室，当老师听到我问他是否在这里上课时，他一拍手，超级热情地说："是的，先生！"哈哈！真是受宠若惊了。

因为是开学的第一天，老师先让同学们进行自我介绍，然后讲一些课堂纪律之类的事，嘻嘻哈哈地，一节课很快就结束了。

第二节课的教室和第一节课教室离得比较近，我很快就到了那里。数学老师是位很帅的男老师，他对我这个"品种奇特"的学生很有兴趣，当他知道我是中国人时，立刻用中文对我说"你好吗？""谢谢！"之类的话。老师的发音相当标准，他的表情配合着美国同学听不懂的中文令周围的美国学生大笑起来。数学课结束后我又要继续寻找下一节课的教室了。

我手里拿着一张学校地图，像外地人刚进城那样东张西望，努力寻找目标。这次找起来没刚才顺利了，我赶紧问一位过路的老师，他拿着地图非常耐心地告诉我该如何走，在确定我搞明白后，他才离开。

第三节是英国文学课，讲课的女老师语速很快，我只能听个大概了。英美文学这门课对我将是最大的挑战，要看很多英美文学作品，看完要写论文，还时不时地有小测验。压力太大了，我有些傻了。今天回家就给老师写封邮件说明一下情况，否则即使天天不睡觉也跟不上她的要求。

又一次解散之后我来到了物理教室，物理老师是位男教师。接着我看到了什么叫"泡美眉"高手。才刚刚认识，一个黑人男生就已经和旁边的两个女生打得火热了。美国女生个个看上去很成熟。看到这个男生在这么短的时间内，就能搞定两个美眉，他的专业素质让我羡慕不已！

可当我赶到美国政治教室时，门关了。周围一个同学也没有，正在我纳闷之时，一位老师热情地招呼着我，告诉我现在是学生用午餐时间。不管了，先抓住机会向老师自我介绍一番。老师告诉我还有十五分钟才上课，我可以先去用餐。可食堂在哪里我也不知道，万一排队排很久上课迟到怎么办？我决定今天先观察一下，暂时不吃午饭了。

我问老师可不可以在教室等，他非常响亮的说："当然！"老师问我来这里多久了，我说才两个星期，他热情地说："哇！太棒了！欢迎来加州！"，还跟我紧紧地握了握手。

最后一节演讲课了！老师说演讲课是给英语水平相当高的同学开设的。演讲课除了文笔重要外，心理素质的培养尤为重要。演讲是很好的锻炼机会，我是交流生，来美国学习新知识，我的目标是努力做到最好。作为英语非母语的学生，我无法做得像美国学生那样完美，但会用积极的心态去努力学习，相信美国老师会帮助和支持我的。

信心是有了，但我的"本钱"还不够，呵呵。第一节课下来，我只能听懂老师所教内容的一半。下课后，我告诉老师我是中国来的交流学生，现在无法像美国学生那样把英语说得很流利，但我一定会努力的。老师笑着说："这堂课的主要目的是要大家多说话，看，你现在和我交流得不是很好吗？这就对了！"美国老师真会鼓励学生。

美国的教室设施齐全，空调、电视机、电脑、幻灯机等等应有尽有。老师的讲台是个非常宽敞的办公桌，老师可以坐着上课。给学生的座位也很宽松，坐着很舒服。每个老师都非常随和，这样的学习环境真是相当不错。

一天课结束后，走出校门，开始寻找回家的方向。凭着早上的记忆，我顺利地回到了家。第一天的学校生活就这样结束了。明天开始正式上新课，要"吃苦头"了，哈哈！

渐入佳境 2008年8月12日

清晨，路上行人很少，我走得很快，一副找学校去"拼命"的样子，嘿嘿！我先去了学习顾问那里，可到了，却发现办公室门关着，好事多磨啊，先去上课吧。

第一节生物课，我一直不太喜欢生物，现在的生物还用英语教，我的挑战来了。我在上课前二十分钟就到了教室，先跟老师熟悉一下。见到老师问好并做了自我介绍，了解了老师上课的安排，并把上课要用的各种表格先拿好，这样心里就有底了。

生物课大部分内容都能听懂，今天我们要培育两颗种子。我第一个赶到培育种子的暖房，问清所有的要求后才罢休。

数学课时，我早早地等在教室门口，看到一位男生也在等着上数学课，想想没有朋友的日子真是难过啊！我快步向前，主动向他介绍自己，没想到我们聊得很投机。他告诉我他叫Nathan，还把手机号给了我，我的第一个朋友就交到了，哈哈！

数学课是摸底测试，老师点名时直接叫我"你好哇！"，我晕！我做完所有的数学题时，发现周围的同学都还在努力做着，我遥遥领先啊！不知能不能得满分，有三道题目的意思我不是很理解，没关系，适应一段时间会好的。

第三节英国文学课，我快步竞走到教室，老师热情地招呼着我。还说才来美国两周的我，已经适应得很不错了，我心中一阵窃喜。我非常认真地听老师讲课后，还是有很多听不懂。现在问来不及了，因为下面还有课。我问老师是否能中午来问她，老师很客气地说任何时候都可以。

物理教室很远，昨晚我给物理老师Swaner发了个邮件，让老师对我有个初步了解。我拼命地走，还是迟到了。进入教室时，同学们都已坐好，我只好匆匆找了个靠边的位子。刚坐下，发现坐在我对面的像是对情侣，晕倒！我想情侣忙着浓情蜜意，不太会有兴趣帮我吧，唉！

看着对面的他们那么开心，心里很“不爽”啊！但我没有选择，现在我只能靠他们两个了。出乎我意料的是，他们对我非常热情，非常愿意与我交朋友。我留了他们的手机号码，哈哈，现在有三个朋友了，心情舒畅多了。

Swaner老师上课时特意走到我跟前，告诉我他收到我的邮件了，只要认真听，努力适应就可以了。

很快又到午饭时间了，可我还有一大堆事情要先解决。先喝点果汁，午饭吃不吃看情况了。我先来到英美文学老师那里，确认好作业要求后，我放心了。英美文学课老师要求学生一学期看两本书，老师下周会将书发给我们。在征得老师的同意后我先拿了一本回来。

最后一节演讲课，一踏进教室，老师就向我问好，还问我要不要放慢讲课的语速，我告诉老师不需要为我放慢语速，我听不懂会单独问她的。

演讲课上，老师让每两个同学形成一组，通过提问熟悉对方，并写一篇介绍对方的演讲稿。我跟边上坐着的女生交流得很顺畅。这样的作业方式让同学之间一下子熟悉了起来。

一天下来我好像已经适应了，跟每位任课老师都有过单独沟通，每节课都找到了朋友。接下去我要尽快把老师上课的内容听懂吸收，所有的问题争取课堂内解决。

今天回家所花的时间都比昨天短了许多，到家时才三点。功课做完后，陪弟弟玩了会儿，我要下去帮妈妈准备晚餐了。

耳目一新 2008年8月13日

学校我已基本熟悉，所有的老师也都知道我了。接下来我要广交朋友——朋友越多越好啊！不管有多尴尬，有机会就向美国同学介绍自己，无论男女！

七点钟我出发去学校，早晨的阳光洒在身上的每个角落，很是舒服。棕榈谷高中像个小小的联合国，我很想知道是否有第二个中国人在这里学习，我决定去找校长问问。到了校长室，门关着，下次吧。我转身去教室上课，现在的我已不用看地图找教室了。

生物课Lopez老师为了让同学之间尽快熟悉起来，给大家安排了一个特别的游戏。他叫同学们全部靠墙站好，依次报出自己姓名后再说出一个首字母和自己名字相同的动物名。我的英文名字是Joe，J开头的动物有什么呢？我陷入了迷茫。过了一会儿，感觉教室一下子安静了下来，同学们似乎都集中注意力在听，哦，原来后面的同学要把前面所有同学的名字和相应动物名称报出来。我在第八个，轮到我时，我只记住了两个同学的名字，我大声说：“我没能记住这么多！”同学们一下子哄堂大笑起来，这下同学们都记住我了。老师鼓励我试一下，我在老师和同学的帮助下完成了任务。可在找首字母是J的动物时，又卡住了。“好，大家一起帮Joe想一个。”“Jacamar！”同学们异口同声地把这个动物送给了我。

在美国的课堂，根本不用担心被嘲笑。有问题任何时候都可以向老师或同学寻求帮助。Lopez老师让我过几天在地图上标出我故乡上海的位置，这样，同学们就知道我从哪里来了。“他是中国人吗？”一位女生好奇地问道，“你自己问Joe吧。”当我告诉同学们我是来自中国上海的交流生，来棕榈谷才两周时，班里的气氛一下子活跃了起来，“太棒了！”的声音此起彼伏。

一阵热闹之后，老师开始给同学们安排座位了。巧的是坐在我边上的正是刚才问我是不是中国人的女生。我们友好地攀谈着，她对上海貌似很感兴趣。可聊到最后，她竟然让我教她一些中文骂人的话。我可是从不说粗话的啊。女生看出了我的尴尬，最后只让我教了她“我讨厌你”这几个字。不对啊，这不是上海美眉最喜欢的一句间接表白吗？难道美国美眉也是如此？呵呵，开个玩笑。

没多久，一位男生又回过头让我教他一句经典的脏话，如果我一句都不教的话，他一定会很失望的，“操！”，我无奈地蹦出了这个字，可他立刻就学会了，而且发音很标准。一下课，就对着女生嚷嚷，几个女生莫名地张着嘴巴，我在边上则很无语。

生物教室离数学教室很近，我总是第一个到。数学Zima老师是个白人，身材挺拔，每天的衣服都很好看。上课前，老师先点名。缺课在美国很常见，可能贪玩的孩子比较多。点完名，正式上课了，可没想到上的内容竟然是多项式加减乘除。虽然英语我没有完全听懂，但我根本不需要听懂就能做题。老师发的练习卷，我5分钟就做完了。

今天英美文学课老师上课时发了两首诗给我们，诗我虽然看懂了，可课堂练习真是让我抓狂了。老师给每个同学发一本书让同学们看，每次看一个章节，看完后回答问题。Hardcastle老师问我是不是很难，我坦率地告诉她是的。她说我只要看诗，回答有关诗的问题就行了。Hardcastle老师很关心我，不断观察我需要什么帮助。她还告诉我，高中时她曾去澳大利亚做过一年交流生，她笑着说她做交流生比我压力小多了，因为澳洲和美国都是英语国家。

明天我要带些小礼品给周围的同学，让他们多帮帮我，这样老师可以少操很多心。今天中午不好意思再去打扰老师了，每天中午都去老师办公室会影响她休息的，隔几天再去吧。

物理课前，昨天刚认识的女孩热情地招呼着我，她像是个混血儿，头发是黑色的。我们学校金发女孩大约占到四分之一左右。物理老师今天给我们上的是米，千米，分米，英尺，英寸等长度单位的换算。讲完后，还问同学们是不是特别难，竟然有同学点头，晕哦！

午饭后，我一个人在校园四处逛，刚从餐厅出来，就听到某个角落传出男生和女生间很性感很“刺耳”的声音，我的汗毛瞬间竖了起来，这不是我该待的地方，少儿不宜！快闪！

我游荡到一个有遮阳棚的教室门口停下了脚步，想在这里歇歇脚。可没多久，来了一帮人，“刺耳”的声音再次想起。其中两个离我约三米远的白人学生在那里缠绵。哇！美国女生也太野了吧！我想看又觉得不妥，只好将头转向另一边，可一转过头，看到两个黑人学生在亲热，又不能看。左右视线都被封住了，我好无奈，只好看天空，哇！天空好刺眼！可怜啊，我！

就在此时，物理课认识的女生恰好从我身前经过，笑着跟我打了声招呼。好没面子啊！孤零零的一个朋友也没有。不行！我不能再待在这里了，万一她回过来再看到我岂不又要经历一次尴尬？

可往前刚走了十步，又遇见她了，真是太不幸了！还是去教室吧。我走到政治教室门前，张望了一下，老师注意到我后，招呼我进去。政治课上我又交了个黑人女生做朋友。

最后一节演讲课，老师让我们写一篇1000字的介绍同学的演讲稿。我300字就介绍完了，怎么把它扩充到1000字呢？我愣在那里，最后10分钟，我被逼急了，一动笔，竟然很快就将一张A4纸写满了。我太强大了！嗯！只要努力，我相信不会写得比美国学生差！

回到家，将稿子整理了一下，大功告成，兴奋啊！

写完后，我给Nathan发了个短信，约他明天中午和我在一起，这样我就不会被鄙视了吧，还可以练习英语，嘿嘿！

英语演讲 2008年8月14日

我不喜欢被人同情或鄙视，一点点也不行！今天无论如何要结交一些兄弟，我相信自己一定能做到。

今天闹钟一响，我就从床上一跃而起。太阳貌似还没睡醒呢！用完早餐，戴上墨镜，锁上门，开始我第四天的学习生活。

刚进学校，一眼见到物理老师戴着墨镜，右手叉在口袋里，嘴里嚼着口香糖，貌似也在看美女。看美女时戴太阳眼镜真是绝了，一举两得，自己人看上去帅，人家又不知道你在看哪里，绝对自由啊！美女看不完，嘿嘿！

老师看到我后，微微抬起头，我暗想：对不起，打扰老师看美女了！“早上好！”真是不好意思，怎么可以让老师先跟我说早上好呢，物理老师长得很英俊，气质也很好。

很快就到了生物教室。一进门，没看到Lopez老师，却看到个小帅哥。换老师了？哦，原来Lopez老师今天有事，安排了代课老师来给我们测验。生物测验该尴尬了，要知道，生物单词很难懂的。到时连蒙带猜吧。测验前，我前面的男生问我上海有没有性感美女，呵呵，男生在哪里都惦记着美女啊！

生物测试全部为选择题，需要铅笔在答题卡上涂圈。我没带铅笔，只得向旁边的女生借，可她只有一支笔。这位女生便帮我四处借，直到搞定为止。我赶紧向她致谢，她非常友善地对我笑了笑。

我和Macon老师

生物测验对我来说太难了，估计美国学生也觉得难。测验时，一半同学懒洋洋地趴在桌上，睡觉或发短信，悠闲着呢！离下课约10分钟时，我的同桌还有十道题没完成，可她一点也不急，竟然把答题卡旋转90°，开始画画。画好后，和前面的男生对视着会心一笑，活得真轻松啊！

交完卷子，我从书包里拿出了一些中国的小纪念品送给帮助我的女生以示感谢。她非常喜欢我给她的礼品，简直可以说是爱不释手，我很开心，又加送了她两颗水晶草莓，她更开心了。几个男生纷纷回头看我，他们也许在想“中国男生很会讨美眉欢心啊！”女生再次向我表示感谢后，蹦蹦跳跳地离开了教室。

又到数学课了，我问数学老师Zima有没有数学竞赛之类的可以让我参加。Zima老师立刻帮我搜索竞赛信息，并告诉我明天会给我确切答复。他还幽默地说，“你这学期可以教我一些中文吗？”“当然可以，我很乐意！”听了我的回答，老师哈哈大笑起来，那种笑容真可谓是美国人独有的灿烂笑容！

在美国，自己的性格、言行都会受美国人的影响。处在一个友善的环境，你不会有紧张感。美国的校园让你感觉到处处都有朋友。美国同学慷慨、友善，老师就更有风度了。

物理课上，每个同学都要找合作伙伴一起测量物品、记录数据并换算单位，一位黑人女生大声问我是否愿意做她的合作伙伴，我当然愿意。

我和黑人女生走到二号桌去测量时，看见一个很成熟的女生准备踢一个男生的下身，男生则紧张地护着自己的命根子，这样的镜头，令我无语。美国美眉太开放了！测量完毕换算单位时，美国同学痛苦了，我很快就帮他们解决了所有问题。“哇，他好聪明啊！”美国同学大声叫道。“他是中国来的交流学生，数学很好！他是天才，我的小天才！”我的搭档得意地大声回答道。很快地，班里更多的同学熟悉了我并成了我的朋友。

中午，我顺利地找到了Nathan和他的朋友们，我和他们一起在树下坐着聊天。中午休息时间很快就过去了，该去上政治课了。

政治课上，我遇见了前几天帮过我很多忙的Melvin。父母是西班牙人的Melvin长得很英俊，来美国才一年的他英语也不地道，我们都是三脚猫英语，所以他很理解我的处境。

演讲课了，虽不知自己的演讲稿和美国同学比水平如何，但我心态很放松。老师让我们演讲时注意与听众的眼神交流，注意声音的响亮度，注意自己的身体语言等等。我都一一记住了，希望自己今天能早早登台演讲。演讲开始了，老师点了一个男生让他打响第一炮，估计他是老师很赏识的学生。果然，这位男生的演讲非常出色，同学们报以热烈的掌声。我的稿子比他差多了，但我没有气馁。第二个上台的是位自告奋勇的黑人男生，演讲得也非常好。“很好，接下来谁上来演讲？”老师探询的目光扫视着同学们，沉闷一会儿后，坐在我前面的女生上场了，也很棒！我想上去，可不知道我的稿子会不会被笑话，要知道，选这门课的学生英语都是很好的啊！那位女生说完之后，依然是掌声！接下来，教室又安静了好一会儿，我鼓足勇气，不管会不会被笑话，我上了！在我站起来的一瞬间，我听见同学们的惊叹声，因为他们知道我是来自中国的交流学生，我愈发自信了！

演讲时，我不想紧张，可英语毕竟不是我的母语，当我抬起头和同学做眼神交流后再回到稿子时，常常找不到自己演讲到哪里了，我想，先不要太为难自己，相信老师会理解我的。果然，后面的演讲顺了很多。演讲结束时，全班同学给了我最热烈的掌声。“对不起，你叫什么名字？”老师笑着问我。我演讲前对同学们自我介绍说我是来自中国的交流学生，如果我的英语说得不好，请大家谅解，但却忘了报自己的名字了，激动过头了！

我演讲完，又有一位男生上场了。他太紧张了，搞得比我这个中国人还紧张。稿子很短，我觉得没有我好。

下课前，一位穿粉红色衣服的女孩来向我问好，问我是否想念在上海的亲人朋友，我告诉她，我在这里很开心，因为美国人很友善，让我感觉很温暖！

老师在点评我的演讲时说我除了眼神交流不够外，其他都非常好。老师给我的评语很好，说我的发音标准，音色好听，叫我下次再放松点就更好了。我知道同学们对我的勇气一定会刮目相看的。和老师同学们说了再见后，我离开了教室，心中充满了喜悦。

怡然自得 2008年8月15日

今天是周末了，也许是太放松了，闹钟在手上“吵”了一遍又一遍，我还没起床。“Joe！Joe！”是妈妈，幸好妈妈及时叫我，否则真要迟到了！

在我踏进教室的一刹那，铃声响了！今天的生物课很轻松，老师先给我们三十分钟整理单词，边上的黑人男生5分钟就完了，我就拷贝他的了。

很快地，班级就开始热闹起来了。有的女生拿着一大堆化妆品对着镜子在补妆，有的男女生在讨论有什么好吃的好玩的东西，说得哈哈大笑，笑得趴在桌子上也有，女生“打”男生的也有。还有同学在自编自唱，唱完后自己给自己鼓掌。还有发短信的、听音乐的、跳舞的。三十分钟到了，老师开始收作业，做的人就交，不做的老师也不批评。

“你好哇！”数学老师总是超级热情地招呼我，我的名字现在成了“你好哇！”了。“你好哇先生！”我吓了一跳，什么事啊？老师指着白板，问我14x+7x+8+14等于多少？我迅速报出答案，同学们诧异地看着我，觉得我怎么可能草稿也不打就直接报出答案呢？呵呵！接待家庭妈妈告诉过我，美国学生数学普遍不好，还真是这么回事。

我在数学课上休息好后，精神百倍地去上英美文学课了。英美文学老师说今天给大家放松一下，每桌发一盒彩色笔画图。最近几天老师一直在讲人的特征，今天我们要给自己画像，画完后还要回答些问题，如：怎样才能成为一个好爸爸？怎样才能成为一个有用的人？怎样结交更多的朋友？怎样做个好学生？这些作业会贴在教室后面，毕业典礼大狂欢时请家长来参观。上课时间老师允许学生听歌、说笑。英美文学课上，我又交到了两个很健谈、很幽默的西班牙朋友。他们对我iPod里的中文歌很感兴趣。看到我写着中文的圆珠笔，他们会要求跟我换笔，美国同学非常可爱。

物理课也很开心，学生完全处于放松和自由的状态。英语越来越好的我，和同桌聊得很尽兴。我原来一直以为的一对小情侣竟然只是好朋友，这让我压力小了好多，否则，我们三个人在一组，我一直觉得自己是个电灯泡。女生问我知不知道歌手Beyonce，我说知道。她问我最喜欢Beyonce的哪首歌，当我告诉她是一首叫《调皮女孩》的曲子时，她放声大笑起来，还说我很幽默。难道《调皮女孩》有什么特殊含义？

中午在老地方和Nathan见面，得知我没有ID卡后，他带着我去拍照、领卡。还陪我去拿新课表并送我去新教室。他真是太好了，这样的朋友我会一辈子记在心中。

今天是周五，回到家，一种久违的轻松扑面而来，我要好好享受这个周末。

浮华背后 2008年8月16日

今天是周六，一觉睡到自然醒，爽！

起来后帮着做些家务，边拖地板边看奥运。爸爸告诉我，美国洛杉矶有些居民是以前来美国参加奥运会后留在美国的运动员。我开玩笑说，以后美国开奥运会我也参加，然后留在美国，妈妈、爸爸都被我逗得哈哈大笑。

下午我和妈妈去超市时，看到一位青年男子在街头上举着“我很饿，我要工作！”的牌子，很心酸。

我在超市买了一条三文鱼，很新鲜，才9美金，实在太便宜了。又买了些宫保鸡丁和瓶装水后，和妈妈开开心心回家了。

我家车库

晚餐的一半由我负责，一切准备就绪后请大家入座吃饭，哈哈，很有些主人翁的感觉哦！

今天餐具太多了，不用我手工洗，交给洗碗机来做了。妈妈告诉我，我们住的这栋独立小屋是1990年买的，包含所有的装修和100平方米的花园。这套房子面积在300平方左右，20万美金！“哇！只有20万！”我忍不住叫出声来了。妈妈说现在这套房子大概值25万美金了。我说上海一套不带任何装修的独立普通别墅要几百万人民币，妈妈大吃一惊，那个表情简直像看见外星人一样，还怀疑我是不是搞错数字了。

晚餐后，我们一家坐在客厅内看奥运。妈妈感慨地说美国实在太好了，他们从菲律宾移民来美国真是太对了。看着妈妈满足的笑容，欣赏着花园里的花花草草，我很开心，又有些怅然若失。

知遇之恩

2008年8月17日

今天我的联系人要见我，我在这里挺好的啊，一点矛盾都没有。妈妈笑着告诉我，定期联系我是联系人的工作。我想是哦，不能因为我太优秀了他们就放松警惕了，哈哈！

联系人是位美国白人女士，她问了我一些问题，如：在接待家庭是否帮着做家务？和接待家庭父母是否和睦相处？自己的东西是不是自己付账？是不是愿意把自己的东西与接待家庭分享？和同学相处的如何等等，我一一回答她后，她连声说“好！非常好！”

妈妈一直笑眯眯地陪在我身边，她告诉联系人我很聪明。哈哈！我告诉联系人我很喜欢我的接待家庭，还告诉她我写博客的事情。

回家的路上，妈妈说："我们家有你这样的交流学生真的很幸运。交流学生中女孩会因为想家而哭泣，一些男孩很倔，不愿听接待父母的话，矛盾时常发生，不得不多次换接待家庭。"我笑着对妈妈说："不管别的孩子怎么样，我总是怀着一颗感恩的心，是你们无私地接待我，我才能在这里安心学习和生活。我一定要在感恩节那天好好谢谢你们全家！""是啊，你很聪明，相信你会和我们相处的很好，我们很喜欢你，你的性格也很好！"妈妈开心地回答道。

我和接待家庭关系越来越融洽了。每天我会早早起床，和妈妈一起准备早餐，餐后我会把餐具洗干净。我还帮家里打扫卫生，自己的衣服自己洗，并且时不时地买些自己和接待家庭都喜欢吃的食物一起分享。学校的事也自己搞定。我尽自己最大的努力给家庭增加快乐。

每天晚上，坐在沙发上看电视就像在上海的家一样放松。和妈妈聊聊美国为什么会发展得这么好、我的未来与前途等等。妈妈鼓励我好好学习，说我是各方面都很有潜质的孩子，哈哈！妈妈还说她把我当成他们家的第三个孩子，她一定会尽好这份责任，把我培养成有用的之才的。我很感谢妈妈一家。

善气迎人 2008年8月18日

清晨的阳光从窗帘间穿过，我从床上一跃而起，新的一天，是新的挑战，我，又该出发了！

走到校门口，两个黑人男生粗鲁但极有个性地互相招呼着，真是让我忍俊不禁。踏入校园，角落中貌似一对情侣正在缠绵，我带着太阳眼镜，瞄了几眼看不太清楚，干脆不看了，加快脚步吧。

来到生物教室，Lopez老师已经在教室了。美国老师相当热情，看到每个同学都会说"早上好！"。很快地，周围的人也招呼着我，在美国的我已经适应了，也到处跟人打招呼，呵呵。

今天生物课老师让同学们去观察自己的种子的生长情况，并带好纸和笔做记录。我的两颗种子不争气，竟然一颗都没长出来，郁闷！我给种子浇了些水，希望下一次再来看时我的种子别再躲在土里装傻了。

美国的生物课很有趣，老师说这些内容教完后会有一次小测验，测验内容就是上课教的内容，只要认真听，一定会有好分数。测验的目的是检验同学们是否掌握了所学内容，不会出难题、偏题考得同学们焦头烂额的。生物课有录像资料，有丰富的实验，有生物杂志阅读，真正是寓教于乐，学到的都是鲜活实用跟生活密切相关的知识。上课时，同学有问题可以随时提问，老师任何时候都欢迎学生提问题。这样学到的知识才能真正消化吸收。

轻轻松松中生物课就结束了。下课后，Lopez老师问我是否能听懂，当他知道我基本能听懂时，很是高兴。生物课我还真是选对了！

刚出生物教室，我就看到了数学课的Zima老师，“早上好！”我和他异口同声地说道，哈哈！我喜欢事事争取主动，不能给人一种“木”的感觉。今天数学课教的是数列，Zima老师每天都会叫我起来回答问题，给我操练英语的机会，呵呵。

政治课因为学校的重新安排，我换到了Holmes老师班上。Holmes老师热情而友善。“我可以叫你Lee吗？”在得到我肯定的答复后，他立刻对全班同学宣布：“嘿，各位，这位是Lee，是从中国来的交流学生！”全班同学一起鼓掌欢迎我，有的同学还兴奋地大叫着，很温暖哦！Homels老师对我很照顾，让我坐在前排，一位男生还送我一张纸让

我和Lopez老师

我记笔记用，美国人的乐于助人真是体现在时时处处啊！

老师今天跟同学们讨论对美国总统布什和加州州长是否满意，学生和老师能公开指出总统或州长的缺点与不足并批评他们。他们不认为总统或州长高人一等，总统和州长只是一种职业。

物理课今天测验，四十个选择题我只错了四个，挺满意了。测验时，学生将答案写在答题纸上，考卷上不要写任何字，估计考卷会重复利用。测验结束后，同学之间互换考卷批改，改完后将考卷放到指定地方，测验就结束了。

我很想在PHS毕业，好朋友Nathan告诉我，要毕业的话必须修满200个学分，我的天！一学年的学分才50分，我怎么做才能达标呢？我要好好努力让校长和所有老师对我非常满意才行，否则毕业证书只能在天上飘了。不过，有难度才有挑战性嘛，我要冲！

下午英国文学课结束后，我刚走出教室，一个女生一把抓住我，吓了我一大跳。“可以给我你的手机号码吗？”女生大声问我。我一阵莫名，“什么？”她重复了一遍。我当时的表情一定很搞笑，边上同学见此情景都捂嘴狂笑。我很无语，只好朝她摇摇头，汗颜地走了。

放学后，耳机往耳朵里一塞，太阳眼镜一戴，轻轻松松地回家了。

没交作业 2008年8月19日

清早小鸟在树上快乐地歌唱，像是天然的闹钟把我从床上揪起。喝了杯牛奶，吃了片面包后，我又踏上了征途，开始第七天的校园生活。

学校门口站着位带着太阳镜的校园警察，时不时地晃晃身子，抖抖脚，好像在说，“我帅不？”不幸的是，男生们只管看校园里的美眉，女生们只想着自己是否漂亮迷人，只有我，很有礼貌地朝他笑笑。

早晨的校园非常美，绿树成荫，芳香四溢。走廊上不时出现浓情蜜意的情侣。一路上不用听什么音乐，听听接吻声就够刺激了。有些女生打扮得十分有个性，身上洒了很多香水。一位浑身散发着玫瑰花香的女生从我身边经过时，我忍不住打了个喷嚏，“保佑你！”女生快乐地说道。

生物课很轻松，老师在上面放动物实验的幻灯片，同学在下面记笔记。我越来越喜欢生物课了。

今天数学课学的是向量。讲完课，Zima老师让我们交作业，我一阵莫名。原来每位同学都有一本做作业的书，我是新来的，没拿到。晕啊，没交作业？这太冤枉了！不行，我今天一定要拿到书。Nathan告诉我去图书馆拿，我看Zima老师有很多书，他为什么不能给我一本呢？后来才知道，那些书是老师上课时发给同学用的。

在政治课教室门口又碰到好朋友Melvin了。Melvin告诉我，十二年级的他，现在选读的是九年级英语。他是西班牙人，棕榈谷有很多西班牙人，他可以用西班牙语沟通，羡慕啊！后来想想，任何事都是一把双刃剑，Melvin因为能用西班牙语沟通，他英语进步就不够快了。

今天教科书到了，我有五本厚厚的书要领。塞了两本在书包中，手上捧着三本的我，一路上婉言谢绝了很多美国同学的帮助。可当我好不容易赶到教室，却发现教室门关着。唉！我一个人靠在墙边，满头大汗，灰头土脸，像个捡垃圾的。还好，老师很快就回来了。进了教室，吹吹空调，我又恢复了活力。老师布置了一些作业，给我们整整一个星期的时间完成，真舒服啊！

物理课上，老师让我们测量距离与速度。老师拿了好几辆玩具赛车出去，开不同的距离，让我们记录数据后完成相应的计算。完成要求后，阳光的老师带着一群活蹦乱跳的学生开开心心地回到教室继续上课讨论。我觉得美国的孩子之所以充满活力，跟他们整个生活环境有很大关系。即使在学校，他们也能在一种宽松活泼的环境中自由地学习。

Macon老师的演讲课非常有趣，老师和同学关系很融洽，这样的课让我在学到很多知识的同时，没有感到丝毫的压力。

心旷神怡 2008年8月20日

棕榈谷好久没下雨了，太干了。这几天早餐吃得很少，牛奶也不敢喝，怕喝牛奶后嘴巴有味道。嘴巴有味道还怎么跟漂亮女孩聊天打招呼呢，不是自寻死路吗，嘿嘿！

早晨刚洗过的头发感觉特别顺，出门前戴着墨镜在门口的镜子前照照，可刚摆好姿势，就听到了妈妈的招呼声，害得我很尴尬！

第一节生物课去看种子的情况，我的盆里除了泥土还是什么也没有，失望！一半学生的小盆子里有绿叶了。那些兴奋的学生在跟老师讨论着什么，我则灰头土脸地离开了暖房。

Nathan今天特意带了些硬币给我换，有硬币我就可以更方便地买饮料了，他真是个细心的人。

Holmes老师上课风趣幽默，他对我非常好。今天下课后，他关心地问我是否能听懂他上的课，问我喜不喜欢加州，在中国讲英语机会多不多，还表扬我英语进步很快。老师的鼓励让我信心满满地奔赴下一个战场——物理课教室，哈哈！

今天物理老师给我们做了有关鸡蛋的实验，老师一边做实验，一边用幻灯机做现场直播，非常精彩。物理课休息时，一位男生问我喜欢看什么体育比赛，当我说出沙滩排球后，边上所有的男生都心照不宣地点点头，表示十分同意。“你们主要是看性感女孩的吧！”组内唯一的女生一针见血地指出，“蔑视”的眼光将我们逐一扫过，好像在说，色狼！色狼！表情挺冷的。

演讲课时，坐在我对面的男生有些兴奋过头了，一直在讲话，老师只好请他去教室外站一会儿，呵呵。可没多久，一只拖鞋突然从我身边飞过，随着同学们的起哄声，一只很轻的泡沫拖鞋正好落在一个不好好上课的同学头上，太经典了！

回到家，弟弟说要吃三文鱼。我切好三文鱼放入冰箱等晚上爸爸妈妈回来一起吃。可晚上吃饭前我再看时，三文鱼只剩下三分之一了，弟弟已领先一步享用了，可爱的弟弟。

西班牙语 2008年8月21日

昨晚躺在床上，感觉数学课太简单了，我想把数学课改成西班牙语课，明天就去学生咨询处问问。来到美国后，我觉得自己什么都想学，什么都想做到最好，我真正尝到了学习的乐趣。

今天生物Lopez老师迟到了，他一进教室就向同学们说抱歉。生物老师今天拿来七个显微镜，让学生们观察哪个显微镜最清楚，在显微镜下看到了什么等等，像是一种常识的培养。完成课堂作业后，Lopez老师把一张中国地图打在投影仪上，让我指出我的故乡上海的位置。老师还向同学们介绍了上海的一些发展情况，这下同学们知道我是何方神圣了，呵呵。

政治课今天在电脑房上。我在这节课里还没有什么朋友呢，得赶紧交朋友。我转头看到一个亚洲人的面孔，一问，果然如此！他九岁时跟随父母从印尼来到美国。我和他边聊边走着，互相慢慢熟悉了起来。到电脑房后，Holmes老师将一份美国新总统候选人奥巴马的演讲稿发给我们，同学们可以就演讲稿的内容发表自己的见解，想说什么就说什么，有意思吧？

物理课时，老师让我们用一根绳子测量教室各种尺寸。男生们个个像壁虎似的不知疲倦的攀爬在教室里的每个角落量着数据，美国男孩太率真太可爱了。

Melvin及其女友

中午我去学生咨询处换课表，我告诉老师，换课表是因为觉得课程太浅，老师很快就帮我办好了换课手续，如愿以偿了，哈哈！我要开始学西班牙语啦！

演讲课上，老师着重讲了身体语言，眼神交流等演讲技巧，都是些很实用的知识，我听得很认真。虽然看演讲录像时我不能完全听懂，但没关系，坚持到底就是胜利，每天进步一点，很快我就会赶上的。

放学路上，正好碰到好朋友Melvin，他知道我选修西班牙语后，让我有任何问题都可以问他。看着他真诚的笑容，我很感动。很庆幸在美国能有这样的好朋友。

州长来信 2008年8月22日

住在加州已有一段时间了，大家知道加州州长是谁吗？就是大名鼎鼎的影星施瓦辛格啊！

狮子座的阿诺德·施瓦辛格幼年时有三个梦想：世界上最强壮的人、电影明星、成功的商人。通过不懈的努力，他实现了自己的人生梦想，更牛的是，他于2003年成功当选为加州州长。

我现在就在加州，我也是狮子座，嘿嘿！得跟州长打个招呼介绍一下自己啊，写封信给他吧。想到就做，信很快就发出去了。

尊敬的施瓦辛格先生：

我是一名来自中国上海的交流学生，我现在和我的接待家庭一起住在加州的棕榈谷，我将于2009年6月回国。

我在上海时曾读过您的一篇演讲。我知道您21岁时从奥地利来美国，我现在能明白您在您的演讲中说美国是世界上最富有同情心，最慷慨和最有包容性的国家了。

我来到棕榈谷已有两周了，一踏入美国领土我就能感受到四处洋溢着的和谐和友善。我的接待家庭对我非常好，我在接待家庭中学到了很多东西，让我有如在自己家中一样温暖。我能感受到他们作为美国人很自豪。

加州州长施瓦辛格

我很幸运能来美国做交流学生。我会努力多了解美国的文化和各方面的情况，我想了解为什么美国能成为世界上最富有的国家。我希望能学习更多知识，我希望我的祖国——中国将来也能像美国一样强大。

我今年17岁，我知道您是很多人的偶像。对我而言，你不仅仅是偶像，更是个英雄，一个克服重重困难实现自己梦想的英雄，一个努力让国家和人民更好的英雄。

谢谢你

祝福你

YiChao Li

两个工作日后，我收到了他的回信，拿出来跟大家分享一下。

谢谢你的友善和对我的支持。你的鼓励给了我极大的鼓舞，同时也告诉我，我们正在沿着正确的方向前进。

我正在努力工作以改善我们财政预算的困境，使加州的未来更好。我们已经解决了一些过去没有人愿意去触及的有政治风险的事，这是一种进步。我们现在有能力解决已被搁置了许多年的困难，为我们的下一代做更多积极有益的事。我们要改善我们的基础设施，改革医疗保健和教育以及解决好我们困难的财政预算。

再一次感谢你对我的鼓励。

您诚挚的，

阿诺德·施瓦辛格

大家觉得施瓦辛格这个州长做得怎么样呢？能不能解决他面临的财政困难呢，让我们拭目以待，呵呵。

慷慨解囊 2008年8月22日

今天第一次去上西班牙语课，很兴奋，我早早地赶到了教室。一踏进教室，看到香气四溢的老师正和着西班牙音乐翩翩起舞，老师和音乐都很有激情。

没多久，来了三位同学，一位漂亮的女生正好坐我边上，这个艳遇厉害啦，呼呼！三位同学知道我是交流学生后，表现出浓烈的兴趣，对我实施了百般“拷问”，甚至还有人问我有没有书包！呵呵。我知道他们是因为好奇才问的。美国那么好，他们根本不了解外面的世界，看来，中国要多宣传宣传自己才行。

西班牙语老师叫Jonsson。今天的课堂作业是给地图涂上颜色，写出国名并标出相应的首都。女生们手就是巧啊，虽然我拼尽全力，可还是没边上的女生做得快，唉！收工了，蜡笔也要收起来了，这时候，边上女生来帮忙了，收拾干净后轻松地跟我说再见，心里真是说不出的激动啊！

Jonsson老师说下周开始正式上西班牙语课了，从字母和数字教起。这次换课表真是英明！

政治课老师让我们完成一些课堂作业。虽然Holmes老师已花了约半节课的时间讲解作业要求，可我还是没完全明白。老师看到我举手提问后，高大的他蹲在我座位边耐心地解答着我的问题，直到我搞明白为止。看着站起身来的他，一瘸一拐的回到自己的办公椅上，除了感谢之外，更多的是感动。

中午休息时，没见到Nathan，问了同学才知道Nathan去看他养的小猪了。知道为什么吗？因为他参加生物AP课程，呵呵！我真想看看Nathan养的小猪活得好不好。我正想着小猪的事，突然听到一个男生大声问另一个男生是否有硬币，估计是口渴了想买饮料吧。显然那位男生也没有。虽然我并不认识这两位男生，但我还是包中拿出了一袋硬币，爽快地朝他们扔了过去。这一扔，惹得周围的美眉们也来凑热闹了，“能借给我一些吗？”看着她们渴望的眼神，我说：“好吧，全部给你们了！”

演讲课的同学从二十八位变成十七位了。Macon今天教我们演讲时的手势。右手拿着稿子，左手摆出各种不同的姿势，还要配合眼神，挺难的。练习了几次后，渐渐掌握些门道了。

又到周末了，明天我们去看Fergie的演唱会，很期待哦！

Fergie演唱会 2008年8月23日

今天是周六，我睡到很晚才起床，妈妈会不会批评我啊？想到这里，我赶紧起床。下楼后发现妈妈还是笑嘻嘻的，这才放心。

睡足了，该帮妈妈做些家务了，知道妈妈要做牛排萝卜白菜汤后，我赶紧帮妈妈将芋艿和萝卜切好，完工后，妈妈笑着示意我该去做作业了。

今天晚上妈妈带我去看Fergie的演唱会。我们先去照相馆印些照片，用在英美文学老师让我们做的“快乐家庭”海报上。

接着我们找了家快餐店吃饭。妈妈帮我挑了个热狗、一个鸡肉卷和一杯冰淇淋。美国的食物用料很足，热狗里的香肠又粗又长，冰激凌也是一大杯，奶味十足，非常香！鸡肉卷约20厘米长，外面一层油炸的面

Fergie演唱会场内巴士

演唱会入场处

粉，里面裹满了切碎了的浇有美味酱汁的鸡肉，实在太大了，我和弟弟共同分享，太好吃了。快餐店的饮料免费供应，想喝多少喝多少，怪不得美国胖子这么多，哈哈！

Fergie是很著名的女歌手，今天去看她演唱会的人很多。在入口处，我看到一个超级火辣漂亮的美眉，大城市漂亮美眉真是多啊，而且都穿得超级性感。我美美地欣赏着美眉，感觉很爽，回头一看，妈妈不爽了，原来她刚知道演唱会门票要35美元一张，太贵了！我们回家了。

明天要去参加派对啦，开心！

盛大派对 2008年8月24日

今天早早地来到教堂，参加完一位婴儿的洗礼之后，我们就去参加派对了。

到派对地点时已是中午时分了。参加派对的人很多，主人为大家准备的自助非常丰盛。妈妈将一位中国女子介绍给我，我和她聊得很开心，她还告诉我，她丈夫会说上海话，想找人说上海话可以给她丈夫电话，哈哈！

今天神父也来了，我们聊了各种感兴趣的话题，包括性别歧视。当我说女人本性是柔，应该把精力放在照顾家庭和孩子上时，神父对我摇摇手，说在美国这种观点绝对不可以有，因为这也是性别歧视。没想到，我一不小心犯了“性别歧视”的错误，嘿嘿！

我的很多舅舅、阿姨也去参加了派对。阿姨们很热情，舅舅们很幽默，真希望天天有这样的派对。

回到家已是五点了，开心的一天就这样飞快地过去了。

一起上吧 2008年8月25日

不知不觉在美国已过了一个月，一切顺利，小小地庆祝一下。

今天生物Lopez老师没来，代课老师给我们布置的课堂作业有整整三张纸，够“狠”的吧？我埋头做到下课前五分钟才完成，找答案找得我眼睛都快抽筋啦！

西班牙语课总是那么轻松浪漫。一进教室，好朋友们就互相击掌问好，很温暖哦！Jonsson老师上课风趣幽默，有时边上课边翩翩起舞。

政治课上，两个黑人男生不停地讲话，终于把老师惹火了。没想到美国老师也会被惹怒的哈。老师厉声请两位黑人男生出去时，就在我身边，搞得我也心惊肉跳的。看到老师动真格的了，同学们都老实了，看来美国同学也有点蜡烛的，不点不亮。

下课后，Holmes老师找我聊天，我这才知道Holmes老师曾在部队生活过二十多年。他的风格是挺像军人的，豪爽而自律，很有男子气概。

演讲课老师将每个同学的演讲录下来分析。今天演讲的题目是有关食物的。我依然早早地上台了。在我起身的那一刹那，听到各路美眉怂恿着：“上啊，Joe！”顿时更加热血沸腾啊！今天的演讲很顺利，演讲结束后，同学们给了我非常热烈的掌声，开心啊，感觉自己还是蛮有本事的，敢在美国同学面前班门弄斧，哈哈！

402奇缘 2008年8月26日

生物课Lopez老师还是没来。我刚准备坐下，看见教室后面站着个白人男生，双眼无神，一副无所谓的样子。看到我坐下后，他走过来，挨着我坐下。原来他是刚刚转学来我校的。当他知道我来自中国上海时，第一个问题就问我上海是否有漂亮女孩，我告诉她，上海女孩比较纯，不像美国女孩那么热辣，他好像有些失望，呵呵。

做课堂练习时，我看他毫无头绪，就一题一题地带着他做。没想到我这只英语三脚猫也能帮上美国本地同学啊。可我告诉他答案在哪里后，他还是懒懒的样子，我疑惑的看他，“是不是我说错了？还是？”“哦，我现在只是不想做而已，谢谢你！”看看，美国学生自由吧？

西班牙语课，老师终于开始教我们一些简单的日常用语了。西班牙语说难也不难，就是卷舌音要好好练习。整节课教的内容不够多，我希望老师能再教快点。

政治课我们在学习二次大战的一些史实。我正在埋头整理笔记时，听到有位美眉在叫我。“你和他是兄弟吗？”女生指着班里的马来西亚人问我，我小小地汗了一下，“不是！”估计美国同学看亚洲人的脸都长得一样，所以把我们当成兄弟了，呵呵。Holmes老师帮我申请了学校的email邮箱，想得太周到了。

中午我去学生咨询处换课，主要是觉得纯英美文学对我太难了，英美小说与电影欣赏不错。老师说如果不适合的话还可以去换，我感激万分，连着对老师说了很多声感谢。拿到新课表一看，哈哈，英美小说和电影欣赏课和演讲课在同一个教室上课，都是Macon老师教，太好了。Macon老师教室是在402，我太喜欢这个数字了！

演讲课时，一位新来的女生知道我是中国人时，大声地说：“哇！那你一定很聪明吧！”呵呵，看来中国人的聪明是世界有名啊，好像名牌产品一样。

演讲课老师刚一教演讲的音调，班里顿时炸开了锅。同学们好像早就会了，充分发挥自己的想象力弄出各种各样的声音，简直把演讲课当成音乐课了，美国学生太活跃了，和这些同学在一起，自己也会变得更活泼更开朗。

快哉此风 2008年8月27日

昨天妈妈很早就回来了，做了我最爱吃的烤牛排。喷香的牛排配合着电视上奥巴马的迷人笑靥，太爽了！美国新一届总统很快要诞生了，希望奥巴马能顺利当上美国总统。

西班牙语今天教的内容我都自己看过并掌握了。可老师布置的作业我没有完全搞清楚。下课后，一位女生帮我将作业要求详细记在我的笔记本上，让我心里一阵温暖，呵呵。

政治课上，老师和同学们讨论美国两位新总统候选人奥巴马和麦凯恩。美国的政治课非常鲜活，同学和老师都可以自由发表自己的看法。一堂课下来，总有很多收获。

今天是我第一次上英美小说和电影欣赏课。Macon老师在讲《月亮女神》。在分析书中人物时，老师将一个人定性为放荡女，我不知道放荡女这个词的意思，于是就问边上同学。老师听到后就解释给我听了。听到放荡女，一个黑人男生激动了，他趁机用这个词来恶搞周围的女生。Macon老师听到话后，立刻沉下了脸，男生赶紧说“我开玩笑的！”“你这个玩笑开得太大了吧？”Macon老师严肃地说道。今天这个黑人男生一激动撞到枪口上了，呵呵。

今天演讲课因Macon老师忘带昨天同学们的演讲录像而无法分析了。一位男生听到老师没把录像带拿来，立刻质问老师为什么会忘，一旁的女生跟着说：“她昨天一定是和她的男人出去约会了，你知道的，

学校后操场

她也是女人嘛，有自己男人的！”女生越说越起劲，Macon老师无奈地看了她好几眼。美国学生，牛！

牛排“你好” 2008年8月28日

昨天晚饭时，爸爸发誓要学会中文“你好！”，可他老记不住。“明天我在炸牛排时跟牛排说‘你好’，这样每天练习一遍就不会忘记了。”听了爸爸的话，我刚喝到嘴里的饮料差点没喷出来，“你跟牛排说‘你好’？”妈妈一听我的问话，更是要笑瘫了。原来菲律宾语“翻面”的发音跟中文的“你好”很像，哈哈！

今天学校安排我去参加一个国际学生的英语考试。老师说我是她见过的最懂礼貌的学生。

中午见到了我上次扔给他硬币买饮料的男生。他一个人坐在那里默默品尝着点心。“你是西班牙人吗？”我和他攀谈了起来。“我也不知道自己是哪里人。我现在的父母是墨西哥人。”“什么？你是墨西哥人？”“不！我的养父母是墨西哥人。我从未见过亲生父母。”什么？他是个被亲生父母遗弃的孩子？想到自己刚才的问题触到了他的痛处，我一时不知该说些什么来安慰他。接下去几分钟，他默默无语地吃着手中的小点心。“你父母太坏了，难以想象！”我突然蹦出这句话，可他没有回应我。这时，一个女生走过来给了他一个拥抱，他这才似乎有些醒了。“你，不要这样，振作起来！”我安慰道。不知他的亲生父母怎么能那么狠心地抛弃他！

下午的英美小说与电影欣赏和演讲课都非常有趣，可一想起中午遇见的小男生，我快乐的心情立刻蒙上了层难言的滋味。只希望这个小男生能从被亲生父母抛弃的阴影中走出来，更勇敢、更坚强地面对一切！

虚惊一场 2008年8月29日

昨晚吃饭前，爸爸提醒我千万锁好门。爸爸凝重的表情加上妈妈的沉默无语更是让我紧张了起来，“窃贼来过我家了？”我不安地问道。也许是看出我的紧张了，爸爸告诉我，是他的同事家失窃了七千美金，所以我们也要小心，哦，原来是这样！

妈妈告诉过我，美国虽是个很富裕的国家，但这并不是说美国就没有穷人了。美国也有穷人吃不饱饭的。还有些人因各种原因走上了抢劫杀人等犯罪道路。

今天去暖房检查自己的种子时，看见一个黑人男生用极其侮辱人的话在骂一个小个子男生，小男生在这么多女生面前被贬损，内心一定很屈辱吧，非常同情他。

到了暖房，令我非常高兴的是自己的种子终于长出些叶子了，激动啊！

西班牙语课Jonsson老师依然是喷喷香，她今天貌似换香水了。一个女生走到我这里时不小心撞到椅子了，痛得她在边上“啊唔，嗯唔”了好久，我很想多慰问她几句，可她穿得超级性感，多看几眼估计人要烧起来了，教室又这么热，不是一个天然催化剂么？赶紧把眼光转开，我是君子，呵呵。

政治课Holmes老师请来了一位陆军军官来给我们做军事方面的介绍，因为有太多的专业名称夹在里面，听得我稀里糊涂的，感觉自己像在梦游似的。

下午去上小说课时发生了件很搞笑的事。不知为什么，今天一进小说课的教室，感觉像进了鬼屋一样。老师不在，我连喊了三声Macon老

棕榈谷街区一景

菲律宾接待家庭正门

师，却没有任何回应。我紧张了起来，恰巧此时，空调“呜”的一声启动了，我被吓出一身冷汗。看着教室周围挂着的黄色小灯和电脑打在幻灯机上泛出的紫晕，想想上课铃已响了，可这里一个人也没有，我赶紧退出教室，真担心出什么事了。还好，没多久，老师和同学们陆陆续续地来了，远远地向我打着招呼，哦！这下放心了。

演讲课今天给同学们分析演讲录像。有些同学很害羞，不好意思看自己在录像中的尊容。我很坦然，要对自己有信心嘛，对不对？老师说我的不足之处是眼睛距离演讲稿太近了，嗯，以后演讲时一定注意。

酷夏心扬 2008年8月30日

又是周末，美美地睡到自然醒，舒服！

今天妈妈的一位中国同事一家来我家玩。很小从福建移民来美国的她不会说普通话，我们不得不用英语进行沟通，呵呵。除了今天带来的小女孩外，她还有一个已大学毕业在电视台工作的儿子，很不错啊！

弟弟和小女孩开心地玩着各种游戏，听着他们无邪的童声，感慨自己的童年已经一去不复返啦！

妈妈做了很多美味佳肴来招待同事一家。妈妈听到我和她同事的丈夫结结巴巴地在用西班牙语沟通时，在边上捂嘴狂笑。

爸爸端烤鱼上来时，嘴里不停地念念有词：“你看，你好！”哈哈！“爸爸，你知道中文‘我爱你’怎么说吗？”“当然。”听了爸爸的回答，妈妈耸耸肩，说：“他肯定知道，追中国妹妹要用的！”

晚饭后，我到后花园看看风景。和风轻轻地拂过脸庞，惬意舒爽！

周末闲聊 2008年8月31日

今天早早地起床了。妈妈看上去有些疲惫，估计这两天客人的来访把她给累坏了。

“妈妈，你坐下歇会儿吧，中午对付着吃点就可以了。”听了我的话，妈妈开心地笑了。爸爸下楼后，我们三个人就在餐厅聊天，从美国的食品聊到日常用品，感觉美国东西不仅价格便宜，质量也很有保证。美国人的工资那么高，东西比我们中国还便宜？心理很不平衡，哈哈！

妈妈告诉我，美国在对妇女权益保护方面做得很好，夫妇双方如果离婚了，女方通常能得到很多补偿。在美国离婚，对男人来说代价是很高的，男人越有钱赔给女方就越多。

下午，弟弟的两个西班牙朋友来了，他们长得真好看。略带些蓝色的眼睛炯炯有神，长大都是帅哥级的啊！小帅哥很喜欢找我聊天，当他们看到我满载歌曲的iPod时，嚷嚷着要我卖给他们，哈哈！旧东西怎么能卖给他们呢？这样做的话，我岂不成了欺负小孩子的坏蛋了吗？当我说不能卖给他们但可以借给他们时，小帅哥的眼中有些失望。

两个小帅哥今夜住在我家，晚上热闹了。祝他们过个愉快的夜晚！

美国劳动节 2008年9月1日

昨晚在睡梦中迷迷糊糊听到些声响，努力睁开眼睛一看，弟弟正领着两个小帅哥在我床前跳舞，三个孩子憨态可掬，跳得满头大汗，太可爱了。

今天是九月一日美国劳动节，学校放假，很舒服哦！可劳动节在家能干些什么呢？家里到处都很干净，还是拍些照片吧。我把美国电视频道挨个拍了一遍，留作纪念吧。

妈妈今天给我们做了非常好吃的菲律宾粥。香喷喷的放着鸡丝和葱的鸡粥让我胃口大开，美美地吃了个饱。妈妈看我吃得乐哉乐哉，也很高兴。

晚饭时，电视上的美女真是太漂亮了！我的眼睛不是看饭菜而是目不转睛地盯着电视，心不在焉地完成了晚餐。

哈哈，该睡觉啦，明天要去学校迎接新挑战。

否极泰来 2008年9月2日

今天凌晨5点左右，QQ的滴滴声把我从梦中唤醒。看着电脑前的一堆乱码，我赶紧用英语说："对不起，你可以说英语吗？我这里中文无法显示。"可两分钟后等来的还是一团乱码！"懒得理你，我睡觉了！"刚一转身，"嘭"的一声巨响，键盘被我不小心摔到地上了。

起床时，迷迷蒙蒙的我用双脚在地板上找拖鞋，却撞到了床缘。洗澡前，看到眼前的电风扇挡了我的去路，搬起它时手一滑，毛毛糙糙的底座压在我的大脚趾上，皮破了，出血了。出门走到街区口，想起西班牙语作业夹在书中忘带了，赶紧回去取。取完出来又想起iTouch和学生卡没带，再回去，唉，真不知道自己今天怎么了。

快速飞奔到到生物教室前30秒，铃声响了，迟到了。

生物课拿到上次测验的卷子一看，我得了56分，离60分的A只差一道选择题。跑到暖房检查种子时打了两个喷嚏，居然没有人对我说"保佑你！"看来，今天诸事不顺，我无奈地摇摇头。

西班牙语课上，一位美眉看到我的iTouch后连声说酷，说完酷后，她还快速地跟了一串话，我没听清，想混过去算了。我耸耸肩，脸上挂着一丝不明确的微笑："呵呵，也许。"态度暧昧不置可否，绝大多数问题都可以这么对付过去的。可今天这个办法好像也失灵了。美眉听到我的回答后没有罢休，盯着我看，我看这一次是混不过去了，只好坦白了。"不好意思，你说什么？"听到我这话，美眉和我笑得都有些尴尬，原来她想借我的iTouch在上厕所时听，我汗！

政治课交作业时，我在书包里一阵狂翻，找得满头大汗可还是没找到作业。那可是花了我两个小时，整整写了6页A4纸的作业啊。Holmes老师看到我的狼狈样后，让我明天再交给他。唉！我真是哑巴吃黄连，有苦说不出啊！

上物理课时，政治作业不知怎么自己冒出来了。下课后我去政治教室补交作业，可教室已经没人了，唉！

回家刚做了会作业，姐姐来了，看来一天的不顺利已经结束，开心的事上演了！姐姐的英语非常好听，我跟她对话没有任何问题，我对自己越来越有信心了。我想和姐姐拍些照片，姐姐说她要准备一下。弟弟在一边很懂人情世故地说："她想让自己更漂亮些！"哈哈！

姐姐今天晚上会住在家里，我现在还要去跟姐姐聊聊天。

加州"杀手" 2008年9月3日

今天起床照镜子时，发现自己皮肤黑了很多。都成了巧克力人了。虽说美国妹妹喜欢皮肤偏黑的男生，但这毕竟是听说啊。真为自己捏把汗！不管怎么说，要自信！男人自信最重要的，嗯！可加州的阳光也太厉害了，杀手啊！

今天早早地来到生物教室，刚一坐下，就听到个好消息，我生物拿到A啦！"否极泰来"果然有道理！今天又去探望了已长出的植物，一颗已经长到15厘米了，嘿嘿！

政治课前，我赶紧将作业交给Holmes老师。老师对我的作业很满意。政治课安排我们以小组为单位抢答问题，这可是交朋友的好机会啊！每个小组拿到一块小白板，像真的电视秀一样。抢答时，大家争先恐后、六亲不认、神勇无比，课堂成了战场，这样生动活泼的课堂教育让我大开眼界，混在美国同学中的我，努力将中国人的智慧展示给他们看。

小说课老师让我们查十个冷僻单词，我一看，有六个单词我是知道的。我边上的美国同学知道后，像看到外星人一样看着我，还告诉了老师。Macon老师一点也没觉得意外，反而趁机教育了美国学生一番，说："美国同学因为出生在美国，口语会好些。外国学生词汇量比你们大很正常，因为他们很勤奋。要知道，词汇量很重要。"老师的话让有些美国同学不好意思了，呵呵。

演讲课现在在学朗诵。今天上台朗诵，我读的从容、自在。结束时，Macon老师带头鼓掌，很激动哦。边上两位女生还说"你皮肤晒黑了，看上去很性感！"原来美国美眉真喜欢黑皮肤的男孩子啊，窃喜。

今天还教了一位美国同学说中文，他让我教的中文是"那个男人在喝茶！"

下课后，和Macon老师愉悦地说了声再见，戴上墨镜，享受着加州"杀手"，开开心心地回家啦！

冰融雪化 2008年9月4日

昨天下午回到家，刚做了一会儿作业，姐姐就带了一个很酷的男人来了。一进门，那位酷哥就用校园常用的打招呼方式招呼着我，呵呵！

因为吃不准这位酷哥与姐姐的关系，记得看过姐姐男友的照片，好像跟这位不太像。"他是你哥哥还是……？""是另一个母亲生的哥哥！"酷哥幽默地眨眨眼，歪着脑袋笑着回答道。"哦，Joe，他是我最好的朋友！"姐姐补充道。哦，最好的朋友，那就是男朋友啦，呵呵！酷哥和姐姐一起做了很多墨西哥菜给大家吃，美味无比，哈哈！

今天生物课时，照例我们去检查自己种的植物。走在路上，一个黑人男生问我："你们那里东西贵吗？比这里贵吗？""是啊，比这里贵……"还没等我说完，"操！"哦，天！他用这样独特的方式为中国

我的小植物

公民鸣不平啊，无语！

今天我的宝贝又长高了，别人的植物都是竖着长，可我的横着长，难道它知道培育它的人是从中国来的交流生，它帮助我一起促进横向交流？哈哈！

演讲课练习绕口令，我貌似是整个一桌读得最快的同学了。“Macon 老师，我完成了！”我很积极地向老师汇报自己的学习成果。Macon有些怀疑地看着我，她也许觉得这个才来了一个多月的交流生敢和在美国土生土长的高年级学生拼语速和发音，有点疯狂啦，呵呵。

今天中午12：00就放学了，晚上有家长会。回到家，一个人也没有，姐姐已经走了，弟弟还没放学。

可到晚上6点45分时，妈妈还没去开会，我提醒妈妈要开家长会，妈妈问我通知在哪里，我上楼去拿通知后下来时，发现妈妈已经走了。

“为什么她走得这么快？”我有些不解地问爸爸。“你看她还有时间等你吗？你为什么不早点通知她？”爸爸的表情变得严肃了。“上个星期妈妈看过我的时间表，她应该知道。”“Matt，他之前告诉过妈妈吗？”看到弟弟点点头后，爸爸没再说什么了。“那么昨天的会是怎么回事？”我说：“昨天晚上6点钟有个会议在蓝卡斯特开，我告诉妈妈，还给妈妈看过Holmes老师的通知，可妈妈不相信。妈妈还说我告诉她的是Ma老师的事。”“是你说错了，我听你说的是Re老师！”“不，我没说过！”“我听到的，你在撒谎！”爸爸最后的一句话深深地刺伤了我。要知道，前天上政治课时，Holmes老师通知大家有一个会议在兰卡斯特，我特意叫Holmes老师写了一张条子好让妈妈明白。我昨天把条子给妈妈时，她却很肯定地说那个会议是下周的，我也没有办法。

“我没有撒谎，谁给的我条子我就说谁，这只是地点与时间，我有必要撒这个慌吗？”我语气坚决地继续辩解道，实在有些搞不懂了。“我听到的，或许你忘了，你平时很忙，有很多事情要做。我们也很忙，你看，我们平时要工作，要做家务，你要确保你的信息是正确的，不要让我们白忙活。”“我知道你们很忙，可你不能说我撒谎，这是原则问题！”我反驳着。听了我的回答，爸爸笑了，不明确地笑了。

接下去的十几分钟里，我一直在跟爸爸交流，试图让他明白。可是，误会越陷越深，最后我只好说“好吧，都怪英语不是我的母语，我无法把事情的原委跟您说得很清楚。但请你相信我，我没有撒谎，我告诉妈妈，是她忘了。我根本没必要撒这个谎！条子上只写着开会时间和地点，不牵涉到任何隐私，我没必要回避什么！”这是我第一次在异国他乡感到从未有过的委屈，我知道爸爸不是故意损我，但我真的不喜欢他说我撒谎，那是在侮辱我！说完最后一句话，我去了车库，拿了一瓶水，一下子就喝光了。我好累！我真的没有撒谎！

爸爸准备好晚饭后，叫我一个人先吃。我知道也许爸爸觉得我跟他争辩是对他不尊重了，待会儿他们一家人在一起要好好商量一下怎么处理我？考虑把我换个接待家庭？食物机械的被送入嘴里，我全然不知是什么味道。

妈妈回来时，弟弟亲热地跟妈妈打着招呼，而我，一时竟没有反应过来。

我心平气和地继续向妈妈解释着，妈妈终于明白怎么回事了。可我还担心爸爸，我要向他道歉！如果他已意识到是他记错的话，我就更应该道歉，以示礼貌，不是吗？可如果不是呢，如果他仍觉得我在撒谎，我道歉有用吗？我的眼神有些漂移，迷乱。

“爸爸对不起，刚才我对你发脾气了，真的对不起，请你原谅我！”爸爸笑了，并且友好地拍拍我，“没关系，Joe！”呵呵，冰融了，雪化了，一切都恢复平静了，爸爸下去吃饭了。

弟弟帮我把iTouch的软件更新了一遍，除了可以自由上网，还添加了很多新功能。在iTouch 上用Google Earth看到自己上海的家时，心情一下子好了许多。

不知怎么的，最近总能享受否极泰来的快感，呵呵！

对抗病魔 2008年9月5日

今天早上六点多醒来，一种从未有过的剧烈头痛困住了我，我在床上一阵阵泛着恶心，摸着滚烫的额头，我知道自己发烧了。最近学校感冒的同学很多，估计自己被传染上了。

“再睡一会儿吧！”疲软无力的我继续睡着。接下来是一阵狂吐乱泄，身体好像被抽干了似的。屋里一个人没有，我只好一个人忍着，再难受，也没有办法，我体会了什么叫无助！几轮“攻势”过后，我下楼吃了点东西，连洗餐具的力气都没有了。

回房间不久，阵阵恶心接踵而至，刚吃下去的早餐又全部送了出去。

今天没有去上学，现在已是下午两点了，人感觉好多了，很想念学校的老师和朋友们。

晚上有个交流学生派对，可以见到来自世界各地的交流生了，有一点小小的激动与期待哦！

齐聚一堂 2008年9月6日

昨天妈妈回家时，我的身体已基本康复了。稍作准备后，妈妈开车带我去蓝卡斯特参加交流学生派对。二十分钟后，我们到达了自助派对地点。哇，人好多！

排队取了些食物，找到位子坐下后，我草草地吃了两片比萨，稍稍填了填肚子。要知道，这种大型聚会是认识美女和结交兄弟的好地方啊，吃饭嘛，不重要。

很快地，一位健谈的男生来到我的面前，在我们对视第一秒时，就不约而同地向对方伸出双手友好地招呼着。他是保加利亚人，是被美国家庭领养的孩子，今天是和他表弟家的接待学生一起来凑热闹的。当他知道我在上西班牙语课时，开心地和我说起了西班牙语的一些小粗，找找乐子嘛，呵呵！说实话，他的西班牙语也很有限。我们俩说着说着就要卡壳。在扔出了所有会说的西班牙语后，我们只有大眼瞪小眼的份了。坐在我们边上的黑人男士被我们俩的搞笑逗得哈哈大笑，我想他应该是家长吧。可几分钟后，他站起来发言了，原来他是这次活动的负责人，我赶紧站起来向他问好，并用了法语、意大利语、西班牙语向他表示感谢，我的多国语言再一次让这位黑人老师开怀大笑，哈哈！

“过几天我们出去逛逛好吗？看个电影什么的？”刚认识的兄弟想约我出去，那当然好啊。我还和他爸爸握了握手，聊了一会儿，很开心。这次聚会，我还认识了个韩国女孩，挺漂亮的，哈哈。

这次来参加聚会的交流学生有三个韩国人，三个比利时人，六个德国人，还有两个巴西人，中国人就只有我一个了，不过没关系，要多结交国际友人嘛，对不对？

弟弟这几天一直在玩我的iTouch，我知道他喜欢，就让他玩个痛快吧。我打算在弟弟生日那天买一个送给他。当我在餐厅把这个想法告诉妈妈时，遭到了妈妈的反对。妈妈让我不必买任何东西给弟弟，弟弟有很多喜欢的东西，但不是每样他喜欢的东西都可以买给他。只有在他取得很好表现时才可以买一些以示鼓励。妈妈的话令我很有感慨，美国人虽然富裕，但绝不娇惯孩子。我想起了前几天来我家玩的两个西班牙小男孩了，他们家庭很富裕，房子很大且带着大花园和游泳池，可他们也没有iPod，只能羡慕地拿我的听听了。

相对美国的家长，中国的家长似乎更溺爱孩子。

生生不息 2008年9月7日

昨晚有人敲我家门，妈妈一脸茫然。打开门，原来是位推销吸尘器的老先生。看着老先生湿湿的衬衣，一丝同情感跃上了心头。

老先生的语速很快，乐观的气息感染着周围的人。虽然妈妈不想买吸尘器，但还是很有耐心地听老先生介绍着他的产品。看着老先生乐观的神态，我心中充满了感慨。人的一生就是不断地劳动！

今天醒来时已是中午12点。午饭时我们聊到了圣诞节，妈妈告诉我，圣诞节时，家里几乎每样东西都要装饰。妈妈说美国的圣诞节漂亮得令我吃惊，她谈论圣诞节时是那么的眉飞色舞。可妈妈也告诉我，有些非常穷的人，会选择在圣诞节自杀。妈妈的话让我从狂喜跌到了伤心与难过中。唉，再富裕的国家也有穷人啊，同情！

午饭后，我来到后花园，爸爸在花园中精心呵护着院子里的花花草草，看着水雾中娇媚的花朵，金色的阳光洒在她们身上，更为她们增添了几分妖娆。

人生彩虹 2008年9月8日

今天一觉醒来，喉咙痛、头晕、鼻塞症状一起向我袭来，但比前几天的腹泻好受多了。快速做好各种准备后，我快步往学校走去。

走进生物教室，Lopez老师热情地招呼着我。他知道我病了后，向我介绍了请病假的程序。家长写假条，学生到学校医护室敲章，再交给任课老师签字认可。老师说上周五的不用补了。

去暖房检查植物时，发现我的宝贝长出新叶子了！老师说这周可以把自己的植物带回家，太好了！妈妈可是酷爱植物的啊，班里有六个同学的种子还静静地躺在泥土中装傻，同情这些同学！

回到教室，Lopez老师不仅将上周五我缺课的笔记复印好给我，还仔细地解释着上面的内容，非常感激这样负责任的老师。

一踏进西班牙语教室，我先向Jonsson老师补假。老师听说我病了

后院彩虹

后，伸出手摸摸我的额头，让我再去医护室休息，在得知我可以坚持上课后才罢休。下课时，Jonsson老师再次关照我注意休息，让我心里一阵温暖。

物理课上，老师发给每个同学几张纸，让大家折纸飞机。我勉强地折出了个貌似飞机的东西，可刚飞出去就掉下来了，惹得同学们哈哈大笑。美国孩子动手能力都很强，他们折的纸飞机各种样式的都有，而且都可以飞得很远，羡慕！

中午去和好朋友Nathan 见面时，碰到了西班牙语课一个甜美女孩，女孩可爱地向我挥着手。看着她甜美的笑容，我的精神为之一振，呵呵。

“你好，Joe！”一抬头，看见校园保安在跟我打招呼。他们竟然知道我名字？没想到哦。我想给保安拍张照，可他竟然害羞地不肯拍。

“老师，上周五我生病了。”一进Macon老师教室，我就赶紧解释。“我还以为你去迪斯尼乐园玩了呢！哈哈！”Macon一脸灿烂地笑着跟我开玩笑。老师让我将上周五的课堂作业补回来——写一篇1000字的电影故事梗概。我突然想起在上海时看的一部名叫“My Boy Jack”的电影。我奋笔疾书，很快就写好了。当我把正反面都写得满满的A4纸交给老师时，她朝我信任地笑笑，仿佛在说：“我知道你能行的！”

演讲课时，不知怎么的，我一阵猛咳。边上的同学关切地问我要不要帮忙，温暖哦。上台表演绕口令时，我把绕口令说得飞快，老师不断地引导我再快些，再快些！我还真的更快了，哈哈！看来人的潜力无穷啊。速度关过了后，老师在我嘴里塞了个彩虹棉花糖，让我继续说绕口令，我做到了。老师又加塞了一个，我把第二个棉花糖往嘴巴的右边一顶，继续清晰地说着绕口令。顺利完成任务后，我再次看到Macon老师那发自内心的鼓掌祝贺。看着其他同学紧张的神情，我在台下起劲地鼓励支持着他们。

我很喜欢演讲课，我知道掌握演讲技能的重要性。虽然彩虹糖已在口中融化，可却在我心里留下了一道甜甜的七色彩虹桥。

希望之门

2008年9月9日

今天早早醒来，感觉头不痛了，太好了！洗完澡，穿上红色的衬衫和蓝色牛仔裤，戴上酷酷的墨镜，我出发了。微风吹着蓬松的头发，更是增添了几分惬意。

走到校园门口时，左手叉着口袋，很“嚣张”的朝各路美眉张望着。果然，不远处来了位美眉，这是我来美国后看到的最漂亮的女孩了。真希望她会注意到我啊！我朝她走去，和她目光对视了约3秒钟。美眉实在是漂亮，蓝眼睛，金头发，身材娇小的她裹在一条深蓝的牛仔裙中，似笑非笑夹杂着一丝成熟的她不断地回头看我，真是一次华丽的邂逅！

政治课上，Holmes老师给我们看奥巴马纪录片。奥巴马这样一个出生于普通家庭的有着黑人血统的美国人，通过自己的不断努力，成为新一届美国总统的热门人选，实在是太不容易了。真佩服他的聪明和坚韧不拔的精神，当然，美国的大环境也为他实现自己的理想提供了宽松的氛围和可能。

看完奥巴马的录像后，老师把阶段性的成绩给我们了。当看到自己的成绩是A+时，简直不敢相信自己的眼睛。全班44个同学中，我的分数是最高的！我从心底感激Holmes老师。

物理课上，我正在快速消灭题目时，老师递给我一张参加学区数学竞赛的纸。哇！太好了！数学竞赛安排在周四，我不会辜负Swaner老师和学校对我的信任，一定要拿个第一回来！

中午休息时，感觉天空比平时更蓝、更清澈了。

下午早早地赶到了Macon老师的教室。英语小说课也该出分数了，我有些紧张。小说课是开了两周后我才加入的，作为一个英语非母语的学生，对英语的长篇阅读和电影概括真的没把握，估计拿个B已经不错了。拿到Macon老师发下的作业后一看，我差点没背过气去，上面竟然写着个大大的“O”！我这么努力，老师怎么能这么残忍地给我个零分呢？！“0？！”我一下子大叫了出来。Macon老师冲我笑笑，说：“如果是圆圈，说明作业做得非常好！”哦！原来是圆圈啊，吓我一跳！

演讲课上，一位漂亮而又活泼的女生突然“跳”起来叫我教大家说中文。美女相求怎有不答应之理呢！这下热闹了，同学纷纷要我说各种不同的中文，整个教室闹哄哄的。Macon老师并没有制止同学们学中文，而是坐在办公桌前笑看着眼前发生的一切。女生问我的第一个词是“和平”。在学会了“我爱”和“和平”后，女生开心地说：“我爱和平！”看着可爱的女生，我不禁思索着，美国之所以这么强大，原因可能就在于方方面面真正和谐之和平。

走在回家的路上，我对自己的未来充满了希望。相信自己定会有鹰击长空，如虎添翼的那一刻！

青春礼赞 2008年9月10日

今天一早从床上跳起来，洗完澡，想喷点香水，一不小心，喷到了嘴里，好苦啊，爱美真是需要付出代价的。

生物课我的作业又是满分，好像没有什么特别的感觉了。今天本可以把我种的植物带回家，可我忘了带塑料袋，只好等明天再“抱得美人归”了。

西班牙语前，我先请Jonsson老师在同意我去参加数学竞赛的纸上签名，我一连声的感谢让Jonsson老师忍不住风趣地说：“先生，你礼貌过头了！”我也忍不住笑了。

上课时，老师放了首西班牙歌曲，唯美的旋律中透着些淡淡的忧伤，太经典了。Jonsson老师深深地沉醉其中，她拿出一串葡萄，静静地享受着。歌曲听完、葡萄享受完后，老师给我们介绍了一些常用的西班牙人名。老师用很搞笑的口吻道出孩子的由来：“在一个月黑风高的晚上，你的爸爸妈妈邂逅了，他们深深地爱上了对方，然后回家做爱，之后就有了小宝宝了。”介绍完之后，老师让同学们给自己起个西班牙名，然后叫男生女生配对“结婚”，再为他们的宝宝起名字，很搞笑很热闹的一节课哦。老实说，这样下来，同学们还真把西班牙的常用人名给记住了。

政治课上，Holmes老师问我：“Joe，中国的一些不愿读书的人是怎么生存的？有没有专门的政府机构管理他们？”“这些人很难找到好工作来养家糊口，只能干些收入较低的体力活了。我不是很清楚中国有没有类似美国的管理机构来管理这些人。”我说完后，一个女生还幽默地问老师：“他电话号码是多少？”美国的课堂就是这么轻松。

物理课前，与一帮美国同学的一顿击掌示好让我的双手都肿了，呵呵。我们这一桌今天来了位比利时的女交流生，蓝蓝的眼睛挺漂亮的。她一个星期前来得美国，我现在可以像以前美国同学帮助我一样帮助她了。

我正在跟她聊天时，收到一张纸条，老师找我去问对现在的课表

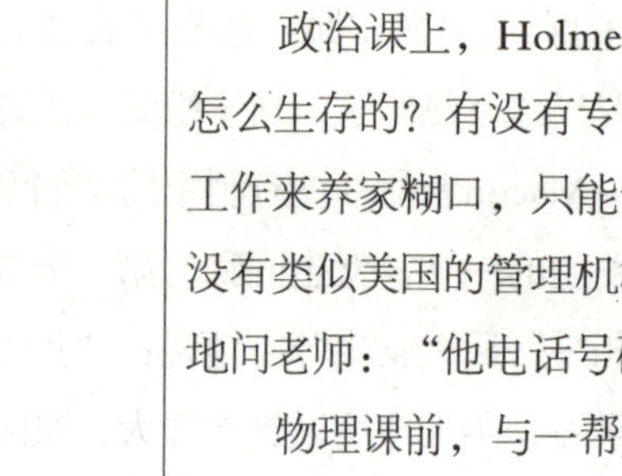

我在美国弹钢琴

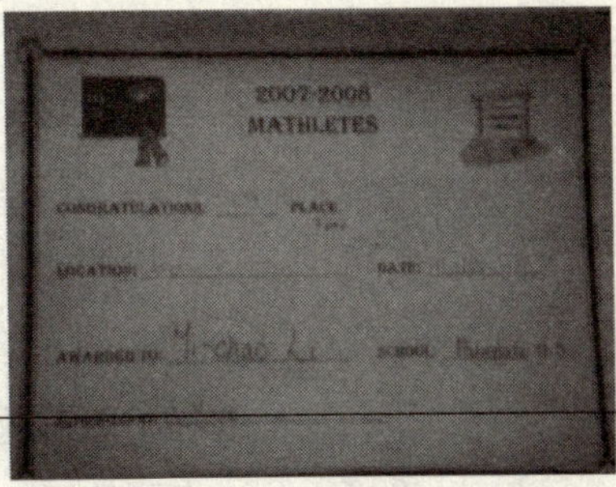

第一次数学一等奖

满不满意，需不需要调整等等。美国学校的老师们真是为我想得太周到了！

独步校园 2008年9月11日

今天生物老师教我们PH值。美国的教育方式和中国的真是有很大不同。中国的教育是不断往你脑中灌输知识，不管你搞没搞懂，考试再让你考得稀里哗啦，让你看到差距，继续努力。而看我所在学校的教学，老师并不急着教酚酞的概念或公式，而是叫学生自己挑几样液体，思考一下它们的PH值可能是怎样的，五颜六色的液体与各种试剂激发了同学们的好奇心，老师引导着好奇的学生扎扎实实地学着有用的知识。

8：30了，我要出发去参加数学竞赛了。Swaner老师作为我们学校的领队，载着我们去另一所学校参赛。

我们很快就到了比赛地点。比赛的学校环境非常好，干净得好像刚洗过一样。宁静的校园布满了花花草草，这样的地方太适合读书了。这次比赛共有八个学校参加。“Joe，你一定很聪明，今天竞赛就靠你了，希望你能拿到奖！”美国同学的大度令我很有感慨。我笑着说：“我会尽力的，美国同学也都很聪明。”我这样说既是谦虚也是给自己留条退路，万一因为语言或其他原因没有发挥好的话，至少不会“死”得很惨！我当然想拿第一的，最好个人和集体第一都由我们学校取得，哈哈！

竞赛开始了。第一部分是矩阵、多项式因式分解和指数对数的综合应用。我只用了不到一半的时间就完成了。15分钟后，第二部分的三道题来了。内容是对数、数列和幂函数。我依然是做得最快的选手。短暂的休息后，开始了第三部分的三道题。第一题和第二题看不懂题目，只好跳过。这次只能答对一道题了，惨啊！三轮个人竞赛结束后，分数出来了，我们学校总分名列第四。接着开始团体测试了，在大家的努力下，我们解出了一道题，五分钟后，好消息来了，我们学校总分排名提升了一位，名列第三！哈哈！我们纷纷击掌以示大快人心。

“个人竞赛第一名是来自PHS的Joe Lee！”“快上去拿奖！”同学提醒着我。在同学们热烈的掌声与尖叫声中，我笃悠悠的走上领奖台，真有一种笑傲江湖的架势啊，要是再来一副墨镜就更酷了，哈哈！

“真棒！”Swaner老师开心地向我祝贺道。

今天特别兴奋，我品味着夏日里的微风，独步校园！

醉意微笑 2008年9月12日

生物课一开始，老师先给我们测验。虽然很多生物单词我看不懂，但还是取得了很好的成绩。

西班牙语课老师将我的座位安排到了前面，还把我的好朋友安排在我后面，真是有心人。新座位安排好后，我赶紧向左邻右舍打招呼：“你好，我是Joe，很高兴认识你！”朋友多多益善嘛！

Holmes老师一上课就对我取得数学竞赛第一名表示祝贺，同学们用热烈的掌声表达着他们的兴奋之情。同学们的友善让我如沐春风，学校真像个温暖的家。

接着，Holmes老师请两位陆军军官给我们介绍美国陆军情况。当一位陆军军官问大家：“你知道LK这个城市吗？”“哦，我知道，它在地球上是吗？”一男生幽默地答道，“很好，你说对星球了！”整个课堂充满了机智和幽默的对话，让人时常哈哈大笑。

物理课上，我的好朋友知道我竞赛第一后，都向我表示祝贺。美眉们更是把我吹捧到天上去啦。

下午Macon老师的课依然由代课老师上。代课老师一见到我就说："你数学竞赛第一名是吗？你为PHS争得了荣誉！Swaner老师给所有老师发了邮件，说中国交流学生帮助PHS打败了HHS，现在所有老师都知道你啦，你已经成了校园名人啦！"没想到啊，我一不小心就迅速"蹿红"了，不好意思哦。

中秋遐想 2008年9月13日

今天是周末，吃完饭已经是晚上八点了。看着美国的月亮，我的思绪游离了出去。每逢佳节倍思亲啊！此刻，远在上海的亲人一定也和我一样，遥望着圆圆的月亮，思念着远方的我吧。

我没有告诉接待家庭今天是中国的中秋佳节。我只想一个人默默地思念远在上海的亲人们。想起他们，很多快乐甜蜜的往事一幕幕闪现在我的脑海中，我沉醉其中，流连忘返。

思念亲人和朋友的日子很难熬啊，我抱着一大团被子，把头深深埋在其中，听着iPod，想麻醉自己，想要快快入睡，可谈何容易。

衷心祝愿所有中国同胞都能过个美满的中秋佳节，愿天下所有的家庭都和和满满，幸福到永远。

校园男女 2008年9月14日

今天是周日，阳光好像都懒洋洋的。

看了一天的小说，休息时，不知怎么脑子里突然冒出了以前看到的很经典的"女孩的心思你别猜，猜来猜去都不明白"这句话。美国女孩和中国女孩似乎很不同。美国女孩更成熟，或至少她们显得更成熟。美国女孩可爱中带着成熟女性的妩媚。她们表达自己的观点或感情会更直接、更大胆。大部分美国女孩喜欢健康幽默的阳光男孩。

美国男孩喜欢怎样的女孩呢？美国男孩第一看重的是女孩的身材，

就是很有曲线的那种。脸蛋当然是越漂亮越好。美国女孩对政治和运动都很有兴趣，这似乎跟国内的女生也很不相同。美国女孩保持身材健美靠的是运动和节食并举，所以她们的身材是健康的美，而不是像国内女生所认为的瘦就是美。

美国男女学生充分享受恋爱自由，他们性方面的知识和体验要比中国学生丰富的多。这个我个人觉得又好又不好，也许是因为从小在中国长大的我，骨子里还有些保守吧。嘿嘿！

学校文化

2008年9月15日

开学这么久，令我感觉很爽的是，我们学校没有校服的束缚，学生可以自由着装，呵呵，当然睡衣裤除外。

男生通常喜欢穿各种T恤衫配裤子。女生们花样就多啦，原则是越性感，越吸引人越好。吊带裙，牛仔裤，超短裙，甚至还有那种超级低腰的裤子都能穿。大部分美国美眉身材热辣，这样的打扮真能迷倒一批批男生。

老师穿得通常比较正规。物理Swaner老师穿得最潇洒，他常常是一件T恤配一条深色牛仔裤，戴上一副纯黑墨镜，真是帅呆了。西班牙语Jonsson老师非常喜欢跳舞，她的身材保持得很好，丰满而不失苗条，穿上各种衣服都很漂亮。

我们学校男生的头发都比较短，白人男生普遍是板刷头，黑人男生的头发短得基本可以忽略不计了。女生们清一色的披肩发。我最喜欢女

美国的男生女生

孩披着一头乌黑的美发，温柔又可爱。

中午同学们常常去学校餐厅用餐。餐厅提供的有三明治、汉堡包和面包圈。面包圈有各种味道的，上面常可以加一层白色奶油，配上一杯热巧克力也是一顿不错的午餐。学生也可以自己从家中带食物来。除了主食外，餐厅还有各种可爱的冰激凌和五颜六色的鲜果汁供应，冰激凌和果汁是女孩们的最爱。

男生们最喜欢的运动是棒球和美式足球。每次学校有比赛，美眉们都会兴奋地去做拉拉队，有的美眉还把参加比赛的男友或好朋友的队服号画在脸上，很疯狂！美国女孩喜欢运动型男生，文气的男生就只好一个人在角落中独自伤心啦。

校园习语 2008年9月16日

现在中国的年轻人喜欢说“冷”、“牛”、“很好很强大”等等，美国的学生也有他们喜欢的习语。

先说说常用的取代用词吧。因为有些词实在太粗鲁了，必须换成一些读音类似的词。其实在校园中说些小粗很正常，男生如果一点粗话都不说可能会被认为没有男子气概。当然说话太粗俗也会被美眉鄙视的。现在通常用“freak”来替代“fuck”，fuck这个词尽量不要用，属于最下流的粗话之一。

我们在电影或电视中常常会听到“shit”，这是个表示愤怒的词，可以用shoes，shoot，ship来替代，显得文明些。碰到不愉快的事，你还可以说“What the hell！”。至于bitch嘛，通常打招呼用得比较多。但如果叫女生bitch的话，你等于自寻死路。大家不要笑，虽然有很多男生打招呼说：“嗨， bitch！”，但只有互相间属于铁哥们才可以用。目前我还没有一个兄弟够得上这么称呼他的。

美国人赞美时用得最多的是“awesome”这个词。可以指物，也可以指人。

要想学到地道的美国英语，很多热门词汇和小词要非常注意学习并加以灵活运用哦！

悼念校友 2008年9月17日

今天听到一件令人伤心的事。一位今年刚从我校毕业的学生在去加州大学洛杉矶分校读书的第一天不幸死于两列火车相撞的事故中。所有的老师听到这个消息后都非常悲痛。这周五，学校将为这位不幸遇难的学生举行隆重的追思会，希望他在天堂过得快乐。

沁人心脾 2008年9月18日

今天中午Nathan告诉我，为了确保我去参加他的生日派对，他把原定的时间改到我有空的时间了。为了我这个来自中国的朋友，他这么兴师动众，真令我不好意思，我得好好准备一份特殊的生日礼物，到时给他一个惊喜。

昨天晚饭时和妈妈聊天，她表扬我在美国适应得很快，还问我是否真的喜欢美国。我告诉妈妈，我喜欢美国的人文和生态环境。美国的男生阳光而大气，美国的女孩率真、成熟又妩媚。美国的学校和老师给学生们提供舒适快乐的学习环境，美国的家长们关注的是孩子们全方位的能力培养，美国到处都像个美丽的大花园。

我喜欢美国，希望我的祖国也能有这样的人文和生态环境。

车祸中不幸身亡的校友

坦然做人 2008年9月19日

前几天跟上海的同学聊天，他们关心地问我美国人会不会歧视中国人等等，我告诉他们我在美国学校很温暖很快乐，没人歧视我这个来自中国的交流学生。

虽然有美国同学会问我“中国有书包吗？”“中国人洗澡吗？”“中国人上网吗？”等问题，我觉得那是因为他们对中国不了解，作为中国交流学生的我，很大方地对他们的问题做出回应并向他们介绍我的祖国。

美国学生很少接触中国人，喜欢结交朋友的他们对什么都充满好奇，他们当然会问一些他们不明白的问题。美国很多东西中国没有，这很正常，我们没必要自卑。美国的环境能洗涤你的心灵。当你发现周围大部分都是热情、阳光、正直而乐于助人的人时，你能不被感动与同化吗？

美国的学生很少嫉妒。作为中国人的我在美国取得好成绩了，老师会在学校的广播中一遍遍地向你表示祝贺。同学们会很阳光很真诚地向你表达他们对你的羡慕和祝贺。

做个自信的人，做个善良的人，做个阳光的人，做个聪明的人，这样的人会被别人鄙视吗？

学好英语 2008年9月20日

美国是一个多移民的国家，但这样一个有很多不同文化背景下长大的人组成的国家却成了世界第一强国。

美国的课堂教学气氛非常好。学生有问题可以随时提问，老师会很耐心地给你做解释。上课时，同学或老师渴了可以随时喝水或饮料。老师坐着、站着讲课都可以。同学听课的姿势也很随意，站着、坐着、靠在墙上或坐在桌上都行，只要自已舒服且不影响其他同学就行了。课堂学习以老师讲授和小组讨论结合的方式进行，还有很多视频教学。同学们在轻松的氛围中学到很多有用的知识，在小组讨论中分享了其他同学的智慧。开放式的教学方式让学生的思维更开阔。

美国的学校在很多细节方面处处彰显以人为本的理念。每门课的老师都会给每个学生发一个文件夹，学生把上课的笔记夹在里面，下课时放到教室后面的小盒子里，不用背来背去。

教室里还备有卷笔刀、餐巾纸、订书机等。学生肚子饿了，跟老师打声招呼后可以边上课边吃东西。每间教室都配有电脑、投影仪、电视机、音响、电话甚至台灯。学生的坐椅一人一套，坐着很舒服。教室里铺着地毯，空调设备一应俱全。教室墙上装饰着各种漂亮的艺术品或图片。教室的四周摆放着各种生机盎然的绿色植物。为了让教室更舒适温馨，老师还时不时地喷些清香剂。这样的环境，你还好意思不好好学习吗?

老师上课的笔记都用投影仪打出来，字体放得很大。如果有什么事需要通知学生，老师除了口头告知同学们之外，还会将通知用小磁铁吸在白板上以提醒大家。

每个同学都有一个学校网的邮箱，方便同学们接受学校的各种通知。老师上课从不拖堂。每个同学都有ID卡，老师报成绩时是报ID卡号，很好地保护了学生的隐私。

在美国学校读书，真爽!

芳香四溢 2008年9月21日

爸爸是加州大学洛杉矶分校（UCLA）的工程师，因为UCLA过几天有个很大的庆典活动，学校有很多事要做。爸爸这几天天天在加班，我和妈妈都觉得他年纪不轻了，这样加班身体会吃不消，可爸爸坚决要去，我们拦不住他。

为了让爸爸有多时间休息，这几天家里的园子就由我和弟弟管理了。以前看爸爸每天都在花园中忙半天很奇怪，这几天自己做了才知道我是“站着说话不腰疼”!

花园里小草小花很多，浇灌时依据花草的不同调节水的湍急度，否则我就是在迫害生命啊！除了培育的花草，地上的草也要细细地浇灌，每一寸都要浇得绿绿的，确实不容易。

前几天我去学校的休息室逛了逛，不是厕所哦。在休息室里，学生可以洗澡，可以吃东西。洗发水、沐浴露、饼干等应有尽有，免费供应。当然，一般的学生也不会没事跑到休息室拿两块饼干吃吃，呵呵。休息室主要是给上完体育课的学生用的。学生上完体育课想洗个澡、吃点东西或躺一会儿的话，就去休息室好了。吃吃东西，听听iPod，洗把热水澡，香喷喷地去教室上课，爽！相对于男生的休息室来说，女生的休息室好像更大更漂亮嘛，我只是在外面观察了一下，没进去过哦。

我们学校的图书馆超级大，还可以上网。此外，学校还有足球场、篮球场、垒球场、网球场、乐队的室外训练场以及一个能同时能容纳几千辆轿车的超大停车场，酷！

学生不舒服了怎么办？别担心，学校配有专业的医生和护士可以提供医疗服务。医护人员会处理好一切并与学生家长联系，如果家长没空接学生回家，学校会负责送学生安全回家。

我们学校的绿化非常好，处处绿树成荫。学生中午在树荫下聊天，很爽。当然那里也是情侣们谈情说爱的好地方，嘿嘿。

女孩别哭 2008年9月22日

今天是入秋的第一天，早上七点出门时，天空还不是很亮。阵阵秋风吹来，我不禁打了个哆嗦。几盏蓝紫色的路灯静静地亮着，让我感受到了秋天的凄凉。

西班牙语课时，爱开玩笑的Jonsson 老师盯上了我后面的女生——我的好朋友Jane。我还没反应过来，Jane的笔记本已经跑到老师手里了。Jane看到笔记本到老师手里时，一下子急了。Jane是墨西哥人，西班牙语比英语还流利，她当场就和Jonsson老师用西班牙语争辩对峙起来，场面十分壮观！Jonsson老师翻阅着Jane的笔记本，时不时地将其中的段落读出来。笔记上写了很多"性感男孩"、"性感男人"之类的内容，惹得同学们哈哈大笑。Jane终于控制不住了，一下子哭了出来。我不知道如何用英语来安慰她，只好硬着头皮说："你没事吧？""嗯。"她回答的声音有些颤抖，但她笑了。

政治课上，Holmes老师问我上海的12年级学生每天上多少时间的课，当我告诉他十个小时左右时，美国同学都惊叫了起来。"那么作业呢？"Holmes老师继续问道。"至少做三到四小时！"美国同学听了是没想法了，呵呵！

物理课上，我和小组的同学聊天时不知就聊到了青春期少男少女恋爱和性的话题了。我问一男生是否有过性行为，他很坚决地否认了。当问到另一位男生时，他有些猥琐地看了看我，也否定了。我们觉得他很可疑，在我们的逼问下，他终于承认了，哈哈！美国的确是开放啊。

中午去演讲教室时，听到两个女生轻声地说"Joe！…"，我迅速回过头，目光和两个可爱女孩对视了一会儿后，她们害羞地回过头去了。我并不认识她们，她们怎么会知道我呢？估计她们是我同学的姐妹吧。

突然，我听到走廊上有人在叫我，原来他们是刚搬来这里的西班牙人，找不到上课教室了。我热心地将他们送到了他们要去的教室，他们非常感谢我的帮忙，我又交到了两个新朋友。

西班牙语的同学们

敢于梦想 2008年9月23日

今天生物老师上课主要介绍美国五十个州的情况，我一边听课一边照着老师画的美国地图在自己的笔记本上画，画得不错，嘿嘿！

生物课结束后，我早早地来到西班牙语教室。Jonsson老师给我看了一条刻有“福禄寿”三个字的项链问我什么意思，我告诉她是幸福财运和长寿，带着这根项链每天都能活得很开心！

今天Holmes老师告诉我，我是交流学生，不能在美国学校毕业。可我想在这里毕业啊，美国是个可以有梦想，而且可以把梦想变成现实的地方啊，我要去争取。

我先去找了我的课程咨询顾问老师，老师知道我的来意后明确告诉我交流生不可能在美国高中毕业。就在我准备离开的时候，老师问我为什么想在PHS毕业，我告诉她我很喜欢PHS，如果我能在这个学校毕业，我和我的父母亲都会很自豪的。老师把我的话都记了下来。

离开顾问老师那里刚回到物理教室，物理Swaner老师就笑着问我是不是在争取毕业证书，哈哈！Swaner老师消息真灵通啊。我相信，如果学校征询我任课老师意见的话，所有的老师都会给我非常好的评价的。

我要继续努力，把不可能变成可能！

好事连连 2008年9月24日

今天生物课上到一半时，老师递给我一张小纸条，说我的顾问老师找我。估计是毕业的事吧？美国老师办事效率真高！

顾问老师告诉我，她已经问过学区的负责人了，如果我在学校各方面都表现得非常出色的话，可以考虑我的毕业事宜。这样看来，我极有可能成为第一个以交流学生身份在这里毕业的学生啦，太高兴了！

演讲课上，发生了件令我尴尬万分的事，说实话，也蛮有趣的。

女生Jenny和男生William一直是关系非常亲密的男女朋友，平时他们就坐在我边上。可今天，William突然坐到最后一排去了，Jenny把她的座位拉到我边上，在班上大声说："我和William分手了，我要Joe做我的男朋友。"我汗！怎么回事？"哇！"听了Jenny的申明，班上很多同学都尖叫了起来。"让我和他坐得再近些。嗨，Joe！"Jenny的手神不知鬼不觉地摸了我一下，搞得我好紧张。我真的希望眼前的一切只是一个玩笑！"你真是个放荡的女人！"黑人女生指着Jenny说道。Jenny还没来得及回应，一位男生又走了过来，大声对Jenny说："这样吧，你每周一、三、五、日归Joe，其他三天归我，行吗？""不行，我只属于一个男人。"Jenny断然回答道。"看来Jenny真的爱上Joe了！"男生失望地大叫道。

"哇！"班上看热闹的同学再次尖叫起来。我无奈地摇摇头，闹剧该结束了吧，Macon老师也不说一句话？快说"住嘴！"啊。

可Macon老师什么也不说，她也在看戏。看到我前排的两个女生回过头来，Jenny笑着说："Joe是我的第二个男朋友！""不是吧，人家还没有同意呢！"两女生反驳着Jenny。

"什么！Jenny，你和William分手了？"Macon老师什么时候不好说话，偏偏这个时候窜出来说一句，真是的！"是的，Jenny离开William了，是为了Joe！"边上男生起劲地向老师汇报着。"太好了！"说这话时，Macon老师居然还和Jenny击掌庆贺，全班同学第三次尖叫，只有我尴尬万分。

叫声过后，班级终于恢复一丝平静了。美国学生真厉害，把我搞得这么狼狈！虽然这个游戏挺好玩的，但该结束了吧？！可事与愿违。刚歇了一会儿的说唱天王Milton突然来了一句登峰造极的话："Joe，亲亲Jenny！"Milton的话让全班同学爆发了第四次尖叫。别逼我啊，我的美国同学们！

美国同学开玩笑怎么这么不知轻重啊！不知道我们中国人很含蓄的么？我用余光瞄了一下Jenny，她一动不动，我的汗不断地冒出来，祈祷着不要再有人起哄了。"快去亲啊，Joe！"不知是谁，又玩了把火上浇油。我实在受不了了，表情变得有些严肃，后来想想这是开玩笑

同学Milton

的，自己表情怎么可以严肃呢？我又笑了。此时Macon老师坐在办公桌前也笑了，终于说出了“闭嘴！”两个字。

当还有同学想继续起哄时，Macon老师把一只拖鞋扔了过去，教室终于安静了。

我的美国同学们真是让我又是欢喜又是忧啊！

邂逅艳遇 2008年9月25日

今天早上起来，心情很不错。我哼着小曲，快乐地走在去学校的路上。突然一位男生拍了拍我的肩膀，“你是中国哪里的？”“上海！”“怪不得我听这个地方很熟悉，我叔叔去年也接待过一个从上海来的女交流学生。”“她怎么样？漂亮吗？”“还可以吧，不太说话的。”哈哈，看来这位美国男孩对不爱说话的上海女生有些失望。

优哉游哉地晃到生物教室，远远地看到黑白混血女孩在招呼我，当我和她同时到达教室门口时，她还帮我开门，真不好意思啊！“早上好，Joe！”Lopez老师永远是那么和蔼可亲。老师还把我昨天去课程顾问那里漏掉的笔记补好给了我，老师对学生太好了。

中午休息时，一位前几天刚认识的美国同学问我：“你是从中国来的交流学生？”“是啊。你听我这么烂的英语就知道我是交流生啦。”“可是我英语也不好啊。我和我姐姐都以为你是生在美国的。”哈哈，没想到哦，我一不小心被人当成美国人了。

上课前，我告别了一起聊天的朋友们，沿着走廊向教室走去。“中国！中国！”有人在叫我。寻声望去，原来是上次我送他们去教室的两个西班牙男生和一帮漂亮女孩。“他叫Joe！”其中一位美眉说出了我的名字。西班牙男生走到我跟前，开心地跟我击掌示好。美眉们真漂亮啊，我戴着太阳眼镜，想看谁就看谁，太爽了。西班牙兄弟一眼就看出我在动什么“坏脑筋”了，拍拍我的肩，笑着说：“这些女孩都是我的，你挑一个吧！”看我没好意思吭声，他接着说道：“要么就这个，你看怎么样？”美国美眉很大方，我朝女孩大胆地看了几眼，美眉则性感而又风骚地对我微笑着，大方得令我有些心慌。我转过头假装与西班牙男生继续聊天，可没想到，美眉居然将整张脸凑了过来。

本来就心不在焉的我这下更心不在焉了，我的嘴巴不知道在叽里咕噜地说什么。美眉差不多把整张脸贴在了我的脸上，估计她是想透过我的墨镜看我的眼睛。美眉的动作太可爱了，身材简直完美到了极点！“以后中午就跟我们在一起玩吧！”西班牙男生邀请着我。我觉得自己真是好心有好报啊。

演讲课开始前几分钟，Jenny和William一起走进了教室。他们两个依然坐在我边上。和我打过招呼后，William拍拍Jenny，高兴地说：“她还是我的！”我笑着点点头。可Jenny却面无表情，根本不搭理William。William有些尴尬，过一会儿又坐到最后一排去了。

William走后，Jenny把椅子挪到了我边上，看了看我，却一句话也没说。搞不懂她怎么了。唉，女孩的心思你别猜，猜来猜去也不明白，这句话真经典啊，放之四海而皆准，哈哈！

整个一节课，Jenny不跟我说一句话。她不说话，我也只好装傻。下课时，她连再见也不说就走了，生气啦？我是交流学生，我可真不想在美国玩暧昧啊！

走在回家的路上，我祈祷着闹剧尽快结束。

公平竞争 2008年9月26日

早就听说美国女孩很大方，很主动，来美国校园后一看，果然如此。美国男生真幸福啊。校园中有那么多的美女可以搭讪。

生物课前，一个女孩招呼着我并向我走来，我刚想跟她握握手，她却一下子钻进了我怀里，给了我一个大大的拥抱，艳遇啊，嘿嘿！

每次西班牙语课都有个女生和我一样早早地到教室，今天测验结束后，老师让学生互换卷子批改。我听到她在问谁拿了Joe的卷子，找到我的卷子后她开心地叫道："Joe！我拿到你的卷子了！"漂亮女孩太可爱了，什么意思啊？

学校广播表扬我为PHS赢得了数学竞赛第一名后，我的朋友越来越多了。中午休息时，朋友们开始审问我的"历史清白"问题了，呵呵。"你以前有过几个女朋友？""一个也没有！""你现在还是处男吗，Joe？""我当然是处男！""那你有没有亲过某个女孩，Joe？""没有！""什么！？"听了我的回答，朋友们吃惊得大叫了起来。我是不是被鄙视了啊？朋友们狐疑的眼光在我脸上一阵狂扫后说："你撒谎！""我没骗你们，的确没有过！""为什么？""不知道。"说完"不知道"三个字后，我突然觉得自己有点像电影中被国民党抓住审讯的地下党一样勇猛，呵呵。

演讲课上，Jenny看我的眼神依然有些怪怪的。"Joe，考虑一下吧！"边上的同学继续起哄，William很大度，虽然Jenny这两天的行为令他很难堪，但他对我依然很友好。在William身上我再次印证了美国男孩的阳光。公开竞争，而不是背后耍阴谋。

我很喜欢美国同学的阳光心态，我也喜欢他们那种事事公平竞争，一切透明运作的行事方式。

次贷危机 2008年9月27日

又到周末了！每个周末，我都会帮妈妈整理整理家务，切切菜什么的。

妈妈今天打电话给AT&T公司询问无线上网事宜，对方说妈妈已经开通了此项服务，可我的Dell电脑收不到网络信号啊。我的电脑是全球联保的。妈妈打电话给美国Dell维修部人员，维修人员叫妈妈上网下载一个软件后，居然能远程操控我和妈妈的电脑，神奇啊！

妈妈告诉我，现在很多美国人没有工作，美国人很少有积蓄，他们的车子和房子都是分期付款的。失业后没有收入的美国人生活立刻会受到影响。次贷危机后，很多公司裁员以节约成本，失业的人越来越多，美国人也开始节衣缩食了。

我真的很感激接待家庭无私地接待我，我要努力与他们建立和谐的关系。平时受些委屈，忍一忍，笑一笑就过去了。因为人人会有心情不好的时候。学会为人处世是立足社会的根本。和谐的人际关系是人生一笔很大的财富。切记！切记！

畅所欲言 2008年9月28日

弟弟今天去同学家参加派对了，我和爸爸妈妈坐在餐厅中闲聊。妈妈说我在说话时常常会用些难度高、比较冷僻的词，这些词日常生活中很少用。怪不得有时我说出的话常常让爸爸听得一愣一愣的，哈哈！妈妈说词汇量大是好事，如果能多关注些美国人常用的词就更好了，只有这样，才能更顺利地与绝大部分美国人沟通。

妈妈还说，美国人很直接，对于不合理的事会毫不客气提出批评，该骂就骂。我记得前几天一位老师作业布置得多了些，学生们憋不住啦。女生比较温柔，说："真见鬼！"男生们可就没有这么客气啦，指着老师说："诅咒你！"看着气急败坏的学生，老师沉默了一会儿，无奈地笑笑说："好吧，那我减掉一些。"美国学生就是这么直接，牛啊！

第一场雨 2008年9月29日

昨晚睡觉前，妈妈和我聊起美国高中生的毕业派对，学校每年都会为应届高中毕业生举行这样的派对。毕业派对上，男生通常穿西装或燕尾服，女生则穿上自己最喜欢、最性感的衣服和男生一起狂欢。妈妈告诉我，参加这样的派对需要自己先找好舞伴。

妈妈建议我毕业前也去参加这个派对，我笑着对妈妈说："别人都是俊男靓女的，我一个土包子去了会自卑的！"我的话把妈妈逗得哈哈大笑。

今天一早醒来，感觉天空比往常暗了很多，像要下雨的样子。

生物课结束走出教室时，一轮彩虹挂在天空上，好美啊！不是说彩虹总在风雨后吗，今天的彩虹怎么迫不及待地比风雨先来了一步呢？

西班牙语教室的感觉和平日也有很大的不同，缺少阳光的教室让人有些沮丧。Jonsson老师今天也没了往日的"调皮"。我觉得自己的心情好像会随着天气的变化而改变。西班牙语课结束后，一打开教室的门，"哗"的雨声扑面而来。"太棒了！"男生们迫不及待地冲出教室去感受着久违的大雨。"真酷！"棕榈谷很少下雨，雨中的棕榈谷是那么的迷人。植物披上了一层厚厚的水珠，同学们在雨中跳舞，对对情侣在大雨中亲吻，好一幅天人合一的美景。

政治课上，Holmes老师让我们看奥巴马和麦凯恩的辩论。看着年纪轻轻的奥巴马和一个早已看遍世间百态的"老狐狸"麦凯恩之间的激烈辩论，感觉奥巴马真是年少气盛。奥巴马有时说话语速太快，舌头和上颚免不了会有些小小的打架，观众们笑得前仰后合。麦凯恩看着"小孩子"年龄的对手像是在打太极拳，笃悠悠地陈述着自己的观点。奥巴马还是强啊！英俊的男人总能吸引更多女性的支持，我们班几乎所有美眉都看好奥巴马。奥巴马声音厚实而性感，很有杀伤力。

传说中的狮子座在关键时刻总能绽放出耀眼的光芒！奥巴马就有这样的魅力，永远支持奥巴马！班里一男生试探性地骂了奥巴马一句

“蠢”，结果被群起而攻之，哈哈，最后他不得不知趣地落荒而逃了。

很快就是好朋友Nathan的生日了。今天我先把生日礼物送给了他。希望他会喜欢。衷心祝愿他生日快乐，天天快乐！

不知所措 2008年9月30日

今天生物测验成绩出来了，我的成绩很不错。

Holmes老师今天请来一位大学老师来给我们介绍他们学校的情况。体格强壮、思路敏捷的老师很健谈，班里同学都被他的介绍吸引住了。虽然老师介绍的不是美国名牌大学，但我觉得很多美国学生并不在乎上不上名牌大学。很多同学选择先读两年社区学院，毕业后再转去自己喜欢的大学。美国大学录取学生除了看学生成绩外，更多的是看学生的综合素质和各方面的潜力，他们要的是有潜力的人才而不是读书机器。

中午时听说Melvin和他女朋友分手了，唉，同情他。今天我又认识了一位墨西哥裔美国同学。我问他美国男孩喜欢一位女孩该如何表白时，他马上露出了诡异的笑容问我喜欢谁，我告诉他我只是先学习学习。他说可以问女孩："我们可以出去走走吗？"没想到美国人也有含蓄的时候啊。我原以为男的可以直接说，"我可以得到你吗？"或者"我爱你，宝贝！"之类的呢。

下午上课前，又碰到了几个西班牙朋友，他们很热心地把自己的男女朋友都介绍给我认识。我刚要走，黑人女孩Jaz拦住我说："别走，Joe。别让我一个人在这里，我需要你，我想和你出去逛逛，我爱你！"Jaz是个漂亮性感的黑人女孩。我礼貌而坚定地说："谢谢你。"转身离开他们后，我回头看了看她，她的眼神有些不知所措，我从心里对那位黑人女孩说了声"对不起"。

Jaz真是位热情奔放的美国女孩。

靓丽风景 2008年10月1日

昨晚MSN上不断有消息弹出，打开一看，是好朋友Melvin。他说他喝醉了，叫我原谅他。我想一定是为了女友跟他分手的事吧。看着他痛苦地打出断断续续的“对不起，朋友”，我真同情他。

Melvin是个内向的男生，英俊的外表丝毫没有改变他的性格。他对朋友非常友善。“兄弟，别难过，会有很多女孩喜欢你的，天涯何处无芳草，振作一点！”我安慰道。“对不起，我现在人很难过，我……我……”Melvin已经打不出一句像样的句子了。Melvin太实在了，不会哄女孩。

今天一早醒来，阳光好明媚。阳光真是个好东西啊，看！又给我带来艳遇了吧。刚走到校园门口，一位超级漂亮的女生就朝我挥手。

西班牙语课上又看到可爱的她了。她的两条腿轻盈的搭在教室外的栏杆上，肩上挂着个粉红色的小书包，披肩的长发时不时地向后甩着，脑袋一晃一晃的，煞是可爱！我眼睛刚在她身上停留了不久，又一漂亮美眉闯入我的眼帘，一条天蓝色的紧身衣裹着她曼妙娇小的身体，微微卷起的发丝散发出迷人的香气，一条深蓝色的超短裙，翩翩踱步中展现着她美丽的双腿。Jonsson老师看到她后也忍不住叫她漂亮女孩了。

小说课Macon老师不在，一个女孩递给我一张纸条，我一看，差点没吐出来。“纸条上是什么东西，给我看看！”周围同学抢着看纸条上的内容，看完之后都说女孩很恶心，因为她在纸上竟然画了个男性的生殖器！更令人不可思议的是，女孩的“杰作”被人发现后，她还能正眼看我，佩服！

走在回家的路上，脑海中一幕幕闪过漂亮女孩的曼妙身姿。可我却没能再遇见今晨邂逅的那个她。

活力四射 2008年10月2日

来美国两个多月了，感觉自己变得越来越阳光了。

第一节生物课下课前，好多同学围在我身边学习中文。虽然中文很难，但他们一遍遍地苦练着，很勤奋哦！混血女孩问我是否愿意成为她最好的朋友，我大方地同意了。可周围的同学都让我不要做她的好朋友，还当着她的面说她很坏，哈哈！

去上西班牙语课前，我计划好要跟上次帮我批卷子的西班牙女孩搭搭话，弄个手机号什么的。可刚走到西班牙语教室，就受刺激了！她有男朋友了！看，她正躲在男友的怀里撒娇呢！

中午，照例跟好朋友Melvin聊天。我听到不远处两个小女生在说：“看！看！Joe”呵呵，我朝她们笑笑，两个女孩也对我笑笑，估计是我哪个同学的妹妹吧。走在去上课的路上，不断有男女同学热情地招呼着我，美国同学的友善令我感动。

小说课今天还是由代课老师上，老师让我们自由安排，我和很多同学聊着天。我问Milton如何才能找到一个美国女朋友，美国的女生是不是简单些，Milton幽默地说：“兄弟，全世界的女生都很复杂！”哈哈！Milton还告诉我，女孩给你画着男生生殖器的纸条属于调情，在美国很多的，原来如此！我一个东方人还真是难以理解，美国实在太开放了，我得好好适应一段时间。

失而复得 2008年10月3日

昨天放学回家，想看看一直放在弟弟那里的iTouch，可弟弟竟然说找不到了！“你放哪了？带出去过吗？”“我昨天晚上用好就放在书桌上的，现在找不到了。”我拼命地在房间的个个角落搜寻，弟弟倒好，下楼看电视去了。还在楼下边看电视边哈哈大笑，我真有些恼火了。

“Matt！上楼来！”弟弟神情紧张地跟我上了楼。“你想让我把这件事告诉妈妈吗？”“不要啊！”“那就帮我一起找，这是你的责任！”这是我来美国第一次对弟弟发火。“我真的不知道，哦，在这里！”原来弟弟将iTouch放在打印机进纸的地方了。“老兄，我被你吓坏了”，弟弟说道。“我也被你吓一跳！”说完，我和弟弟同时大笑起来。

政治课Holmes老师说我越来越像美国学生了，大概是阳光的气质吧。今天才知道班级中还有一位来自墨西哥的交流学生。墨西哥交流学生很内向，好像从来不说话的。我们班还有一个日本人和美国白人的混血儿，十七岁的他已经结婚了，疯狂吧？

一天课程结束后走在回家的路上，灿烂的阳光照耀着我，我对自己的未来越来越有信心了。

十月寒风 2008年10月4日

昨晚妈妈下班回家给我们带来了美味的中餐，吃得我们满嘴流油啊，哈哈！

今天早早起床想下楼去将家务做好，给妈妈一个惊喜。可刚踏出房门就听见妈妈说：“早上好！”喝着咖啡，嚼着三明治，我和妈妈聊着天。妈妈告诉我，她大姐姐是最早来美国的。来到美国的大姐姐一心想把妈妈也带来美国。为了能来美国，妈妈每天都很努力地学习，功夫不负有心人，妈妈最终如愿以偿了。妈妈来美国后，努力适应美国的文化和处事方式，她接纳我就是想帮助更多的人了解美国，她觉得这是件很有意义的事。

下午我跟妈妈去Zeca叔叔家送东西。叔叔家房子干净得令人难以置信，到处都很香。家里有个超大的花园，花园里有美丽的雕塑和雪白的罗马柱、喷水池等等。绿绿的草坪没有一丝杂色，整个环境是那么的惬意舒爽！

晚饭时，弟弟吃了两大盘米饭。我刚想提醒弟弟不要吃这么多，妈妈和爸爸已忍不住了。弟弟这么吃的话肯定会变成小胖墩的。哦，对了，弟弟已经有女朋友了，我自卑啊！

棕榈谷今天的天气有些诡异，晚上竟然结冰了。现在的我，拥有接待家庭的爱，更拥有亲生父母的思念，即使在这十月寒风中，我也不会感到孤单与寂寞。

教育差异 2008年10月5日

今天一早幽默的Zech叔叔就来我家玩了。妈妈说他们很小就教会Matt很多生活基本知识，如做菜做饭等等。现在的弟弟除了会做饭菜、会修电器、还会开车和修车。爸爸妈妈叫我不要一直埋头学习，在美国多学点生活知识。

看到美国男孩子那由内而外散发出的阳光气质，真的很羡慕！他们活得那么自然，那么无忧无虑。很多中国孩子没有爱好，也不许有爱好，有爱好就是浪费时间。中国孩子情窦初开时不可以谈恋爱，否则就是严重违纪，呵呵。好学生的标准就是成绩好，有没有出息全看成绩。打篮球时还在担心今天的测验成绩如何，吃晚饭时还要被家长盯着问考试成绩好不好。疲惫的孩子在学校和家长双重管教下已经不会抱怨，因为他们早已习惯。他们更不敢叫板，因为据说老师和家长们都是为了他们好，所以家长和老师永远都是对的。

“书中自有黄金屋，书中自有颜如玉。”“学生唯一要做的事就是学习，要从学习中找到快乐！”老师和家长们常常这样教育着国内的孩子。孩子心里怎么想的，老师不关心，家长不知道，也没时间知道。家长孩子都被作业和分数绑住了手脚，束缚了思维。可悲啊！

下午去参加了好朋友Nathan的生日派对，很开心！在那里我又认识了很多新朋友。其中一位很有才气，喜欢画漫画、写剧本，写歌和制作游戏。美国学生兴趣爱好非常广，有太多值得我学习的地方了。

粗鲁恭维 2008年10月6日

今天生物老师教大家了解动物和植物细胞的不同。老师给每个同学发了一盒彩色笔，叫我们照着书上的样子画细胞。画完了，我们也记住了。

物理课和同学闲聊时，知道了美国一些校园流氓是什么样的了。美国有些城市的中学确实很危险，会有校园枪击案发生。最近洛杉矶的校园枪击事件越来越严重，严重到要抓一批学生进监狱的地步了，可想而知啊！

中午碰到好朋友Melvin了，他已经从失恋的痛苦中走出来了，因为他找到了新的女朋友，恭喜他。我正和Melvin聊到兴头上，突然看到一个黑人朋友带着一帮人走到我面前，我吓了一跳，以为抢劫呢。原来是想找我学中文如何骂女生“婊子”的。我不喜欢说粗话，可黑人兄弟拼命求我，我只好教他们了。他们一学会，马上指着一位女生边笑边骂了起来。那位被骂的美眉一副无所谓的样子，因为有时候被男生骂说明很受男生欢迎呢。“飙几，飙几！”他们吃力地模仿着，很多时候，男生这么说女生完全是开玩笑，或许还有抬举的意思，是说她们长得漂亮啦。

今天作业很多，我要去忙啦。

棋逢对手 2008年10月7日

昨晚十点我和在Nathan派对上认识的才子在网上聊天。我问他喜欢怎样的女孩，他的回答是温柔的、听话的、乖巧的东方女孩或者娇小可爱略有风骚的西班牙女孩，共同的心声啊！

生物课前，一个黑人男生躲在门后吓唬进来的同学，大部分男生没有被吓住，他很失望。当他差不多要放弃时，来了一位小女生。黑人男生爆发力极强的一声巨“吼”，吓得美眉捂住耳朵哇哇乱叫，此情此景令全班男生一阵狂笑，Lopez老师也被逗乐了，哈哈！

西班牙语课上，Jonsson老师叫我们互相问西班牙语名字。有位同学的西班牙名字叫安德烈，Jonsson老师突然想到了四大男高音，可她忘了安德烈的姓了。“安德烈·波切利！”Jonsson听到我的提示，兴奋得直拍手！美眉们都转过头看着我，嘿嘿。仅仅一个提醒，就引来美眉们的关注啦？那如果听到我接下去说的东西，她们岂不要贴到我身上来了？自恋一下，呵呵！“四大男高音是：波切利、帕瓦罗蒂、卡雷拉斯……”Jonsson老师想炫耀一把她的音乐知识吧，可还是忘了一个人的名字。“多明戈！”我再次提醒道。“哦，对对！”这些知识对我来说连小菜一碟都算不上啊，我爸爸从小训练我听古典音乐可不是吃素的哈！

狮子光芒 2008年10月8日

昨晚在家中看奥巴马和麦凯恩的竞选辩论，实在太精彩了！奥巴马年轻聪明有魅力，他那阳光般灿烂的笑脸，让人忍不住喜欢他。和我的气质很像嘛，哈哈！看来英俊强健的奥巴要把狮子座的光芒洒向全世界，永远支持奥巴马！

今天生物课上，Lopez老师安排大家分组讨论。周围同学都争着跟我讲话，他们对中国都很感兴趣。中国是个有着五千年历史的文明古国啊，自己先自豪一下，哈哈！中国几岁能开车？几岁能喝酒？18岁以下有性生活违法吗？有没有流氓组织？你喜欢中国还是美国？——同学们的问题很多啊，我告诉同学们：“美国总体比中国更先进，美国人的素质普遍比较高。但中国的文化底蕴非常深厚。中国的大城市非常漂亮。”听了我的介绍，同学们有种恍然大悟的感觉。

“你平时在家都干些什么？”两个女生几乎同时问我。“除了做作业外，我还写博客，听音乐，和爸爸妈妈和弟弟聊天和玩等等。”“你写博客干什么？”“想让更多的中国人了解美国，也想让美国人知道中国交流学生是如何看美国的。”“太有意思了，你真行！”美国人很会表扬和激励别人。这点很值得我们学习。

政治课讨论有关“歧视”的话题，包括性别歧视、种族歧视、地域歧视、宗教歧视等。Holmes老师谈完了美国的歧视问题后问我：“中国

奥巴马演讲

有性别歧视吗？”“好像没有吧。只是有些传统观念。政界、商界或高端管理还是以男性为主。”“中国有妓女吗？”一位黑人男生插嘴道。“有啊，只要男的有钱，跟美国一样啊！”全班大笑。“如果一个美国人或者西班牙人去了中国，会怎么样？”“大部分中国人都很友好，会非常乐意帮助外国人的，就像你们帮助我一样。”

“你看过成龙的新电影吗？”一位美眉笑着问我。“没有。”我以为事情到此结束了。可下课时，美眉跑到Holmes老师跟前说：“Joe怎么没看过那部电影呢？我想带他去电影院看，我可以做他的朋友。”Holmes老师笑着点点头。美国美眉好可爱哦。

回到家，弟弟还没回来。屋子很安静，我轻轻地拉开窗帘，让阳光惬意地洒在床上。我静静地躺着，享受着，希望狮子座的我，永远快乐而充满阳光！

天天进步 2008年10月9日

西班牙语课做的练习最后要写篇小短文。很多同学都空在那里没做。我洋洋洒洒地用西班牙语写了篇大约100字的短文。Jonsson老师充满激情地将我的文章朗读了一遍。“Joe，写得真好！我喜欢你的文章！”

学校将组织全体毕业生去迪斯尼乐园玩，Holmes老师随机叫八个同学上台选玩伴，六个男生，两个女生。要知道自己是不是受女生欢迎就看自己是不是很早被挑中了。希望自己不是自作多情哦！第一轮选好了，没有我，很正常。第一轮肯定挑和自己最要好的朋友。第二轮刚刚开始，一位美眉的手就指向我了，“我挑Joe！”我心里乐开了花！第三轮刚开始，又有一位美眉将手指向了我，老师告诉她我已被别人挑走后，她貌似有些小小的失望哦。这么多同学希望和我玩，真的感觉很温暖。

中午时，Melvin问我：“那个女孩很性感”中文怎么说。他又对那个女孩发情了？在美国，提到男生，常常会问是否聪明？长得如何？兴趣爱好是什么？而提到女孩，大家最关心的是女孩是否性感，性感的话还可以考虑，不性感的话，嘿嘿！

中午休息结束后，刚往教室走，火警警报拉响了。同学们在老师的带领下紧急疏散到操场，我的脑海中突然闪现出高一军训时的场景了。过了一会儿，警报解除，同学们嘻嘻哈哈地回到了教室。

今天小说课是看电影。同学们要边看电影边做些要点记录，包括故事情节和音乐变化等。Macon老师真会挑电影啊，电影一开始就有男女的床戏了，男生们连字也不写了，眼睛齐刷刷地直盯着屏幕。我看到Macon老师坐在办公桌前直摇头，好像在说“唉，这群色狼！”哈哈！电影结束后，Macon老师让大家给电影挑个插曲。老师特别提示同学们不要推荐太性感的歌曲，比如有“婊子”和“操”之类的，全班哄堂大笑。

放学了，每天都有很多收获，我开开心心地回家去了。

我和Jonsson老师

沸点温度 2008年10月10日

早上起来，感觉气温明显降低了，穿上长袖运动服后还是有点凉飕飕的。

西班牙语老师一看到我，就热情地招呼着，心里暖洋洋的。下课了，我正准备出教室，突然发现班级里有位坐轮椅的腿脚不便的女生，我立刻收住脚步，让这位女生先走。“谢谢你，Joe！”Jonsson大声地对我说着谢谢。女孩经过我身旁时笑望了我一眼。

政治课时，全体十二年级的学生要去室内体育场拍毕业照。一进门，和认识的不认识的同学一通热情的招呼后，按照老师的要求入座。拍照前，各位学校领导发言，接着，一个个老师上台发言。同学们用尖叫声、跺脚声和口哨声配合着老师上台。老师们个个都很阳光、很幽默。最后一个演讲的是校长，校长面容慈祥，笑得很灿烂。演讲结束后，开始拍照。“1、2、3！”老师大声叫着吸引同学们的注意力。“哇…”女生的尖叫真够猛的。连续拍了十几张照片，到最后一张时，同学们全体起立，张开双手，展现大大的笑脸——“咔嚓”一声，同学们阳光灿烂的表情被定格了下来。当老师宣布全体十二年级学生明年五月二十八日去迪斯尼乐园狂欢的那一刹那，全场“爆炸”了，全体学生狂吼一声“R—O—C—K”，女生接着爆发出超高的尖叫，男生再用低沉有力的声音配合着。看着尽情狂欢的同学们，我也非常开心地叫着、笑着，和美国学生一起享受这令人难忘的时刻！

下午第一节课时，有人通知我去拍照。我为学校赢得了数学竞赛一等奖，我的照片将会被刊登在学生毕业手册上，自豪啊！

周末随笔 2008年10月11日

今天一早，AT&T的技术人员就来我家帮我弄Wi-Fi了。技术人员是位白人小伙子，他在我房间忙着，我则在楼下客厅和妈妈聊天。

本来我想和AT&T技术人员一起待在房里的，主要是看他有什么需要帮忙的。后来想想这是中国人的思维方式，所以我就离开了。妈妈说我做得对。在美国，任何维修人员上门，都不需要陪着，技术人员会把一切全部弄好。

AT&T 的技术员穿着白色的工作服，身份识别卡挂在胸前，酷酷的他戴着副太阳眼镜，耐克运动鞋外套着副鞋套，非常正规。整个工作过程中，他可以随便进出各处，喝饮料、用洗手间都自由。妈妈说美国是世界上最文明的国家，人和人之间相互尊重和信任。AT&T的技术人员果然很快就将一切全部搞定。现在我可以用自己的手提电脑上网了，真是太好啦！

下午妈妈带我去配眼镜。妈妈已经帮我预约了医生。一踏进医生诊室，医生就热情地向我问好，整个检查过程中，医生都很专业，很有亲和力。

验光完后，我们去挑镜框了。我觉得来美国一段时间后，自己变得更务实，更节约了。镜框有很多，贵的一百多美金，我看也没看，眼睛就盯着那些相对便宜的看，镜框用着舒服就可以了。我选了副60美元的镜框，加上医生的检查费、手续费一共是130美元。当医生知道我是学生时，告诉我只需付90美元。下星期我还要去医生那里复查，医生要全面检查我配的眼镜是不是非常适合我，如果不适合的话，可以把钱全部退给我。

今天我又买了些三文鱼，吃三文鱼我可是专家啊，晚上可以好好美餐一顿啦！

心意绿茶

2008年10月12日

昨天晚上看书到十点多时，感觉肚子饿了。下楼找东西吃时，看到自己买的日本寿司了。寿司还没拆封，要不要等明天和家人一起吃呢？最终自己还是没抵挡住诱惑，一口气吃了三个，味道真好！吃完后擦擦嘴上楼了。

今天早上一下楼，妈妈笑着问我："昨天晚上吃过寿司了吧？""你怎么知道？""你看看这里。"天哪！这么多蚂蚁？原来昨天吃寿司留下来的一些芝麻，忘记擦干净了，就引来这么多蚂蚁，恶心啊！我赶快向妈妈道歉，并迅速将蚂蚁清理干净。清理工作做完后，我烤了两根香肠吃。香肠好油啊，吃完后，我只想吐。可吃进去的香肠拿也拿不出来，赶紧冲杯绿茶解解油腻吧。妈妈是护士，很明白我的痛苦，她叫我到室外去走走，花园里散散步，我转了一大圈回来后肠胃还是很不舒服。后悔啊，发誓再也不碰香肠了！

下午妈妈带我去剪头发，理完后，我对着镜中的自己哭笑不得。又卷又长又密的头发不见了，现在是一个超级短的头发。妈妈忍不住大笑起来，说："明天你去学校别人都不认识你啦！"回家一照镜子，郁闷啊。转念一想，没关系，我的头发就像韭菜一样，很快就长回来了。

洗完澡下楼后，Zech叔叔来了，我大声地叫着Zech叔叔，可他却愣在了那里，估计是被我的新剃头吓坏了吧！看来，明天去学校要吓倒一大片了。

深夜短信 2008年10月13日

昨晚刚躺下，手机响了。一看是不熟悉的电话号码，我下意识地拒绝接听了。两秒钟后，一条问候短信来了。"你好。你是谁？"我回复道。"我16岁，我们碰巧认识的，宝贝。"我以为朋友跟我开玩笑，继续问发短信人的名字。"我叫Luis，你叫什么，宝贝？""Joe。"我不认识Luis啊，我又发了短信："我是一个交流学生，不是你要找的聊天的人吧！"没想到又收到短信了："你是的，宝贝！"奇怪！我不想跟这个人聊了，借口睡觉了不再回复短信。可这个人还是不断地发给我。

早上睡眼惺忪地起床后，两腿无力地踱到镜前，看到自己的头发很难看，怎么看怎么不习惯。我轻轻地叹了一口气，背上书包，戴上墨镜又出发了。深秋了，走在路上冷得我直发抖。

一进生物教室，同学们就开始笑话我的头发了。我无奈，只好趴在桌上两手抱头。看来今天的“校园小丑”非Joe莫属了。

踏进西班牙语教室时，Jonsson老师看到我的头发也笑了：“你头发剪啦？我喜欢你的新发型。”谢谢Jonsson老师的鼓励！

政治课Holmes老师让我们四人一组做海报。我自信地对同伴说，写什么内容你们说，设计我来做，包你们满意！“好！”美国同学信任地看我设计海报，他们对我的杰作赞不绝口，唉，不好意思。正在做另一张海报的组长看到我完成的海报后，立刻停了下来，让我帮她重新做，哈哈！很快地，两张构图新颖的海报就完成了，看得组员们是一愣一愣的啊。

物理课上Swaner老师让我们补作业，题目做得越多，分数就越高。Swaner老师一说这个方法，我可能是全班最高兴的人了。整个一节课我的手没停过，下课后我把作业交给了Swaner老师，老师吃惊得张大了嘴巴：“你把所有的题目都做了一遍？”“是啊！”老师转身将我的作业贴在教室的墙上，说：“让我们看看一个星期后有没有同学超过你！别人做这些作业要用一个星期，你在一节课里就全部完成了？！”“啊？！我想把成绩再提高些。”“你放心！你已经做得很好了，不用再做了。”

跟同学闲聊时，得知Luis是男名。同学告诉我，学校有同性恋，昨天给我发短信的那个Luis可能就是同性恋，哇！看来我得小心了，我可不想玩什么同性恋。

英语小说课时，Macon老师说我们班这次成绩是1个A，2个B，3个C，10个D，18个不及格！天哪！Macon老师这么严格啊？我惨了！好在这只是四分之一学期，我相信自己的成绩会越来越好的。下课后，我问Macon老师怎样才能提高我的成绩，Macon老师建议我多读点小说。好吧，我硬着头皮也要上了。

演讲课时，我的新发型又成了同学们的笑料。Henry边唱着“Joe头发剪了，头发剪了”边在我身边打转，“恨”得我牙齿痒啊。

走在回家的路上，风依然是那么的冷。想到昨晚的神秘短信，我更觉得冷了。唉，不理这些就好了。回到家，吃了几个寿司，我开始做作业啦！

秋意正浓 2008年10月14日

弟弟作文在班里得了第一名后在学校拿到了二十美金的奖励。弟弟把这个好消息告诉爸爸时，爸爸又给了他二十美金，爽呀！我上次加州区域数学竞赛第一名怎么没钱的呢？爸爸幽默地说，“因为你是中国人，他们没有人民币，所以就给不了你了。你去问问校长，就说数学竞赛得第一不容易的，叫校长考虑给点钱。”爸爸太冷了，哈哈！

“早上好！”踏进生物教室时，我和Lopez老师同时向对方问好。美国老师很客气。生物课记记笔记很快就结束了。

政治课仍然设计海报，我们小组昨天就完成了。可以有时间聊聊天啦。美国同学问我是否尝过毒品，我说没有。可美国同学中有人尝过。我问他们是否尝过海洛因时，同学们都摇头了。也许美国同学尝过的毒品就是香烟之类的吧。“中国读书这么辛苦，有同学累死的吗，Joe？”“死还不至于。但每天都有做不完的作业，天天睡不醒。还好我父母开明，我才能活着来美国，哈哈！”“Joe，老师说你是个很聪明的学生，你应该去念哈佛大学！”“我是蛮聪明的，但还没聪明到哈佛水平。”哈哈哈，大家都笑了起来。

回家做完功课后，爸爸还没回来。冲花园时，看着寒风中倔强的小草，我领悟了生命的顽强。突然一股寒风将喷雾的水吹到了我身上，我冻得一激灵。“你好，Joe！”，爸爸适时的问候给我带来了温暖。我的美国家庭让我时时处处感到了温馨。

完美生活 2008年10月15日

昨晚，一个人坐在后花园，阵阵秋风吹在身上，拂过脸庞，舒服极了！屋子里暖暖的灯光好像一幅优美的画。月色朦胧地洒在梧桐树上，淡淡的清香扑鼻而来。眼前温馨的一切，让我全然忘却现在已是深秋季节。

弟弟让我用中文写下他的名字。“酷！我要把它放在笔记本里，给同学看看。”看着自己的中文名字，弟弟开心极了。“你能给我一些钱吗，Joe？算是给我作文得第一名的奖励！”“你得第一关我什么事？”我故意逗着弟弟，其实我怎么会这么小气呢？“好吧，算了。”弟弟有些失望地回答道。“开玩笑的。你需要钱，我随时都可以给你。”我现在学会了节约，但绝不会吝啬。

最近棕榈谷的天气有些忽冷忽热，都不知穿什么衣服好了。生物课好多同学没来，大概被忽冷忽热的天气折腾病了吧。生物老师今天讲基因知识。老师让我们画图并给我们看录像。虽然是英语授课，但我很快就弄明白了，我越来越觉得生物是门非常有趣的学科。

西班牙语课，两个美眉穿着超短裙来了。是为了吸引男生的眼球吗？我真佩服美丽“冻”人的美眉啊。都说美眉讨厌“色狼”，我看未必啊！

政治课今天请来学生管理处的老师谈如何申请大学的事。老师让我们填张表格，内容包括SAT分数、理想的大学和自己喜欢的职业等。学生填写的表格会被送到相应的学习顾问老师那里，顾问老师会根据学生的要求提供帮助。真贴心啊！

我在美国高中读书不需花费自己的一分钱，书本实验器具全由学校免费提供。老师告诉我，美国公立小学、初中、高中都提供免费义务教育。

漫谈隐私 2008年10月16日

记得初中时有位好友天天向我抱怨他妈妈。原因是他暗恋一位女生，他天天写日记，将女生的一颦一笑全记在了日记里。可没想到，他妈妈每天都在悄悄看他的日记，他发现后真是又气又尴尬。

美国孩子很多也有记日记的习惯。他们通常以画画的形式表达自己的感情。说到词的话，信手拈来就是“宝贝”、“性感”。美国家长在尊重孩子隐私方面做得比较好。

今天物理测验时，有位男生不做测验却在玩手机。Swaner老师悄悄站在他身后，那个男生看手机看得入了神，丝毫没发现任何异常。当有同学忍不住笑出声来时，男生才感觉大事不妙，神情紧张地四处张望，当他看到Swaner老师就站在他身后时，吓得身体抖了一下，看到他吓成这样，Swaner老师也忍不住笑出声了。为了消除他的紧张情绪，老师拍拍他的肩膀，美国老师的善良和幽默体现在时时处处。

爱的萌芽 2008年10月17日

今天中午全校学生将在一起看演出，我很兴奋，又可以见识一下美国学生的活力四射了。

生物课我们去机房检索资料。今天我要查的资料是有关“不同土壤中的水流速度”。机房老师很专业，时不时地从座位上站起，问大家有什么需要帮忙的。

西班牙语课，老师说这次测验我们班只有三位同学不及格。不过，我考得很好，老师还奖励了我一块巧克力。

政治课小组讨论时，黑发女孩Jasmine和棕发女孩Mellisa来到我跟前。Jasmine说想跟我一起去上海看看，说完，她还伸出可爱的小手和我击了一下掌。Mellisa说她想约我出去看电影，还邀请我参加她的生日派对，哇！我真是太开心了。

“你比我们这里所有的学生都聪明，你干吗不去申请哈佛大学呢，

Joe？”看来不去哈佛大学不行了。哈哈！美国同学的心意我领了，可哈佛大学什么时候能向我招手呢？

中午演出开始了，第一个是舞蹈节目。一阵尖叫后，灯光全部熄灭，蓝色的迪斯科闪光慢慢绽放出来。又是一阵尖叫，说唱酷炫登场。嘻哈的曲风，男生潇洒的舞步，把美眉们一个个都迷得眼冒爱心啊。结束前，“轰”的一声，收得利索。

第二个节目更令人振奋。一个个强壮的男生手握着裹着眼花缭乱金箔的木棒，和大鼓小鼓一起亮相。大家的好奇心一阵高过一阵。列好队形后，“嚓”的一声，紫色的灯光幻妙而诡异地揭开了神秘的面纱，酷炫地挑逗着观众早已沸腾的心。随着一段段节奏的变化，一个个张力十足的鼓手奋力舞动着他们的双手，女生们再次爆发出超八度的尖叫，为这一场酣畅淋漓的演出画上圆满的句号。我被这样的气氛深深感染着，节目结束5秒钟后，似乎才听到自己的呼吸声，我，被这精彩的演出彻底镇住了。

最后一个节目是2009全体毕业班学生一起喊“09！”。毕业班学生全部站起，女生们竭尽全力再次爆发出震耳欲聋的高音，男生们粗壮的中低音配合着女生们的高音，高声部低声部的和弦，宛如一首气势浩荡的男女对唱，毕业班学生的激情将全场温度带到了沸点，全场一片沸腾！

这几天一直兴奋，漂亮美眉Jasmine和我相约去上海更让我激动万分，我似乎已经看到了爱的萌芽。

学会放松 2008年10月18日

经历了一周的学习生活，又迎来了快乐的周末。

早饭后，我去后花园打理花草。花园中有几十种花草，从不起眼的嫩草，到粗壮高大的梧桐，参差不齐，楚楚动人。树上黄色的果实，散发出诱人的香味。我边浇水边享受着美景。突然，一只紫蝴蝶闯入了我的视线，接着，一幅更优美的图画展现在我眼前——彩虹！是我喷洒的水珠与阳光造出来的彩虹桥！我按捺不住兴奋地心情，快速取来相机，将这迷人的风景永远定格了下来。

照顾好花园后，回到客厅帮妈妈切菜准备午餐。妈妈说："Joe，你的联系人打电话来了解你情况了，我说你一切都很好，只有一个缺点，就是不会玩，不会放松。""妈妈，不瞒你说，我已经算中国学生中会玩的了。我有很多兴趣爱好。""家长拼命让孩子读书的想法是不对的。你看看美国的孩子，回到家就玩游戏机和电脑，玩累了出去打篮球或者垒球，跟同学出去逛逛街买买东西，这样长大了才能适应社会啊。你要把身体的每个细胞都投入到美国的生活中，好好玩。要像美国孩子那样有阳光有活力。""我也很想啊，妈妈。但每天要做的事很多。写博客、做作业、读英语、浇花园，我没时间玩啊。""你每天至少让我看到有一个小时在玩，否则我就把你送到别的家庭去了，啊哈哈！在美国你就要学习美国的生活方式。适当读书是需要的，但要保证每天玩的时间。你这么聪明，兴趣这么广泛，是个很特别的孩子，我和你爸爸聊天时都很相信你以后一定会是个成功的绅士。你懂礼貌，人这么挺拔，会打交道。所有接触过你的人，都说你是个好孩子。无论从你的表现看也好，从学校老师的反馈也好，你都是一个很优秀、很文气、很聪明的孩子。但作为家长，我们必须提醒你，要学会放松！我的这些话对一般孩子来说是多余的，因为一般的孩子不爱学习，只爱玩。""哦，妈妈，我知道了，我会努力挤出时间玩的。""Joe，好好想想

我在浇花

我刚才对你说的话，会对你有帮助的！”

上楼之后，我想了很多，思绪有些乱，有些不知所措。

恬然小醉 2008年10月19日

今天联系人要来我家了解我的学生和生活情况。我听说交流学生会产生各种各样的问题，女孩子主要是想家，男孩子问题就多了。交流学生因为年龄小，在美国学坏的也不少。大部分家长把孩子送去美国是为了让孩子多看看外面的世界，多学学别人的长处。如果孩子出去后好的没学到，坏的学不少，家长会是什么感受啊！

我相信自己各方面表现都很好。今天我要帮妈妈好好清洁一下屋子。整理完自己的房间后，又去楼下大展身手。我把家里的玻璃都擦得透亮，把木家具也仔细地擦了一遍，还跑上跑下把扶梯各个地方擦得干干净净。

中午，我们一家去花园做烤肉。我将餐具全部准备好后，香香的烤肉等着大家吃啦。我还忍不住到冰箱里拿了瓶啤酒，品味着烤鱼烤肉的美味，这才是享受生活！

下午联系人来了解了我的情况后连连对我跷起大拇指。送联系人出门时，我看到她进了漂亮的红色跑车。跑车在夕阳下缓缓地加速，转弯，羡慕啊！希望自己很快也能拥有一辆酷酷的跑车。

棕榈谷大街

陶情适性 2008年10月20日

今天天气很热，我很早就到校了。操场上很多同学运动得汗流浃背。我们学校6：30就允许学生入校了，学生们可以打篮球、踢足球、玩垒球，甚至游泳都行。结束后去洗个澡，然后去上课。学校运动队的学生常常利用这段时间进行训练。

我到生物教室时，Lopez老师还没到。等在教室门口的同学一看到我，热情地招呼着我，还努力叫我的中文名字。

今天我在教Jonsson老师中文时，为了帮助Jonsson老师正确朗读，我在中文字的边上标注了国际音标，可Jonsson老师看了一脸茫然，美国人居然不识国际音标！

Jonsson老师检查完作业后开始享用早餐了。同学们在阵阵咖啡的浓香中看幻灯片，记笔记。幻灯片字体很大，看起来很舒服。教室里播放着轻柔优美的背景音乐，这样宽松舒适的学习氛围，是国内学生无法想象的。

物理课Swaner老师很阳光，很随意。他喜欢跟同学们聊天开玩笑。他还常常一边批作业一边播放摇滚乐。老师上完一个比较难的知识点后，发给我们一份有详细解答的复习资料让同学们回家复习，这就是作业了。美国人的思维是：不在乎作业多少，把难点搞清是真！

中午休息时我去图书馆借书。作为高年级的我要读很多英语课外读物。Macon老师是位很严格的老师，想在她手上拿个好分数很难。

演讲课我做完一段演讲后，Jenny大声说我回中国后可以做中国主席了，呵呵。Macon老师笑着告诉我，以前她觉得中国的独生子女会很自私，是我让她改变了看法。漂亮女孩Rosa 还在班上大叫："我们爱你，Joe！"。

下课前，我正要走出教室，突然传来Henry的"惨叫声"。回头一看，他正被两位美眉按在桌子上。Rosa一边摸着他的脸，一边摸着他的下身大笑着。我的眼睛大受刺激啊。Eddy告诉我，女生这样的行为在美

Rosa和Henry

国很正常。我晕！看来我小看美国女生了。男孩子来美国要小心哦。

回到家，和弟弟一起看电视。今天的电视很搞笑，我和弟弟笑成了一团，哈哈！

幻蓝天空 2008年10月21日

Jonsson老师教我们如何用西班牙语说“一些”后请同学们提问题。“老师，如何用西班牙语说‘一些水’呢？”“Joe！你提了个好问题，让我好好想想。”接着，老师双手托着头，痛苦地思索着。“西班牙语好像不分可数不可数的。”Jonsson翻字典时，周围的同学都用很无语的眼光看着我。我这个外国学生的问题居然像放卫星一样把很有经验的Jonsson老师给难住了，呵呵。

政治课时，Holmes老师一见到我就笑着向他身旁的男士介绍我，“他是中国上海来的交流学生，很聪明，在我们这个教育区内还得了数学竞赛第一。”“哇，那很棒啊！你喜欢这里吗？”男士是WsetWood大学的老师，这几周，不断有大学老师来我们学校介绍他们的学校。

上课了，WestWood的老师问道：“这里有多少人有工作了？”全班有近10位同学举起了手。大部分学生在餐馆或大卖场打工，每小时工资在8美元到12美元不等。但有一位学生居然是一家通讯公司的职员，每月有一份稳定的工资了。他就是演讲课上的说唱天王Milton！

演讲课，Henry和Jenny一起进来后，大家边开心地聊起哪里的女孩最漂亮。“上海女孩怎么样啊？如果漂亮的话我明年去上海瞧瞧，反正我高中读完了。”“上海女孩身材和美国美眉不一样，蛮漂亮的，比较清纯。”我调侃地看着色色的Henry。“你什么意思？难道我不漂亮吗，Joe？”Jenny大叫道。“啊？！”我突然有些不知所措。“我开玩笑的，哈哈！”哦，还好！

Macon老师让我们记笔记时，突然一张纸飞到我面前，“先不要看！”Jenny说。当她男友William趴在桌上休息时，Jenny对我说：“快看，快！”

“你愿意和我出去吗？我想请你看垒球！”美国美眉的奔放我真是领教了。当William坐起来时，Jenny马上抢过我手上的纸，撕得粉碎。“你不愿意我不强迫你，你考虑一下吧，Joe。”周围同学看着我，我知道Jenny是个很不错的女孩，如果能在美国体验一次约会的话，也是个不错的选择啊，嘿嘿！

花样少女 2008年10月22日

昨天晚饭后刚回到房间，QQ的“滴滴”声就响了，打开一看，是我的高中同桌阿汤。“我好累！”“怎么了，阿汤？”“读书啊！”“加油，我知道你很聪明的！”“我们要默写了，现在在上课，拜拜。”我能感受到他的无奈和压力，唉，同情！

政治课分组演示时，我运气极好地被分到了漂亮女孩Jasmine和Melissa一组。“耶！我们这组有Joe啦！”Sarah大声叫着，Jasmine和Melissa马上呼应，一边拍手一边大叫，搞得我很不好意思，Holmes真会安排啊，知我者，Holmes老师也！

今天我们讨论的话题是奥巴马和麦凯恩。讨论开始前，先选组长。“我选Joe，Holmes老师，可以吗？”外向的Melissa大声征求老师意见，老师笑笑。“我也选Joe！”Jasmine跟着Melissa说道。最后还是Sarah做了我们大组的组长。组长定好后，Holmes老师以掷硬币的方式决定哪个组在选择奥巴马和麦凯恩中有优先权。投币的结果是对方获胜，他们选了奥巴马，我们只好选麦凯恩了。

接着，每个大组拆成四个小组，Melissa和Jasmine都跟Sarah要求把我放在她们一组。女孩们在争执，我是心花怒放啊！最终我定在Malissa一组。

美国女孩很直接，很坦率，怎么想就怎么说，怎么说就怎么做。小组定好后，我这个五人组中唯一的男生再一次被女生们推举为组长。回头一看Jasmine孤零零在一群男生中。我和Jasmine同是天涯“孤独人”，嘿嘿！

物理课上，有个女生来做给男生做问卷调查，主要是了解男生喜欢的女生身体类型。“Chuck，臀部你选什么？”“臀部和胸部我都选其他，选项中最高只有‘大’，我想要的是巨大’”，哈哈！“Joe，你选什么？”“我没Chuck这么疯狂，我选中等尺寸。”“Chuck，头发选什么样的？”“长头发，你呢，Kerry？”“我选‘没有头发’”！“好啊！不错，没有头发的美眉很性感的。”“女生风格这一栏，选‘性感的，风骚的’。”Chuck太搞笑了，真是无语了。“身高选什么？”我问道。“选非常高！”Chuck的品味很独特啊！Chuck填写问卷的原则是怎么搞笑怎么填，而我是根据自己的真实想法来填的。这个问卷调查真要把我们笑瘫了。

无忧无虑 2008年10月23日

今天Jonsson老师叫我教她一些中文。每次我教好Jonsson老师，她都会认真地复习。今天我教她的是：“不好意思/对不起，没关系；谢谢，不客气”。Jonsson老师整节课都在念叨着这几句话。

政治课上，Jasmine一个人坐在那里默默发呆。我想去和她说说话，但总被突发事件打乱。“Joe，你上台表演准备穿什么衣服？穿漂亮点哦！”Melissa可爱地对我眨眨眼。“我有很多衣服的，你放心。你们女生的衣服一定很漂亮吧，女生喜欢买衣服。”“哈哈，Joe，你很了解女孩子嘛，不过，再多的衣服每次也只能穿一件啊。”

物理课上Ryan问我中美文化最大的差异是什么，我先从校园文化谈起。我告诉他们，中国的校园文化没有美国这么开放，接吻，做爱，约会，调情，这些对中国学生来说是不可思议的。美国没有很长的历史，但却是世界上最富裕、最强大的国家。美国的社会体制、政府管理、人与人之间的交流方式都极其坦诚。美国人很阳光，这种阳光表现在心态，外表等很多方面。美国发展得这么好绝非偶然，我很佩服和喜欢美国人。“说得好！真高兴认识你！”听了我的话，Ryan激动地跟我握了握手。我们聊得更投机了。“你怎么看布什总统的，Joe？”“我觉得布什总统，放在绝大部分国家都算是很好的总统了。也许在追求完美的美国人心目中，布什总统还不够令人满意吧？”“说得好，Joe！你英语怎么进步得这么快？英语是世界第三难的语言呢！”“我说得多，我喜欢交朋友。你看我们教室里有几个男生不是我朋友？”哈哈哈，我们都大笑了起来。在美国，只要诚心待人，你的朋友圈子就会无限扩大。美国确实是个阳光的国度。

中午碰到Melvin，我开玩笑地问他是否是处男，没想到他很坦诚地说已经不是了，还说在美国，15岁以上还是处男处女的已经很少了。唉，Melvin的话让我很自卑啊。

演讲课上Macon老师说Jenny长得太小巧了，Jenny马上反驳说她人小胸不小，接着女同学们讨论起胸部尺寸来了，原来美国15岁以上的女生，B以下的几乎没有，C算中等，D、E较多，甚至还有F和G的！怪不得美国美眉的身材都那么性感。

快下课时，Henry又和一帮女生搞在了一起。他全身上下都被女生们摸了个遍，美眉们乐得前仰后合！看来美国的开放不是随便喊喊的，哈哈！

又见花开 2008年10月24日

今天早上醒来，感觉有些昏昏沉沉。天越来越冷了。

西班牙语课测验分数下来了，我得了96分！Jonsson老师给我的评语是：“有他这样的学生我很高兴！”

政治课请了一位公司管理人员来给我们进行职业介绍。他的语速很快，我无法将他讲的东西全部记下。可他偏偏到我跟前问笔记记得如何。“对不起，我没完全记下。我是刚来美国3个月的中国交流学生。”“哦？你是交流学生啊？太酷了！看看有谁愿意借给你！”老师抬起头边搓着手边四处张望着替我找救兵。我刚瞄了Jasmine一眼，她就把手高高举起了，大声说：“我愿意！”大家都笑了。

回家时，回味着漂亮女孩Jasmine的微笑，心中充满了喜悦。

心灵之窗 2008年10月25日

今天早上起床时，家里一点动静也没有。平时妈妈六点多就起来了，估计今天也睡得晚点放松放松了。

爸爸和弟弟起床后我才知道妈妈去加班了。辛苦啊！爸爸为我们做了一些烧烤，香喷喷的烤鱼和烤肉让我胃口大开。

下午妈妈回来说我的眼镜配好了。领眼镜的地方有不少人在排队。美国人处处讲究一米线。轮到我时，工作人员客气地让我带上眼镜给他看，观察眼镜是否完全贴合我并适当加以调整，新眼镜带上后非常舒服。看东西清晰多了，这下看美女更爽了。感谢美国医生啊，让我的心灵之窗得到极大的享受！

为了感谢妈妈处处为我想得那么周到，我主动要求帮妈妈擦车。明天是姐姐Chirstine的生日，我们要去Fresno看姐姐。Christine姐姐还会带我们去ABC电视台看看呢，开心！

姐姐生日 2008年10月26日

今天早上五点半就起床了。姐姐住的Fresno离我们大约4小时的车程。黎明的城市，有些漆黑，有些阴冷，路上只有我们的车在行驶。品着热咖啡，吃着刚出炉的面包圈，一路欣赏着窗外的美景，很是惬意。

用完早餐，车子很快就上了高速。窗外连绵不绝的山脉层层起伏。随着汽车不断地上下簸动，天空渐渐亮了起来。我和弟弟此时都有些睡意了，戴上了耳机，开始静静地享受这次快乐旅程。

Fresno虽不是个大城市，但却有着相当长的历史。这里有教堂、各种艺术馆和人文文化馆，还有很多雕塑。爸爸将车子停在一片树荫下，我则下车去抓拍各种美丽的风景。

很快地，姐姐来了！架着副深褐色太阳眼镜的姐姐很有女强人的风范。姐姐的屋子布置得很简洁。走出姐姐的屋子，我出门拍照去了。放眼望去，到处都是风景。教堂钟声回荡在美丽如画的四周，霎时有种灵魂被荡涤的感觉。

姐姐告诉我，不远处还有个漂亮的剧院，可以拍很多照片。私家花园种着各种花草，池塘中美丽的金鱼悠闲地游来游去，这处处美景，令人流连忘返。

拍完照，姐姐带我们去了ABC电视台。热情洋溢的电视台人员大声向我们问好。我们去了调音室和ABC新闻演播室。我还体验了一把新闻主播的感觉呢，爽！

吃饭时，我们每人点了自己喜欢的菜。菜量大得惊人。我点了一份牛排，吃了很久才搞定。我们六个人点了六份餐，吃得饱饱的，还带回家一半，才130美元！

今天玩得真开心！

笑对挫折 2008年10月27日

昨天双腿感到阵阵酸痛，也许是在Fresno走了太多的路吧。

正打算早点休息时，妈妈拿着我的成绩单气呼呼地问我："这是怎么回事？"我知道妈妈是因为我的英美小说和电影课得了F而生气，因为其他各科成绩我都很优秀。我告诉妈妈，英美小说和电影课由两部分组成，一部分是看电影写评论，这一部分我的成绩都是优；另一部分是在课堂阅读古英语，读完后当场测验。刚开始时，6道测验题我只能做对一道，现在越做越好了。我的学习顾问也说过十二年级英语课对外国学生来说太难了。听了我的解释，妈妈明白了，并同意我换课程。

今天中午去顾问老师那里申请换课，顾问老师说换课程要等下学期，并问我换课的原因。我告诉顾问老师："我作业很认真，影视评论写得都很好，可还是不及格了。"顾问老师笑了，她告诉我，现在的F只是个提醒，课程总评要到12月份才出来。并说有机会她会跟Macon老师沟通的。

我本以为今天就可以换课，所以上周五的作业我没做。走出顾问老师办公室，我瞬时有些绝望。怎么办？！上课铃了，我竟然毫无意识地朝着教室的反方向走，等我回过神时，我告诉自己，即使在最黑暗的时刻，也要勇敢面对！我迅速掉转头，奔向402教室，却还是不知道该怎么办。眼看离教室越来越近，我在最后一秒想出来一个万全之策，争取主动！

"Macon老师，我有些话想对你说，打扰一下。我很抱歉，今天的演讲我没有准备。你先把我的演讲分数记为'0'，以后我一定补给你！可以吗？""好，我知道了。"

上课开始时，Macon老师先让我们做测验，可祸不单行，我把笔记忘在文件夹里了，等我想起来时，老师已念到第五题了。我静静地拿出一张纸，写道："Macon老师，我知道你是位很好的老师，是位对学生要求很严的老师，或许我真的很难达到你的要求吧，你给了我不及格，我和我的两个妈妈都很难过。我对她们说，我已经努力了，但也许这门课不适合我，我只好选择换课了。你是位令我敬佩的老师，你的演讲课让我学到了很多东西。请你原谅我的选择，我很无奈。今天我没测验，是因为我的笔记放在文件夹里了，等我想起来时，你的测验已进行到一半了，我不想影响你，对不起，Macon老师，好像所有的窘境都戏剧性地在同一时间发生了。”当我把写得满满的一页纸递给老师时，我看到她嘴角边露出了微笑。

生活中不可能永远都是顺心如意，我要学会笑对生活中的一切酸甜苦辣，一步步地成熟起来。

幽默人生 2008年10月28日

昨天放学回家，看到弟弟笑瘫在沙发上。凑近一看，原来弟弟在看电视上一对男女唱歌。男女歌手深情款款地唱着歌，唱得都走音了，伴奏音乐也是走音的，混在一起，配合着男女歌手搞笑的表情，乐得我一口水咽了一分钟才勉强吞下去。这种美国式的幽默可以把你笑成静音。

今天生物课学习基因，Lopez老师很有创意地叫我们画自己的后代。我很想把自己的后代画得貌美英俊些啦，可我画图的技术实在是哈哈哈。孩子如果真长成我画出来的模样，长大后一定不会饶了我的。

政治课上，同学们要说服Holmes老师选奥巴马或麦凯恩做总统。自从我学了美国政治后，对美国的总统大选更感兴趣了。两位总统候选人就同一话题展开激烈辩论、谁更有魅力、更有说服力，美国人民就选谁，很公平！

万圣降临 2008年10月29日

万圣节要来了，弟弟这几天是超级兴奋。吵着要去买各种万圣节的行头。还说万圣节时，一些精力旺盛的人会戴着面具到处‘鬼敲门’，要糖吃。弟弟说有些面具太贵了，买不起，我给了弟弟一百美金，让弟弟买些自己喜欢的东西，还有万圣节用的糖。

政治课前，Jasmine正好走在我前面，我问她是否有兄弟姐妹，她告诉我，她家兄弟姐妹共有六个时，我忍不住说：“这么猛？你们家有六

万圣节南瓜蜡烛

个孩子啊？你们父母很有钱吧，我真羡慕！”可Jasmine听了我的话好像不太高兴了，郁闷！

演讲课快结束时，一帮女生又开始讨论胸部了。Henry一听来劲了，凑上去问女孩们胸罩什么眼色的。而Jenny和Rosa还在比着胸部大小，我真是无语了。“你们女孩不要再谈胸部啦！”Macon老师也有些晕了，哈哈！

回到家，Matt还没有回来，我拉开窗帘，阳关又一次惬意的撒在我宽敞的大床上。

嘻哈心情 2008年10月30日

万圣狂欢越来越近了，今天妈妈带弟弟看完牙医后就直接去买万圣节道具了。

生物课Lopez老师脾气很好，有些女生就胡作非为啦。一位美眉对另一位美眉大骂道：“闭嘴，bitch！”此时Lopez老师正好讲到母狗基因的例子。“大家看，这是一只bitch！”全班哄堂大笑。“老师，你也说粗话？！”“我没有，母狗是‘bitch’啊，我还能怎么说呢？”呵呵，都怪美国人太会发明行话了，某些单词的原意都被冲淡了。“那么大家看，这样的话，他们生出来的就全是母狗了，所以是bitches。”“哈哈哈！”Lopez老师没说错，只是我们想歪了而已！

西班牙语课上，Jonsson老师把昨天的测验卷发下来了，老师叫我上去拿考卷时，给了我一块巧克力，这是奖励吗？嘿嘿！我观察了一下，貌似没人得到同样的奖励哦。

政治课要去别的班级演讲。男生们穿上了衬衫和西装，系着领带，英俊得没话讲。女生个个像是看到真男人了似的，两眼放爱心啊！演讲开始了，我们这一组除我之外全是女生，我威风凛凛地站在漂亮美眉中间。第一个教室学生很多，我丝毫没有紧张，演讲结束后，同学们都说我表现得很好。Holmes老师也对我赞赏有加，我更有信心了。演讲结束后回教室投票，奥巴马445票，麦凯恩115票，差距悬殊啊！下课后，我跟Holmes老师说希望有机会能让我介绍一下上海，Holmes老师爽快地答应了。到时我会制作出一套漂亮的幻灯片来介绍我的故乡上海。

演讲课结束时，Henry拿出一只粉红色的胸罩，让同学教他戴上。戴上后，Henry兴奋得狂笑不止。他还找了一大堆餐巾纸往胸部塞，女生笑得都快趴下了。美国真是开放得够可以的，这可是课堂啊！“看见我的乳沟了吗，性感吗？”胸部塞了满满餐巾纸的Henry得意地问大家。“性感，性感！”男生齐声答道，Henry更兴奋了，哈哈！

美国的校园生活，每天都有搞笑的故事发生。

群鬼乱舞 2008年10月31日

昨天我的联系人来我家，说我不能写博客了。她说交流学生有规定，我让她把规定给我看，但她拿不出来，还让妈妈将我电脑保管起来不让我用。

我的电脑不能用了，博客不能写了。现在越来越多的朋友在看我的博客，突然停了，他们会怎么看我呢？是不是会觉得我是个做事虎头蛇尾的人呢？

我告诉自己，无论如何我都要想出办法来，绝不能让我的博客就此结束。没有电脑，我可以用我的iTouch，可无法打中文了，怎么办？事情总有解决的办法！我实在是太累了，不知什么时候睡着了。

今天早上很早就醒了。窗外的雨水敲击着窗户，我是被雨声吵醒的吧。万圣节老天爷都要来助阵。出门走在街上，心情有些凄凉。阴冷的天气配合着街上穿着各种奇装异服的行人，这就是我在美国的万圣节吗？

生物课开始之前，Lopez老师先向大家展示了他花一百美元买来的万圣节道具，就在我们欣赏老师的道具时，一幅更精彩的画面呈现在我们的眼前，一位男生穿着条裙子大摇大摆地走进了教室，自恋的样子惹的全班同学都笑瘫了。

欣赏完同学们的万圣妆容和各式道具后，Lopez老师给我们测验了，测验题一共有四道，就连写测验题的幻灯片上都写着“万圣节快乐”的字样，让学生在考试中都能享受节日的欢乐气氛。

完成测验后，我感到有些疲倦，也许是心有些倦了吧，想趴在桌上休息一会儿。可就在这时，一颗糖向我飞来，硬生生地砸在我的头上，瞬时我的脑子清醒了许多，我和同学们都笑了。丢糖的同学看到糖砸中我后立刻跟我说对不起，我笑着说应该谢谢他，是他的糖把我疲惫的身心砸出活力来了。坐在我边上的黑人男生Johny幽默地说：“这次饶了你，要是以后再发生这种事的话，Joe要跟你玩玩中国功夫了！”哈哈哈，Johny太幽默了，我的心情也随之好了很多。

进入政治课教室后，漂亮女孩Jasmine优雅地在我跟前晃了晃，一条宽松的肉色连衣裙，把她衬托得分外迷人。

物理课上课之前，学校给参加数学竞赛的同学拍了照片，这张照片

Swaner老师吹南瓜灯

会放在学生毕业手册上。可惜我的头发太短了，没能在关键时刻迅速长点出来，实在是有损我的形象，不过也没有关系，内在美比外表美更重要啊！今天Swaner老师还将一只南瓜灯放在物理课教室里，很能衬托万圣节的气氛，Swaner老师一定是个很浪漫很懂生活的人，哈哈！

晚餐后，一家人聚在客厅看电视。突然听到敲门声，我快步跑去把门打开，看到一群孩子伸手向我要糖吃，我让弟弟拿糖给他们，没想到弟弟却说我们没有糖，看着孩子们失望的表情，我既尴尬又纳闷："我给你买万圣节礼物和糖的钱呢？你为什么不用？""我想存起来。"弟弟的话让我有些无语。

万圣节晚上我没有出去，外面下着雨，再说也没有心情出去。静静地躺在床上，听着IPod中的歌，我不知道自己在想什么，也不知道自己什么时候睡着的。

重新开始 2008年11月1日

我被突如其来莫名其妙的压力包围了，我被限制每天只能用一小时电脑，每周只能联系我的亲生父母一到两次，否则就是违反规定。我不知道这些规定哪里来的，我问那位自称是交流项目"老板"的华裔男子为什么要限制我的人身自由，我告诉他，美国是个讲法律的国家，他毫无道理限制我的人身自由我可以告他。这个人竟然说他现在说的话就是规定，在美国他说了算，让我必须听他的，否则他可以随时让我回国，

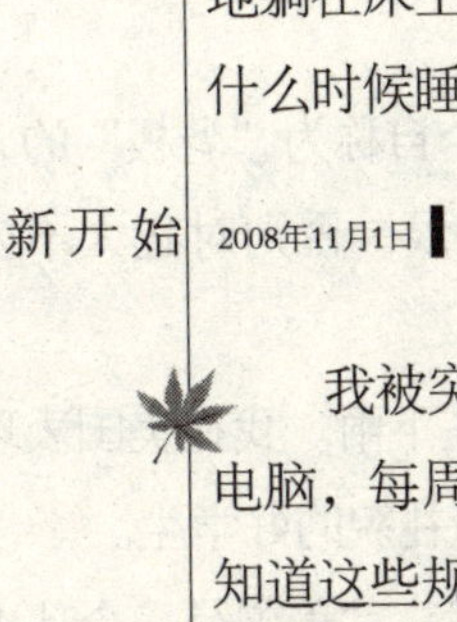

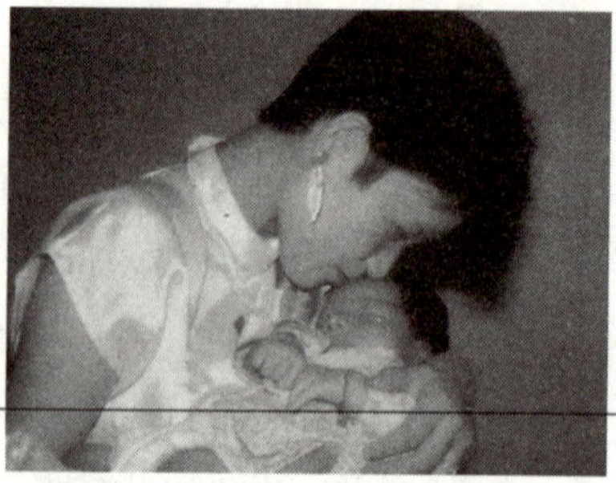

亲吻梦中的宝宝

这样的素质的人真是跟无赖有得一拼了。

我和这个人在电话中争辩起来，我跟他讲道理，对方却思路不清，还用威胁的语言跟我说话。我从小到大从来没有谁这样威胁过我，我没做错什么，我真的很生气！

外面又冷又湿，我的心情很差，我鄙视这个自称为“老板”的人。我给生母写了封信，我相信事情总有解决的时候，否则对我太不公平了。想着想着，我迷迷糊糊地睡着了。

今天是周六，外面依然在下雨，我的心也在下雨。我在美国表现一直很好，我学校的老师都说我是个聪明又非常懂礼貌的好学生。

一下楼就看到妈妈灿烂的笑容，妈妈告诉我：“美国是一个伟大的国家，好好学习和享受美国人的生活，你那么聪明，我相信你能成为一个成功的人。如果十年后你成了一个公司的首席执行官了，我会感到很幸福的。你可以忘了我，但作为你的母亲，我绝对不会忘了你，我自己的孩子的。”我谢谢妈妈对我的教育和鼓励。

今天外面下雨，花园不用冲了。平时我每天冲完花园后帮妈妈做晚餐的准备工作，吃完晚饭我和弟弟负责将餐具洗干净。弟弟还小，我这个做哥哥的愿意多做些，给弟弟多点时间玩。

晚上，生母打电话问我过得怎么样？她建议我用英文写博客，她的老外朋友很想知道我在美国过得怎么样，她会关注事态的发展并搞清楚这个自称“老板”的人到底是谁？想干什么？

晚上，一个人躺在床上正觉得无聊，突然接到John叔叔的电话，叔叔鼓励我在美国多交朋友，要过得开心。想起在上海我教叔叔讲普通话时，他永远搞不清“太棒了”和“太胖了”的样子，我忍不住笑出声来了。

我长大了

2008年 11月2日

清晨起床，外面天色依然很暗，隐隐地还能听到风声。

站在洗手间的镜子前，我意识到，不知不觉地，我已经长成一个男人了。一个人来到一个陌生的国度，需要克服语言和文化障碍，需要独自应对生活和学习中的很多事，所有经历的一切，都能让我快速成长起来。无论面对开心的、不开心的事，应对合理的、不合理的安排，与友善的还是素质低下的人打交道，都能让我学到很多。生活不可能永远是风平浪静、一帆风顺的，每个人都会面临生活的挑战，我会积极去应对的。

记得来美国的前几天，生母和我聊天，谈到孩子幸运和不幸运的话题，她问我如何看自己的。我告诉她说我是幸运的，母亲沉默了一会儿说：“你幸运的是我们有能力送你去看看外面的世界，你不幸的是小小年纪就要独自去闯荡世界，我们希望你飞得更高，看得更远，但你不要有任何负担，努力做到最好就可以了。一个人在外内心的孤寂在所

白马王子

难免，尤其在面对挫折的时候。”当时我不是很能体会母亲这些话的含义，但现在我有些懂了，我会一如既往地笑对生活的。

我下楼和妈妈一起准备早餐时听到爸爸病了，我建议帮爸爸熬点粥喝。妈妈是专业护士出生，照顾爸爸应该不会有问题。

用完早餐清理完餐具后，我就回房间读我的英语小说《德拉库拉》了，真是太难了。硬着头皮读啊读，都要吐了。我已经尽力了，只能希望Macon老师能体谅我。回头看看窗外，阳光依然慷慨地照耀着我，刚才在古英语的黑暗世界中苦苦求索而忘了阳光的存在，现在该走出黑暗去户外享受阳光啦，这一瞬间，平时毫不起眼的阳光变得分外珍贵起来。

再次回到房间时，我敲了三下桌子，感谢上帝给我一个温暖的家，静静地坐在桌前，又开始了我的古英语求索之路。

春夏秋冬

2008年11月3日

早上起床时，太阳已高高挂在天空了，我的卧室充满了阳光，很是温暖。我知道我们住的棕榈谷应该已经进入冬季了，但有着暖暖太阳照耀的冬季有时似乎比夏天更令人惬意，我的心情也随着阳光灿烂起来。

起床后才发现爸爸今天病了没能去上班，原来他得了很严重的胃痛，我很担心。这是我第一次看到爸爸这样虚弱地躺在那里。

我下楼心不在焉地吃了些早餐。和爸爸说了再见和注意休息之类的话后我匆匆出了家门，希望他能快点好起来。街上行人很少，迎面吹来的风并没有想象中的那么不舒服，相反，感觉今天的风柔柔地吹在脸上很舒服。

今天第一节生物课依然是记记笔记。我曾跟生母谈到生物单词很难记，她鼓励我不要怕，要找窍门，生物单词很多都是组合词。很有道理哦。

Jonsson老师今天似乎心情不太好，难道我前几天不佳的心情传给她啦？离上课还有几分钟时间，我抓紧时间看《德拉库拉》，慢慢地我被这部小说吸引了，这么难懂的夹着很多古英语的小说我竟然能看懂很多了，真是太高兴了！我全神贯注地读着，连上课的铃声都没有听到。

政治课的Holmes 因最近去旅游而没来学校。希望Holmes老师能好好享受他的假期。

物理课上要做很多作业，Swaner 老师说作业很难。我不害怕物理作业，我的脑子转得飞快，越难的题目越能激发我的斗志啊，哈哈！我被认为是班级中最聪明的学生。Swaner老师对我的课堂表现很满意，我的回答都是“完全正确地”，哈哈！

中午休息时我见到了Melvin的一个女朋友。女孩表扬我上次的演讲很精彩，她的好多朋友听了我的演讲后投了麦凯恩的票，没想到，美国美眉这么给我面子啊，嘿嘿！我连忙用西班牙语跟美眉说感谢并用西班牙语跟她聊天。我把会说的西班牙语全部扔出来了，美眉笑了，还夸我西班牙语说得很棒！我有些飘飘然了，感觉自己好像真的懂三国语言了似的。

小说课今天有个测验，想想自己用现代英语写影评都是A，比绝大部分的美国同学都好，古英语只是暂时落后罢了。我鼓励自己别紧张。鼓励归鼓励，老实说，古英语的小说我能看懂故事情节，但考试时要深挖其中的小东西对我来说就太难了，就像找个老外要他解释带点的古汉语同样能让他抓狂一样。

测验题一共有19题，可以翻书查。测验时间很紧，很快就到了同学之间交换阅卷的时间了。我拿到的是Issal 的。Issal 长得很漂亮，笑靥迷人，姿态优雅，能为这么漂亮的美眉批卷子是件乐事，哈哈！一般来说，漂亮美眉的成绩都不怎么漂亮的。可当我看到她的卷子时，我知道我的“漂亮女孩成绩不怎么漂亮”的观点是极其错误的，Issal考得很好。看着她漂亮的大眼睛开心地一闪一闪，我明白了眼前的她是个才貌双全的女孩，上帝对她真是厚爱啊，我忍不住对她又多看了几眼。

全部课程结束后，我步履匆匆地往家里赶，心中牵挂着爸爸。一踏进家门，弟弟就开心地跟在我后面不断搞笑地叫着我的名字。洗完手，我赶紧上楼去看爸爸，爸爸说他感觉好多了，我还是不放心。但除了给爸爸倒些水问候一下他之外，我也帮不上忙。从爸爸房间来到自己房间，想起生母给我准备的各种药品，一番仔细搜寻之后，我找到了用于治疗胃痛的“达喜”。妈妈一回到家，我赶紧给妈妈看是否能给爸爸吃。妈妈说很感谢我这么懂事。我希望爸爸的胃痛能尽快消失，希望明天又能见到一个说话幽默、精力充沛的爸爸。

深秋季节

2008年11月4日

《德拉库拉》这本书真是把我折磨得够呛，苦啊！转念一想，我不是号称很聪明的吗？我要顽强地看下去，哈哈！感谢Macon老师将我领进了英美文学之门。

清晨出门，刺面寒风吹在我脸上，感到一阵生疼。棕榈谷天气变化无常，深秋季节的今天真冷。

生物课下课时，我接到通知要去学校健身房参加毕业班数学和英语考试。休息时，我和朋友出去逛了逛，一群黑人男生冲着我喊道：“姚明！加入我们！姚明，加入我们！”他们真热情。很多女生看着我，好像我是PHS的明星似的，哈哈！

考试结束后，我去了Macon老师教室进行《德拉库拉》的测验。令我高兴的是，我的测验成绩越来越好了，功夫不负有心人啊，男人要坚持，嘿嘿！

放学回家，看到桌上有张小纸条：“尊敬的Joe，”这样的称呼让我心头为之一热，可看到结尾处弟弟称我为“bytch”时，我真有些无语了。

今天是个特殊的日子，奥巴马赢得了美国新一任总统的大选！意料中的事啊，呵呵！麦凯恩虽然失败了，但他不服老的拼搏精神让我钦佩不已。如果他能当选，相信也会是位很好的美国总统。

奥巴马赢了！恭喜他！他是一个充满活力、聪明而阳光的新一届美国总统，他将带领美国人民不断提升美国的竞争力和吸引力。奥巴马，上帝保佑你！

我“爱”你 2008年11月5日

“奥巴马！ 奥巴马！”弟弟在洗澡时都为奥巴马欢呼着。弟弟浑身上下充满活力，可有时弟弟过于充沛的精力令我害怕，因为我无法睡觉了。考虑到弟弟正处在生龙活虎，活力四射的年龄，我忍忍吧。

今天天气很冷，我只穿了件衬衣就出门了，试试自己的耐寒能力吧。昨天的数学考试改到今天了。走到健身房时，刚坐下，就碰到Rosa了。“你好， Joe！ 我可以坐这儿吗？”Rosa笑着问道。“哦，当然可以。”这么性感迷人的女孩怎么忍心拒绝呢？

Rosa说她知道我数学很好，她坐在我边上考数学。她以前已参加过一次考试了，可没能通过。离我不远处的男生们用略带嫉妒的眼神看着我。难道他们不知道聪明男孩总能吸引女孩的吗？呵呵！

考试开始了，很快地，我做完了，她也做完了，哈哈！她感激地拍拍我的肩膀，说“我爱你Joe，再见！”

回到物理教室，我从包里取出日本寿司，很多同学问我要，我不是小气鬼，我大大方方地拿出全部寿司与大家分享。

回到家想吃点东西时，发现三文鱼的一半失踪了，原来弟弟早餐时吃的，弟弟太猛了！

很快妈妈就要下班了，我该去楼下准备晚餐啦。

好久不见 2008年11月6日

弟弟每天把闹钟设定在六点，可闹钟闹了他又不起来。每天早上六点以后我就没法睡了。我让弟弟将闹钟声音调低些，可他不同意。我耐心跟弟弟解释时，妈妈来了，弟弟只好同意了。

政治教室一景

弟弟虽然大部分时间很乖，但时不时会蹦出些粗话来。只要不是太过分，我并不生气。但我是他哥哥，我提醒弟弟对别人说话不可以没礼貌。

今天依然很冷，生物课开始时还有一半同学没到，估计都赖在被窝里了吧。Lopez老师将基因和基因分类的学习大纲发给了我们，一发学习大纲，就要测验了。考试的答案都在大纲上的问与答中。

政治课主要记笔记，下课时，Holmes老师告诉我11月11日是美国退伍军人节，这个节日是用来纪念在战争中英勇牺牲的军人的。真是个令人悲伤的节日啊。我忽然想起11月11日在中国好像是光棍节，是个令没有女朋友的男人伤心的日子，哈哈，开个玩笑！

中午我抓紧点滴时间读小说《德拉库拉》，美国同学也觉得小说课的测验很难，我就更不用说了。今天的测验我答对一半也不到，伤心啊！我把心里的苦闷告诉了Macon老师。“你来了多久啦，Joe？”“104天”“你每天都在数日子吗？”“因为我每天写博客，所以我能清楚记得我来多少天了。”Macon 若有所思地点点头说：“确实需要多给你些时间。”我很感激Macon老师的理解。

今天作业很多，我得抓紧时间忙了。

红色警戒 2008年11月7日

昨晚我们一家吃完晚饭后开开心心地讨论各种话题。爸爸告诉我，美国的高速公路四通八达，极为便利。佛罗里达州有一条穿越加拿大通往阿拉斯加的高速公路，爸爸几年前曾在那条高速路上潇洒走一回，酷！

爸爸去过好多地方，他把自己的护照拿给我看后，还翻开妈妈的护照。看到妈妈护照上的照片时，爸爸做出一副很惊慌的样子，说：“哇，这个怪物是谁啊，我根本不认识她啊！”我们都大笑了起来。爸爸很幽默，常喜欢跟妈妈开玩笑，妈妈除了用眼睛瞪着爸爸表示抗议外毫无办法，呵呵！

今天又是周末啦，爽啊！

走进生物课教室，我的直觉告诉我Lopez老师今天有些伤悲。我刚想前去问候一下他时，上课铃响了。“同学们，下周一我不能来学校给大家上课了。”Lopez 老师开始讲话时有的同学还在嬉闹着。Lopez 继续说道：“我的祖父今天清晨去世了，下周一我要去参加祖父的葬礼。”整个教室一下安静了下来。我知道Lopez老师心情一定很沉重，也没有心情给我们上新课了吧？Lopez老师给我们放了加州地震的录像。

我们居住的加州常发生地震，最近很可能有大地震光临。加州的居民现在常练习地震中的逃生技巧，恐怖吧？希望我也能在加州经历一次地震，应该很刺激的吧。

结束了生物课，我快步赶到西班牙语教室，Jonsson 老师正忙着吃早餐呢。她常常分东西给学生们吃，人也很幽默。我突然想起今天有西班牙语测验，完了，我因为考试缺了两天的课，今天考试估计惨了。

担心什么还偏偏来什么。今天测验的内容主要是我缺课的内容。“上帝！上帝！”我请上帝帮忙！出乎我的意料啊，35道题我答对了32道，嘿嘿，太高兴了。这些内容我以前曾自学过一点，没想到今天用上了。

西班牙语课结束后，我高高兴兴地来到政治课教室，Holmes 老师今天又邀请了一位大学女老师给我们介绍大学。课上到一半时，学校广播中突然发出紧急通知："学生们，老师们！现在发布红色警报！请所有的同学躲到桌子下面，待着不要动，所有教室的门窗请关闭。请大家保持安静，不要走出教室。"发生什么事啦？真有点吓人。我看到Holmes老师快速将门锁好了。

下课后我才得知，今天的红色警报是模拟演练。如果有持枪歹徒闯入学校进行扫射，学校就会发布红色警报，同学们都要躲到桌子底下，因为歹徒很疯狂，他们想射谁就射谁，如果你按要求躲好，你就不会被伤到。每当出现这种时刻，老师会尽全力保护学生。保护学生安全是老师必须要履行的责任，哪怕牺牲自己生命。美国的校园枪击案并不少见，这就是为什么我们时不时地要演练一下红色警报。

中午休息时，我正在看小说，忽然听到女孩的呻吟声在我耳边响起。有人在做爱？这可是在校园啊，朋友！我四处张望，原来有人在模拟做爱，疯狂吧？

Macon 老师对今天《德拉库拉》的测验结果很不满意，她让我们站起来排队，每天回家看书的站左边，不看的站右边。站在左边的只有12位同学。Macon老师把不看书的同学搁在一边，只教我们这些回家看过书的同学。我是个好学生，尽管我很多看不懂，但我每天坚持看。

最后一节演讲课也有个测验，我得了满分！Macon 老师很为我高兴。

"Whore！"一进家门，弟弟就冲着我叫。"Matt！你为什么叫我妓女？""你的名字叫Joe，发音与西班牙语中的妓女很像。""你这个小坏蛋，我不是妓女，不许这么叫！"弟弟调皮捣蛋很可爱，真拿他没办法。

一场噩梦

2008年11月8日

昨晚早早就上床睡觉了。虽然感觉很累，但躺在床上怎么也睡不着。

“轰！”天摇地动。我躺在床上，感觉床晃得很厉害。我人很虚弱，呼吸越来越困难了，我没能逃出屋子。只好向上帝求救了，希望地震快点结束。真是感谢上帝啊，地震真的很快停了。我刚高兴了几分钟，第二波更厉害的地震来了，房间内所有的东西都在摇晃。我拍拍自己的额头，希望这一切都是在做梦，但我绝望了。我吃力地抬起头四处张望，这是我的卧室，眼前的一切都是真的。我瘫倒在床上，听见妈妈在外面大叫：“Joe，Joe，Matt，快出来！”但不知为什么我却没有跑。地震又停了，我感觉好点了。我看见爸爸、妈妈和弟弟来到我房间，他们看到了惊恐万分的我时，刚想前来安慰我，第三波地震又开始了，我们都尖叫了起来。屋子被震坏了，我们一家人都被风刮到了屋子外面。我的脑海中出现了亲生父母的面容，我伤心地哭着，我很绝望。我在绝望中大喊大叫。我紧紧抓住被子，风大得令人恐怖，我不想被漫天飞舞的东西击中，我希望自己能活下来！然而我还是没能逃过地震的劫难，我跌入一个无底的深渊中！

正在此时，我用力一蹬腿，人一下子从床上弹了起来。被子已经掉到地下了，可想而知几分钟前我在床上是如何跟地震搏斗的，我浑身是汗。起床后，看看卧室里的东西，一切都在原位，一切都完好无损。哦！刚才我只是做了个恐怖的噩梦！

来到洗手间，打开所有的灯，往自己的脸上扑了些水后感觉好多了。想起刚才的噩梦，我仍心有余悸，已是半夜三点钟了，我担心刚才的噩梦不是个好兆头，我给生母发了短信，害怕极了。

今天一早，我把昨晚做噩梦的事告诉了妈妈，妈妈安慰我说做噩梦很正常。还说我们每个人每天醒来时，都应该感谢上帝让你还活在这个世界上。人随时会死，人的生死都是由上帝掌控的，如果上帝要让你死，你就得离开这个世界。

今天感觉很压抑，我去了后院转了转，抬头看见太阳依然在那里放着光芒。我喜欢阳光，我喜欢光明，我希望噩梦中的一切不要出现在现实中。

文学著作《德拉库拉》

温馨家庭 2008年11月9日

昨天是周六，妈妈去加班了。爸爸带弟弟去看牙医，家里只剩下我一个人。静静地读着小说《德拉库拉》，不知不觉地，太阳已经慢慢下山了，天也渐渐暗了下来。

五点半左右，妈妈回来了。我和妈妈边准备晚餐边闲聊着。妈妈告诉我，大部分的美国家长都希望自己的孩子玩得开心，过得愉快。妈妈说弟弟有几百种游戏，我说弟弟花在玩游戏上的时间太多了，可妈妈觉得弟弟很听话，成绩不错，就让他玩吧。妈妈也知道中国的孩子读书读得很苦，嘿嘿！

妈妈说希望我明年回上海时，成为一个全新的Joe，一个有很多美国朋友的Joe。妈妈和爸爸都希望我将来成为成功人士。

尽管昨天晚上外面下着很大的冰雹，我的心却无比温暖。躺在暖暖的被窝里，那些冰雹声听起来也像是一首首赞美的诗歌，一段段优美的音乐。

今天一早起床，先把《德拉库拉》的作业全部做完。妈妈看我这么努力地读书，笑着说："你会看到结果的，Joe！"

我的心中充满了喜悦，在花园中给美丽的花花草草浇水时，我的呼吸好像也在跳着优美的舞蹈。

心情阳光 2008年11月10日

昨晚，我和妈妈一起看电视时聊起了美国农民的话题。妈妈告诉我，美国大部分农民很富裕，他们工作勤奋，借助先进的生产工具处理农活，农民们的农田很大很整洁。他们种植大量的蔬菜水果卖到超市或杂货店，他们就是这样来赚钱的。不过，做农民也不容易，农民的辛苦只有做农民的自己知道。

今天Lopez 老师不在。希望 他能尽早从失去亲人的悲痛中走出来。代课老师布置的作业我只花了10分钟就做完了。我拿出小说《德拉库拉》认真地读了起来，我对这部小说越来越着迷了。

下课后，我正赶去下一个教室的路上时，一位美眉在身后追着叫我的名字“Joe，Joe，嗨，Joe！”“嗨！”我很有礼貌地向她打了声招呼。美国女孩在校园内主动跟我打招呼很正常，大部分美国女孩性格外向而且喜欢结交朋友。“我爱你！”那个女孩大声对我说。我有些尴尬地对她笑笑。女孩发现我对她的“我爱你！”没反应时，继续说道：“Joe，我真的爱你！”女孩的同伴笑望着我。她们两个搞什么鬼啊？“谢谢你！”听了我的回答，她对我笑了笑，没再说什么。我们两人都有些尴尬，我只好很有风度地再次对她笑笑。

政治课Holmes老师还没来时，Milton 站起来大声说“同学们，我敢打赌，Joe 以后一定会成为中国的奥巴马，他将成为中国的总统！”谢谢Milton的美意。哈哈！我坐在自己的位子上继续看着《德拉库拉》。“好啊，这是Bram Stoker 的小说《德拉库拉》吧？这可是部著名的小说啊！”Holmes老师真是博学啊。他将这学期的成绩发给了大家，我的成绩是A。我的那篇说服Holmes老师投票给奥巴马的分数得了全班最高分，哈哈！

物理课上，听说这周四又有数学竞赛了，兴奋啊！当同学们问我对数学竞赛有没有信心时，我说“很有信心，可以随时出发”！哈哈哈！大家都大笑起来。希望这次我能再次为我们学校夺冠！

演讲课上，我问Macon老师怎么才能提高我的英语小说课成绩，我知道 Macon 一直把我看作是好学生，她建议我多读些AR书，她相信我的成绩会有很大提高的。Macon老师将回家作业发给我时，我看到上面的成绩是A。“Joe，你很出色！”老师轻轻地在我耳边说。是啊，我也相信自己很棒！

我的心情如阳光般灿烂。温柔的风吹在我的脸上，我的心随着欢快的节拍跳动着。

心底的回忆 2008年11月11日

今天是美国退伍军人节，学校放假一天。

一觉醒来，已是中午11点了。爸爸今天也在家。他在帮弟弟做生物的手工作业。

看着爸爸和弟弟，不禁想起了我的亲生父母。小时候，父亲也常常帮我完成各种手工作业。现在我长大了，所有的往事都在我心底里留下了最温馨的回忆。父母将自己的爱无私地全部倾注在孩子身上，除了帮助孩子解决学习上的问题，他们还有很多琐碎的事为孩子操心，我永远不会忘记父母对我的恩情，我会好好珍惜他们一直到他们老去的那一天。

弟弟开心地看着爸爸在帮他做手工作业，我希望弟弟也永远别忘了父母为他做的那些看似微不足道的事，父母的爱正是通过这一件件小事释放出来的。不是吗？

今天下午的阳光很灿烂，我从 Itouch 中查了查上海的天气情况，上海的气温似乎比棕榈谷低些，应该比这里冷吧。远在上海的爸爸妈妈，希望你们一切都好！

迷人红枫 2008年11月12日

今天天气很热，街道两旁到处都是漂亮迷人的红色枫叶。虽然按季节分已是深秋季节了。早晨的花香令人心旷神怡，给我带来一天的好心情。

生物课Lopez老师将考试所有答案都给了我们，要求我们在理解的基础上记在脑子里。上课时，他还让男女两队进行答题比赛，最后男生以一题之差惜败，好没面子啊，不过，题倒是记住了不少。

去西班牙语教室时，我主动为一位美眉开门，女孩对我灿烂一笑，心里美滋滋的，呵呵。课堂测验时，我很快就完成了。Jonsson老师看我第一个完成卷子，笑着问我："Joe， 是不是这个测验对你来说太容易啦？"我没正面回答老师的问题，因为我不知道如何回答。说是的吧，好像自大了点；说不是吧，我不清楚Jonsson老师问这个问题的真正用意，她会不会不高兴呢？所以不用言语回答是最好的办法了。我朝Jonsson老师调皮地笑笑，让老师自己去猜我的回答是什么吧，哈哈！

政治课Holmes 老师今天没来。我们的作业是自由谈，卷子上有十三道题目，我做得很认真，写得很全面。

Fausto 是个聪明、诚实而善解人意的好男生， 他明天将和我一起去参加数学竞赛。当他告诉我他还没有女朋友时我很吃惊，但我心中又在窃喜，因为我也没有女朋友。我是不是有点自私啊？ 我不交女朋友是因为结束一年的交流学生生活后我要回中国，我不想有一段无疾而终的恋情，尽管我知道现在找个漂亮女孩恋爱会让我很开心。如果我爱一个女孩，我会一直希望和她在一起的，没有她在身边，我会哭（只是比喻一下，呵呵）。

下午的影视和小说课又进行了《德拉库拉》测验。因为我读得很认真，而且在书中做了很多注解，感觉这次测验比以前容易多了，我考的很好！下课时，Macon老师来到我跟前，奖励我一个大大的笑脸，我知道Macon老师很为我的进步而高兴！

走在回家的路上，我又看到了美丽的枫叶，阳光映衬下的红枫更摇曳多姿，风情万种。

梅开二度

2008年11月13日

妈妈昨天下班有些晚，我和弟弟一起准备晚餐，爸爸还做了些牛肉。很快地，妈妈就回来了，我们一家开开心心地享用着晚餐。

明天我又要代表学校去参加数学竞赛了，希望能再拿第一，我要加倍努力！

今天清晨起床先检查邮件，亲生父母发来了良好祝愿的信，他们都希望我能取得好成绩，压力来了，嘿嘿！

第一节课生物测验，我边上坐着调皮的Daniel，他换到我边上的位置来是想从我这里借点光的吧，我一直很乐于助人哦。 我只花了十分钟就完成了测验，当我去老师讲台交卷子时，很多女孩惊呼了起来，搞得我很尴尬，嘿嘿！

“Joe， 你真行！”Terrants 冲我一笑：“你帮了Daniel 的忙了吧？”他诡异地看着我。这时，一些同学注意到我的手表了，他们说我的手表很漂亮，问我多少钱买的。当我说1，000美金时，他们用不可思议的眼神盯着我，“哦，上帝啊！”我的回答一定让他们大吃一惊，他们没有想到我的手表比这里大部分美国孩子的都贵。

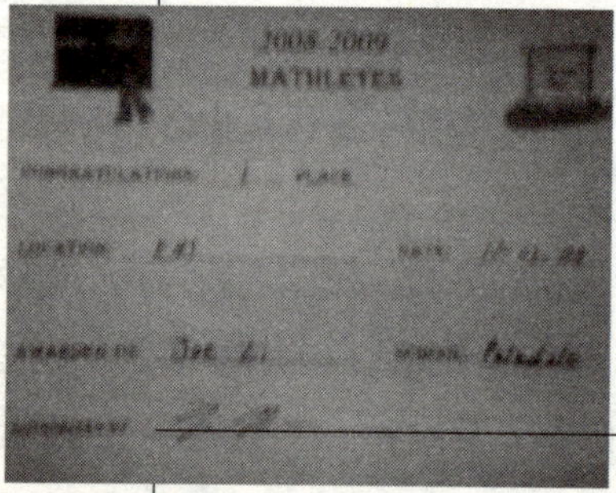

第二次数学一等奖

参加数学竞赛的时间到了，Holmes老师知道我又要去参加数学竞赛时，紧紧握住我的手，真挚地说："祝你好运，Joe，祝你好运！"我赶紧说："谢谢Holmes老师，谢谢！"看，每个人都希望我取得好成绩，我一定会全力以赴的。

Swaner老师开车带着我们出发去参加竞赛了。一路上，我和同学们开着玩笑。"中国每天都吃什么东西呢？"我笑着回答道："我们每天吃龙！""哈哈哈！"听了我的回答，大家都大笑了起来。"Joe，你是怎么到这儿的？""我？ 我游过来的啊，我从上海跳入太平洋游到棕榈谷。"哈哈哈，大家又开心地大笑起来。很快地，我们就到了竞赛地点——Pete Kight High School。

第一部分竞赛题并不难，我希望我能得第一。做第二部分时，加州的地震警报发出了，地震演练开始了，同学们都走出考场，很多人在讨论着题目。最后竞赛结果是六个同学得了第一名，我们学校占了两名：我和 Patrick。我向Patrick表示最真诚的祝贺。Swaner 老师对我们的成绩很满意。

吃完午饭，正好赶上下午第一节课，同学们听说我考了第一名后纷纷向我表示祝贺。

"Joe又得第一啦！"演讲课时，Macon老师大声宣布着我再次为PHS赢得数学竞赛第一的好消息。

明天我要把这个好消息告诉 Holmes 老师，也许正是今天竞赛前Holmes老师的真挚祝福帮助我夺得竞赛第一的好成绩呢，哈哈！

独领风骚 2008年11月14日

昨晚妈妈一到家，我就把数学竞赛得第一的好消息告诉了她。妈妈说能在美国两次参加数学竞赛都拿冠军真是太好了！

今天去上课时，在校园中看到的一幕真令我发笑。一个粗壮的男孩追着一个皮包骨头的男孩，边上还有个男孩一边看一边口中念念有词地说："快跑，bytch！ 快逃啊！我操你，nigga！"这样的场景真令人无语。

生物课上，Lopez 老师将昨天的测验卷发给了我们，我的成绩很不错。因为考试都是多选题，我们的卷子是用机器批的。美国批考卷的机器能将同学做错题目的正确答案以很醒目的方式显示在题目旁。

下课后，我快步向西班牙语教室跑去，我要把好消息告诉Jonsson老师。"你好！Jonsson老师！""Joe， 你好！怎么样啊？""看看这张纸，我又得了第一啦！""住嘴！你又拿了第一名？""是啊！"Jonsson老师盯着我看了一会儿，说："这张奖状太不漂亮啦，他们应该把奖状弄好看点，还应该再奖励很多礼物给你！哈哈！"Jonsson老师总喜欢跟我开玩笑，哈哈！

上课时，Jonsson开始吃她的早餐，她把很多东西放在微波炉中加热，然后拿出来分给学生吃。最后拿出来的是面粉做的曲奇一样的东西，味道很好。看着Jonsson 老师忙着分食物、吃食物，我身边的Kate说 Jonsson 老师忙得像只猴子，这个比喻太到位了，我忍不住大笑起来。"Joe， 这可是我第一次看见你哈哈大笑哦！""是吗？我？ 哈哈哈！"想起Kate说的话，配上Jonsson老师的动作，我又忍不住哈哈大笑起来。

"噢，对了，有件事要告诉大家！"Jonsson老师突然从座位上弹了起来，一本正经地对大家说道："恭喜Joe 先生又赢得了数学竞赛第一名！"班上所有的同学都热烈鼓掌向我表示祝贺，有几个男同学还说："Joe看起来很有总统的样子！"Jonsson 老师笑着点点头。我太开心啦，哈哈哈！

Holmes 老师今天到教室晚了点，漂亮女孩Melissa 一直陪着我，她听到我竞赛得第一后很为我高兴，哈哈！我和Melissa正聊得起劲的时候， Jasmine来了，"你好，Joe！"Jasmine很大方地大声招呼我，现在有两个漂亮女孩围着我了，感觉很好哦。这是第一次这两位漂亮女孩同时靠得我这么近，真令我陶醉，呵呵！开个玩笑！我个子高，可以很清

我和Holmes老师

楚地看清她们的脸，我乘机好好观察比较一下她们俩哪个更漂亮。比来比去，没比出个结果， Jasmine 像是亚洲血统人，黑色的头发配着她精致的五官很是漂亮，声音也很好听。Melissa 是典型的美国女孩，笑起来极其性感迷人，个性更活跃，更开放。两个女孩各有各的魅力。看来只好把这个难题交给上帝了，哈哈!

“ Holmes老师， 数学竞赛我又得了第一！” “又拿第一啦？你真行，Joe。”老师开心地笑着，并对全班同学说：“从中国上海进军到美国的Joe在两个月内已经赢得了两次数学竞赛第一名，他的表现很出色。好样的，Joe！”同学们一起为我欢呼了起来。老师接着说“ 上次你去参加数学竞赛时，一位女士说，Joe只需用左手就能把所有题目解出来，开个玩笑，哈哈！”Holmes老师总是很幽默。

今天《德拉库拉》测验我五分中得了四分，古英语小说现在再也难不倒我啦。

放学了，看着美丽的校园环境，我不由得对自己说，我要将我的聪明才智充分展现出来。

加州大火 2008年11月15日

昨天小说课时，Macon老师提醒说AR的截止日期是下周一，我现在自学到第15章，再怎么拼命，两天时间我肯定无法将余下的都读完。Macon老师对学生很严格，不知道她能不能再给我多一周时间来完成AR阅读？不管老师同不同意，我要试试看。

看到周围还有那么多的同学在，我知道现在不能问，现在问不仅是给老师出难题，也是给自己出难题了。等所有同学都走开时，我赶紧去争取Macon老师的同意。令我高兴的是，Mahon老师同意再多给我一周时间，哈哈！“嘘，这可是我俩的秘密哦。”老师边说边小心地四处看看 。“知道，知道！”我赶紧说。其实在问Macon老师之前，我已经四周张望过一番了，哈哈！我的心情真是好极了。

演讲课上，我看到William 慌慌张张地在找他的钢笔。“我知道你的钢笔在哪里。”“ 在哪里？”William一脸认真地问我。“ 就在教室里。”William没想到我会这么耍他， 他的表情太搞笑了，惹得Jenny哈哈大笑。 最后他在椅子底下找到了钢笔，“哦，在这里。”他如释重负地说。我也笑着说：“我没说错嘛，就在教室里，哈哈！”

今晨起床时听新闻说加州大火正在蔓延，很多房屋被烧毁了，所有的高速公路已被关闭。燃烧后出现的烟雾很黑很恐怖。这次加州大火的区域是在我们居住区域南部约100公里的地方。当地很多居民都被疏散了，真是个可怕的灾难。火势还在蔓延，希望大火能尽早熄灭。

众志成城 2008年11月16日

电视上直播的南加州大火说这场大火造成数百幢房屋被毁，数千人被迫离开住所，太令人伤心了！“妈妈， 这些人现在去哪里呢？”“哦，我也不知道，可能政府提供临时住处给他们，一旦大火被扑灭了，他们很快就可以回到自己的家重建家园了。我们美国人每年都会为自己的房产买很多保险的。虽然房子没了，保险公司会负责赔，但毕竟是件很伤心的事啊，谁想失去自己的家呢！”妈妈感慨地说。

电视上州长施瓦辛格正在发表讲话，声音中透着悲伤和焦急。加州上空有无数直升机在灭火，但短时间内很难将火势控制好，火势依然很猛。更要命的是加州一年四季气候都很干燥，这样的气候无疑成了大火蔓延的帮凶。

姐姐打来电话问我们是否都好，妈妈叫姐姐别担心。放下电话后，妈妈将电视从加州大火直播频道转到了搞笑节目频道。频道虽然切换了，但我依然能从妈妈的脸上读到她内心的担忧。

早上一下楼就从妈妈那儿得知，加州大火越来越厉害了。爸爸下来后，妈妈和爸爸用菲律宾语交谈着，担忧写在他们的脸上。

希望上帝保佑我们，希望大火快点被扑灭，祈祷！

永恒信念 2008年11月17日

昨天人很疲劳，我早早地上床休息了。可弟弟还活力四射地上蹿下跳着，我只好一次次恳求弟弟，他终于同意放我睡觉了，感谢上帝！今天我精神抖擞，心情极好！

走进校园，看着操场上嬉笑怒骂、无忧无虑的学生，我感叹美国的学生是那么的阳光和放松。

赶到西班牙语教室时，Jonsson 老师正和一位女生语重心长地在谈话。女生一副我行我素的样子，甩甩围巾，嚼嚼口香糖。老师只好叹口气，摇摇头，我知道Jonsson老师今天的心情肯定会受影响。

果然，一上课，老师就开始教育我们了："学生就应该认真听课而且要听进去。有些学生不需要教了，你们认为Kate和Joe还需要教吗？不需要！我现在很多精力都放在那些有问题有困难的学生身上，但就是这些学生，经常不好好听课，在课堂上做私事甚至睡觉！这样的学习态度是不对的，请打起精神听课，好吗？"尽管Jonsson老师没很大声地训斥学生，但从她的语气中可以听出她对这样的学生感到伤心。

政治课Holmes 老师一见到我，就给了我一个大大的笑脸，哈哈！他像我爸爸一样喜欢跟我聊天。他问我在中国是否有大城市人看不起小城市人的现象，我说没有，大城市的人只会看不起素质很差的人。Holmes老师说美国以前会有白人看不起有色人种的现象，但现在美国很平等。

小说课上，漂亮女孩Issal问我："下学期你演讲课还选吗？"我光顾着看美眉漂亮的身材和衣服了，对美眉的问题没来得及反应，一下子有点狼狈，美眉的脸红了，我的脸也红了，哈哈！"哦，我会选的。""太好了！Joe！"美眉蹦蹦跳跳地走了。

这些天我的心情又回复到了开心档，呵呵！虽是冬季了，但棕榈谷午后的太阳依然很灿烂。希望自己的未来也能像棕榈谷的太阳那样灿烂辉煌！

思乡情怀

2008年11月18日

感恩节就要到啦！真想快点结束学校的生活，早早放假！

生物课的Lopez老师已提前教完了本学期全部生物课内容。在这里学生真是太轻松了。

"那个中国人太搞笑了……""嘿，Joe 在这里呢！"Lopez 老师提醒着两位正在谈论电影中有关中国人的两个同学。我知道Lopez老师是好意，我很感谢他，但美国是个崇尚自由的国家，我很喜欢自由的氛围。中国人有什么做得不好的地方，欢迎美国人批评我们，更何况同学们只是在谈论电影中的人物呢。我会告诉Lopez老师我不介意别人谈论中国人，况且我也没权利限制美国同学的自由，不是吗？

Jonsson老师今天心情大好。今天我前面坐了个不熟悉的女孩，女孩的声音很好听，Jonsson 老师一直用"女孩"来代替她的名字，更突出了女孩的可人容貌。女孩穿了件黑色的迷你裙，雪白的手臂柔弱娇嫩。西班牙语没有课堂作业，Jonsson 放了一盘打鼓表演的录像给我们看。她说录像上放的打鼓是她以前所在国家的著名文化习俗之一。我可以很强烈地感受到Jonsson老师内心深处对她故乡的热爱。

政治课上，Holmes老师问我："中国公民可以有枪吗，Joe？""不可以。""为什么？""我不知道。""如果你们向政府申请枪呢？""估计是把申请人赶出去！""哇！如果有人自己有枪而且被人发现了会怎么样呢？”“这个藏枪的人估计要去牢里待着了”“太糟了！”听了我和Holmes老师的对话，同学们都大叫了起来，他们觉得不可理解。

我的英语小说《德拉库拉》成绩越来越好了，今天测验的11 道题我答对了10道。是班级中的最高分，开心！

心灵感动 2008年11月19日

昨晚我们一家人围坐在一起吃饭时，聊起美国学生的英语能力。妈妈告诉我，一些美国学生只知道一些很基本的英语单词，而且即使是非常基本的单词，他们还不会拼写。妈妈的话让我很吃惊，因为美国公立中小学完全是义务教育啊，学生不需一分钱就可以上学读书，怎么会有美国孩子只会些基本单词呢？原来美国不少孩子对学习一点没兴趣，他们只知道玩，看来国家太富也会有问题啊。

今晨起床时，天上积着厚厚的云彩，可转眼间，天气就放晴了，灿烂的阳光照耀着每个地方。

生物课完成课堂作业后，老师给我们放了一部关于恐龙的电影。我笑着告诉Daniel：“在中国，我们称不漂亮的女孩为恐龙！”“那不漂亮的男生叫什么呢，Joe？”“叫青蛙。”“青蛙？”“对了，青蛙。”“你算青蛙吗，Joe？”“嗯，我算青蛙。”哈哈哈，大家都笑起来了。

今天西班牙语来了位黑人女老师代课。我刚一坐下，老师就给了我一套五页纸的练习卷。美国学生看到这么多的作业要痛苦了，呵呵！我埋头开始做了。其他同学陆续进教室后，我已完成一半了。“Joe，这题怎么做？”坐在我前面的女孩敲了敲我的桌子，一脸困惑地问我，她很漂亮，我很快就把她的问题全搞定了。

我现在已被大家认为是最好、最聪明的学生了。我想知道坐我前面的女孩是不是西班牙女孩。当我看到她作业做完后，我轻轻地拍了拍她的背问道：“打听一下，你是西班牙女孩吗？”“不是啊，为什么每个人都这么认为呢？”“那你是亚洲人？”“不是。”“萨尔逊人？”“也不是”“还不是？！”“哈哈哈！”女孩得意地大笑起来。“告诉我，你爸爸妈妈是哪里人？”我追问道。“我也不清楚。我爸爸应该有一半血统是菲律宾，四分之一血统是西班牙，还有四分之一血统是爱尔兰，我妈妈的一半…… 我搞不清楚，忘了。”哇！原来坐在前面的美眉是全世界各民族大联合的产物啊，怪不得这么漂亮！

中午时，我抓紧时间看英语小说《德拉库拉》。今天的测验我得了满分！Macon老师看到我的卷子后，立刻跑过来拍了我一下。漂亮女孩Issal也深深望了我一眼，似乎在说：“这个Joe怎么这么牛？”说实话，那一刻，我真的很想开怀大笑，但后来一想不能太得意忘形，哈哈，开个玩笑。

演讲课上，Rosa特意跑来感谢我，因为她的数学CAHSEE 考试通过了。她对我数学的才能赞赏了又赞赏，让我感觉好得快要飘起来啦！Rosa大笑时还把身体贴到我背上，我好久没有这种体验了，很开心哦！

一天的课程结束了，走出教室，一种轻快愉悦有如清风拂面的感觉在心中油然而生。

师生同乐 2008年11月20日

昨晚在园子里照顾美丽的花草时，看到两架直升机在棕榈谷上空盘旋，爸爸说棕榈谷南大街上发生了严重的交通事故，美国发生交通事故或其他紧急情况时，直升机会以最快的速度前来救援。原来这样，美国真是先进啊！

天气越来越冷了，起床后要准备的事情越来越多了，我必须早早起床才能保证准时到校。

走在去生物课教室的路上，碰到了万圣节时西班牙语课的代课老师Beddoe。我大声向他问好，没想到他竟然对我深深鞠了一躬，并毕恭毕

我可爱的同学们

敬地对我说早上好！我赶紧深深地鞠个躬回敬他。我原以为鞠躬这样的礼仪只有亚洲人用。

生物课没有课堂作业，我们继续看恐龙电影。看电影时，我拿出手机查英语电影中的英语单词。正查得起劲时，突然听到一声："不许发短信，Joe！"一男生拍拍我的肩，吓了我一跳。"我没在发短信。"我笑着对他说。美国学生拿手机出来无非是打电话或发短信，不会像我这样查字典的。"开玩笑的，哈！别在意啊！"我的这个调皮的朋友笑着解释道。

政治课上，Holmes 老师提到美国总统的律师Scalia 和Joe时，用手指了指我。我摸摸自己的小胡子先接受了下来，哈哈。看到我的表情，Holmes 对我扮了个鬼脸，也笑了。

小说课我们要完成两个章节的《德拉库拉》，同学们看得都有些晕乎乎的。今天我的测验成绩依然很不错，嘿嘿，为自己鼓鼓掌！Macon老师在讲解小说《德拉库拉》时说到米娜小姐被德拉库拉强暴时说："米娜小姐的头被德拉库拉强行像这样摁在……"Macon老师的动作像是将她的脸放在大腿中间，男生们都色迷迷地笑了。一些男生还在课堂上模仿做爱的声音，搞得大家都很激动，哈哈！

演讲课上，Macon老师说很多美国女孩着装很性感，像低胸衣、超短裙什么的。她还说："演讲课必须正规着装，请把你们的性感乳房和乱起八糟的东西都收起来！"哈哈哈，同学们都大笑起来。

今天天气真好，这学期的课也很快就要结束了。希望能拿到令我满意的期末分数！

享受悠闲 2008年11月21日

昨天放学刚到家，就被弟弟拖去看广告。“广告来啦！”弟弟兴奋得手舞足蹈，原来是避孕套广告！“快看！”弟弟兴奋地叫着。“美国人，6.2 英寸！ 哇！”弟弟很为美国男人得意。“好了，我回房间了。”“不要走啊，Joe！再看看后面这些！”电视上出现很多性感漂亮的美眉。“哇， 这个女孩太性感了！”我和弟弟看得心花怒放。“Joe，看这个， 印度男人的，5.0英寸。”“中国男人的呢？”“等着看，马上来了！”“好！”“看！看啊！5.5 英寸。”还好，上帝保佑，中国男人不是最短的。 否则很有可能被美国美眉严重鄙视了，嘿嘿！

今天一觉睡过头了。上帝啊！今天是感恩节放假前的最后一天了。好在第一节课是看电影，缺席也没关系。

Jonsson老师今天是极度兴奋。她开心地跟每个学生打着招呼，还在教室里载歌载舞。“怎么样，Joe！”Jonsson老师笑着招呼我。“你好，Jonsson老师。”“我昨天去中国城逛了，买了螃蟹、鱼、猪肉。我想用你教我的中文，可我老把谢谢和再见搞在一起，哈哈！”

感恩节要到了，大家都很放松。Holmes老师上半节课请了代课老师来上。代课老师给我们看了美国警察的录像。美国警察严格按照规矩来办事，威武但毫无暴力之气。公民碰到任何问题都可以找警察寻求帮助。美国的警察很客气也很愿意提供帮助。当然，对待罪犯分子警察是绝不会心慈手软的。

《公民学》 也就是我们的政治课是高中生的必修的课。在Holmes老师的课上，我真是学到了很多知识。这些知识通过Holmes 老师风趣、幽默的讲解，大家都觉得很有趣，我很喜欢这门课。

今天物理课的Swaner 老师也没来，来的代课老师是位上了年纪的女教师。她看到我的姓后，一下就猜出我是中国学生了。老师说她在菲律宾和台湾各待过几年。我的同学Jose 对我的故乡来了兴趣，他拿出Itouch上网搜索起上海的图片来了，美丽的上海照片把他给镇住了，哈哈。

轻松啊，真轻松！影视和小说课也没课堂作业，这大概是感恩节老师给学生们的礼物吧！同学们都在那里开心地聊天。不知不觉地我们就聊起了语言，Sandy说她懂得三国文字，分别是英语、法语和西班牙语，仔细一问才知道法语只知道五个单词。我说如果懂五个单词也算是懂一种语言的话，那我懂十国语言啦。

“Hot中文怎么说？”听到美眉提这样的问题，我来劲了：“你指的是什么Hot？”“中文用来表达Hot的词有很多种吗？”“是啊，形容美眉的Hot和普通的Hot完全不同啊。”我的话让另外两个美眉忍不住笑了起来。

下课后，我去学校图书馆借了四本英语小说书。12年级的英语我还有14个学分要修，希望这学期尽可能地将这门课的分数弄得高些。图书馆管理员老师已经跟我很熟悉了，当她知道我想借四本AR书时，说：“学生每次最多允许借三本书，但我今天可以为你破例一次！”爽！

感恩节的十天的假期是上帝让我们感恩的日子。

感谢上帝 2008年11月22日

今天我们去阿姨家进行感恩节家庭聚餐。爸爸有事要忙，妈妈带着我和弟弟出发了。阿姨家离我家约一个半小时车程。我们和舅舅Deo同时到达了阿姨家。

阿姨家已有不少人了。“你好，Joe，过得好吗？你现在可真帅啊！”我的阿姨们都太好了，希望我真是越来越帅了，哈哈！

表姐Karen热情地邀请我坐在她边上。姐姐在离家很近的社区大学读书。Karen姐姐是个独生女。我有些好奇地问阿姨：“你们为什么没有多要些孩子呢？”“哦，因为我们太老了！”阿姨哈哈大笑起来。

“我女儿是个好孩子，喜欢待在家里，不喜欢到处去玩。”谈起Karen姐姐，阿姨显得很高兴。“不出去玩，也不出去约会吗？”“不去。”啊？Karen姐姐可是美国孩子啊，我搞不懂了。“姐姐为什么不出去约会？是不是你管得太严啦？”“嗯，女孩子常常跟男孩子出去约会不好。”“姐姐有男朋友吗？或者曾经有吗？”“她只有一个男朋友。”“姐姐的男朋友今天会来吗？”“不会，他在菲律宾呢。”Karen姐姐的男朋友在菲律宾，姐姐在美国，他们竟然一直没有分手，看来这是真正的爱情了，感动哦！世界上像Karen姐姐这样的好女孩真是不多呀，我像在听传奇故事一样。

“你好，Joe！”另一个阿姨一进来就给了我一个大大的拥抱。“哇，你看起来真帅啊，有几个女朋友啦，Joe？”“四个啦！”有人代我回答道。“什么？才四个？五个吧？”“一个也没有！”我大声回答道：“哈哈哈！”阿姨和我都大笑了起来。

“嘿，各位，Authur马上到啦！我们大家一起给他一个惊喜好吗？”“好！”大家都开心地叫了起来。原来，明天是Arthur 的七十岁生日。五分钟后，所有人都打开相机迎接Arthur舅舅到来时的激动一刻，“1、2、3！”“惊喜！ 哇！”所有的相机同时按下了这激动人心的一刻，Arthur舅舅被眼前的情景深深感动了。舅舅Deo弹奏着吉他唱起了生日快乐歌“祝你生日快乐！祝你生日快乐！”Arthur舅舅吹灭了生日蛋糕上的蜡烛后，所有的灯又都亮了起来。

“Deo舅舅， 你可以教我弹吉他吗？”“呵呵，不行！你得教我。”舅舅跟我开着玩笑，呵呵。我很喜欢舅舅，就跟他聊了起来。“你在学校过得怎么样啊，Joe？”“很开心，我很喜欢学校生活。”

聊了一会儿，该去吃东西啦。阿姨为大家准备的食物太丰富了！我取了两大盘子，吃得饱饱的！屋里人很多很热闹，我出去走了走，真没想到啊，姐姐家有个很大的游泳池！泳池边装饰着五颜六色的贝壳灯。吹着室外的阵阵凉风，看着漂亮的游泳池，啊，真是太美了！

弟弟和他的表兄妹们边烧烤边嬉笑打闹着，他们疯狂的尖叫令我兴奋的同时又有点晕。我给弟弟妹妹和Karen姐姐拍了很多照片，我拍的照片姐姐很喜欢。Arthur舅舅也来花园了。Arthur舅舅已70岁了，但他头脑敏捷，思路清晰。他告诉我他见过很多外国人。我问Arthur舅舅："为什么大家都喜欢来美国呢？""因为美国是世界上最好的国家啊。在美国可以赚到更多的钱，过更好的日子。我认识好多人，这些人都是来自世界各地的人才。"Arthur舅舅真是个见多识广的人啊！

我刚想回客厅，Deo舅舅来了。"Joe， 你怎么想到要来美国的？你来美国真是太好了，在美国可以学到很多东西。你的英语进步很多了。""嗯。我来美国是想多学习、体验各种生活，了解一下外面的世界，不断开拓自己的视野。""说得太好了，你真是个聪明的孩子。你想学什么我都愿意教你。你是个年轻而又充满活力的小伙子。你渴望学习，你就会学到很多新知识。你是个很特别的孩子，这也是我为什么这么喜欢跟你聊天的原因。你才17岁，但你的很多思想超过了你的年龄，我相信你一定会成为成功人士的。以前，你从不知道你会有机会来美国，你更不会知道你会住在一个菲律宾裔的美国人家里，但事实上，这一切上帝都已经为你安排好了。"舅舅的话让我很感动。舅舅鼓励我说："孩子，你应该把你的经历写成书，如果你真这么做了，我保证你这本书会成为最畅销的书！"我由衷地感谢舅舅的指点。

我还跟其他的好舅舅聊天，有Joel， Lowell， Herry， Edgar，他们都很喜欢我，就像我从心里喜欢他们一样。他们跟我开着各种玩笑，问我各种各样的问题，和他们在一起，我太开心了。我喜欢所有的舅舅阿姨们。

聚会结束时已差不多是晚上十点多了，到家已过了12点了。

金色小鹿 2008年11月23日

我从卧室下楼来时，太阳已高高挂在天上，整个园子沐浴在阳光

金色小鹿

下，我的精神为之一振。客厅里只有妈妈一个人，爸爸和弟弟去户外捡落叶了。妈妈说：“秋冬季节树上的叶子纷纷掉落下来，如果不清理干净的话，地上就不美了，就像一张漂亮的脸长着很多青春痘。”估计是我脸上的青春痘给妈妈灵感了吧，嘿嘿。我刚想出去帮忙，弟弟和爸爸已捡完叶子回来了。

这个星期三的感恩节我们要去参加感恩节聚会。妈妈让我聚餐时每样东西都尝尝，因为每样东西都是主人精心准备的，都很好吃。我知道每次聚餐食物都是超级多的，有米饭、面包、墨西哥卷、玉米面豆卷，各种美味的汤、乳酪、各种诱人的甜点以及烧烤等等，我常常没等到食物全上齐就已经吃饱了。妈妈的提醒太好了。

下午我们去购物中心，那里圣诞节的装饰真是太多了，我的眼睛根本看不过来。突然，我看见角落里有一只栩栩如生的金色小鹿，今年的圣诞节一定会是个激动人心，令我终身难忘的节日，我要好好享受圣诞假期！

愿上帝保佑我们过个快乐的圣诞节，希望我能像那只可爱的金色小鹿一样，快乐！活泼！充满生机！

落叶爱心 2008年11月24日

昨晚妈妈给我们做了非常美味的鸡粥吃，妈妈告诉我，美国人的主食是面包，三明治、各种馅饼、牛肉和乳酪！美国人太喜欢吃乳酪了，他们在苹果中放、炸鸡调料中放，蛋糕中也放，很多食物中都可以放。

美国人冬天还喜欢做各种芝士蛋糕、香蕉蛋糕、果冻蛋糕、核桃蛋糕等。现在还有越来越多的美国人喜欢吃中国餐了。

今天一早，活力四射的弟弟就窜到我房间用喷雾香剂喷我的脸，弟弟还将喷雾剂喷在小灯泡上，灯泡遇到喷雾剂会出现小火花，真是太危险了！我不想弟弟玩火，但管不了他，怎么办呢？我吓唬弟弟说如果他再这样玩灯泡弄出火花，我就告诉妈妈。弟弟一听，马上住手了，哈哈。

整个下午我都在看小说。下午四点，我和弟弟去清理落叶。扫叶子是个很好的锻炼机会。我个子很高，要扫到叶子必须腰弯得很低，我努力将叶子清理干净，不知不觉干了一个多小时了，出了一身的汗，感觉很爽！

弟弟任何时候都不忘浪漫一下，他用落叶搭出一个大大的心形图案，他还取来相机给这个“落叶心”拍照，够浪漫哦！

水晶微笑 2008年11月25日

妈妈告诉我Macon老师说我在英语学习上取得的进步是惊人的，她对我的作业也非常满意，说我的作业书写整齐，卷面清洁，每次都按时完成，老师的评价让我很开心。我还清楚地记得刚读《德拉库拉》时自己有多迷茫。书中的古英语加上宗教背景把我弄得晕头转向，现在的我，终于苦尽甘来了！常言说得好：“一分耕耘一分收获”，真是太对了！

我知道我前面的古英语成绩不好，我要把这个成绩拉上来，在期末总评时得到一个好成绩。这样的话我还是一个非常优秀的学生，不是吗？哈哈！英雄总是在最后一刻力挽狂澜，大胜而归。到时候一定给大家看看我这个准英雄是如何变成真英雄的，我发誓要做到！

调皮弟弟 2008年11月26日

昨天下午放松时，欣赏着伤感浪漫的西班牙语歌曲“Quizas”，太好听了！我一定要学会这首歌，唱给漂亮的西班牙女朋友听。

弟弟随时随地会缠着我、指挥我帮他做这做那的，不过我不会跟弟弟计较。我现在处在从男孩向男人转变的阶段，作为一个男人，必须学会忍耐，学会沉默，学会争辩，学会反抗，并视时间场合的不同予以正确地应用。爸爸妈妈对我很不错，为我做了很多，我怎么会计较弟弟有些天真的无礼之举呢？

美国的电视很搞笑，充满了美国式的幽默。弟弟笑起来很像一只可爱的小猪，我绝没有侮辱弟弟的意思。弟弟的表情总是那么可爱，有时候弟弟的笑声很有感染力。电视中一个女孩说：“哦，男孩！哦，男孩！我想和你做爱，摸摸我。”接着电视上的人物就会做出很夸张的做爱动作，弟弟Matt和我看了这些超级搞笑的动作简直要笑瘫了，美国人实在是太开放了。

感恩佳节 2008年11月27日

圣诞节很快就要来临了。昨天晚饭后，妈妈、弟弟和我已急不可耐地开始装扮我们家漂亮的圣诞树了。我是第一次亲手装饰圣诞树，装饰好的圣诞树真是太漂亮了。

妈妈将圣诞树上的灯打开后，树上一闪一闪的灯把我家的气氛烘托得更温暖更甜蜜了。接着，我们将装有圣诞节装饰物的七个盒子一个个打开。我看到一个盒子里装的是圣诞老人的火车和玩具轨道，哈哈哈！火车一共有8辆，还配了个遥控器，遥控器上有七个开关分别控制火车的不同功能，太喜欢了！弟弟恨不能立刻把圣诞老人火车搭好开始玩。

我和弟弟一起将白色小灯泡一个个从圣诞树底下开始慢慢往树上挂，装饰好的圣诞树真是太漂亮了。妈妈在圣诞树顶上放了个小天使，小天使会唱歌，还来回翩翩起舞呢！

忙完了圣诞树的装扮，我们还在餐厅的墙上挂上一幅画。画上画的是圣诞老人和他的三只可爱小鹿。今夜月色很好，月色将画中的圣诞老人和小鹿映衬得栩栩如生。横幅的边上，还挂上两个非常漂亮的金色花环。妈妈还拿出很多装饰品让我挂在每扇门上做装饰，圣诞的气氛越来越浓了。

今天在去阿姨家过感恩节聚会的路上，妈妈放了很多圣诞节歌曲，那些歌曲中的声音好似天籁之音，震撼着我的心灵。优美的歌曲陪伴着我们很快到了阿姨家，阿姨家漂亮的圣诞树也欢迎着我们的到来。

感恩节晚餐开始了。用餐前，阿姨神圣地作了感恩节晚餐的开场白："在这个感恩节之夜，我们要感谢的有很多。我们感谢上帝赐予我们生命和食物。那些在加州大火中失去家园的人们没有我们这么幸运，他们的食物也没有我们今天那么丰盛。此时此刻，我们一起为我们的主祈祷，阿门！"围坐在餐桌旁的亲戚朋友二十余人全部站起，手拉着手虔诚地感谢上帝的恩赐并真诚祈祷。

感恩节的食物很多，主要是火鸡。晚餐后我去客厅跟舅舅和姨夫们聊天。舅舅Pons在菲律宾时是位律师，我知道只有最聪明的人才能成为一名好律师。舅舅Edgar 二十六岁时曾在日本生活过一段时间，他说日本女孩很漂亮，她们特别喜欢会说一口流利英文的男孩子。舅舅英语好，在追女孩方面肯定很有优势，嘿嘿！

愿天下所有人都健康快乐，愿天下所有人都能度过一个快乐的感恩节之夜！

圣诞颂歌 2008年11月28日

今天早上下楼时，动人的音乐立刻飘荡到我的耳朵中。原来妈妈将圣诞树上的开关打开了，圣诞树边上站着圣诞老人，戴着一副撒着雪花的老花镜，慈爱的微笑洋溢在圣诞老人的脸上，圣诞老人拿着几盒礼物，好像正准备给天真的孩子派送圣诞礼物呢，那一刻似乎他是这个世界上最快乐的人了。

弟弟在圣诞树边玩着圣诞小火车，小火车栩栩如生，发出的声音就好像我们家有真的汽笛一样。更令人惊奇的是，每辆火车都能唱歌。弟弟摆弄小火车的神情，让我想起了我的童年时代。从小我就超级喜欢各种汽车模型，爸爸妈妈一大盒一大盒地给我买各种小汽车。现在童年岁月已离我远去。陪伴我童年、给我很多快乐的小汽车大部分已不知去向了，也许小汽车们已经去上帝那里了！

拿出小说，和着动听的圣诞颂歌，我沉浸在小说的世界中。

生命之重 2008年11月29日

昨晚睡觉前，妈妈、弟弟和我站在可爱的圣诞老人边上时，妈妈突然叫了起来，原来是靠近妈妈那边的几个灯没有亮，而前一天灯还是亮的。灯不亮的原因估计是线路接触不良吧。考虑到美国人对圣诞节相关的东西非常虔诚，我说：“噢，妈妈，刚才也许是圣诞老人来我家了。”“嗯，应该是的。”妈妈笑着说。接着妈妈将更多的白色小雪花结挂在圣诞树上，这些装饰令本来就已经很漂亮的圣诞树看起来更迷人了。

昨晚从网上得知国内一名初中生因不堪老师的羞辱和家长的双重压力，自杀了。每个人都有自己的尊严，老师和家长为什么要这样极端地对待一个小男孩呢？我对发生的悲剧不敢相信，但这是真的！

我知道，学生应该不断学习新知识，家长也可以给孩子一些压力，

圣诞节装饰

家长更可以对孩子严格要求，但也要给孩子一些娱乐活动的时间。家长每天至少应该给孩子一到两个小时的时间放松一下、让孩子有些自己的兴趣爱好或处理些私事吧。美国的家长对孩子也很严格，但大部分美国家长的严格是建立在孩子能承受的前提下，建立在尊重孩子的基础上。家长应该教会男孩子如何有君子风度，如何去寻找一份健康而持续的爱；家长应该教会女孩子如何更迷人、更漂亮，如何更有魅力、更自爱；家长应该教会孩子如何更有礼貌地与人相处；如何尊重周围的朋友；对待生活的正确态度和方法；如何与各种各样的人打交道；如何更健康地生活；如何更成熟更从容。

家长们，请保护好自己的孩子，请多给孩子一些快乐吧！

爱的感知 2008年11月30日

今天尽管是星期天，但我还是早早地起床了。“早上好，妈妈！”妈妈正边准备早餐边看电视。她告诉我，圣诞节从12月16日就开始了，这是个好日子，也是弟弟的生日。

很快就到弟弟的生日了，我问妈妈弟弟生日怎么过时，妈妈却说考虑到费用的原因，今年不准备办生日派对了。妈妈说她没有很多钱？Matt是她亲生的儿子啊，她没钱给弟弟办生日派对，却分文不收地收留我在她家？这么有爱心的妈妈令我感动不已。

晚饭后，我们全家一起看在姐姐工作的ABC电视台参观时拍的录像，看到有趣的画面，我们一次次地开怀大笑。上帝啊，去ABC电视台的时候我的头发实在是太短了，严重影响我的形象，太不公平了，一定是上帝跟我开的玩笑吧，哈哈！

善有善报 2008年12月1日

今天早上才四点就醒了，怎么回事？难道是因为今天要去学校上课而紧张吗？没道理啊。想着，想着，我又睡了一个小时，起床后，感觉精神倍增，浑身充满活力！

校园里，同学们兴高采烈地互相招呼着，那种兴奋和亲热劲好像彼此之间已经一年没见了。

“我们多等5分钟再上课！”Lopez 老师是个极有耐心的老师。也许是刚放完感恩节长假，第一天上课同学们还没完全适应，不少同学还没到教室。美国老师很随和。学校教室的墙上到处都有“别担心，要快乐！”这样的标语，时刻提醒着我们做个快乐的人。

生物课作业很简单，每人用胶水、剪刀和彩色的纸做一对基因。我做完我的一对基因后，我们小组成员将各自做好的基因连在一起，连好后再去跟其他组的基因连起来，连啊连的，下课时，我们的基因已经有几米长了，真酷！

政治课Holmes老师今天给我们讲美国法律方面的修订案，主要是关于警察的。美国的警察虽然很厉害，但他们不会做残忍或无理的事情。警察的所作所为通常是合法而且合理的。如果警察要逮捕你，他们必须要有足够的证据证明你犯罪了。

英语小说课时，我又进行了课外小说阅读测验，我依然答对了90%的题目，很不错哦。我现在阅读英语小说的速度很快，我已经疯狂地迷上了英语小说。读小说能让我对英语的句子结构有更深一步的理解和体会，能让我更好地把握意思相近的词。

吃晚饭时，我们一家人开心地谈着要去迪斯尼乐园。迪斯尼乐园有太多好玩的东西了。不知道圣诞节爸爸妈妈还有什么好安排，也许另一个有趣的计划在等着我们吧，期待。

圣母玛利亚 2008年12月2日

今天清晨刚醒来就听到电视中传来的圣歌《万福玛利亚》，这首歌非常动听，声音似自天堂而来，我一下子从床上跳起来，因为我怕躺着听这样的歌是对玛利亚的不尊重，我可不想惹麻烦，对吧，开个玩笑，呵呵！

一踏进生物教室，教室的新面貌令我眼前一亮，Lopez老师把我们做的基因彩纸挂在教室的天花板上，太漂亮了！今天生物课同学们要上台做演讲，我的题目是“不同土壤在水流中的速度”。我要在周三的课上完成我的演讲，因此我想先欣赏欣赏其他同学的演讲，看看他们的表现，学习学习。

生物课结束后，我沿着学校的走廊向第二节课的教室走去时，遇见了教过我数学的Zima老师。“Zima老师，您好！”我很兴奋地向Zima老师问好。Zima 老师回了我一个灿烂的笑脸，接着，他又靠近我说：“你好哇！”那一刻，以前发生的很多趣事又浮现在我的脑海里，这真是美好的回忆。

Jonsson 老师今天好像心不在焉，她动作迟缓地将教室门打开，二十分钟内她竟然一个字也没说。那一刻，我感觉她好像活在自己的世界里，突然，她好像一下子醒了，她的心情似乎也一下子变好了，哦，感谢上帝，也许Jonsson老师刚才的举动是跟我们开玩笑的吧。

Holmes老师是个很有趣的老师，他风趣的言语常常令同学们哈哈大笑。Holmes给每个同学发了一张粉红色的纸，上面写着我们的总成绩。Holmes老师说：“如果你的学号边上没有X， 那就说明你作业都完成得很好。如果有X，说明你可能有很多作业没有交，你需要立刻将缺的作业补齐。这是最后的机会了，同学们。如果你想有个好成绩，你还有两周的时间去努力，如果你还不去努力做好，那也可以”，说到这里，Holmes老师停顿了一下，接着继续说道：“这样的话，我不得不遗憾地告诉你，你肯定通不过这门课，也就是说你这门课肯定得F了。顺便问一下，如果你们的成绩得了F，谁会更恼火？妈妈还是爸爸？”听了老师的话，同学们齐声叫了起来：“妈妈！”看来美国的妈妈都挺厉害的。我看看我的学号边上没有X，我的成绩还是最好的A，哈哈，开心。

由于下个学期我考虑选高等数学了，我的同学Edgar告诉我：“我们学校只有一位年长的老师教高等数学，人非常好。”“有漂亮女孩选这门课吗？”听了我的问题，Edgar暧昧地笑了，可能是有点害羞吧。我知道他很想用以前我教过他的中文来表达漂亮女孩，我赶紧四周张望了一番，告诉他四周没人，可以放心大胆地说。Edgar 舒了口气，说：“喂，你别东挑西拣的啦！”“哈哈！”我们两个都大笑了起来。

雏鹰展翅 2008年12月3日

今天生物课上，同学们继续上台演讲。剩下最后一位害羞女孩Maria时，她就是不愿挪动身子。最后Lopez老师告诉她如果她上去演讲的话就给她额外加分鼓励时，她才勉强地站了起来。那一刻，所有的同学都给了她热烈的掌声。这是我第一次看到美国同学是如何帮助鼓励同学的。

Maria上台后还是很紧张，这时，两个男生主动上台和她一起站在演讲台上， 就像两个风度翩翩而又勇猛无比的保镖站在女孩身边，给女孩勇气。女孩果然放松了很多。看着这样温馨的场面，同学们再次鼓起掌来。这时，女孩打开了她的海报。在看到她海报的一瞬间，我真的有点惊呆了，漂亮得我都不知道用什么样的词来形容了。女孩演讲完后，下课铃刚好响起，她完成得不错。

棕榈谷早上很有些寒意，但八点以后就慢慢暖和起来了。我正想进入西班牙语教室时，Jonsson老师说她要出去一下，我只好一个人在教室外等。等待时那种无聊的感觉就好像一个小宝宝手里没有玩具一样，说不出的味道。我背靠在墙上，抬起头，看到蔚蓝的天空中飞着很多小鸟。我想起我们学校的学生被称之为“鹰”，也许这种鸟也叫“鹰”？但这些鸟的身体这么小，估计只能将它们叫做雏鹰吧。我正沉醉在自己想象中的时候，一位同学走了过来，为了避免站着无聊，我没话找话地问他下周西班牙语课的要求。当他知道我是12年级的学生时，很吃惊，还说他以为我是10或11年级的，因为美国12年级的学生看起来完全像个成熟男人了。我有些无语。

美国大部分男生确实显得比较成熟。美国高中女生也很成熟。十五岁以上的女生与其说是女孩，不如说是年轻女性。她们的身材真是一级棒，美国女孩对你微笑或跟你交谈时真是能把你电晕的。

我正想着各种各样女孩的时候，Jonsson老师来了。整节课，我们大部分时间在做笔记，教室里很安静。突然有个女孩大叫起来："这上面怎么有dick（男性生殖器）的呢？"女孩指着一张纸问道。Jonsson老师瞥了女孩一眼，一下子从座位上跳了起来。整个班级的学生都哄堂大笑起来。"怎么会这样？"我强忍住笑，问边上的一位同学。Bradon告诉我："因为有人，有人……有人的名字叫Dick！"他笑得快瘫掉了。啊？！是一个人的名字？ 他爸妈难道不懂英文？哈哈！

放学回家的路上，我又看到了天空中飞翔的雏鹰。

我有一个梦想 2008年12月4日

昨天回到家，第一件事先把作业完成了。刚想歇口气，弟弟在楼下大声叫我去扫叶子。我们刚要出去时，双双被电视上出现的一个穿着泳衣的超级性感美女勾住了。弟弟眼睛紧盯着电视屏幕，嘴里不断发出赞美的惊叹声！不知不觉地，十分钟过去了。天色越来越暗了，再不去的话，扫叶子也看不清了。看完了美女后想到扫叶子的工作变得艰巨了，我们两个小男人不禁为自己经不起美女诱惑、耽搁了扫叶子的时间而有些后悔了。

经过一个小时左右的艰苦劳动，终于将叶子扫干净了。走进家门，先补充些能量吧。我拿了个香蕉，一看皮都发黑了，剥开一看，里面的香蕉肉是白色的，一点都没有坏。喔！真神奇啊！

政治课结束后，我说："Holmes老师，我天天写博客记录这里的生活，我的中国朋友都说很好。""哦，真的吗？那太好了。你博客中主要写的是什么呢？""我是以日记形式记录我每天在美国的学习和家庭生活。很多人对美国人的日常生活很有兴趣。”“好！那么你在日记中是否写到你有个疯狂的名叫Holmes的政治老师呢？”“哦，当然，大家都很喜欢你。”“哈哈哈，真的？太谢谢你了，Joe！太有意思了，可以给我看看吗？”“我一定会让你看的。”突然Holmes老师想起了什么，说：“你的博客一定是中文的吧！？”我开心地告诉Holmes老师说：“我的博客是中英文双语的。”Holmes老师好像有点不相信自己的耳朵似的，过了一会儿才反应过来，说：“噢，那真是太好了！”

第四节物理课上，Swaner老师突然接到一个电话。当他对着电话说：“Swaner，你好！”时，我们全班同学都大笑起来。Edgar说：“他自己在跟自己打电话！”真搞笑哦。Swaner老师上课很会调节气氛，很随和，人长得非常英俊。我们有些同学直接叫他Swaner他也不生气。

中午穿过学校长长的走廊时，看见一些西班牙女孩坐在栏杆上，眼睛四处搜寻着从她们身边走过的男孩子们，很多男孩子走过去给这些可爱的女孩子一个拥抱或一个吻。西班牙女孩真是漂亮又可爱，她们有着奶油巧克力似的肤色，深棕色的微微卷曲的头发，略凹的眼窝配着长长的睫毛很是迷人。女孩注视着你的时候那就更漂亮了。她们的身材太好了。西班牙女孩喜欢穿软绵绵的紧身衣，如果没有迷人的曲线，她们怎么会有足够的资本和自信穿这样的衣服呢？

最后一节演讲课时，Macon老师给我们看了马丁·路德·金的《我有一个梦想》的录像。看完后，我很有些感慨。和谐的社会能让一个国家更强大。美国之所以在众多领域都能成为世界最先进、最发达的国家，相信这就是其中重要的原因之一吧。

我也有一个梦想，我希望世界上人与人之间都能友好相处、善待对方；我希望大家都能学习美国的长处；我希望，我希望地球上的每个地方都能像美国一样漂亮。

醉迷小说 2008年12月5日

昨天的天气没有像往常那么灿烂，风似乎也比平时大了些。我没把这样的天气与不好的预兆联系在一起，然而，却真的有不开心的事发生了。

妈妈一回到家，我就发现她神情不太对劲，我的第一反应是妈妈今天工作不顺利了，因为我最近表现一直非常好，我绝对没有意识到这次是我弟弟让妈妈大光其火了。

“Matt！ 我要跟你说多少次啊？！ 做饭时要放六杯米！ 这么简单的事！ 为什么还要我一次次地反复跟你说呢？！ 你真是太……！”妈妈为什么为了一些米的事发这么大的火呢？几秒钟的默默思索之后，我赶紧去将晚餐的餐具放好。妈妈很温和地叫我一起吃晚饭了。尽管我可以肯定妈妈不是因为我而不开心，但我的心还是被紧张的气氛搞得怦怦直跳。

很快，爸爸下楼来了。妈妈尽量心平气和地对爸爸说，“ Matt的数学成绩得了个C！”“哼哼！”Dad边发出嘲弄的声音边用严厉的眼神盯着弟弟，那一刻，弟弟的脸上满是害怕的表情。怪不得！我低着头，悄无声息地吃着晚饭，刀叉硬是没弄出一点声音来。

弟弟数学成绩一直很好，现在弟弟最拿手的功课都有问题了，确实是要好好警惕了。“从现在开始，所有的游戏和玩具都不能放在你的房间里。Matt！ 我在跟你说话呢！”弟弟没有立刻回答。爸爸张大着嘴巴看着弟弟，好像在问弟弟为什么不回答妈妈的话。“知道了。”弟弟怯怯地回答道。弟弟的样子让我很同情他。

爸爸和妈妈还在教育弟弟。吃完晚饭，我快速地先将自己的盘子洗干净。这样的场合我留着很不合适，我上楼回到了自己的房间，心里祈祷弟弟能早点过关。

今天生物课上我要做项目展示。当我想找一位同学帮我展开海报时，几个同学已经从座位上站了起来，我真的很感激他们。美国人处处让人感觉舒适温馨！

我正走在去Holmes老师教室的路上，漂亮女孩Sarah叫住了我，“嗨，Joe，Joe！来，来！”她拍拍我的肩，轻声细语地对我说道，“今天如果Holmes老师让我来挑选同学组成一个小组，我就挑你跟我在一起，好吗？”我略一迟疑，马上意识到她的问题实际上是个要求，我只能说好。但是Jasmine 和Malissa 怎么办呢？希望Sarah能将她们两位也挑到我们一组来，我是不是很贪心啊，呵呵！

中午我又去图书馆借书。我已经读完四本AR书了，下个学期我要读更多的小说，拿更多的学分。我挑了四本学分比较高的书，争取在1月10日之前读完它们。

我借的小说“Sphere”和“Timeline”是我最喜欢的Michael Crichton 写的，都是棒极了的小说。

爸爸带着弟弟去看牙医了，我一个人在家里，静静地沉醉在我心爱的小说中，享受着，放松着。

温情的伤口 2008年12月6日

昨天中午从学校图书馆出来后，和Nathan等其他好朋友一起聊天。正聊得起劲的时候，我看见对面坐着三、四个女孩。有西班牙女孩，还有一位似乎就是开学不久，我穿着粉红色衬衫在去学校的路上碰到的那个穿着蓝色牛仔裙的漂亮白人女孩。我的眼睛久久停留在她身上。

我心不在焉地跟Nathan聊着，这些美国女孩真令人着迷啊！突然我听到她们中有人说：“...Joe，...”，另一个女孩说：“Joe不是他的真名。”她们是在议论我吗？我抬起头时，两个女孩正向我转过头来，这两个西班牙女孩非常漂亮，她们看到我也在看她们后迅速将头转了回去，不再说话了。这样的场景更令我神情恍惚了。就在这时，我的身体失去了平衡，我快速伸出右手撑住围栏，围栏是钢制的。我的手被割开一个很深的口子，血顿时从被割伤的指关节处往外冒，我赶紧拿出餐巾纸包扎伤口，并用力捂住伤口压迫止血。令我高兴的是，在我的努力下，血止住了。

晚饭前，手指又开始出血了，妈妈让我将手指举起来，这样血就不容易渗出。并给我找好药片吃。爸爸回来看到我的手被割伤了也很紧张。我从我的第二个家庭感受到了浓浓的家庭之爱。虽然爸爸帮我包扎好伤口之后，我只简单地说了声“谢谢爸爸”，但我内心对接待家庭有道不尽的感激之情。

“洗澡时，用这个塑料袋套着。把受伤的手指套住后，就不会淋湿了！”“谢谢！”我严格照着妈妈教我的样子，手指向上。吃饭时我只能用左手吃了。“来，Joe，我来帮你。”妈妈在吃饭前，先将餐桌上各种食物每样取一些到我餐盘中，这些菜都是妈妈今天下班后特意去餐馆买回来的。看着我吃饭很不方便的样子，爸爸示意我可以用右手了，可妈妈说不行。他们还为我争了几句，就像是我的亲生父母那样处处关心和在意我。

“别担心 Joe，我以前也在医院干过，这些事情我都懂！”“吹牛！”妈妈笑着瞥了爸爸一眼。“是这样的，Joe！我呢，一共有三个病人，结果死了四个。”“哈哈哈！爸爸，你太幽默了。”爸爸就是这样很搞笑的人。吃完晚餐，我回房间后，爸爸又来关照我：“Joe！这些创可贴你需要换的时候可以用。”爸爸又给了我足够的创可贴备用。

今天晚上，我在读一本名叫“Sphere”的小说，这本小说充满了神奇、不可思议和想象力。我陶醉其中，全然不知已到了该睡觉的时间。

绚烂彩灯 2008年12月7日

也许是我小说读得太投入了，昨晚我竟然做了个奇怪的梦，一个带有科技幻想却感觉非常真实的梦。梦中的我在和一位来自另一个宇宙空间的人聊天。时间回到了他所在一个跟我们地球完全不同的星球——XL-7的时间，我被自动退回了一个世纪。

今晨醒来时已是八点了，爸爸和弟弟将所有圣诞节用的灯全部装好了。这些灯晚上开起来会很漂亮、很绚丽。

超级偶像 2008年12月8日

第一节生物课Lopez老师交给我们做的生物项目昨天我就完成了，得了满分。

Jonsson 老师今天看起来心情非常不错，她今天检查我们在感恩节长假中做的作业。她很认真地看着。突然，我发现她被什么事情惹火了。原来是西班牙语形容词的事。关于形容词的规则，Jonsson老师已经在课堂上讲过很多次了，但有些同学到现在还是没有搞清楚，这让Jonsson 老师很生气。

政治课的小组海报设计还是由我来完成。手里拿着几根蜡笔和几张纸的我，开始为我的海报设计苦思冥想起来，哎，真应该来支烟的，这样才像思考的样子嘛。一番思索之后，我用蓝色和紫色写上标题，并且在海报的左边画上个很酷的标记，再配上些线条波纹，看上去很不错。副标题是“美国之梦”。“哇，真是太神奇、太漂亮了！ 干得好，Joe！”美国学生就是这样充满阳光、充满生气。这个星期五，我们又要带着海报去巡演啦！

物理课时，Jose凑近我说他的腿弄伤了，还说是昨晚跟一个女孩做爱时被女孩踢伤的，我信以为真了，一本正经地问他女孩为什么要踢他，也许是我的表情太认真了，Jose连忙告诉我：“没有，我跟你开玩笑的，老兄。”过了一会儿，Jose突然想起什么似的，说：“对了，我以前认识一个中国女孩！”“她怎么样啊？”我好奇地问道。“嗯，就像你说的那样，中国女孩很害羞。有一次我对她说‘你很漂亮！’她盯着我看，一句话也不说，我真是被她搞糊涂了。”我赶紧解释说：“在中国，如果你当着一个女孩的面说她很漂亮、很性感之类的话，你就自动地被归为流氓小混混了。”“哦。你知道，在美国，当你见到或与一

迪斯尼小世界

位小姐约会时，说小姐漂亮是一种最礼貌地打招呼方式了。”我问Jose是否可以说男人长得还可以或好看，Jose说这样说的话会被误以为是同性恋，哦，幸好请教了一下。

姐姐Christine 和她的同事今天在我家，我们明天一起去迪斯尼乐园玩，酷！

迪斯尼狂欢 2008年12月9日

昨晚用餐时，我们谈论了很多有关迪斯尼乐园好玩的东西。今晨出发去迪斯尼了，我们在车上放着圣诞歌曲。我们先去Eva 阿姨家接她，然后一起去迪斯尼乐园玩。十点左右我们到达了迪斯尼，那里已是人山人海。

我们先去了迷你购物中心挑选了纪念品，我看中一个上面有着米奇和美国国旗图案的别针。接着我们去玩了著名的小世界、米奇屋，还在米奇屋里与米奇合影留念。我和弟弟还去玩了各种转盘游戏，转的晕头转向，很刺激！

玩好了这些，我们去夏威夷展示馆。里面所有的东西都能唱歌、跳舞。连墙上挂着的人也会说话、会笑、会生气。

“Indiana Jones”是迪斯尼乐园中另一个好玩的项目。接着，我们又马不停蹄地去玩了太空巡游。我们在各处疯玩着，不知不觉地已到了晚上看焰火和雪花表演的时间了。一声巨响传了过来——焰火开始了！很多焰火我以前从没有见过，有个焰火像一张张的笑脸，有个焰火是米奇头图案。“看雪花，Joe！”人造雪从每颗树上飘出，夜晚的迪斯尼乐园在美轮美奂的彩灯映照下分外精彩，比白天更美丽！

爱与哀伤

2008年12月10日

昨天在迪斯尼乐园玩得很疯，今天生物课时我有些犯困。很快就要期末考试了，Lopez老师给我们发复习大纲时，我看到有个女老师站在教室门口，Lopez老师对我说：“你拿好这个大纲后，跟门口跟那个老师走，去吧，快去！”哦，原来，是让我们去参加一个名叫“美国未来的农田”的讨论会。

讨论会结束后，我去西班牙语教室上课。Jonsson老师今天站在教室里，我一踏进教室，她就叫了起来说全班同学都很想我，我说我也很想他们，呵呵。老师问我这昨天怎么啦，我说拉肚子了，我确实拉肚子了。

政治课上我刚设计好第二张海报，Milton 突然叫道：“哈，你们知道吗？Joe 应该做中国大使！”我以为他说我是中国私生子。“什么？你叫我私生子？”我的问题把Holmes老师和全班同学都逗乐了。Milton赶紧给我解释：“不是的，Joe，没有。我说你可以做中国大使。哦，太搞笑了。哈哈哈！”

放学回到家时，妈妈、姐姐和弟弟都在。我刚回到房间准备做作业，妈妈来了，她告诉我菲律宾外婆今天上午在菲律宾去世了，看着伤心欲绝的妈妈，我想安慰妈妈，自己却也哭了。妈妈说她们这周日必须回菲律宾处理菲律宾外婆的后事，在他们去菲律宾的三个星期，让我听联系人安排。妈妈还让我自己一个人在家想吃什么吃什么，电脑也给我开好了。我忍住眼泪，用力地点点头。“我知道你很难过，三周后你还可以回来和我们在一起，但也许你会喜欢新的接待家庭，所以，回不回来由你来决定。”“不，妈妈，我一定会回来和你们在一起的。”

晚上我一个人在花园中浇花。感觉今天的花园特别暗，特别冷。听到远处传来阵阵疯狂的狗叫声，我的心境更是悲凉，一种从未有过的孤独感涌上心头。

外面天气很冷，我期盼着妈妈和弟弟能早些回到温暖的家。早些回来吧！

何处是我家 2008年12月11日

棕榈谷昨夜的寒风显得格外凄冷，我要离开这个家了吗？还会不会回来？我就这样和PHS的老师和同学说再见了吗？

今天的西班牙语课是我有史以来最迷糊的一堂课了。

“Holmes老师，我的菲律宾外婆昨天早上去世了。”“啊？Joe，很抱歉听到这样的消息。”“或许我下个星期不能来学校了。因为我的接待家庭都要回菲律宾，我必须要换另外一个接待家庭。”我的话还没有说完，Holmes老师就开始摇头了，“不，不！我们希望你留下来啊。”Holmes老师的话让我很感动。

希望菲律宾的外婆在天堂过得很好，希望妈妈能早日从失去亲人的哀伤中走出来。

下一历程 2008年12月12日

昨天放学回家，爸爸、妈妈、姐姐和弟弟都已经在家里了。“来吧，Joe，一起来吃饭吧。这是鸡肉，那些是面包圈，还有很多的米饭。你饿了就挑自己喜欢的东西吃，好吗？我们现在要去外婆在美国的家了，我们要在那里为她祈祷。”很快的，他们都走了，只有我一个人留在空荡荡的房子里。

七点过后我一个人下楼吃饭了。这是我第一次一个人在家吃饭，以前，即使有时爸爸妈妈不在家，但弟弟总会在的。弟弟时不时地会弄点小插曲，小噪音。我现在明白了弟弟的小插曲、小噪音在我的生活中是多么的重要！

晚上十点了，他们还没有回来，临睡前，我把餐厅整理了一下。周围很安静，安静得令我孤独。

半夜两点时我醒来了，房门外的灯还亮着，可屋子里一点声音也没有。我走去弟弟的房间看看，弟弟不在房间。我没听到爸爸妈妈的声音，却听到电视声从爸爸妈妈房间传出来。我有些害怕，走进爸爸妈妈房间一看，床上没人睡觉！我正想退回自己房间时，爸爸在浴室叫我了，爸爸说他们都回来了，叫我别担心。

早晨起来，太阳被厚厚的云层遮盖着，天气很冷。今天我要去向老师和朋友们告别了，当我告诉同学们我要离开他们一段时间时，所有的同学都有些伤感，很多同学还给了我热烈地拥抱。我真是舍不得离开我的同学和老师啊！

下午回家时，家里人已经在准备去菲律宾的行李了。明天上午，我也要转去加州另一个接待家庭了。

妈妈已打电话向校长解释因这次突发事件，我不得不缺席考试了。我希望回来后能去学校将这个学期的期末考试补出来。妈妈哭着说："我真的很抱歉，让你也这么伤心难过，只要你愿意跟我们回来，我们下个月一定把你带回来。"

我的行李已收拾好了，我只带了些书和日常替换衣服。我在新的接待家庭只住三个星期，听说那里很冷。我要开始下一个历程了。

我就是唯一 2008年12月13日

上午8点妈妈送我去机场。提到菲律宾外婆时，妈妈忍不住悲从中来。我不断地安慰妈妈，渐渐地，妈妈的情绪稳定多了。妈妈告诉我，我的新接待家庭在加州首府萨克拉门托（Sacramento）的一个小镇上，新妈妈是个白人单身母亲。她接待过很多的交流学生。妈妈接着跟我谈论美国白人的一些文化和生活习惯。

换好登机牌跟妈妈说再见时，我和妈妈都有些不舍。妈妈哭了，拥抱着我说："照顾好自己，Joe，希望你在新家庭能过个开心的节日。"那一刻，妈妈的拥抱是那么的温暖，那么的令我感动。要知道，即使我自己的亲生父母，在我离开他们前往美国时都没有像妈妈那样落泪。

飞机很顺利，我准时到达了萨克拉门托机场。"Joe！欢迎你的到来！"新妈妈是个美国白人，边上一位叫Carl的叔叔和她一起来接我的。新接待家庭已有一个从泰国来的12年级交流学生了。泰国女孩很腼腆，我跟她打招呼时她好像很害羞的样子。

Carl叔叔是个很英俊的白人，他夸奖我是个非常棒的年轻人。我跟Carl叔叔说，如果有任何事我可以做的，随时叫我。晚饭后，我为大家洗碗时，他对我说了无数次的感谢，我觉得作为这个新家的一员，这是我应该做的。我说："我不仅是吃住在这里，我应该帮助这个家做些事情的。"Carl叔叔说："太谢谢你了，Joe，真的感谢。我很喜欢这个孩子，不想让他回去了。"新妈妈笑着说："他已经是我的啦，你来晚了！"哈哈哈，我们都笑了起来。

今天顺利地来到这个新家我很开心。

飞往Stockton的飞机

小镇生活 2008年12月14日

我现在所在的小镇是在加州首府的郊区，叫Stockton，是一个老镇。我四处张望了一下，的确很有一种古朴成熟的感觉。

新妈妈打开房门之后，我告诉自己，现在就真正进入了一个美国白人的家庭了。问过新妈妈后知道这里不用换鞋进屋。妈妈问我是否对狗过敏，告诉我家里有只可爱的狗叫Buster，很好哦。Buster长得很英俊，也有一种特别的成熟感，跟这里的风格十分吻合。妈妈家有个很大的地下室，平时家里没人时，就把狗留在地下室。地下室很大，这只狗真开心。接着妈妈带我去看我房间了，令我没想到的是，我的住处也在地下室。地下室有一股浓烈的狗味。我轻轻地抬起头，墙上有很多裸露的电线，看上去十分的酷。地下室铺着灰色的大理石，狗的味道混合着地下室的水泥味瞬时给我带来了不少安全感。

“怎么样？”“嗯！妈妈。简直难以置信。”“哈哈，你喜欢就好。”“我有很多东西需要充电，你能告诉我插座在哪吗？”屋子内所有的东西都是赤膊的，找东西很便利。“哦，这里天花板上还有一个插座！”我把电脑的三眼插座往上一插，十分的便捷。只是那根吊在空中的绳子看上去有些不雅，不知道的人还以为我想不开呢。我还是换了个地方。我瞄了一下自已的床，一张蓝色的床单上面有些铁屑似的东西，我坐上去感觉了一下，床垫软软的。我试图将床单上的碎屑处理干净，没想到是印在床单上的。

这时候小狗Buster正好过来，我是不是抢了他的窝了？Buster看上去很听话，很通人性，应该明白我是迫不得已才和他分享一个地下室的。新妈妈告诉我，她还在地下室养了一条蛇，我一看，缸里有条黑白花纹的蛇，当妈妈告诉我这条蛇吃老鼠时，我真是毛骨悚然了。吃老鼠？新妈妈哪去弄新鲜的老鼠？难道地下室有老鼠？我不敢想下去了。参观完地下室，新妈妈，Buster和我开开心心地去参观其他地方了。

妈妈把客厅的一个角用来放置书籍，那里还有两个老板椅，一台电脑。客厅的顶端有一颗圣诞树。新妈妈家还有台钢琴，坐在钢琴前，我弹起了莫扎特西西里舞曲。这架钢琴很老了，52个白键，只有十个不到是白色的，可能跟整日暴露在潮湿阴冷的空气中有关吧。

新妈妈又带着我逛了厨房，厨房看上去很实用。连着厨房是一扇蓝色的没有锁的门，里面是个只有一个马桶的简朴厕所。新妈妈提醒我厨房的灯不能关，关掉会有漏电危险。餐厅里的两个灯不能开，楼上五间小房间有一间是不能关灯，另一间不能开灯。晕哦！楼上的洗手间非常别致，因为没有门！这个难免会令人有些尴尬，洗澡怎么办？妈妈告诉我，洗澡时将整个房间锁好，这样就没问题了。

昨天的晚饭我们吃的是面包加白托，外加一些速冻食品。由于餐厅的灯不能开，我们无法坐在餐桌前吃饭，只能每人拿个小盘子，取一点东西随便找一个地方吃饭。晚饭后我把所有的餐具全部洗干净，Carl叔叔对我连声说谢谢。

晚上的Stockton显得格外阴冷，是真正考验一个人能否适应的时候。洗完餐具后，想顺便去厕所方便一下，发现厕所黑咕隆咚没有灯。一个人待在昏暗的厕所四五分钟？也许里面还有蚂蚁？我迅速离开了。后来实在憋不住了，我只好拿了个iTouch当手电筒硬闯厕所，欣赏着Akon的“美人”：女孩，你好美，好美，好美，好美。我永远不要看见你哭，哭，哭。永远也不要对你说一句谎言……高清晰的酷炫嘻哈节奏不断地在我耳边想起，透过还在颤抖的玻璃窗，看着天空中皎洁的明月，不禁想起了一句经典名句：举杯邀明月，对饮成三人。

从厕所出来后，马上面临洗澡的问题。我去了地下室取了衣服，我的衣服和所有东西只有两个地方可以放，一个是床上，还有就是行李箱里，看着新洗好的衣服就这样褶皱的堆在包里，真的很无奈。到了二楼，锁上大门，走进所谓的浴室，整个浴室只有一面很小的镜子，浴室的冷热水各有一个开关，需要自己调节，开关已有些锈了。浴室内没有地方可以放干净衣服，我只好将衣服放在洗发露的瓶盖上，要算好重心，受力平衡，否则掉到地上就麻烦了。换下的衣服只好放地上了。

洗完澡去地下室睡觉时，发现没有被子。现在可是十二月的寒冬啊，晚上的地下室更是阴冷。新妈妈告诉我，家里只有毯子，她从地下室一个深邃的壁橱里抽出一条黑毯子给我。我躺在那张只有一米宽的床上，床的周围有很多灰尘，我只能朝天睡。地下室非常阴冷，我紧紧地裹着新妈妈给我的薄薄的毯子。我实在是太累了，合了一会儿眼，第一次醒来是2：16分。半夜的地下室显得更空荡，更凄凉。况且还有狗，蛇，或许还有老鼠。哦，上帝。我不敢再想下去了。求求老天不要这么折磨我。第二次醒来是3：44分，这一次真的是冻醒的，太冷了，我起身模模糊糊从自己的行李箱里拽出一件哥伦比亚的外套反穿在身上，然后再盖上薄薄的毯子，希望这次能够睡得时间长一点。第三次醒来时是4：28分，又是冻醒的，一看毯子掉地下了。我实在太累了，把毯子从地上拖上来，再一次闭上了眼睛。第四次醒来是5：52分，我听到了新妈妈的脚步声。我又冷又累，我爬不起来，我还想睡！第五次醒来是6：40，哦！那是我每天上学设定的闹钟，我忘记取消了。我摸了摸额头，摆弄了下颈部，这一觉，睡得好累！

“早上好！Joe！”妈妈一看到我从地下室冒出来就向我问好。我告诉新妈妈，地下室实在太冷了。Carl听了之后迅速看了看新妈妈。新妈妈答应再给我找一条毯子。我又冷又饿地来到厨房，找了半天没找到一样可以当早饭吃的的东西。“妈妈，你可以告诉我你平时早餐吃什么的吗？”Carl一听我的问题，诡异地朝新妈妈笑了笑，新妈妈告诉我她平时就喝一些咖啡外加一些面包。没找到吃的东西，就不吃了吧。到了大概八点左右，我实在是有些饿了，我让Carl带我去商店买了所有生活用品包括各种速冻食品，Carl也买了些东西，我主动将钱全部付了。

泰国女孩Peach在楼上自己的小房间里做作业，她和我一样，也是这学期开学时来的。这是她第二个接待家庭了。Peach很害羞，不太爱说话，我时常主动找她聊天，谈些她喜欢的话题，我觉得Peach是个温柔善良的好女孩。

今晚的主食是烘山芋、蚕豆和一些蹄髈，还好我买了很多速冻食品可以吃。这所房子四处都是“危机”，晚上黑乎乎的。刚才在帮新妈妈搬一个大壁橱时右手食指不幸被毛糙的墙划伤，上次的一个伤口还没有好呢，这次又来新的了。

地下室又冷又阴暗，我不敢再下去睡了，就在沙发上凑合着闭闭眼，明天等她们离开时再找个地方睡觉吧！希望我能顺利地找到睡觉的地方。

动心忍性 2008年12月15日

一个人无所事事地躺在沙发上，切身体验了一下什么叫“静”的状态。客厅里除了圣诞树上的几个小灯就没有其他的灯了，房间昏暗得令人恐怖。“咯吱——”什么声音？难道是谁回来了？我摸索着走了出去。

整个走廊上，一个灯也没有，大门的玻璃窗上挂着凌乱的白色窗帘，呼呼的疾风透过门缝，发出阵阵恐怖的尖叫，我的心跳得好快。门外的集卡粗鲁地按着喇叭，我回头一看，一片漆黑，屋子里一点声音也没有，唯一看得到得光源是从厨房的门缝透过来的，那一丝暗黄的灯光，配合着月光照在花园里的枯枝景象，瞬间有一种作诗的冲动，“草露败亭孤鸿，却遭离月，雾凄冷暖千钟，诡念碎梦……”我长长地叹了一口气。举头望了望皎洁的明月，她无助地好像在天空中哀鸣。木质的餐桌上积了厚厚的灰，我在没有暖气的客厅中冷颤。眼前的一切好像是一场梦！沉默代替了往日的和谐，忧郁代替了往日的嬉笑，死寂代替了往日的朝气，这里的一切取代了往日的一切，我无可奈何。悄悄打开了还在依稀发抖的大门，我发着呆。

再一次关上门的时候，转过身，小狗Buster就在我身后，我俯身抚摸着它的脑袋，“你怕吗？”真希望它能够听懂。回到了属于我的空间——沙发，捧起手上的电脑，一边写着博客，一边听着QQ音乐，我把桌面设置成了橘黄色，我需要光明。圣诞树上的一些装饰是整个客厅唯一的光源，催着我想睡觉。凌晨三点左右，我实在撑不住了，我真的好累。周五晚上十二点才睡着，周六赶飞机早上5：30起床，昨晚一点在阴冷的地下室睡觉，一夜醒了五次。现在又是凌晨了。沙发是一个普通的沙发，我一米八的个子，头和脚刚好卡住沙发前后的扶手。我的所有东西像iTouch，手机和一些保暖用的衣服都只能放在沙发上，因为根本没有别的地方可以放，放在地上Buster要舔的。我想在沙发上睡一会儿，可唯一的一条薄毯子在地下室，我害怕老鼠会在晚上觅食，根本不敢下去。我只能将自己所有的衣服紧紧裹在身上勉强睡一会儿。半夜里冻醒了三次。早上起床时已有明显的感冒症状了，环顾四周，连餐巾纸都没有。我晕头晕脑地走到厨房，想拿些餐巾纸，我看到厨房里有很多蚂蚁，我拿起一块布，对着红砖上的蚂蚁猛抽，搏斗了将近十分钟，总算把所有的蚂蚁全部消灭干净了。

早餐、午餐、晚餐我都吃着自己从商店买来的速冻食品。整个下午只有听歌。外面的天色很阴暗，客厅微弱的光线无法看书，我只好先向我最喜欢的作家Michael Crichton说声抱歉了。

四点了，肚子又饿了。新妈妈说要帮我解决床的问题，可能她是出去帮我买床了吧。希望今晚能有个像样的地方睡觉，希望这不是我的奢望。

四点半了，我肚子真的很饿，于是就开始了一个人所谓的晚饭。一点点面粉夹些辣酱，还有一些吃剩下的电烤鸡就是我的午饭。微波炉“叮”的一声，我的晚饭好了，小狗Buster比我还要兴奋，激动地扬起前爪，歪着头斜着眼看着我，“嗷！”“这是我吃的，你也要啊？去地下室吧。”回到客厅，我真的很想找个人聊天，可因为时差的关系，国内的朋友包括我的亲生父母都还在睡觉。我孤独得快要崩溃了。

晚上九点了，终于听到门口传来开门的声音，是新妈妈吗？还是我的错觉？正在我不知所措的时候，一位年轻的女士出现在我眼前，她和另外一个大男生一起回来的，男孩叫Tyler，女孩叫Dranna。是妈妈的两个孩子。新妈妈总算是出现在了我的眼前，她示意我出去搬床，我的床终于来了，兴奋地跑出去，外面好冷啊！

我们家的台阶五节楼梯，由于没有灯，我误以为只有四节楼梯，于是左脚脚踝硬生生与小腿扭了九十度垂直，痛得我说不出话来，差点晕过去，我连忙抓住阶梯的扶手，当时的我很明确自己的左脚已经无法着地了，但是没办法，我想要睡觉，我需要床！我一蹦一跳地来到新妈妈的小卡车旁，搬了几个床的零件。但是由于我手上的两个伤口还没有好，现在脚又伤了，我简直不知道该如何是好。我听到Tyler问新妈妈床是哪里来的，我依稀听到新妈妈说是祖母用过的。这如果是祖母的床，那祖母睡哪里呢？祖母现在到底还在不在世？在圣诞树灯的照耀下，我观察了一下这个床，一般的床只配一个席梦思，可这个床居然有两个席梦思，一个上面有很大一个洞，还有一个貌似是好的。“Tyler，这个大家伙放哪里呢？”“放在楼下。”楼下？哦，好，楼下也就一个厅可以放了，我松了口气。可转念一想，不对啊，不会又是地下室吧？还是问问清楚吧。“不好意思，你是说地下室吗？”“对啊。”“Tyler，对不起，我不能睡地下室，那不可能！”“你不愿意？哦，那你跟妈妈去说一下吧。”我跳着走到沙发旁，想试试左脚到底怎么了，可是轻轻一动，脚痛得不得了，好久后，人还在昏暗的厅里发抖，Akon深情地唱着：“女孩，你好美，好美，好美，好美。”我无助地呻吟着，“我的脚，好痛，好痛，好痛，好痛。”可似乎没有人发现。Tyler将我不愿睡地下室的事告诉新妈妈后，新妈妈问我：“Joe，你有什么抱怨吗？”“妈妈，这不是抱怨，而是一个请求。我的关节在地下室肯定不行，我绝对不能再睡地下室，还请你再想想别的办法。”新妈妈叹了口气，她让我今晚再在沙发上对付一晚上，明天想办法给我找个房间。

我扭伤的左脚越来越痛了，我实在忍不住了。“妈妈，不好意思，我刚才在搬东西的时候脚踝扭伤了，现在很痛。”“怎么了？你怎么这么不小心啊！你过来。”“对不起，我过不去，我左脚无法触地。”新妈妈给了我两片药丸，估计是止痛药。新妈妈帮我脱下鞋子。让我脚放平，帮我垫了个垫子。最后给了我一个拥抱后走了。

今天是弟弟十三岁生日，祝弟弟生日快乐。爸爸妈妈、姐姐和弟弟，我想念你们。

明天PHS就又要开学了吧。PHS的老师们，同学们，我想念你们！

“天将降大任于斯人也，必先苦其心志，劳其筋骨，饿其体肤，空乏其身，所以动心忍性，增益其所不能。”我不知道，这样的生活，何时才会有个句号。

孤独母亲 2008年12月16日

黑压压的一个人在客厅里，连只狗都没有，唯一的声音就是壁钟“嗒嗒”的走时声。我望了望周围，好静，好静。新妈妈没有止痛药膏，吃了两粒止痛药的我脚还是很痛。门外的卡车还在放肆的鸣笛，感觉好凄凉。黑暗厕所我能不去尽量不去，因为我怕看到令人恶心的白蚁。我把耳机静静地搁在一旁，听着Ne-Yo的R&B歌声远远地从耳机中隐隐传来，整个心感到更空洞，更孤独。面对眼前凄凉无助孤单寂寞的场景，我真的离崩溃不远了。我的生母与交流协会老师沟通后，今天有人给我打电话了。我告诉了他们我现在的状况，希望他们尽快解决。

早上6点左右，新妈妈来了，“你的脚还痛吗？”“嗯，整条大腿还是有阵阵疼痛，还有脚踝。”新妈妈出去后，我才在沙发上躺了一会儿。已经十几个小时没洗澡了，想想那个浴室，唉！现在怎么办呢？也只有那个浴室可以洗澡了。早上的浴室看上去比晚上好多了，没有门的浴室却有两扇很明亮的窗户！我也真是无语了。新妈妈在下面那扇窗上放了块很大的毛巾，这才起到了一个保护隐私的作用。洗完澡，浑身上下算是放松了一把，感觉好多了。看看镜子里的脸，憔悴了好多。

下午三点左右，Tyler问我想不想吃鸡蛋，他是个很热情的大哥哥。他告诉我，小狗Buster是新妈妈领养的。我们正聊得起劲时，Peach进来了，像只无头苍蝇似地在冰箱和碗橱里一阵乱翻，她一定是饿坏了。问了才知道她早饭午饭都没吃，我真的很同情她。

晚上8点左右，我肚子太饿了，只好继续吃自已买的速冻食品。我把热好的食品放在沙发上准备去拿杯水的时候，小狗Buster一下子跳了起来，爪子搭在沙发上，伸出舌头舔我的食物，唉！自己已经落魄到跟狗抢东西吃的地步了，真是同情自己啊！我分了一半食物给同样饿坏的小狗Buster吃。

我刚吃了几口食物，新妈妈和妹妹回来了。我和新妈妈打了招呼，却没有回应，她连看都不看我一眼，家里的气氛一下子紧张了起来，我无心再吃东西，只好把食物扔了。

"Joe，我们需要好好谈谈，有些事情……你知道吗？今天中介机构打我电话了，他说，你说房子不好，没有床，没有东西吃。""我是这么说的，但是请不要怪我，我说的都是实话。""可我已经有充足的食物了啊，我有Cheerio，还有面包，还有……""请原谅我，我真的不喜欢那些，所以我去买了自己的东西。至于睡觉问题，我说这么冷的天我不能睡地下室，因此我只能睡沙发。""我不在乎你睡沙发。""可是这不是一个交流生应该睡的地方。另外我说了房间太暗，来了两天，由于灯光原因，我多了三个伤口。""这个，我，我现在真的没钱，你要原谅我。""对不起，我不是故意要伤害你，这些事我一点都不知道，为什么你之前不告诉我？""我……我……""我明白了，对不起妈妈。对于你的家庭状况，我之前一点也不知道，抱歉冒犯你了，但是既然你有困难，为什么还要接待交流学生？""因为，有人跟我说你没地方住了，所以我让你来我这里，我不希望有孩子没地方睡觉啊。""哦。我现在的问题是床。我需要一个房间，今天Carl来过了，他说告诉过你他的房间可以给我。""那是Carl的房间，虽然他现在住在女朋友那里，但我不能擅自把他的房间给别人。""这样啊，他付你钱吗？""对，那是我现在主要的经济来源。你知道现在美国经济衰退，次贷危机。""那现在他说了可以给我了，你可以给我了吗？""可以，但这个周四还有人要住在这里，我该怎么办？！""妈妈，如果你真的没有接待条件，我可以要求立刻找另外一个接待家庭。""不！不！我一定会想出办法的，我……我……"新妈妈说不出话了，哽咽着冲向了自己的房间，她在哭。我是个很善良的人，我也哭了。窗外飘着细雨，我的心也在下雨。我对Tyler说："真的很对不起，我是不是冒犯她了？""妈妈恨有人说她没有钱，她很好强，也很有爱心。""我会解决的，我一定会的！"新妈妈无力地大声呼号着，屋子一下子安静了下来。

今晚应该有地方睡了，Carl的房间吧，不知为什么，新妈妈似乎不愿意我走，唉！

心的哭泣 2008年12月17日

晚上九点新妈妈哭完后从房间走下来，Tyler陪着我，他真是一个美国大男孩，我把他亲生母亲弄得泣不成声，他似乎没有一丝恨我的意思。"Joe，我真的很对不起在你身上发生的一切，我妈妈真的没钱，但我妈妈很有爱心，或许是太有爱心了，所以每当她看到或者听到有孩子没地方住的时候，总觉得应该做点什么。Buster是条流浪狗，是妈妈把它收养下来的。""对不起，请接受我最诚挚的道歉，我真的不是故意的。我现在感觉被欺骗了，不是你妈妈在欺骗我。上海协会的合作机构这样对待交流学生很不负责，我也很同情我自己。""他们什么都没有告诉你？""没有。我真的很抱歉无意伤害了你妈妈，她会不会原谅我？""别担心，Joe！她不会介意的。你还有什么别的要求吗？除了床？""我只希望有个房间，有张床，而那张床不在地下室。""好的，我们一定会想办法的，我们会给你一张床。""我明白了。你是个很不错的人。房间的事今天一定帮你解决，平时我起床就来客厅陪陪你，你看如何？"我很感谢Tyler哥哥。

之后整个屋子感觉温暖了很多，这时候的我仿佛也感受到了什么叫美国阳光男孩的独特魅力，Tyler的善解人意和笑看人生的处世态度深深地感染了我。此刻的我，已深信不疑，一个人，没有过不去的坎坷，没有克服不了的挫折。

"Tyler，你看我们又有新的圣诞节装饰啦！"今天上午Dranna蹦蹦跳跳地走到我和Tyler身前，"这上面的数字，299是299美元？这么贵？”“不，Joe，是299美分。我没有钱，只能挑些便宜的，你们别介意。”新妈妈坐在地上，精心察看着她的宝贝，眼神中充满了孤独和——那该如何形容？我不知道。我无声地长吁一口气，耳机里那些快乐的音乐，怎么也不能让我兴奋起来。

现在屋子里只有我一个人虚弱地躺在沙发上，昨天的晚餐一半给Buster了，还有一半的四分之一在没有心情的情况下被我扔了，午饭也没吃什么。看着镜子里的自己一天比一天丑，一天比一天虚弱，我是那么的不知所措。我对眼前的一切很无语，我想哭。

以前少有的落泪是感动的哭，而这次是无助地哭泣。去厨房拿好餐巾纸，我倚靠着墙，没有力气，静静地滑到了地板上，Buster就躺在旁边，它是这个屋子里现在唯一的生命了。“Buster，你过来。”狗真的通人性啊，看到我今天特别明亮的双眼，它一定知道我很伤心。Buster甩甩尾巴，在我身边打转，我这才意识到，这个区域是它的窝。

接下去的日子，我该怎么过？！我的脚和手都很痛，整条大腿都好痛。我想去医院，可协会在这里合作方连人影都不见，更别说送我去医院了，他们就是这样来兑现“对交流学生会很负责”的承诺吗？！

天气好干燥，又阴冷，眼角都有些痛了，我知道现在的我要多丑有多丑。却要，呵呵，强颜欢笑。

快乐崇拜 2008年12月18日

今天Tyler哥哥一直在沙发旁陪我，和我分享音乐，和我聊天，我们过得很愉快，美国的男孩无论家境如何，看上去总是那么的无忧无虑，那么阳光！太值得我学习了！

新妈妈昨天和她的两个孩子在布置房间，她把所有新买的圣诞装饰几乎都放在客厅了，客厅本来就是家里最漂亮的地方了，这样一来，更漂亮了。妹妹Dranna坐在小沙发前，手里抱着粉红色的小熊，显得那么的满足。新妈妈时不时地侧过她有些憔悴的脸，眯起眼睛对Dranna笑笑，那种笑，是最温馨的。

新妈妈装饰完了后，站在圣诞树前，大声说道："我相信，我的生活永远不会无聊，我就是我生命的主角，我为自己骄傲！看看，你们，啊，你们大家都看看，多漂亮啊！""是啊妈妈，真的很漂亮。"我坐在边上如回声似地和了一句。

晚上十点了，该去睡觉了。可究竟睡哪里呢？睡沙发？虽然小了点，但是干净。睡床？虽然比沙发大，但是有小虫啊。哎，真是两难。我最终还是选择了睡床，新妈妈好不容易帮我安排了床，如果她又发现我不睡，她一定会很伤心的。我就忍一把吧。

从客厅走到房间的路上一个灯也没有，房间也没有灯。我先做些准备工作。拿起一旁的iTouch，把背光灯的时间调到20秒，喝了一点水，上楼了，就算这样，还是差点摔了一跤，我要是有猫头鹰的眼睛就好了，呵呵。

走进房间时，我用手上的iTouch照了照，发现床上干干净净的，我知道新妈妈一定帮我理过了，地板上乱七八糟的东西也归到了一个角落。更令我吃惊的是，床上居然还有条蓝色的被子！好几天没有床睡，没有被子盖的我看到这一切简直要疯了，扑上去想好好享受一下，可我忘了这个床是板床，不太稳，扑上去后床有一种要塌了的感觉，不过还好，稳住了，有惊无险，呵呵。

今天早上醒来一看钟，已经快下午两点了。天哪！我睡了足足有十四个小时！前几天严重睡眠不足真让我疲惫到了极点。

起床后，来到楼下，新妈妈给了我一个灿烂的微笑，这个微笑给我带来一天的好心情。虽然手上的伤口还没好，但我还是想帮新妈妈做点事。"妈妈，我来帮你吧。"我来到堆满餐具的水槽，但是我又看到了最不想看到的东西——蚂蚁！真的，看到一堆蚂蚁趴在餐具上真有一种想吐的感觉，新妈妈让我去休息，她自己洗。当她撩起袖子的那一刻，我看到了一个吃苦耐劳、任劳任怨的母亲。

洗澡时，没有放换下衣服的篮子，自己去厨房随便找了两个塑料袋，干净就可以了。洗完澡，我帮新妈妈用吸尘器将地毯上的灰尘全部吸干净。

新妈妈做事很有章法，虽然她没有足够的钱把家里所有的地方都装饰得很漂亮，但客厅一直是最漂亮的，客厅里还铺着红地毯，布置好的客厅，除了没有灯之外，看上去很完美了。

新妈妈下午去机场接她朋友了，她叫我仍然睡房间，可我想，倘若新妈妈的朋友没地方睡的话，我可以继续睡沙发，我把房间让给她的朋友睡，虽然我知道睡房间比睡沙发舒服，但我可以克服。

现在已经很晚了，新妈妈还没有回来，飞机可能延误了吧，现在的我不再感到孤单。虽然没有音乐，但是Tyler和Dranna会时不时地来客厅和我聊聊，我也会找他们去玩的。对了，还有可爱的小狗Buster，很喜欢跟我玩，会做各种表情的Buster很可爱！

看着Buster的时候，我会想，有时候，狗比人可爱多了，呵呵，至少狗狗们都忠诚善良，而人就不一定了。有些貌似诚恳善良的所谓同胞打着漂亮的旗号却干着欺骗糊弄家长学生的勾当，只有自己经历了才知道。我从心里鄙视那些为了自己的私利什么都可以做的人。

刚才Tyler哥哥又来过了，给了我个响亮的hi-five。我们已经成为好兄弟了，我很喜欢他！

拥抱，爱 2008年12月19日

新妈妈昨天从机场赶回来的途中，为我们每人买了个超大的墨西哥牛肉卷。味道很不错。Buster昨晚特别不听话，看到我们六个人手里都有牛肉卷，它一定很饿也很不高兴。Buster跳得比任何时候都高。很快地，它似乎意识到了自己“卑微”的身份，长叹了一口气，“卑微，卑微，卑微！风在吹，无抵抗的残苇！”于是它只好乖乖地趴在一旁了，呵呵。我忍不住伸出手摸了摸它的头，太可爱了。

今天我早早地起床了，有床睡感觉好多了。早上难得见到了Stockton明媚的阳光，太舒服了。我去了地下室为我的手机充电。Tyler默默地看着我的iTouch。手机充上电之后，我便来到厨房准备早餐，新妈妈满脸喜悦又满脸担忧地走进来，静静地看了我一会儿后说："Joe，我有话跟你说。""什么事？你说吧。""事情发生了很大的变化，我……"新妈妈低下头，我放下了手中的调羹，微笑着鼓励她说下去。"Joe，我真的很对不起你，你知道吗？妈妈得到了一个有史以来最大的圣诞礼物！哦，感谢上帝，真的！""那好啊！是什么啊？"我微笑着眯起双眼看着她。妈妈顿了顿，眼里含着泪水说："今天我的另一个儿子要来，你知道吗？我已经整整六年没见到这个儿子了，我真的好激动。现在他已经二十岁了。可是，我家一共只有这些地方，今天Carl也要回来，要和你道别。""我明白你的意思了，妈妈，别担心，今晚我睡沙发。""真的吗？Joe，太谢谢你了，真的对不起，你来了六天了，只有两天有床睡。""没事的妈妈，不用担心，我是一个善良的孩子，上帝明白你的苦衷，我也明白。今天你和你的好儿子好好团聚，我睡沙发，不委屈的。""真的谢谢你。"新妈妈松了口气，绷紧的背脊也松弛了些。"他来多久？""只住一个晚上。""只有一个晚上啊？哇，好伤心啊。你想他想了六年了……""我，我知道。"新妈妈的眼眶里又有泪水了。"妈妈，别哭，开心点。你们今天要去接他了吗？""对，我们马上就走，可能要很晚回来。""没关系，我一个人在家没问题。""谢谢你。"这已经是新妈妈第三次对我说谢谢了，搞得我很不好意思。"我终于可以看到我哥哥了！太好了，太好了！"Tyler在一旁手舞足蹈，兄弟之情啊。"Joe，相信我，这是这几年来，妈妈我，收到的最大的圣诞礼物，真的，我想我的儿子，好想好想。我知道你明天一早还要赶飞机，让你受苦了。""别多想了妈妈，我很好。快去机场接你的宝贝儿子吧。"不久之后，新妈妈一家出去了，只有我和Buster在家，但是我并不觉得孤独，因为我即将见证一次温馨的家庭团圆。

中午时，我实在对墨西哥冷冻鸡肉卷感到厌倦了，我从冰箱里找出两个鸡蛋，放在小碗里，加入一些牛奶，用筷子调匀后有放入了黑胡椒，白胡椒，辣椒粉，香肠，蘑菇，一点酱油还有鸡精，全部调匀后长吁了一口气，准备工作基本完成。看着一碗超级大杂烩心里还真没底，会是出奇的好吃还是出奇难吃呢？嘿嘿！十分钟之后自会揭晓。还不到十分钟，就听到油锅里噼里啪啦的声音了，我用铲子轻轻上下搅动了一番，看上去真的很有食欲啊，要是来点青葱就更好了。做好这一碗Joe式炒蛋后，还有一些烫，放在锅中冷一下吧。正在这时，Peach回来了，放下书包后直冲厨房，女孩子虽然要身材，但也有饿的时候啊。我在客厅里来回走着，估计自己的午饭凉得差不多了，就不紧不慢地来到厨房。眼前的一幕“吓”我一跳，泰国女生也太温柔太乖巧了吧？！回到家第一件事情居然不是吃东西而是洗碗？！我这个男生看着眼前的一幕哪有无动于衷的道理？“哦，Peach啊，我来吧，你先吃饭，饿了一天了。”“啊？你来洗啊？哦，好的。”Peach打开冰箱，拿了昨天新妈妈给她但她还没有吃完的半个墨西哥牛肉卷，估计这是她这几天吃的最好的东西了吧。其实每次看到她没有什么东西吃时，我总会提醒她吃我买的冷冻食品。可Peach就是不碰，唉！“你知道他们去哪了吗？”“去机场接她的大儿子了。你好像不太爱说话哦，Peach？”“啊？有吗？我……”“呵呵，我来了六天了，你主动跟我说话的次数不超过5次。哦，我明天就要离开这里了。”“你？！什么时候？”“明天早上十点的飞机去密歇根州。”“这么开心啊！”“呵呵，是啊。今天是我在这里的最后一天了。”Peach听到这个消息很吃惊。

明天一早我要飞去密歇根的底特律。底特律下着很大的雪，更有圣诞节和新年的气氛了。我生母的好朋友Jerry叔叔知道我的情况后让我去他家住。我的生母已将送我去底特律的事跟新妈妈做了沟通，新妈妈有些伤心。我告诉新妈妈，我永远不会忘了他们的。

下午五点时我和Peach一起去商店，我在商店里给新妈妈一家买了很多巧克力，希望他们一家过个甜甜蜜蜜的圣诞和新年。回到家已经很晚了，新妈妈一家还没回来，希望他们一切都好！

飞往底特律 2008年12月20日

昨晚新妈妈一家回来后，大家开开心心地又聊了很久，新妈妈的大儿子Dom很成熟也非常善良，我很喜欢他。

行李早已理好，新妈妈看到我准备好的行李包轻轻地叹了一口气。“东西别忘了，都准备好了是吗？”“嗯。”新妈妈给了我个温暖的拥抱，“晚安。”

今天早上我起得很早，客厅很安静，只有Buster在闲逛。“起床啦！要送Joe去机场了！”新妈妈的声音今天显得特别的洪亮。离开前，我们全家站在那颗装扮得漂漂亮亮的圣诞树前合影留念。“Joe，你开心吗？”“一半开心一半伤感，妈妈。”“我也觉得很伤心啊，好好照顾自己。”

今天的路况出奇的好，50分钟后我们就到了机场。临别前，新妈妈给了我一个大大的拥抱。不知道挥了多少次手，说了多少次再见后，我真的要走了。在走向电子扶梯的一刹那，忽然感觉自己像个现代版的江湖过客，四海为家。我轻松地笑了笑，希望自己旅途顺利。

从萨克拉曼多飞往丹佛的是美联航，原定10：31的飞机延迟到11：05，转机时间本来就紧张，这样一来时间就更紧了。万一下一班飞机没赶上怎么办？想了一会儿没有想出个所以然来，索性就放松心态，天不会塌下来。

下飞机时已是两点半了，下一班飞机在3：18起飞。我慌忙地赶到

Denver机场地铁换乘站

萨克拉曼多机场一角

登机口时才知道，因为底特律在下暴风雪，航班被推迟了三个小时，我和一对美国白人夫妇边聊天边等候登机。

又经过一次长途飞行后，我安全抵达了底特律机场。Jerry叔叔在机场已经等了我四个小时了，身穿黑色毛皮大衣，围着一条米色及褐红色围巾的Jerry叔叔显得特别高贵。

一路上听着Jerry叔叔喜欢的爵士乐，我们很快就到家了。Jerry叔叔的房子大得令我晕头转向，实在太豪华了！Jerry叔叔的太太Sophia阿姨给我准备了很好吃的晚餐，用完餐后，我终于可以在这里美美地睡个好觉了。

布鲁菲尔德 2008年12月21日

我现在住的地方是西布鲁菲尔德，是标准的富人区。这里的每栋房子都非常大。踏进Jerry叔叔别墅前，我真不敢相信自己会在这么豪华的房子里待上两个多星期，要在这里过圣诞节和新年！

昨晚我睡得很好。卧室里有一整面的落地玻璃可以看户外美景，爽啊！Jerry叔叔告诉我，这片区域时常会有小鹿、松鼠及花栗鼠出没，生态环境非常好。Sophia阿姨为我们准备了美味的午餐。午饭后我和Sophia阿姨听音乐、看电影、聊天。我还给Sophia阿姨注册了一个网易博客，酷吧？嘿嘿。

下午Jerry叔叔带我去了底特律危险地带逛一逛。Jerry叔叔绕过了一些最不安全的地方，但大部分危险地带我都看到了，的确比较咋舌。

Jerry家的房子

Jerry叔叔还带我去了加拿大和密歇根州的边界，那是一条公路，公路的另一边就是加拿大了。

布鲁菲尔德有很多湖和小溪，里面有许多鱼，现在都被冻住了。面对湖水的房子漂亮得让我惊叹不已，明天我要早点起来，好好拍些照片给大家欣赏一下雪景，最好再碰到些松鼠小鹿之类的就更酷了。

到家已快晚上6点了，地上到处是积雪，我和Jerry叔叔在室外开心地玩雪。

Sophia阿姨做的菜太好吃了！用餐时，我还向Jerry叔叔学习了很多美国白人的餐桌礼仪，收获很大，嘿嘿！

叔叔阿姨对我非常好，我实在太开心了！

雪中漫步 2008年12月22日

昨天晚饭后，Jerry叔叔、Sophia阿姨和我坐在餐桌前聊天。我对所有的事情都很好奇：“Sophia阿姨，你看到那些西班牙女孩了吗？她们很漂亮吧？”“是很漂亮。你想找西班牙女孩？”“太想了，西班牙女孩太美了。”“是的。她们的腿很漂亮哦，很可爱。”Jerry叔叔突然来了句让我捧腹大笑的“插嘴”，真没想到，表面上很君子的叔叔，也有“好色”的一面啊，哈哈！开个玩笑，谁不喜欢漂亮美眉呢？

我们正品尝着红酒，聊得开心时，有线电视和网线都中断了。Jerry叔叔和Sophia阿姨丝毫没有抱怨，我也学会了安静，向叔叔阿姨学习，没什么好抱怨的。他们一定会尽快修好的。

早上起来后我在别墅的前前后后逛了一大圈，拍了很多照片。Jerry叔叔说他喜欢上海，上海人多地方大，夜景很美，底特律人太少了，宁静得有些凄凉。可我觉得这里更舒服啊，可不可以跟叔叔换一换呢？哈哈！

太阳彻底醒来后，我拿着相机又出发了。一出大门就可以欣赏到美丽的雪景，太美了！不过，外面真的很冷，没戴手套的双手被冻得通红，但眼前的美景让我流连忘返。周围的豪华别墅在大雪的覆盖和映衬下显得更雍容华贵了。回家戴上手套后我又出发了。我试着在雪地里写字，这里的雪像白色草原，软软的，在上面写字可真不容易啊。试了十几次后，总算写出“Joe”和“Joe——游学在美国”了，哈哈！

“玩得开心吗？”Sophia阿姨和Jerry叔叔同时问我。我太开心了，我还没玩尽兴。明天要走得更远些，拍更多的照片。

Jerry叔叔每天都带我出去玩，今天我们去的是底特律的一家大型购物中心。Jerry叔叔给我买了双很好的适合在雪地里穿的皮鞋。我想自己付钱，可叔叔不让。买完皮鞋，叔叔带我去五楼饮食城吃东西，这次我抢在叔叔之前把钱塞在了营业员的手中，叔叔非常“不满”地摇摇头，哈哈！

晚餐我们在一家名为LODGE的餐馆吃。餐前的开胃品有辣大蒜，肉汁洋葱还有起司饼干等等。叔叔点了很多美味的菜，太好吃了！买单后，Jerry叔叔还放了20%的小费，美国餐馆服务员很爽哦！

现在已经很晚了，Jerry叔叔和Sophia阿姨都睡觉了，我也该睡了。

底特律雪景

期待圣诞 2008年12月23日

昨晚忘了设置闹钟，今天早上是Jerry叔叔来叫我起床的。

一番洗漱后我去了楼下客厅，Jerry叔叔已在大客厅旁的办公室了，看着Jerry叔叔盯着文件在看，估计他正在忙着工作或生意了。“早上好，Jerry叔叔！ 对不起，我起晚了。”“噢，没关系的Joe，你睡得好吗？”“嗯，睡得很好。”听了我的回答，Jerry叔叔笑着对我点点头：“Joe，今天我们一起出去办些事。我们要去银行，要去商店，我们还要去提Sophia阿姨的新车。”“哦，好啊！是不是我起得晚了，打乱你们计划啦？”“哦，没有。”Jerry 叔叔真是个好男人啊，他是个好丈夫，也是个好爸爸。Jerry叔叔的女儿已经长大成人了。

每天早上，我一出现在客厅，Jerry叔叔就会放下手中的工作，陪我聊天。“想吃苹果吗，Joe？”Jerry叔叔总是想得很周到。“好啊，谢谢！”“吃完苹果后，你可以把当中的苹果核扔到外面的雪地里，小鹿或松鼠会来吃的，它们会寻着味儿来吃的。”我一听就高兴了：“真的？ 这样的话我就可以看到小鹿啦？ 太好了！ 那我就多吃苹果多扔核。如果能跟小鹿和松鼠在一起拍照，那就太棒啦！”“哈哈，是啊！想来点面包做早中餐吗？”“好的， 谢谢叔叔。”“想在面包上涂点蜂蜜吗，Joe？我喜欢面包上涂点蜂蜜。”“ 哦，叔叔，我不太喜欢吃甜的东西，我喜欢在面包片上涂上各种辣酱，你也试试看。”我将我的“专利”辣酱面包介绍给Jerry 叔叔了，没想到叔叔涂好辣酱尝了尝后对我的最爱直摇头。呵呵，看到美国人多诚实了吧！不喜欢就是不喜欢。

“Jerry叔叔，是不是有越来越多的美国人想学中文了呢？”“嗯，现在越来越多的大学开设了中文课，好的中文老师可不多啊！Joe，你可以在美国做中文老师。”“我行吗？”“ 哦，当然，你的英语很不错啊！”“ 真的吗，叔叔？你觉得我说英语有口音吗？”“稍微有一点点，但没有关系。你看，即使出生在美国的人也会有不同的口音的。我们听你的英语很顺，你的英语相当不错！你可以在大学做中文老师。”“哈！ 有意思啊！可以考虑。Jerry叔叔，我们家周围的别墅都有人住吗？为什么别墅前圣诞装饰不多的呢？”“哦，密歇根州的很多富人是犹太人。布鲁菲尔德地区是富人区，也有很多犹太人。犹太人信奉的是犹太教，基督文化包括圣诞节跟犹太人的宗教信仰是有冲突的，这就是为什么你感觉周围的圣诞装饰物比较少的原因。”“那么十字架呢，叔叔？”“十字架也是基督文化的一部分。”“是不是除了犹太人之外，所有的美国人都会进行圣诞装饰的呢？”“哦，不是的，Joe。美国人是个大概念啊，美国人中有印度教徒、穆斯林教徒、佛教徒、基督教徒和犹太教徒等等。圣诞节是基督教的节日。如果你在公共场合看到圣诞装饰，最好不要说‘圣诞装饰’，你可以说‘节日装饰’，因为有些人不信基督教，圣诞节对这些人也许是种冒犯。”“那么上帝呢，叔叔？”“所有宗教徒都相信上帝。”“哦，知道了，叔叔。”“在公共场合，你也不能说‘哦，我的上帝啊’，因为这样的话对某些人也是一种冒犯，上帝和耶稣是很神圣的。”

和Jerry叔叔开心地聊了一大通后，我们去商店买了些家庭用品，我们还去取了Sophia阿姨的新车。Jerry叔叔极有社交风度，跟周围的人总能建立起良好的沟通。

明天我们要去Jerry叔叔的女儿那里过圣诞夜。太开心啦！

圣诞之夜 2008年12月24日

今天一早在客厅见到Jerry 叔叔和Sophia阿姨时，我大声说：“圣诞快乐！”“谢谢你，Joe。”叔叔阿姨怎么没用“圣诞快乐”来回应我呢？“叔叔，你们在圣诞前夕和圣诞节时说‘圣诞快乐’吗？”“哦，一般来说，我们在圣诞节这一天才说圣诞快乐，Joe。”哦，原来我说早了，呵呵。“叔叔，圣诞礼物怎么准备的？”“你可以在圣诞前夕或圣诞节这一天为家人买圣诞礼物，圣诞礼物必须要等到圣诞节这一天才能打开。”“哦。有时我看到Christmas被写成Xmas，这是为什么呢，叔叔？”“哦，你看，X 的形状像个十字，古希腊人用十字来表示Christ。”Jerry叔叔真是什么都懂啊。

早餐时，Jerry叔叔教我用酸奶、cheerio、水果和蜂蜜配起来做早餐，我知道这是Jerry叔叔最喜欢的早餐，果然，味道非常不错。

本来我们今天要去Jerry叔叔女儿Christine（和我菲律宾接待家庭姐姐名字一样啊，真巧！）家的，但今天天气实在太糟糕了，阴沉沉的雨夹雪天气，开很长时间的车太危险了，所以只好去购物，改天再去姐姐家啦。

“叔叔，今天买东西让我自己付账可以吗？”“为什么？”“因为，每次我要买东西，你都不让我自己付账，我就不敢再买东西了。”“哦，呵呵，我知道了，Joe。那你想买什么东西呢？”“我想给你、Sophia阿姨、Christine姐姐买圣诞礼物，因为圣诞节对你们来说是很重要的节日。”“哦Joe，你没有必要为我们买礼物的。”“我知道的，叔叔，但我真的想买些礼物给你们。”“真是太谢谢你了，Joe。”

出发前，我想帮Jerry 叔叔把车子前窗的雪弄干净，Jerry叔叔坚决不让我做。每次我们开车出去，总有说不完的话题。“Jerry叔叔，你觉得上海和密西根有什么不同吗？”“我好像更喜欢上海，这里太安静了，待久了觉得有些乏味。”“你在上海对人说‘Excuse me’吗？”“大部分时间我说‘dui bu qi’。”“你觉得上海女孩怎么样？”“很优雅，很漂亮。你觉得呢，Joe？我知道你更喜欢西班牙女孩。”“太对了，叔叔。”

到商店后我忙着给Jerry叔叔和他的女儿、Sophia阿姨以及我的菲律宾接待家庭一家买礼物。买完礼物后，Jerry叔叔带我去了另一个更大的购物中心。Jerry叔叔给Sophia 阿姨买了件非常特殊的圣诞礼物，还让我保密。嘿嘿！

回家后，Sophia出去时，我和Jerry叔叔开始包装圣诞礼物啦。我帮着叔叔在做。包装好Sophia阿姨的礼物后，我知道怎么弄了，我让Jerry叔叔休息，剩下的都由我来弄。Jerry叔叔时不时地来看看，给我些鼓励："哇，Joe，你弄得很漂亮，看看，又快又好。"我真是个很聪明很有情调的人哦，自恋一下，哈哈！

Sophia阿姨回来后，我在厨房帮忙，我做了Jerry叔叔最喜欢的水果拼盘。今天的晚餐很丰盛哦。

吃完晚餐已经很晚了。Jerry叔叔邀请Sophia阿姨去拆礼物，一看就知道叔叔很爱阿姨，呵呵。我们一起高高兴兴地来到大客厅，Jerry叔叔已经将礼物全放好了。"好！ 这个是给Joe你的，这个是给Sophia你的。""你们给我买了两样礼物啊？""是啊！你来之前就给你买好了，Joe。"我真的很感谢Jerry叔叔和Sophia 阿姨。我给叔叔的礼物是一盒叔叔爱吃的甜点和一盒装饰品，给Sophia阿姨的礼物是一个漂亮的小房子，叔叔阿姨都很喜欢我给他们的礼物。

明天是圣诞节，我们要去教堂，我要拍很多的照片，哈哈！

耶稣诞生 2008年12月25日

圣诞节是一个很庄重的节日，所有去教堂的人都要正规着装。Jerry叔叔很细心地为我准备好了所有的服装并帮我穿戴好。"很漂亮啊，Joe。"Sophia 阿姨看到我焕然一新的样子夸了我一句，Sophia阿姨觉得漂亮那就一定是漂亮的了，呵呵！

我们9:00准时出发去教堂 。45分钟后，我们到教堂了。叔叔告诉我，这是个有着很长历史的罗马天主教堂，里面非常华丽宁静。"圣诞快乐！""谢谢，也祝你圣诞快乐！"一路上我们不断与见到的人打着招呼。

教堂内的牧师们看起来总是那么神圣而和蔼。我是第一次来到这么正规的教堂过圣诞节。我看到墙上挂着很大的一个十字架，十字架的两旁放着两颗5米多高的巨大的圣诞树，圣诞树的颜色可以调节，看起来真的很漂亮。

仪式结束离开之前，所有的牧师都站成一排，我们和牧师们一一握手并不断地互相说着："圣诞快乐！圣诞快乐！"

圣诞节去的底特律教堂

走出教堂，叔叔带我去看加拿大。底特律河看起来波浪滚滚，有些湍急，我可以很清楚地看到河对岸的加拿大。

离开加拿大边界后我们去Sophia阿姨的姐姐Gloria家吃饭。Gloria阿姨准备了很多好吃的，有曲奇饼、葡萄酒面包、牛肉汤等等。Gloria阿姨的家让我有如置身自已家中那样放松。我过得很开心。回到家已经很晚了，今天真是个快乐难忘的圣诞节。

高雅晚餐

2008年12月26日

今天一早，Sophia阿姨就告诉我今晚我们家有客人要来共进晚餐，太开心了！我知道今天晚上来的客人是Jerry叔叔和Sophia阿姨很好的老朋友。

晚上6：00，约定的朋友夫妇来了。Jerry叔叔将我介绍给他们的朋友。“你从上海来啊，Joe？哦，我知道上海的。”“是吗？太好了！”“他才来了5个月，但英语说得很好了。”Sophia阿姨在客人面前表扬我。“是啊，他英语说得很不错。”Jerry 叔叔接着Sophia阿姨的话再强调一句。令我高兴的是，客人朋友说的话我全都能听懂，我努力跟他们交流着，有时候还跟他们开开玩笑呢。

客人中的先生是位大学老师，他问我：“你在这里学什么呢，Joe？ 你数学应该很好吧？”“是的。”“你想学工程学吗？”“不！我不喜欢物理和化学。”“哦，这太令我伤心了，要知道，我是物理教授。”看着教授有些失望的脸，我赶紧说：“哦！对不起。要知道，如果你是我的物理老师，我一定会喜欢物理的。”哈哈哈！我的回答把大家都给逗乐了。

密歇根大学 2008年12月27日

今天下午，Jerry叔叔带我到了密西根大学参观。密歇根大学位于密歇根州的另一个城市安娜堡，这是一所非常著名的大学，校园看上去很安静，很古典，整个大学校园里有超过300多建筑物，十分的宏伟。我走了走，拍了许多照片。

我们回来的时候，看到了有两只松鼠在雪地里嬉戏，松鼠很可爱，很调皮，惹得周围的人们都给它们食物吃，我一共拍了超过50张相片，都是很优美的风景照哦！

冰雪初融 2008年12月28日

“嗨，Joe， 看小鹿和浣熊！”“哦，真是太有趣了，叔叔。这里一年四季都有动物的吧？”“是啊，Joe。动物们最喜欢春天。它们每天都会出来活动活动，有些动物还是成群结队住在一起的呢！”酷！怪不得我常常看到很多小鹿在一起玩。也许我在密歇根大学看到的一对松鼠是一对情人或夫妻哦！

我来到叔叔家的大花园，冰雪消融了的花园太美了。“Joe，快看，那边有两只浣熊。”“我去弄个苹果核来。”“好啊，你现在就可以弄到苹果核吗， Joe？”“我把苹果核收集好放在房间里了，叔

密西根大学入口

叔。”自从上次叔叔告诉我小动物喜欢吃苹果核后，我就将自己每次吃完的苹果核洗干净，用餐巾纸包好。Jerry叔叔听到我收集苹果核时显然很震惊，我开心地说：“哈哈，对，我专门收集苹果核给小动物吃。”

上次我在Big Lots买的圣诞小房子的灯不亮，音乐也不响，我们三个人花了半个多小时研究也没弄好。我发现买来时配好的三节电池不行，就随手扔进垃圾箱里了。要将这个“罢工”的小房子退给商店的话，必须将所有买来时就有的东西全部放进去。我在垃圾箱中翻了十分钟后，终于找到了这些电池。“真为你高兴！”Jerry叔叔幽默地说了一句。

“商店会让我们退货吗？包装已经拆开了，叔叔。”“我不知道能不能退，试试吧。”叔叔带着我开车出发了。街上非常干净，到处可见的绿色令人心旷神怡。青色、红色和棕色令我们居住的布鲁菲尔德看起来生机无限，前几天被冻住的小河今天早上开始慢慢融开了。小鸭子和鹅在小河上悠悠地晃着。河岸边的浮草和柏树为这片美丽的土地增添了更多的生机。抬头看，洁白而透明的云彩飘在蓝蓝的天空，太美了。

“啊！ 怎么回事？ 糟糕！”一贯说话礼貌温和，很有君子风度的Jerry叔叔突然大声抱怨起来。眼前看到的是一片凌乱的景象。“是龙卷风来过了吗，叔叔？”“嗯，今天早上你还在睡觉时，刮过一阵很强的风。有些房子可能停电了。”Jerry 叔叔说得肯定没错。

我们到了Big Lots后，看到商店外贴着一个大大的告示“停电！”。

底特律的沃尔玛超市

底特律小松鼠

我和叔叔只好回家了。一到家，Sophia阿姨正要去Gloria阿姨家有事，叔叔提醒她那里可能停电了。果然，Sophia阿姨回来后告诉我们，那里确实是一片漆黑、没有电话、没有电、也上不了网，电视也没得看，什么都没有了。

晚上阿姨要做土豆泥，我的菲律宾接待家庭曾教我做过口味很好的土豆泥，我跟阿姨说我来做。“Joe 说他有土豆泥的新吃法，Jerry。”Sophia阿姨好像对我的配方不太确定，眼中有些疑惑。Jerry叔叔鼓励我说：“快给我们做一些，Joe。”

我一个人开始全操作啦：清洗、剥皮、切片、切碎、烧煮、调节火的大小，忙得不亦乐乎。“干得不错，Joe！”Jerry叔叔不断鼓励着我。我把肉汤和鸡汁拌入土豆泥中，搅啊搅的，土豆泥的颜色和味道都很诱人。“很好吃啊，Joe！”Jerry 叔叔尝了我做的土豆泥后脸上露出惊喜的表情，我知道Jerry叔叔很诚实，所以他的表扬比别人有更高的含金量，呵呵。“明年回上海时你可以做给你自己的父母吃了。”Sophia阿姨可真是说出了我的心里话啊。

全球变暖 2008年12月29日

今天早上，Jerry叔叔带我去逛几个商店，还带我去将那个“罢工”的圣诞小房子退掉。“我想把这个小房子退了。”“哦，请把你的购物收据给我看一下好吗？ 这个小房子怎么啦？”“小房子不能正常使用。”“哦，里面的电池试过吗？”“嗯，试过的。”商店的营业员简单地问了这些问题并瞄了几眼小房子后说："给你钱，可以了。"这么快就退好啦？

记得来美国前，我的生母在上海一家很有名的百货公司给我买了个i-Mac 电脑，差不多花了2万元。回去后发现光驱有问题，妈妈说这家商店很有知名度，肯定可以退货的，让我自己去处理这件事。第二天上午11点到商店，我不断地跟店员说明、辩论。从营业员到经理们，处理完这件事后已经是晚上10 点了，现在想想真是夸张哦。

"Jerry叔叔，那我再选什么作为圣诞礼物给你呢？买瓶红酒？买本书？""红酒和书我都喜欢，但我更喜欢书，因为书可以一直留着。""好啊，那叔叔喜欢什么样的书呢？""Friedman写的Hot， Flat and Crowded不错，是关于生态系统的。"

一回到家，我先在送给Jerry叔叔的书上写几句话。虽然只是短短的几句话，我却花了近20分钟的时间去想。

亲爱的Jerry 叔叔：

感谢您邀请我来您漂亮舒适的家与你们共同度过二周多的快乐时光。

圣诞快乐！新年快乐！

Joe

我们回家时Sophia阿姨不在家，Jerry 叔叔亲自下厨给我弄我想吃的蛋炒饭。叔叔正忙得不亦乐乎时，Sophia阿姨回来了："今天亲自下厨啊，知道吗，Joe？叔叔上次出现在厨房里应该是十年前的事了。""哈哈！"我忍不住笑了起来。"尝尝我的手艺如何？"叔叔有些招架不住了，Jerry 叔叔和Sophia阿姨真有趣，处处体现出一对相亲相爱的夫妻间别样的浓浓爱意，是不是啊？

Jerry叔叔给我做的饭也很好吃。Sophia今天还买回来我最爱吃的火锅调料和各种菜肴，Sophia阿姨一定花了很多时间去找这些火锅材料，我觉得阿姨真是待我有如自己的亲生儿子一样。

晚饭后Jerry 叔叔带我去练哑铃，叔叔说："每天都抽些时间练练，你的手臂肌肉就会发达了，女孩子会很喜欢的。”“Joe，叔叔很讨女孩喜欢就是因为他身上有肌肉。”Sophia阿姨的玩笑让叔叔有些无语，很快地，叔叔笑着回答道：“有道理。Joe，比如说Sophia阿姨这样的女孩就很喜欢我，对不对啊？”叔叔真幽默。

快乐的时光总是过得飞快，我的英语每天都在飞速地进步，我太开心了。

说干就干 2008年12月30日

今天我比任何时候都起得早。Sophia阿姨今天要跟Gloria阿姨出去逛商店，我和Jerry叔叔两个男人选择待在家里。为了让阿姨更放心地逛商店，我跟Sophia阿姨说今天我来做火锅汤，阿姨同意了。可我Jerry叔叔的表情似乎对我很有些怀疑哦，呵呵。“想干就干！”我暗暗为自己打气，我相信我可以给大家弄个很好吃的火锅出来的。

今天的天气有些阴沉沉的，房子很大很安静，让人有一种昏昏欲睡的感觉。为了振奋精神，我来到大客厅，打开音箱，准备好好欣赏欣赏音乐，自娱自乐一番。在准备大干一场之前，我先到Jerry叔叔的办公室征求一下意见，因为叔叔正在办公室看文件呢！“Jerry 叔叔，我在大客厅放些我喜欢的但也许你不喜欢的音乐可以吗？”“哦，当然可以，你喜欢就去放吧。”Jerry叔叔将音响连着电脑的插口指给我看，告诉我我想干吗就干吗，开心就好，怎么玩都可以，呵呵！

我一个人在大客厅里跟着自己喜欢的歌星尽情地引吭高歌着，我

冒充老板

我在卧室

唱啊唱的，正准备全力冲击高八度的时候，Jerry叔叔拍了拍我的肩膀问道：“这是你自己的唱片吗，Joe？”“ 希望如此，可惜不是。”“哦，我还以为是你自己的唱片呢， Joe！你的声音很好听，你应该去灌张自己的CD。”听了Jerry叔叔的鼓励，我快乐得要飘起来啦！

整个下午我一个人在大客厅里疯狂。但令我有些扫兴的是喉咙有些干，有些嘶哑。“喝点水，润润嗓子，Joe。”“没事的，叔叔。”我努力展示着我的演唱能力，好久没有这样放声歌唱了，管它喉咙沙哑不沙哑呢，开心就好。也许有些沙哑的嗓子才是真正的男人的嗓子呢，不好意思，自恋一下！

一个人疯狂累了之后，我去找Jerry叔叔帮忙拍些照片。拍照前照照镜子，看到自己身上的衬衫有些旧了，裤子好像也有些短了，整个人看上去有些精神不振。“好好表现！”这已是今天我第三次给自己的鼓励了，希望自己能以比较轻松的姿态拍照。

Jerry叔叔很会拍照啊，拍出的照片我都很满意。但我给叔叔拍的照片就不行了，不知道怎么搞的，叔叔的蓝眼睛都被我拍成红眼睛了，看样子我要研究研究到底怎么回事了，哈哈哈，怎么会这样，真奇怪。

晚上Sophia阿姨赶回来和我一起做火锅汤，火锅的调料由我全权负责调制。今天已经是Jerry叔叔第三次表扬我的厨艺了，嘿嘿！“Joe，你想来点啤酒还是红酒呢？”“一样也不需要了”“不需要？ 为什么呢？”Jerry 叔叔大笑起来，跟我说话的样子好像是跟他的宠物在说话一样。

明天叔叔带我去亨利福特博物馆，我们一定会玩得很开心！

亨利福特 2008年12月31日

“嘿，Joe，该起床啦！”迷迷糊糊中听到Jerry叔叔来叫我了。哎，我又睡过头了。

“我今天带你去底特律一个名叫Deer Bone的郊区，那里有个叫Lile’s 的大餐馆很有名。那家餐馆有四种不同的汤，很好喝，店里卖的三明治非常大。看到这个名字叫福特的建筑了吗，Joe？”“这里每栋建筑好像都有个福特的标志啊，叔叔。亨利福特还活着吗？”“亨利福特不在人世了，亨利福特就是福特汽车公司的创始人，福特公司是二十世纪初成立的。”“真了不起。那么，亨利福特纪念馆里有各种各样不同的汽车，对吧？”“是啊，除了各种各样的汽车之外，还有很多纪念性的东西。纪念馆很大，里面或许还有些生产汽车的老机器呢。”

一路过去，路上很少有行人，Jerry叔叔说他喜欢上海的热闹，但在上海时他又会想念底特律，因为他在这里生活了二十多年了。Jerry叔叔在很多国家工作过，他觉得上海的生意机会很不错。今天是2008年的最后一天，今晚我和叔叔阿姨将会看电视直播的纽约时代广场迎新年活动。

Jerry 叔叔告诉我，Lile’s 是整个底特律郊区的标志性地方，这个餐馆太有名了，整个密歇根州的人都知道它。我们到餐馆门口时却发现餐馆没开门。叔叔只好遗憾地带我去另一家有名的饭馆吃饭。

我们去的第二个餐馆名字叫Coney Island，这家餐厅很有乡村风味。餐厅的天花板上挂着三个风扇，菜单看上去有些旧了，沙发虽然不算旧但颜色实在不好看，是那种土色夹杂着绿色的那种。这就是Jerry叔叔在上海时也想着的餐馆？“来一份这个尝尝，Joe。”叔叔帮我挑着美味的食物，我环顾四周，感觉这家小饭店的人很有些乡土气息，只有Jerry叔叔看上去很有钱很绅士，呵呵。餐厅的凳子靠得比较近，这令个子高、腿比较长的我坐得不那么舒展，但你一尝到这里的食物时，我担保你的注意力全被吸引到食物上了。这里的食物实在太好吃了！绝对可以说是美味无比！用完正餐后，我还要了碗辣椒蘸着餐后点心吃，红色的辣椒在我那只边缘有个小缺口的碗里沸腾着，看上去实在是诱人啊。“ 喜欢这里的食物吗，Joe？” “嗯，很喜欢，叔叔。”我真是太喜欢这里的食物了，怪不得这家餐馆这么有名哦，真是名不虚传，物有所值啊！

吃完饭，我们去了福特纪念馆。福特纪念馆非常大，陈列在内的有些旧车永远不会再生产了。纪念馆中成列着飞机、汽车和机器等等。我拍了三辆最吸引我的车子的照片。第一张照片是美国总统遭疯狂歹徒袭击遇害时乘坐的福特汽车；第二辆是辆外形像火箭一样，长度只有几英尺的赛车；第三辆车也是辆形状非常独特的车，车的颜色是白色和棕色的混合，应该是属于很高贵的人乘坐的车。我想以后自己也能拥有一辆这样的车。“白日梦！”我嘲弄着自己，哈哈！

我还没给我的菲律宾爸爸买好新年礼物，想在这里买个新奇的纪念品给爸爸。突然我看到了一样很漂亮的东西——这件由50个世界上最漂亮的雕塑组成的礼品真是太美妙了，而且还可以玩很多游戏呢，“哇，Jerry叔叔快看这个礼品，实在是太漂亮了，这些雕塑看上去像各种漂亮的星星！”“ 是很漂亮，我保证你的菲律宾家庭会一直保留这件纪念品的。”哈哈！我赶紧把礼物买了下来。

今天晚上有很多的阿姨、叔叔们来我家共进迎新年晚餐，我们又可以一起聊各种开心的话题啦。

新年快乐 2009年1月1日

“你好，你好！”昨晚伴随着暖人的招呼声，我的西班牙语教授阿姨Patty来我家了，Sam叔叔也来了。我们像中国人那样围坐在一张桌子上欢度新年的到来。“过得怎么样啊，Joe？”Sam叔叔是香港人，他说中文时有着比较特别的语调，Sam叔叔很幽默，惹得我常常忍不住哈哈大笑。

“Joe，你接待家庭的家在加州，加州可是学习西班牙语的好地方啊！”“嗯，是啊。我现在主要心思放在英语上，等我今年回中国后，我要好好学习西班牙语，我喜欢西班牙女孩，呵呵。Patty阿姨，你去过很多讲西班牙语的国家，这些国家的女孩漂亮吗？”“很漂亮。南美洲和西班牙的女孩最漂亮。有机会你真应该去看看。”哇！太谢谢Patty阿姨了。

送走客人后，Jerry叔叔、Sophia阿姨和我坐在小客厅内边聊天边看纽约时代广场迎新年节目。纽约时代广场人非常多，大约有100万人聚集在时代广场等候新年倒计时。Jerry 叔叔为庆祝新年的来临早早地准备好了香槟酒，我们每人端着一杯香槟酒，祝贺新的一年事事顺心如意。我很开心，连着喝了两杯，比Jerry叔叔喝得还快。呵呵。

“10、9、8、7、6、5、4、3、2、1、0！”令人振奋的新年时刻到了，每个人都在欢呼雀跃着迎接2009年的到来。Jerry叔叔亲吻着Sophia阿姨，羡慕啊！我没有人可以拥吻，只好亲亲我的电脑意思意思啦。

今天我们在Gloria阿姨家过元旦。大家刚坐下，我就站起来大声地向大家祝贺新年，“新年快乐！”Gloria阿姨的丈夫Xiao叔叔今天给大家做了一个超级大的火鸡，味道很好。Xiao叔叔是化学家，估计他用了很多化学配方做的。我建议Xiao叔叔写一本有关饮食科学方面的书。

我在为长辈们倒酒

"Sophia 和Xiao要竞争啦。" Jerry 叔叔笑着开玩笑。" 你们两个人合伙开连锁饭店吧，名字就叫Yuan Xiao！ (Sophia阿姨中文名字中有个yuan字) "好主意， Joe！" Xiao叔叔拿出看家本领给大家做了好几样拿手菜，真的很好吃。

新年大餐结束后，大家坐在沙发上聊天。我和Sam叔叔、Patty阿姨、Gloria阿姨和Sophia 阿姨有很多话题可以聊。今天是我离开布鲁菲尔德之前最后一次跟大家聚在一起了，很快我就要回我的菲律宾接待家庭去了。临别时，叔叔阿姨们对我说："保重， Joe。盼望有一天我们还能再见。"我相信，我们一定会再见的。

我喜欢这里所有的叔叔阿姨们，这里像是我第三个家。我问Sophia阿姨要了所有叔叔阿姨们的email地址，我会跟叔叔阿姨们保持联系的。"珍重！ 再见！" 我依依不舍地向叔叔阿姨们最后再道了声再见。

律师夫妇 2009年1月2日

昨晚，底特律又开始下雪了，今晨起来，皑皑白雪给周围的一切都披上了一层漂亮的银装。

"我们得去银行办点事，想跟我一起去吗，Joe？" 每次Jerry叔叔出门前都会问我是否愿意跟他一起去，我喜欢跟着叔叔去任何地方。银行里人很少，非常安静，安静得只听到空调发出送风的声音。"你们好！" 两个职员给我的感觉像是刚睡醒或正准备瞌睡一样。

今天晚上，Jerry叔叔和Sophia 阿姨要带我去跟他们的朋友Bill 叔叔和Barbara 阿姨共进晚餐。

晚餐是在一家墨西哥餐厅。"嗨，你们好！" 看见有人在招呼着我们，我心想，不会正好是Bill 叔叔和Barbara阿姨吧？ 这么巧？！ 真没想到，我们和Bill叔叔和Barbara阿姨同时从车中出来，差不多同时到达餐馆门口，哈哈。

Bill 叔叔是个大律师，他很有绅士风度。他先帮他妻子Barbara脱下外套，并将外套挂在椅子背面后才坐下，坐下后很有绅士风度地给Barbara阿姨倒上一杯玛格丽特酒。我希望自己以后在照顾女士方面也能有Bill叔叔那样的风度。

席间，四个大人在讨论生意上的事，他们之间很熟了，他们讨论的事情我一点也不明白。环顾四周，我看到很多非常漂亮的西班牙女孩在为客人服务，目光围着漂亮女孩直转，呵呵。为我们这桌服务的西班牙小女孩好像才十几岁，我们在点餐时，女孩的脸正好面对着我，她真是太漂亮了，我不知道盯着她的脸看了几次了，后来我发现小女孩被我看得都有些不好意思了，才赶紧把自己的目光收回来，呵呵。 也许刚才自己太投入了吧，转回头来，看到Jerry叔叔笑着瞥了我一眼。

除了开始用餐时我给大家道过新年快乐之外，之后的三十分钟，我只是安静地坐在那里。我是很喜欢跟人聊天的，现在的安静实在是情非得已，因为在不熟悉客人的前提下插嘴，会给人一种无礼的感觉。Jerry叔叔好像读懂了我的内心活动，他非常及时地把我介绍给了Bill叔叔和Barbara阿姨。Bill叔叔和Barbara阿姨觉得才来美国五个月的我能讲这么好的英语，很不可思议，呵呵！

Barbara阿姨很幽默，我和她开心地聊着各种话题，Jerry叔叔看到又恢复到活泼样子的我非常开心。Jerry叔叔还跟他的好朋友谈起我的兴趣爱好，讨论我的未来规划等等。通过聊天， Bill叔叔和Barbara知道我从哪里来、为什么来布鲁菲尔德了，我不再觉得自己是个突然冒出来的人了，我已经融入了他们之中了。Jerry叔叔真是喜欢我啊，每次他都像个明星销售员，把我当成一个他非常钟爱、非常自豪的产品，推荐给他的好朋友们，呵呵。

“Joe以后也想做律师，我相信律师很适合他，他非常擅长与人沟通。”Jerry叔叔又开始夸我了。“做律师很好啊，中国现在越来越强大，跨国性的争议和诉讼会越来越多，你选择做跨国律师的话，确实非常不错。Joe。”“Joe，你选择做律师真是太好了！”Barbara阿姨也开心地叫了起来。他们让我一定回美国来读书。

明天Jerry叔叔和Sophia阿姨还要带我和他们其他的朋友共进晚餐，明天又将是个欢乐的聚会！

粉色宝贝 2009年1月3日

离出发去机场的时间越来越近了，虽然我的内心对Jerry叔叔和Sophia阿姨及其他的叔叔阿姨们充满了眷恋，但我表面上还是装作若无其事的样子。

叔叔回他的办公室去忙了，我在网上玩着QQ桌球。“Joe，来，想看看日落吗？”“酷！”冬天的室外，大多数的树木都是光秃秃的，透过茂密的树林缝隙，仍然可以看到日落的全景图。真美啊，日落的太阳好像浓色的彩虹，看完日落，我和叔叔同时赞叹地点点头，但那一瞬间，我们俩似有一种相对无语的感觉，我不知道Jerry叔叔是不是看到美丽的日落联想到我们即将离别，我相信此刻我和Jerry叔叔都有些伤感。

“你好！”门铃响了，Jerry叔叔的朋友来了。出现在眼前的英俊的年轻人名叫Rick，他是个日本人，紧随其后的是Rick的漂亮太太，名字叫Fion，是台湾人，他们两个在美国结婚，今天带来了他们爱情的结晶，一个粉色可爱小女孩来了。小女孩刚满一岁吧，长得很可爱，活脱脱一个粉色宝贝。粉色宝贝的名字叫Aily，中文名字叫爱理，很有趣吧？

也许是新的环境让粉色宝贝害怕，她哭了。粉色宝贝的爸爸无法坐下吃饭，哄了一个半小时左右，粉色宝贝才安静了下来。粉色宝贝还不太会说话，她一边伸出粉色稚嫩的小手去抓眼前的食物，一边对着她的爸爸咿呀地努力表达着什么。“她真可爱！”Jerry叔叔满面笑容，眼睛一直盯着这个可爱的小女孩。“叔叔，你是不是想起你女儿啦？”“是啊。”Jerry 叔叔轻轻地回答到。看着眼前这么可爱的粉色宝贝，我也想早点做爸爸，哈哈！开个玩笑！

我忍不住想去抱抱这个粉色宝贝。Jerry叔叔教我如何把她抱好。看着坐在我身上的可爱的她，我太激动了。“她真可爱。”我喃喃道。虽然我努力地讨粉色宝贝的喜欢，但她似乎更喜欢Jerry叔叔，Jerry叔叔常常逗得她哈哈大笑，粉色宝贝笑起来的样子就好像一朵盛开着的粉色小花。

“现在已经很晚了，我们该回家啦。”粉色宝贝Aily 知道要离开了，很不开心的样子，她犟着头，鼻子气得通红。“随时欢迎你来我家玩，Aily！”Jerry叔叔赶紧安慰Aliy。

“新年快乐，再见Aily，叫我‘Joe’！”我摇着她粉嫩的小手说道。粉色宝贝专心地看着我，无语。“叫我‘Joe’好吗？！”粉色宝贝还是矜持地研究着我，“她还不会说话呢，Joe！”看着我可怜的样子，Sophia阿姨笑着提醒我。“好吧，再见啦”“Bye！”这是粉色宝贝的声音，她跟我们说再见了。

挥别底特律 2009年1月4日

客人走后，家里瞬时宁静了下来。再过不多的数小时，我就要跟Jerry叔叔和Sophia阿姨说再见了，我的心里满是不舍，面对待我如亲生儿子的叔叔阿姨，心中的这份情感随着即将离别而变得越来越浓。

Jerry叔叔来到我的卧室，“你在吗，Joe？”“哦，叔叔，我在洗手间呢。”“好的，Joe。早点睡，明天见。”“好的，叔叔，你也好好睡一觉，晚安。”虽然很轻松地跟Jerry叔叔道了晚安，但我在床上翻来覆去，直到凌晨二点，我才渐渐有了睡意。

我从梦中醒来时，已是8：20了，天空似乎有些灰暗。我轻轻打开房门，整个屋子一片寂静。我必须在中午12：30前将所有的事情安排好。我先要把换下的脏衣服拿去洗涤烘干，然后洗个澡，接着去吃早餐，吃完早餐上来将自已的房间和浴室整理干净。所有事情全部搞定后，已是中午12：44分了。

“东西都准备好了吗？Joe，我去把车子开到这个门来，将车子空

底特律雪景

调开好，这样你上车就比较舒服了。”这所大房子有两个门，我的行李在前门，叔叔不想我再将行李弄到后门去上车，他真是处处为我考虑到了。

一切准备就绪后，车子载着我离开了这个让我待了15天的温暖的家。在这里，我很开心地与Jerry 叔叔和Sophia阿姨共同度过了圣诞和新年。“Jerry 叔叔， 你们下次见到叔叔阿姨们时，请代我向他们问好。”“好的，一定会的。”“ 最后的两天好像瞬间就过去了，很高兴你们邀请我来与你们一起住，希望我没有给你们添很多麻烦。”“哦，Joe，有你的陪伴，我们过得非常开心。欢迎随时来我家。”

在去机场的路上，虽然我们不断地在聊着天，但时不时地，会出现安静无声之时。我既高兴很快就会回到我的菲律宾接待家庭，又为即将告别亲爱的叔叔阿姨，告别底特律而伤感。我清楚地记得来底特律的那天晚上，因为航班延误，Jerry叔叔在机场苦苦等候了我四个小时，我还清晰地记得Jerry叔叔和我在雪地里快乐嬉戏的情景，我很难忘记Sophia阿姨每天为我精心准备的美味佳肴，我同样记得在Gloria阿姨和Xiao叔叔家度过的快乐时光。

美国西北航空的办票柜台就在入口处，很快地，我们就完成了登机手续，我要在这里跟Jerry叔叔和Sophia阿姨道再见了。由于我的行李不能直接转去下一个航班，我在拉斯维加斯下机后要先取回行李后再重新办理登机手续。Jerry叔叔有些担心，他和Sophia阿姨一遍又一遍地告诉我下飞机后该如何如何。到了不得不和Jerry叔叔和Sophia阿姨说再见的时候了，“再见了，Joe！一路保重，一下飞机就跟我联系好吗？”离开前，叔叔、阿姨给了我温暖的拥抱，在我转身离去的那一刻，Jerry叔叔像我爸爸那样，拍拍我的肩，笑望着我，鼓励着我。

再见了，叔叔阿姨！再见了，底特律！

滞留机场 2009年1月4日

来到登机口时，外面已经起雾了，好像要下雪了。航班被推迟到了4：02PM。我拿出口香糖放在嘴里嚼了起来，可没想到，口香糖让我头痛异常，我赶紧吐了。登机时，登机口的阵阵冷风让我感觉舒适了很多，可上了飞机后，飞机却迟迟不起飞。我看到飞机两旁有两辆车子正在朝着飞机的机身和机翼喷热气，飞机还要延迟半小时才起飞，已经耽误一个多小时了！即使准时起飞，准时落地，我的转机时间也只有55分钟了。在这55分钟内，我必须拿到行李，重新去安检并办理登机手续，时间很紧啊。

从底特律飞往拉斯维加斯时间很长，大大超出了4小时零6分钟。我急得像坐在火山口那样，差不多应该到拉斯维加斯的时候，广播响起来了：“女士们，先生们，我们很抱歉地通知您，我们的航班还需要大约45分钟的时间才能降落。”哦，快点飞啊，我的心都急得要跳出来了。

也许是太焦虑了，阵阵头痛又向我袭来。我浑身发热，身体开始出虚汗。“请大家系好安全带，请……”又出什么状况了吗？机身在抖动着，我在祈祷着，感谢上帝，飞机终于平安着陆了。

“载运行李的飞机将在30分钟后到达，很抱歉。”机舱广播声再次响起，带来的又是一个坏消息。我真的要误机了？太可笑了！

我抓紧时间赶紧先下飞机，像火箭一样奔跑着。终于到了行李申领处，我下意识地摸了摸头，盼望着我的行李快快到来。

等候行李时，我突然头胀欲裂，感觉我的腿是那么的疲软无力，行李转动带发出的声音越来越模糊了，我的头好像被什么东西撞击过一样难受。

几秒钟后，周围的声音越来越弱，周围的人好像虚幻的影子似的在我眼前晃动，我努力向沙发那里靠过去，用虚弱的声音说："对不起……""怎么啦？"一位女士的声音在问我。"你知道机场哪里有医院或诊所吗？"我的声音虚弱得连我自己都听不见。女士赶紧叫来了机场保安，并搀扶着我站了起来。"病了吗？你想要什么呢？你怎么样啊？""我想要杯冷水。"我的声音虚弱到了极限，保安根本听不到。

数分钟后，周围的人和声音渐渐清晰了起来。感觉好点后，我到出口处吹吹风，凉爽的风让感觉更舒服些了。我的手机铃声突然想起，那是一首由Kanye West演唱的名为"更坚强"的歌。来电话的正是Jerry叔叔，他及时雨般的关心配上最贴合我此刻状况的铃声鼓励着我要坚强。我告诉Jerry叔叔一切都好，让他不要担心，Jerry叔叔说他半小时后再给我电话。我快速向柜台跑去。

赶到Jet Blue办票柜台时已经停止办理登机手续了，在我的解释和要求下，服务人员破例为我办了登机手续。安检的人很多，我征得前面人同意后快速通过了安检。可最终赶到登机口时，我要搭乘的航班刚刚飞走，我误机了。

Jet Blue告诉我，西北航空该对我的误机负责。我给我菲律宾妈妈、我的生母和Jerry叔叔打电话，告诉他们我误机了。Jerry一听就急了，他太为我担心了。Jerry叔叔告诉我，发生这样的事，美国西北航空一定会负责的。

当我告诉西北航空员工因为他们航班误点导致我未能登上转机的航班时，西北航空人员把责任推得一干二净，还说误机是Jet Blue的问题。Jerry叔叔让我先去吃饭休息，他会争取我的权益。

今天飞往伯班克的航班已经没有了，我只能搭乘明天同样时间的Jet Blue班机了。我想找个美味餐馆吃饭，可餐馆都关门了，我只买到一些甜点充饥。今天晚上只能待在机场过夜了。我找到个有插座的地方，打开电脑，惊喜地发现电脑可以上网，哈哈！我可以用QQ或MSN跟我父母和朋友们聊天啦!

“嗨，Joe! 你现在在干吗?你好吗?”两小时内，Jerry叔叔已是第5次打我电话了，叔叔那里也是凌晨1点多了，叔叔太好了。凌晨两点时，我实在撑不住了，靠在沙发椅上睡着了。一觉醒来已是早上6点，今天的日出好漂亮啊!欣赏完日出，我去吃了顿早餐，我挑了很多好吃的为自己加油，呵呵!

回到棕榈谷 2009年1月5日

以前我从未听说过Jet Blue航空公司，但就是这家我从未听说过的公司，其服务质量却远远好于经常听到的美国西北航空公司。这次的亲身经历，令我对美国西北航空公司的服务很失望。

Jet Blue飞往伯班克的航班很准时地登机了。Jet Blue飞机上的座位都是皮制的，座位间距很宽敞，坐着非常舒服。机上每个座位前都有一个电视机显示屏，可以看各种新闻或电影，飞机虽然不是很大，但高科技的装备似乎应有尽有。Jet Blue客机上的服务小姐也很漂亮，很专业。Jet Blue客机上所有的食物都是免费供应。

经过一小时的飞行，飞机准时到达伯班克机场，妈妈已在机场外等我了。因为我的行李早我一天飞到伯班克，我要去Jet Blue航空公司办公室找我的行李。服务小姐非常有礼貌，我出示行李牌后，很快就找到了自己的行李。

“嗨，Joe，你好吗?”妈妈大声地招呼着我，“你在Stockton

棕榈谷一商场外景

临时接待人那里怎么样啊？你什么时候去底特律的？为什么会去那里呢？”我把整个故事告诉了妈妈。

弟弟已经开学了，听妈妈说，我离开棕榈谷没多久，因为天气恶劣，学校提前放假了。很快地，我们就到家了。弟弟和爸爸都已睡觉了。我又回来啦！妈妈告诉我桌上和冰箱中有食物后，我赶紧让妈妈先去睡觉。“晚安，妈妈！”“晚安，Joe！在你的大床上睡个好觉，想怎么睡就怎么睡！哈哈！”

和Jerry叔叔的大房子相比，妈妈这里的房子要小多了，但我同样很爱这里，这里的一切对我来说都是那么的熟悉，那么的温馨。

迟到的礼物 2009年1月6日

从底特律回棕榈谷时，我把给菲律宾接待家庭买的礼物全部塞在行李箱内了。回家打开行李箱，发现妈妈买的精美的圣诞礼物——一个漂亮的小房子被压坏了，我犹豫着要不要把这个自己精心挑选但已压坏了的小房子送给妈妈，最后觉得还是应该将礼物送给妈妈，因为这是我的一片心意。“妈妈， 这是我给你买的圣诞礼物，很抱歉礼物被压坏了。”“哦，没关系的，哇，这个礼物真漂亮啊！”妈妈开心地轻吻着这件特别的礼物，就好像一位妈妈在轻吻着她钟爱的宝宝一样。“Joe，谢谢你！”“不用谢，妈妈。”

已经连续三十多个小时没睡觉的我，感觉非常疲劳。今天醒来时已是下午两点了。我在卧室听见有人用钥匙开门的声音，我想一定是弟弟回来了，我开心地招呼着弟弟，弟弟也大声地回应着我。又看到弟弟了，激动啊！赶紧下楼去，和弟弟开心地击掌庆贺我们的团聚。“这是我给你买的圣诞礼物。”弟弟迫不及待地想知道包着的到底是什么礼物。我给弟弟的一个礼物是在亨利福特纪念馆买的一架可以拼装的直升机模型，弟弟的动手能力非常强，这样的礼物他一定喜欢。我给弟弟的另一个礼物是2009吉尼斯大全书。弟弟打开包装看到礼物后，他真是太开心了。他迫不及待地想要先拼装直升机，连午饭也先搁下了，呵呵。45分钟后，一架漂亮的直升机模型就完成了。“真酷啊！”“是啊，我来找个地方放好。”“等妈妈回来给她看看。”

晚上6点，爸爸回来了，我立刻上前向爸爸问好。爸爸有些黑了，但看起来还是那么年轻有活力。“这次旅途怎么样，Joe？”“很好！”“但你在Stockton时过得可不好，你很快就去底特律了，是吗？”“不管怎么说，开心和不开心的事都过去了，我现在又回到棕榈谷啦，哈哈！”“是啊，我们都平安回来了。我在菲律宾去一个小岛时，也面临很糟糕的状况，但我还是平安度过了，我很开心。”“是的，爸爸。来看看我给你买的礼物。”我相信，不管我买什么礼物给爸爸，他都一定会开心的。

我知道爸爸妈妈这次去菲律宾花了很多钱，虽然他们没有给我买圣诞礼物，但我毫不在意，我希望我们在一起开心就好。看着爸爸对我在底特律的亨利福特展览馆买的礼物那么喜欢，我非常高兴。Jerry叔叔说得没错，这个特别的礼物爸爸一定会一直保留着的。

现在，一切又回到我熟悉的模样了。弟弟像往常一样快乐，妈妈也从悲伤中走了出来，又像以前一样开朗乐观了。

夜晚闲聊 2009年1月7日

妈妈最近工作很忙，似乎总有干不完的事。姐姐昨天打来的电话说要来看我们了，太好了。我赶紧从大箱子中找出给姐姐准备的两样圣诞礼物，并将这两样礼物放在餐厅边上的音箱上，这样就能保证姐姐一来可以马上看到了。“这两样礼物是我给姐姐准备的圣诞礼物，妈妈。”“你是不是把你所有的钱都用来给我们买礼物啦，Joe，太谢谢你啦！”妈妈很客气，比起他们无私地接待我来说，我买的这点小礼物实在不算什么啊。

晚上7点左右，爸爸回房间休息去了。妈妈还在厨房中忙着为我们做通心粉给我们明天吃。眼前忙碌的妈妈让我想起了在Stockton的临时妈妈那里过的日子。老实说，在那里，不仅是睡觉的问题，吃也是件比较痛苦的事。

弟弟吃完晚饭就坐在沙发上去看电视了。意大利通心粉要煮很长时间，我陪在妈妈身边，跟妈妈聊聊天。“意大利通心粉看起来真不错啊，妈妈。”“我在里面放了很多的肉，这样味道就更鲜美了。我买的都是优质肉，吃起来更健康。”“底特律黑人多不多啊，Joe？”“我住在西布鲁菲尔德，那里黑人不多。”“我知道布鲁菲尔德是真正的富人区，Joe。”哇，真没想到，住在加州的妈妈也知道底特律的布鲁菲尔德。

美味的意大利通心粉终于要出笼啦，也许是看到我的馋样了吧，妈妈问我和弟弟要不要先来点尝尝，我和弟弟异口同声地说“要！”。妈妈真是一个好厨师啊，有点甜、有点酸、还有点辣的肉放在意大利通心粉上让这样的美食更诱人了。我尝了尝，太好吃了，明天的午餐就是它了，哈哈。

金融困境

2009年1月8日

美国目前面临很多问题，最主要的就是金融危机了。我一直认为这种金融危机不会对我的接待家庭产生影响，我希望我的接待家庭在这场金融危机中能够顺利度过。但常言说得好，世事难料啊，不知道为什么，妈妈今天情绪有些低落。

吃过晚饭，和往常一样，我和妈妈聊着各种各样的话题。妈妈告诉我，现在几乎所有的美国人都面临着严峻的考验，美国人不像以前那么有钱了。她今天去超市看到很多菜和日常食品价格涨了很多。以前美国人很慷慨，谁如果没钱的话，政府很快就会资助给他钱的，而现在很多公司都在裁员，失业者越来越多，很多人连房子也被收走了。妈妈说她现在买任何东西前都要考虑再三，确实需要才买。妈妈还说有些参议员甚至提出让学校停课一周以减少学校的各项支出。妈妈的话让我觉得美国现在是麻烦一大堆，我问妈妈奥巴马上台后会怎么样？ 妈妈说：“奥巴马很难解决，Joe，真的很难。”

美国人，请坚强起来！我相信你们一定能渡过难关！

亲密一家 2009年1月9日

下周一开始进行上学期的期末考试了。我离开棕榈谷后两天，因为天气原因学校提前放假，期末考试放在这学期开学的周一、周二和周三了，这对我来说是个好消息啊！

晚上六点左右，我来到楼下餐厅，看到妈妈在那里忙碌着什么，“妈妈，有什么事可以帮忙的吗？”“哦，不用帮忙。你就待在这里，我喜欢你在这里，我们可以像今天中午那样聊聊天，好吗？”“好！我也喜欢跟妈妈聊天。”

从Stockton和底特律转了一圈回来后，感觉我跟妈妈一家更亲密了。我陪在妈妈身边，感觉自己的英语比以前进步了很多。我很感谢Jerry叔叔，我在他家时，他常跟我聊各种话题，叔叔的英语非常标准，非常好听，我的口语提高得很快。当然，我的聪明也是一个重要原因，是吧，自恋一下，哈哈！

妈妈似乎比以前更喜欢我了，我和妈妈有说不完的话题可以聊。妈妈现在已经把我看作一个成年人了，她告诉我有关她家庭的很多事，她告诉我她教育孩子的很多理念以及其他各种生活经验等等。

用完晚餐，我和妈妈一起看电视，我和妈妈的感情似乎是同步的，我们常常一起开心地大笑着。妈妈还常常跟我开玩笑，妈妈很有幽默感，常常惹得我哈哈大笑！

准备开学 2009年1月10日

弟弟总浑身上下热力四射，活力无穷！有时候，弟弟做错什么事时，爸爸会对他发火，弟弟一脸尴尬，诚惶诚恐，妈妈总是想办法用母亲特有的方法保护孩子。也许这就是父母在教育孩子上的差异吧。只要爸爸在餐桌上，弟弟基本不说话，整个用餐环境相当肃静，呵呵。

爸爸用完晚餐后，会到车库中去忙着修理各种各样的东西，这样剩下的我们三个人还有大把时间在餐桌上边吃边聊。爸爸一走，弟弟好像解冻了的小鱼一样，立刻又活灵活现起来，妈妈也会活跃起来。我们好像都有点“怕”爸爸哦，我有时候觉得，爸爸像家中的“狮子王”，嘿嘿！

今天下午，爸爸在车库忙着什么，我想给爸爸分担些工作。但也许我这个人天生不擅长体力活，我想帮爸爸冲一下花园，但是水管在一片小花园里面，现在的季节，所有的植物都枯萎了，枝干都是光秃秃的，很硬，拿到水管后，我的手上、身上被干枯的树枝弄出很多口子，爸爸没有看到我的窘态，呵呵！

现在妈妈和弟弟还在阿姨家里，这么晚没回来，估计弟弟正在那里跟表兄妹们玩呢。已经是晚上8点了，饭菜我都热了好几遍了，再晚，我也会等妈妈和弟弟回来一起吃饭的。

想念PHS 2009年1月11日

今天爸爸妈妈聊到退休后回菲律宾的事，我很好奇地问妈妈为什么要回菲律宾，妈妈说菲律宾很安静，他们有很多的朋友和家人在那里。在菲律宾，他们还有两栋房子，房子周围有花园，有私家海滩，还有大

学校暖房

片土地和各种植物。如果回菲律宾的话，他们考虑让弟弟去菲律宾的美国学校读书。很多美国人在菲律宾开学校呢，学生来自世界各地，但老师都是美国来的，学校的教学质量比一般学校要好得多。怎么样，爸爸妈妈的打算很不错吧？！

明天是新学期开学的第一天，为保证能够精力充沛地出现在老师和同学们面前，我要早早去睡觉啦。

迎接开学 2009年1月12日

今天一觉醒来，时间刚好。从底特律回棕榈谷，感觉这里的天气很温暖啊。走在去学校的路上，我又看到了一群群身穿各种漂亮衣服的同学们了。可爱的西班牙女孩边走边展示着她们美丽的身材。

7：20我就到学校了。“Lopez老师早！”“你好吗Joe？你去哪里啦？”“哦，一个字，好！我去过Stockton和密歇根州的底特律。”“哇，你去底特律啦？真棒！”“嗯。我在那里过得很开心呢，我还去了亨利福特纪念馆，酷吧！”“哦，你去那里啦？很好，我也去过那儿。”“是啊，那里真是个美丽的地方，我在那儿学到很多东西，不过那里真是有些冷啊。”“嗯，是啊。美国的中西部地区是比较冷，很好，你回来就好，欢迎你回来，Joe。”

“见鬼！Joe！你又回来啦？”Tarrants看到我，好像吃了一惊似的，哈哈，他是个很活跃很帅气的美国黑人。今天是这学期开学的第一天，上课很轻松。原来以为要进行期末测验的，今天才知道，第一、第二节课的期末考试上学期已经考过了，明后天要考的是其他四门课的期末考试。我在这节课上补了上学期末缺席的期末考试，还好，考试并不难，感谢上帝，Lopez老师教我们的东西我都记住了。

“Hi，Jonsson老师好！”“你好，Joe。过得怎么样啊？”“很好！”Jonsson正忙着做事情，我没有跟她多聊什么，整个一节课过得飞快。

“Holmes 老师好！”Joe！ 欢迎你回来！！我们都非常想你，你回来真是太好了！”“我也很想你，Joe。”女孩子的声音总是那么甜美，“我也很想你，Jasmine。”Jasmine 看起来依然是那么的可爱，今天的她似乎还有些害羞呢。问了我这段时间的经历后，Holmes 老师把我在底特律和Stockton的有趣经历告诉了同学们。

今天是开学的第一天，照惯例，Holmes老师又强调了一遍交回家作业的原则：“以前有个学生，作业老师拖拖拉拉，总是在最后一刻才交作业，在校园内看到我后，挥舞着手大叫，‘Holmes 老师！ 我作业做好啦！’ 我不希望你们也像这位同学一样，知道吗？对于作业不交的同学，我是不会让他们毕业的。”

这个学期，Holmes老师教我们经济课。老师问道：“男生们如果准备出去约会，通常先做些什么准备？”“也许只要洗个澡就可以了。”有同学答道。“那么女孩呢？如果女孩子要出去约会，要准备些什么呢？”“哦，老兄！ 那事情可太多啦！”男同学像炸开了锅似地七嘴八舌，女孩子们则显得得意洋洋。“对了。女孩子要买衣服，要化妆，她们要买各种各样的美容用品，说不定还会约上好友出去购物，所以呢，女性用品市场是个大市场。”Holmes老师上课真有趣，他通过这样的方式引进了经济学的一些基本概念，同学们学得很开心。

“回来啦，Joe？！”第四节物理课上，所有的朋友看到我后，都友好地拍拍我的肩膀。Swaner老师看到我说：“我还以为你不回我们学校读书了呢，没想到你又回来了，真是太好了！”“谢谢你，Swaner老师。”

第五节影视与小说课，Macon老师用灿烂的笑容迎接着每一位学生的到来。明天要期末考试，同学们都在紧张地准备着。

开学第一天的学校生活很快乐，我又回来了，我对接下去的学校生活充满着期待，这两天最主要的目标是，期末考试拿个好分数，哈哈！

格外小心 2009年1月13日

昨天下午弟弟和他的朋友在我家玩，两个都还是孩子的他们，在玩的方面有着很多相同的兴趣爱好，他们开心地玩着警察与刺客的游戏。

昨晚爸爸一回家，我就发现爸爸似乎很不开心。爸爸说："今天早上，我看到我们这里有辆开得很慢的车子，车上的人拿着望远镜，估计是想看看哪些房子内有人，可以抢劫。我出门一看到他们，就立刻将车库的门关上，太危险了！这帮人走后，我在家中又待了半个小时左右，然后我又去商店买了些面包圈，回来后，我又将房子的前前后后检查了一遍，这可不是开玩笑的事啊！"

爸爸显然对发生的事感到有些后怕，因为人穷疯了可能真的会做出什么疯狂的事来，我知道如果真的跟这些抢劫的人斗，爸爸一定会把他们打得落花流水的，爸爸有很多枪呢，也许今天早晨，歹徒们是想对我们家下手吧，可怕啊！"你们两个现在要格外小心。Joe，你外出戴着耳机走路时，要注意观察周围有没有流氓一样的人。有的话，想办法离他们远点，不要毫无防范地还在慢慢走，这样很危险。这也是我为什么不希望你和弟弟听着iPod去学校的原因。现在，美国有越来越多的人失业，他们没有钱，但有孩子要养，怎么办呢？一些被逼急了的人就会想办法去偷，去抢。""知道了，爸爸。""Joe，我告诉你，如果你碰到一群流氓，即使你并没有在听iPod，这些人让你停下，要抢你身上东西时，你就把身上的东西全给他们，否则你的麻烦就大了，他们会痛打你的，如果你不按照他们的要求去做，他们很有可能把你弄到他们的头那里去，接下去会发生什么事，我真是想也不敢想，太可怕了。"哦，老天啊！

我记得昨天上课时，Holmes老师也告诉我们一件发生在旧金山的事，他说，"旧金山最近发生了一个案子，一个疯狂的人带着手枪，躲在角落中，看到行人走过来，他就开枪打行人的大腿，然后抢走这个人身上所有的东西。"很可怕吧！"Joe，还有一次，我很晚回家，我一到家，发现车库的门开着，我看见有几个人在我们花园内，他们一看到我，立刻逃走了！”“那我们少什么东西了吗？”“没有。但如果我再晚些回来的话。”妈妈接着说：“我们现在要格外小心啊，你和弟弟在家时听到有人按门铃或敲门，千万不要开门！你和Matt都要记住，不要去理会门铃声和敲门声。听到有人用钥匙开门的声音，如果你觉得可疑的话，你就躲到一个角落里，赶紧拨打911报警，知道吗？”“知道了，妈妈。”

和弟弟闲聊时我才知道，弟弟的iPod在学校被偷了，我把自己的借给了弟弟。

现在，走在上学放学的路上，我不太敢把耳机塞在耳朵里听iPod了，尤其是看到一些粗野的学生向我走来时，更是小心防范了。

期末考试 2009年1月14日

美国现在很多人失去了工作，实在是个大问题。爸爸妈妈告诉我，现在这样困难的处境很快就会过去的，不用担心，我同意他们的观点，相信一切都会好的。爸爸让我不要挤到人多的地方去，万一一大堆人是个什么组织啊集团之类的，我混在里面搞不清楚就麻烦了。

抢劫之类案子虽有发生，但我们区域并不常见。爸爸昨天告诉我那些抢劫的事主要是让我对安全方面引起足够的重视，爸爸认为美国的治安管理方面做得还是很出色的。学校也很安全，除了保安之外，学校也有警察，如果发生什么事，校园内的警察会处理，必要时还可以请求警力支援。

昨天我完成了美国政治和美国电影与小说的期末考试。美国政治考试分两部分，第一部分是100道选择题，内容主要包括美国政府机关的有关知识。这些题目在上学期末我去Stockton时，老师组织同学们讨论过，因为我没有参加讨论，可能有些题目不会做。Holmes老师告诉我尽力做就可以了。令我没想到的是，我做得还很不错呢，呵呵。第二部分是，就你上学期在美国政治课上学到的内容，写一篇三段式的短文，呵呵，也不难哦，开心！

美国电影与小说课的期末考试大部分是关于美国电影的，我做得非常不错。Macon老师的小说与电影欣赏课让我学到了很多电影方面的专业知识和术语。我真是很高兴选择这门课程，太有用了！

物理课上，先完成期末考试，期末考试真的很简单，美国老师真是善解人意啊，不会用考试将学生们整得灰头土脸，呵呵。物理考试尽管很容易，但老师还是把考试中要用到的公式什么的写在黑板上，太周到了。

演讲课期末考试的内容是如何说服别人。同学们可以自由选题，比如说：你不喝酒，你觉得喝酒不好，但你看到越来越多的人喝酒，你要通过演讲去说服那些人远离酒精，你可以查找一些数据或从网上查找一些资料来支持你的观点。

演讲考试开始时，同学们被安排到一个很大的教室中，一个个上到舞台上去演讲。同学们的演讲题目大多是有关酗酒、吸毒、性虐待、堕胎和动物保护的，我的演讲题目是有关古典音乐。我今天的演讲题目就是要说服大家除了喜欢美国现代歌曲之外，还要学会欣赏古典音乐。

演讲一结束，Macon老师就给了我非常热烈的掌声，她应该对我的表现很满意吧。

晴　天 2009年1月15日

“Joe，今年的春节是几月几号啊？”“1月25日是除夕夜，1月26日是中国新年第一天。”“中国人是怎么过春节的呢？你们是在除夕夜庆祝还是在新年时庆祝呢？”“除夕和新年都是很重要的日子。在除夕和新年里，我们观看大型文艺晚会，放焰火，走亲访友，很热闹的。”“每年春节的日子都不一样的，是吗？”“哦，是的。”“知道吗，Joe？我工作的UCLA 有时会为中国学生祝贺新年呢，真不错。”“真的？ 太好了！我在密歇根大学也看到庆祝中国新年狂欢通知呢。”爸爸和我聊着有关春节的话题，我很愿意将中国春节时的一些趣事介绍给美国人。

今天Macon老师告诉我，英语小说阅读我的AR分数是最高的，我得了90% 的好分数，呵呵！

这学期开始，演讲课变成辩论课了。我有些担心，因为辩论不仅反应要快，讲话速度也要快，我担心我的讲话速度赶不上美国同学，毕竟英语不是我的母语啊。我说：“哦，老天，辩论课我怎么拼得过美国同学啊？！”“别担心，Joe，我会教你怎么辩论的，我相信你会做得非常出色。”Macon老师的鼓励令我信心大增。

辩论课上，老师让每个同学准备一段哑剧。学生们要设定一个场景，准备一个5分钟左右的哑剧表演。我很想用双手表演如何弹钢琴的，但要编成一个小故事的表演，还是有点难度哦。Rosa说她准备表演的哑剧是“穿上你的裤子”，哈哈！

棕榈谷今天天气非常舒服，跟我的心境出奇地吻合。

美丽心情 2009年1月16日

1月19日是马丁·路德·金的纪念日，今天上完课后，我们将有三天时间休息啦，真开心。

生物课上Lopez老师今天给同学们重新安排了座位，我们这一组跟原来一样。

上完生物课去西班牙语Jonsson老师教室时，发现西班牙语课的位置也重新做了安排。“Jonsson老师，我坐在哪里？”“你没有位置，我不认识你，你只好待在教室外了，哈哈哈！”Jonsson 老师总喜欢时不时地吓吓我，寻寻我开心。我无语。很快地，我就找到了自己的座位。桌子很漂亮，女孩子也很可爱。老实说，我上学期选西班牙语课纯粹是出于好奇，但没想到的是，学了西班牙语课后，我真的对这门课产生浓厚

政治课同学们

的兴趣了。

Jonsson老师昨天让我们看了一部名为Selena的电影，事实上，这部电影在上学期最后几天同学们就开始看了，我很喜欢这部电影，影片讲述的是一位少女歌手的故事。少女歌手出生在一个并不富裕的家庭，她爸爸是一个小镇俱乐部的音乐人士，当女孩的爸爸看出女孩对音乐和唱歌的执着和喜爱之后，就不断地带着女孩在各种表演场合露面。女孩凭借着她的漂亮可爱和对音乐的天赋，逐步走红，在她20岁时，已经成为一个非常著名的歌手了，她的父母很为她骄傲。但又有谁知道厄运很快降临，女孩最终被一个疯狂的人杀害了呢？女孩走了，留给她父母的是极度的痛苦和无尽的思念。下周二，我们还会接着看这部感人的影片。

这学期的美国政治课，我们开始学习经济学了。正式开始上课前，Holmes老师先向同学们公布了期末考试的成绩。我得了个A！虽然这是意料中的事，但我仍然很开心哦！

嗨，Joe！ 2009年1月17日

今天我去换了课表，把美国电影与小说课换成微积分了。

上学期在Macon老师的课上，我确实学到了很多东西，还记得上学期我们学的《德拉库拉》吗？如果不是Macon老师的课，我又怎么可能对一些古英语的用法这么熟悉呢？是她将我领进了英美文学的殿堂，领进了这样一个伟大的世界！但我必须上一些数学课，如果在这里不上任何数学课的话，我担心我的数学知识都要忘光了，呵呵。

我早早地来到数学课教室，“嗨，Goldberg老师，我叫Joe，是来自中国的交流学生，今天中午我刚换了课表，我是第一次来您这儿上数学课。”“哦，你是交流生？好的，我马上给你安排座位。”Goldberg老师大约60岁左右，我感觉他说话的声音有些颤抖，他的背微微有些驼，头发也有些花白了，一看就是一位资历很老的老师了，他的眼光非常和蔼可亲。这样年龄的老师还在用电脑教学生上数学课，真不容易，我很佩服他。

上微积分的学生不多，来上的都是我们学校超级聪明的学生了。这是一个AP课程。Goldberg 今天教我们如何算出被两条曲线切割的面积和比例，有个∫，真不知道这是什么东西。

我努力看着微积分的书想搞明白其中的内容，但这些对我来说似乎太难了。40分钟后，Goldberg 老师来到我的跟前，说：“抱歉我只是让你自己在听课，你能听明白我的课吗？”“很抱歉，我听不懂。我以前在中国从来没有学过。”“哦，很遗憾。”“没事的，老师。”“你能坐在这里吗，Joe？这样我和你说话方便些，也可以多了解些你的情况。”“好的。”

我坐到了教室前面，也就是老师的座位边上去了。“你原来是我们学校哪个数学老师教的？”“我没有选数学课。”“你没有选数学课？你选的都是什么课呢？”“西班牙语、生物、美国政治、物理、英语小说和电影，还有演讲课。”“哦，我知道了。你在原来的学校或去年在我们学校读过数学吗？”“我来美国学校读书只有5个月。”“才来五个多月？真的吗？哇，你的英语很好啊！如果你上个学期就读微积分就好了，现在第二个学期了，微积分基础部分全部上完了。”“我先自己看看前面教过的内容，看看是不是能跟得上，今天您布置的作业我先不做，等我搞清楚了再做可以吗？”“可以。”

辩论课上，同学们围成一圈，一个个表演自己创作的哑剧。我表演的哑剧是欣赏音乐和鼓掌，我很大方地表演给大家看，要知道，以前让我在同学们面前表演哑剧，我多少会有些不自在的，现在的我，呵呵，很自在啊！

快要下课时，Macon老师给了我一本美国电影与小说课的书，当她知道我把小说课换成了微积分后，很伤心地看着我说："你为什么要换课表呢，Joe？哦，没关系，你不再上英语小说课了，是吗？"她伸出一只手想把她刚给我的小说书拿回去，那一刻，我真的很犹豫，怎么办呢？"呃，Macon老师，我再想想。能不能让我再考虑一下是不是要把微积分课再换回小说课？""好的。"

今天早上，妈妈给我看了我的AT&T账单，一共是37美元，去年12月份还有一份账单，真贵啊！我很少给上海的爸爸妈妈打电话，没想到去缴费的时候，服务人员说只要12美元，嘿嘿。

棕榈谷的天气真暖和。Jerry叔叔住的底特律现在还很冷吧。从Jerry叔叔家回到棕榈谷后，所有见到我的人都说我的英语又进步了很多，我知道，这都是Jerry叔叔的功劳。我真不知道如何来报答Jerry叔叔给我的帮助，这些帮助，我会永远铭记在心。

吉他英雄 2009年1月18日

妈妈说我从Jerry 叔叔家回来后变得更活泼更爱说话了，我真是太高兴了。

昨天下午，爸爸带着弟弟出去了。回来时，爸爸扛着个大箱子，我凑近一看，呵呵，原来是吉他英雄4！这是一款很酷的游戏，也是一种很棒的音乐教育工具。你一进入游戏，就可以得到两把吉他，游戏中的吉他除了有些地方跟真的吉他稍有不同外，基本跟真的吉他一样。

弟弟每天放学回家都会先玩一会儿吉他英雄。这次爸爸新买的吉他英雄4又多了一项功能，那就是击鼓。吉他英雄4的歌曲也做了更新，整个游戏界面更漂亮了。弟弟有了吉他英雄4后简直乐疯了，只见他从东跑到西，从南跑到北，从楼下跑到楼上，口中不断地叫着，双手不停地拍着，双脚不停地跳着，呵呵，一看就知道他的兴奋程度已到了最高级别了。

我很喜欢击鼓游戏，确实很酷。"可以给我玩玩吗？""当然可以。”吉他英雄游戏中收录的都是超级酷的歌曲。第一次玩初始者级别，我的成绩就很不错。“你玩得很好了，你应该玩中级。”我和弟弟从中午12：00一口气玩到晚上6：00。弟弟对我在这么短的时间内将游戏玩得团团转感到不可思议，呵呵。

玩击鼓游戏时，我的整个身子都随着疯狂迷人的摇滚乐摇摆着、震动着！乐曲超级酷啊，感觉自己真成了击鼓手了，呵呵！爸爸妈妈时不时地过来看我和弟弟玩，边看还可边欣赏动听的音乐。吉他英雄的按钮做得非常漂亮，漂亮得就像天上的彩虹一样。

明天我们放假，我还要跟弟弟玩吉他英雄游戏。弟弟和我都很开心，终于有一样东西可以让我们一起开心地玩了，哈哈！

人权斗士

2009年1月19日

在美国读书真轻松，我们常常有很多假期可以休息。

马丁·路德·金是一个伟大的人，他的“我有一个梦想”是那么的成功。我还记得自己刚来美国的前几个月，很多美国学生问我，如何用中文说Peace（和平），这令我很有些感慨。

地球上所有种族都应该和平相处，第一次和第二次世界大战时，无数人的生命被残忍地夺走了，这实在是太没必要发生的惨剧。

我还记得政治课的Holmes老师在讨论这些世界大战时，问同学们战争的主要原因是什么，我认为，战争最根本的原因在于种族与种族，人与人之间的不友善和不讲信用。人与人之间的争论、战争、设计各种各样的计谋来打败对方导致了进一步的不友善和不信任。Holmes 老师在课堂上还给我们看了一些在二战中死去的中国人的照片，包括中国一些年轻的慰安妇的照片。尽管照片上发生的事已经年代有些久远了，但当我看到这些惨无人道的照片时，还是非常难过。

我曾经问过Holmes老师，世界大战时中美之间关系如何， Holmes老师笑着说那时候中美关系很好。事实上，大家都应该还记得美国的飞虎队，如果当时不是美国飞虎队出手帮助中国，还会有更多中国人死于非命，我们应该好好感谢美国飞虎队的英雄们。

我还记得有一次在美国电影与小说课上，Macon老师给大家讲地球上的人种，作为中国人的我，被当成地球上人与人之间和谐相处的好榜样了。Macon老师说道："中国和美国一样，是世界上最强大的国家之一，有时候，我们国家还要向中国借东西。现在大家都看到来自中国的Joe成了我们中的一员了，是不是很棒啊？"我觉得Macon老师说得很好，和谐的氛围确实很棒！

马丁·路德·金曾经说过，他希望世界上各种人种都能和平共处，能在一起学习、能在一起吃饭、能在一起喝酒。他希望人和人之间不再有仇恨或鄙视，我觉得美国在这方面做得很好，有一点非常值得称道的是，美国是世界上移民人口最多的国家，这个国家"人人平等"的理念深入人心。

希望马丁·路德·金的全球平等论真的能实现，希望地球上所有人都能友好相处，成为朋友。

马丁·路德·金是个伟大的人物，每年设定一个纪念日给他是非常有必要的，因为世界上一切爱好和平的人都热爱他！

美国新总统 2009年1月20日

今天学校最大的一个热门话题就是奥巴马！要知道，女孩子常常会为她们心目中的俊男偶像疯狂、为她们的偶像欢呼尖叫不已。现在的奥巴马差不多已是全美国人民的偶像了。

"今晚你会看ABC 或CNN 电视台直播的奥巴马就职演说吗？"我的一个朋友兴奋地问我。我当然会看的啊，这可是我来美国后最重要也是最有影响力的一件大事啊。

弟弟今天超级兴奋，奥巴马是弟弟心中的偶像。"Joe， 今天你一定要看电视新闻哦！”“嗯，我一定会看。”“奥巴马！”弟弟连吃晚饭都没心思了，呵呵。他要把奥巴马的演讲全部录下来。

晚饭后，我们一家聚在电视机前。从电视机大屏幕上我们看到白宫门前真可谓是人山人海，从大家穿着的厚厚外套上可以看出，美国首都华盛顿天气很冷。画面中，一些摄影师和记者冻得都有些发抖了，尽管如此，他们还是努力捕捉今晚在美国白宫前发生的每个精彩瞬间。

当摄像机对着人群时，人们挥舞着双手表达他们的友善和喜悦之情。今夜，华盛顿的天气尽管不是很好，有些阴沉，但此时的人们已毫不在乎天气的情况，所有的人、所有的目光都汇聚在了新一届美国总统奥巴马的身上了，有奥巴马在，所有的问题都不再是问题了。

奥巴马就职仪式转播了近2个小时，我很喜欢奥巴马的声音，那是一种真男人的声音，一种充满了信念和力量的声音。正式发表演讲前，奥巴马还和即将卸任的美国总统布什、他的妻子和两个女儿合影。奥巴马在演讲时，整个白宫广场一片肃静，大家都在全神贯注地注视着奥巴马的眼睛，注视着他所有的举手投足之处，甚至他演讲时的停顿。我从奥巴马身上看到了，也学到了信心、力量、激情、洒脱、坚韧和男子气概。

奥巴马在演讲中毫不避讳地谈到美国目前面临的困难，谈到很多人失去了工作的问题，谈到了孩子们上不起学的问题，谈到了越来越多的人在挨饿的问题。奥巴马承诺他将着手解决目前面临的种种困难，再创美国辉煌！演讲高潮之处，广场上所有的人都在欢呼着，尖叫着，很多人流下了激动的泪水。尽管我对奥巴马演讲中所提及的事不是全都能明白，但我觉得奥巴马应该会是一个伟大的美国新总统。

让我们拭目以待奥巴马上任后的美国将呈现给世人如何一番景象，让我们期待奥巴马领导下的团队能带领美国民众走出目前的困境，引领美国人民走向更辉煌、更灿烂的明天！

德国女孩 2009年1月21日

今天的天气有些阴沉沉的。在全美国人民欢呼新总统奥巴马上台的日子里，一些恐怖分子也在威胁着奥巴马的生命安全。昨晚电视新闻说，恐怖分子最近计划袭击美国，虽然消息的确切性有待进一步查证，但作为新总统的奥巴马还是要非常注意安全。

今天西班牙语课，我是第一个到的学生。Kate 看到Jonsson老师不在，很兴奋。要知道，几乎所有的学生看到老师不在都会乐不可支的，因为代课老师根本管不了学生，学生有时候把代课老师当空气，呵呵。可是，同学们刚刚高兴了5分钟，我就看到了令我发笑的一幕，只见穿着粉红衬衫的Jonsson老师在校园内飞奔，这可是我第一次看到她这样啊，很有职业运动员的风范哦。看到Jonsson老师出现在教室，同学们一个个像泄了气的皮球，因为大家都不希望老师出现在课堂里，哈哈！

“非常抱歉，同学们。我以为有足够的休息时间，所以我去给大家复印了一些材料。”怪不得她在校园内飞奔，估计复印的材料对今天的课很重要。“昨天换座位后，有同学告诉我，他们不喜欢新的座位安排。既然有同学提出不喜欢了，那现在再给大家一个机会来换座位。”美国老师真的很好，很人性化。我赶紧找了个机会换到我的好朋友那里去了，有个漂亮女孩跟着坐到我边上了，真开心！

西班牙语课，我们开始学习各种动词的表达方式了，今天我还了解到西班牙人喜欢周日下午去公园玩。

据我所知，美国人周末不太喜欢上公园玩，他们好像更喜欢参加各种聚会。“你们周末都是如何过的呢，说出来听听。”美国课堂教学非常注重老师和学生间的互动。我原以为会有美国学生说周末喜欢做爱呢，因为美国是一个很开放的国家，大家都可以畅所欲言，但也许这样说太过分了吧，没有一个同学跳出来，呵呵。“Joe，你空余时间做些什么呢？你最喜欢和最不喜欢做的事是什么？”“我最喜欢的是上网，我最不喜欢的是吸尘。”我不假思索地回答道。不知大家是不是喜欢给

德国女孩Carey和Olivia（左），Henry（右）

家里吸尘，我知道至少妈妈也不喜欢，哈哈。

今天去上经济课时，一进教室，就看到了摆在每个同学桌上的新书。今天的作业是根据第一章学到的经济学知识，回答20几个问题，说老实话，这些问题很有些难度，但不知为什么，相对于以前在国内政治课中的经济来说，我更喜欢在美国读经济，是不是有些奇怪啊？

“嘿，Jose，你昨天看奥巴马演讲了吗？”Jose好像还没睡醒：“你说什么？我妈妈的演讲？”“不。我说的是奥巴马的演讲，你真逗，老兄！”“哦，哈哈，我很喜欢他的演讲，很酷，但也有些无趣。”很酷，又无趣，也许是美国孩子这类演讲听多了，已经麻木了吧。

今天中午，我把微积分课程改为几何学了。我的老师叫 Concha，这个名字有些特别吧？ 我第一次看到这个名字，就感觉一半像日本人的名字，巧的是，我的好朋友Nathan认识这位老师，Nathan告诉我，Concha是位很不错的老师，他确实有一半的日本血统。怪不得他的名字这么特别。

Concha拥有强健的体魄，课堂上他很活跃，话很多，很幽默。当同学们知道我来自世界上一个很大的国家，中国时，都很惊讶。“中国在哪里啊？”一位同学好奇地问道。“我给你个地球仪看看你就知道了。”Concha老师立刻拿了个地球仪给她， 并把所有的亚洲国家都给她介绍了一下。

今天我又认识了一位新朋友，她叫Carey，来自德国。她跟我想象中的德国女孩很符合，比美国女孩文静内敛一些，一副好学生的模样。

今天是周三，中午就放学了。明天演讲课上，同学们又要像演员那样，上台表演节目啦！

奥巴马上任 2009年1月22日

新一届美国总统奥巴马在美国民众的一片欢呼声中上任后，肩负的压力可想而知。几乎全世界的媒体都关注着他的一举一动。

每天晚上，我都会准时收看美国ABC电视台的夜间新闻。奥巴马上台的第一天，播出了奥巴马的专题新闻，每个美国人都在关注着奥巴马上台后的新举措。其中几条令我印象深刻。

第一：美国政府统计部门给出了一份今年第一季度失业人数的统计表，并将失业人数变化的情况用曲线标示出来。从不断上升的曲线，可以很清楚地看到，美国的失业人数几乎每天都在增加。奥巴马总统承诺将着手解决目前困难的劳动力就业市场问题，美国现在失业人数创了27年来的新高！

最近一段时间，我还在关注美国的股票市场，和美国的经济一样，股票市场表现也非常糟糕。糟糕的股票市场让投资者的资产严重缩水，进一步挫伤了投资者的信心。我不知道美国最近几年到底怎么了，为什么一个世界经济大国一下子变得危机四伏了，实在令人费解。

第二：如何解决税费的问题，奥巴马政府认为美国目前的税费过多、过高。尽管奥巴马政府承诺会解决所有问题，但美国民众对奥巴马的承诺信心并不是很足。

第三：奥巴马专题报道中有一条“我们安全吗？”的新闻令我有些担忧和害怕。美国目前受到越来越多恐怖分子的威胁，恐怖分子通过电话或信件传递威胁信息。我绝对不希望恐怖袭击的惨剧在美国重演。

第四：奥巴马正在逐步将美国在东方国家的军队撤回。

妈妈不像我那么投入地看电视新闻，她看了一会儿新闻后，幽默地喃喃自语道：“他上台后想解决所有的难题，但可能性……美国如果真的发生什么大问题，他想全部搞定是不可能的。”

希望奥巴马能让妈妈完全相信他的能力，看来不太容易啊！

乐在其中 2009年1月23日

“棕榈谷最近的天气真糟糕啊。”Lopez 老师有些无奈地感叹道。同学们也都讨厌棕榈谷这几天阴雨绵绵的日子。“好，同学们，现在我们要去取书，每个人一本。”我立刻起身去帮大家拿书，美国同学之间有一种发自内心的互助精神，沉浸在这种氛围中的我也和美国孩子一样了。书取回来后，大家客气地对我说：“谢谢你，Joe。”“乐意为大家效劳。”我乐呵呵地答道。“同学们，今天要做回家作业。”很少给我们布置回家作业的Lopez 老师今天给我们布置回家作业，搞得大部分同学很不爽，嘴里不断咕哝着“老师今天怎么这样……”

Jonsson老师今天没来上课，因为她在家里准备她的生日派对呢，很爽吧？我们昨天已经提前祝她生日快乐了，她很开心哦！

今天的美国经济课是去计算机教室上课，每次去那里上课，都会有很多有趣的事情等着我们。美国经济学的课程和作业都很有趣！

我们看一些图表。X轴表示的是一个人自6岁开始受教育的年数。图表的Y轴表示的是平均年薪，单位是1，000美元。图表X轴和Y轴上依

（左）Jenny（中）Starla（右）Rosa

据男女性别不同，画出两条标示线。从图表可以清晰地看出，受教育年限低于14年的男女，工资收入差异性不大，男性比女性略高一些。而在受教育年限超过14年的人群中，男、女的薪资水平差异明显增大。在26岁后还在受教育的人群中，女性的平均年薪是$64，000， 而男性的平均年薪可达到 $124，000！ 几乎是女性的两倍，有些难以置信吧。

“Holmes老师，这很不公平！”有女同学愤愤不平地抗议了。“所以女人要找老公啊。”有个男生很得意地快速回答道。

每天学校的生活让我乐在其中。

春节快乐 2009年1月24-25日

昨天下午和弟弟玩了一个小时的吉他英雄游戏后，他开心又有些神秘地告诉我，我们待会儿去Taco Bell吃墨西哥餐，我很喜欢吃墨西哥餐，妈妈带我们去过那里。

弟弟的好朋友Mohamed在我家，我以为我们就出去吃个晚饭，可谁知道，我的弟弟已经为今晚的出去吃饭设计好路线图了。

首先，弟弟问妈妈是否跟我们一起出去吃，因为爸爸很不喜欢在外面用餐，所以妈妈在家做饭并陪爸爸吃饭。妈妈将我们送去墨西哥餐厅后，说好一小时后来接我们。

一到餐厅，弟弟就转过身来轻声对我说道，“Joe，我和朋友去附近的一个买游戏的地方转转，你在餐厅等我们。”说完，弟弟和他的朋友一溜烟地走了，我这才明白，弟弟出来吃墨西哥餐是“醉翁之意不在酒”啊，哎，狡猾的弟弟。无聊的30分钟过去后，他们终于回来了，手里拿着两张新的DVD游戏。弟弟告诉我说，他平时把爸爸妈妈以及亲戚朋友给他的钱都存起来，这样，看到自己喜欢的游戏就能买了。妈妈显然不知道弟弟会去买游戏，她以为我们三个人正在墨西哥餐厅享受着美餐呢。中国有句俗话叫“人不可貌相！”用在我弟弟身上真合适，貌似老实的弟弟做事很有策略啊，当然是小孩子玩的小把戏啦，哈哈！

妈妈周末还要上班，因为有太多的工作要做。妈妈说，虽然工作多，要加班，但她绝不会抱怨，因为她上司对她非常好。

“妈妈去哪儿啦，Joe？”“她去上班了。”去冰箱取东西时，我瞄了一眼冰箱上的日历，1月25日，今天是中国的除夕之夜！中国的除夕夜通常是一家人热热闹闹地吃年夜饭。我现在在美国，无法和家人一起吃团圆饭，只好一遍遍地回想以前在上海跟家人共度农历新年时的快乐时光。

今晚中央电视台会播放一台盛大的春节联欢会，因为时差关系，我要看晚会的话得熬到凌晨4时。我很想跟上海的父母一起看这台晚会，为了不让自己犯困，我和父母在QQ上聊着天，可下午两点左右，父母要去爷爷家拜年了，只好先跟他们拜拜了。

我努力找各种各样的事来打发时间，可最后，我还是没能撑住，终于倒下睡觉了。第二天起来对自己的意志不坚定有些后悔，后悔自己没能和父母亲一起看今年的春节联欢会。春节是中国人最重要的节日啊，相信我在上海的亲人朋友们一定玩得很开心。

祝大家春节快乐！

不期而遇 2009年1月26日

今天从报上得知安保工作现在成了求职者的香饽饽。美国的安保系统确实完善，大部分安保人员都是很厉害的男士。虽然安保对维护社会治安非常重要，但安保人员的薪水却不是很高，安保工作的好处是工作很稳定。目前金融危机下，几乎各行各业都在裁员，安保行业相对于其他行业来说，裁员很少，这也许是安保成为求职者，尤其是那些需要养家糊口的求职者的香饽饽的主要原因吧。

我觉得教师的职业也非常稳定，当然做老师是要有资格的，还要有专业教师资格证书才可以，不容易！

今天是周一，Jonsson 老师因为开生日派对没来学校，我再一次祝愿她生日快乐！今天来的代课老师是个非常有绅士风度的美国白人，他是个很不错的西班牙语老师，他教会我们很多学习西班牙语的好方法。

Holmes老师今天给我们带来了一些最新的消息。今天老师讲的是中美两国之间的争端，也许同学们知道我是来自中国的学生，所以尽管中美两国间就某些事的争议很大，但同学们都没有发表评论，估计是看我孤家寡人在这里，不想给我任何压力，哈哈。

数学课前，我竟然非常巧合地碰到了以前教过我的两位数学老师Zima 和Goldberg。“你好吗？”Zima常常喜欢用中文跟我打招呼，我笑着用中文回答道：“我很好，谢谢。”没想到Zima老师接着用中文说：“不用谢，你很好看。”Zima 老师也许有中国朋友吧，不然他怎么会说这么多中文，而且他的发音很地道啊。

“Joe， 你后来怎么不来我班上微积分啦？”Goldberg老师看到我后关心地问道，表情有些失望，因为前几天我还告诉他我很愿意上他的课，我赶紧解释道：“对不起，Goldberg老师， 我前一个学期没有上微积分，现在去听实在跟不上。”

辩论课Macon老师给我们布置了很多有趣的课堂作业。她在纸条上写了一长串的表情词汇，要求同学们根据纸条上的要求做出相应的表情来。有些很简单，但有些表情像抱歉、羡慕、孤独、希望等就得好好想了。感觉辩论课比演讲课要难一些，希望明天自己在课堂上能有很好的表现。

棕榈谷又恢复了往日阳光灿烂的日子，我爱阳光，我享受有阳光陪伴的感觉！

音乐才女 2009年1月27日

西班牙语Jonsson老师今天上课时电脑出问题了，她着急又无可奈何。美国老师工作可真是离不开电脑，所有学生的评分和回家作业等都在电脑中。Jonsson老师生气时表情真的很搞笑，她大概也知道吧，尽管她努力想保持镇静，但看上去依然很滑稽。

经济课上，Holmes 老师和我们同学一样，成了听课者，因为今天的课程安排是请学校的两个学生顾问老师给同学们谈谈毕业的事情。这学期对12年级学生来说是在PHS的最后一个学期了，毕业班的老师和校长们正在为毕业班学生准备漂亮的毕业证书呢。学校有一个奖励系统，如果你在高中四年成绩一直很好的话，可以申请学校奖学金，学校奖学金的种类很多，很不错吧？

物理课Swaner 老师请来了他原来教过的学生来给我们做讲座，这位学生毕业于加州大学伯克利分校，现在已是一名工程师了。他问我们班是否有音乐人才时，女生Lizette 举起了手。我很好奇地问她："你会哪种乐器， Lizette？""我会竖琴、小提琴、中提琴还有萨克斯风。"厉害！她可真称得上是个音乐才女啦！

"嗨，Joe， 我终于追上你了！"第五节课后，德国女孩Carey从后面追上了我，她拉着我的背包让我和她一齐走，我们两个边走边聊着："Carey， 你父母什么时候移民来美国的？""我六岁时。你呢？来美国多久了？""六个月。""你喜欢美国吗，Joe？""喜欢。你为什么问我这个问题，难道你不喜欢美国？""不喜欢。""为什么？""我觉得德国读书比美国轻松。"Carey真逗！

辩论课时，Macon老师说她的医生生她气了，因为她没按照医生的要求节食。Rosa很为Macon老师抱不平，问道："你为什么要节食呢？""因为我太胖了，想减肥！""哦，你一点也不胖，你很漂亮，我很爱你，我的女孩！"Rosa 叫Macon老师"我的女孩"，幽默吧？

兄弟之情 2009年1月28日

最近几天，弟弟经常请他的同学Mohamed来我家玩，他们两个是同龄人，共同的兴趣爱好自然更多些。弟弟今天又要和Mohamed出去玩了，看看Matt脸上有些"鬼"的表情就知道了，99%他有"好"安排了。

果然，弟弟发话了，“Joe，我和Mohamed出去一下，估计30分钟后回来，我们只是出去转转，保证很快回来。你想和我们一起去吗？”“哦，不了，我还有作业要做。”“待会儿见，Joe。”“再见。”

我一个人待在家里，边做功课边戴着耳机听音乐放松。16：25了，弟弟还没有回来。“铃！”电话铃在响？因为妈妈告诉过我，电话来了不要理会，所以我依然躺在床上听着我的音乐，弟弟在家时，他会去接。不一会儿，我听到妈妈的说话声：“Matt，你在吗？Matt？Joe？你们在家吗？”妈妈的语气显然想让我或弟弟去接电话，我飞奔下楼去接听电话，“妈妈你好，我是Joe！”“嗨，Joe，Matt在家吗？”“没在家，他去某个地方了。”“去某个地方了？他出去啦？”“嗯，是的，他15：40出去的。”“哎！他不应该出去啊！帮我个忙，Joe，Matt回家让他快给我电话，好吗？”“好的，妈妈。”

时间真是过得飞快啊，等我再次抬头时，天色已经暗了下来，虽然不是漆黑一片的那种，但那种暗足以让一个孩子在外面感到害怕了，因为很有可能在路上碰到一些小流氓的。我不禁为弟弟担心起来。“铃！”妈妈又来电话了，因为现在已经是17：02了，我赶紧去接电话，“嗨，妈妈，我是Joe。”“Matt 回来了吗？”“呃，他还没回来。”“还没回来？真不知道这个孩子在干什么！他真要有麻烦了。好的，谢谢你，Joe，我待会儿也许还会打电话回来。”“好的。”听妈妈的口气很是焦急了。弟弟直到17：30才回到家，我真为弟弟捏把汗。

“Matt，妈妈叫你一回家就打电话给她，快给妈妈打电话吧。”“为什么？你跟她说了什么？”“我说你出去了。”“什么！真见鬼！为什么你告诉妈妈我出去了？！”“不说你出去了，我能说什么呢？你确实出去了，妈妈问我你在不在，我……”“你可以说我正在洗澡或什么啊！或者说我在睡觉！上帝啊，上帝！”“你这么急干什么？你不能出去的吗？”“当然不能出去，这还用说！你没看见上次因为我出去玩，爸爸发火了吗？我恨死了你，Joe，你是世界上最坏的哥哥，你为什么告诉妈妈我出去了？你为什么要这么做？！我们是兄弟啊，我有麻烦时你竟然一点也不帮我！”“既然上次出去爸爸已经发火了，那你干吗还要出去呢？要知道，有时候我带着耳机的，我没有听到爸爸上次对你发火啊。如果你知道今天出去会有麻烦，为什么你不在出去前告诉我，我又不知道爸爸妈妈不让你出去，你以为我是什么都知道的超人啊？”“不是。”“对啊，我怎么知道你跟同学出去，妈妈会发火呢？如果你担心的话，你应该早告诉我啊，是不是？”“好吧，对不起。今天这事让爸爸知道的话，他肯定饶不了我！”“知道了。等妈妈回来后，我跟妈妈说说，好吗？”

妈妈今天比平时到家早多了，一看到妈妈，我赶紧迎了上去，“妈妈，今天弟弟出去玩的事你不要告诉爸爸好吗？我保证弟弟以后再也不会出去玩了。”“我真是气疯了，他要把我气疯了！Matt！”妈妈叫弟弟的声音非常刺耳：“我不希望再有这样的事情发生了，听到了吗？”“知道了，妈妈。”“现在外面很危险啊，你和谁一起出去的？如果你老是跟那些人出去，你就会学着那些人做所有的事！谁知道那些人是不是好孩子呢？现在有很多孩子，在学校伪装得很好，但放学后他们什么都敢做！谁知道这些孩子是否吸毒什么的呢？！你知道晚上这里会发生些什么事情吗？你以为你不会碰到坏人？这些人也许会抢你东西甚至可能用枪射你啊！以后不许再出去了，知道吗？今天的事我不告诉爸爸，你可以装作什么也没有发生过，但我不希望你一直这样，明白吗？我再说一遍，你永远不会知道外面会发生什么事！你让我真要急疯了！”“知道了，妈妈。”

妈妈教训好弟弟后，不会再告诉爸爸了，弟弟应该可以躲过一劫了，我真为弟弟高兴“你知道妈妈回来时我跟她说什么了吗，Matt？”“不知道。”“我求妈妈不要告诉爸爸！”“真的？哦，太谢谢你了，Joe。”弟弟说这话时声音中含着一丝愧疚，不管怎么说，弟弟毕竟还是个孩子。

老实说，我真不希望弟弟再出去玩了，毕竟安全是最重要的事啊！

随机检查 2009年1月29日

“你好啊，Joe！”“嗨，Lopez老师好！”每天早上看到生物课Lopez老师时，他都非常客气地招呼着我。这个学期，我的座位换到了另外一组，全是男生坐在一起，自然话会比较多。一开始，我还很喜欢，因为男生总有说不完的搞笑话题。但渐渐地，我觉得不能再在这组待着了，因为他们都是美国学生，他们可以边聊天边听老师讲课，而我就不行了，周围同学的大声讲话会影响我听课的，听不清时，我只能一遍遍地问Lopez老师，这样不好。快下课时，我向Lopez老师要求换个座位，幸运的是，有个安静的角落正好有个座位，呵呵，这样我就可以不受干扰认真听课啦。

物理课上，我去Swaner老师那里查了查我的作业是否都完成了。Swaner老师真是个好老师，他从不给学生布置很多的作业。每节物理课后我们都能有些时间放松一下，聊聊天什么的。“Come中文怎么说？”“中文是来。”“来，来！”Edgar 学会了后对着Zira 大叫着，“闭嘴！”“怎么啦？”听到Zira叫Edgar 闭嘴，我还真不明白为什么呢。有同学给我解释道：“英语中的come有两层意思，一个就是通常的过来，还有一个是‘来和我做爱’。”“别把Joe给带坏了！”Swaner老师笑着阻止了Edgar和Zira。“我们没有把Joe带坏。”哈哈哈！全班哄堂大笑起来。

中午，为了更好地提高自己的英语水平，我又去学校图书馆借了两本小说书，是两本关于小动物的书。辩论课时，我把小说书拿出来给女孩子看，她们也都很喜欢我借的书。女孩Olivia对我说：“Joe，给我一个拥抱。”虽然我不认为自己在拥抱女孩方面有天赋，但我相信自己也不会太差劲的，呵呵。拥抱完 Olivia后，她大声叫着：“Henry！Joe的拥抱比你强多了。”开心！

晚饭前，听到学校给家长的电话留言说今天早上有些学生将武器带进学校被安保抓住了。为了保障全体师生的安全，学校明天开始要随机抽查学生，进行安检。恐怖吧？带武器去学校？天知道今天这个人带去学校的是什么武器啊？是枪还是什么？“到处都有疯狂而愚蠢的人啊，Joe。”爸爸感叹道。

我对学校明天开始的随机安检很好奇，也许很有趣吧？怎么随机抽查呢？用机器扫描同学们的背包？是不是要同学们把背包打开让安保查呢？答案明天揭晓。

意外惊喜

2009年1月30日

这几天，弟弟Matt被禁止使用电脑了。我可以自由使用自己的手提电脑，但如果我成绩不够好的话，我的电脑也要被没收。

弟弟和我一样，是个狂热的音乐爱好者，爱好音乐是我和弟弟最大的共同点了。每天晚上，弟弟都会给我一张清单，上面列着他喜欢的歌曲，让我帮他找出来。今天弟弟估计是“疯”了，他一下子拿出一张写着30首歌曲的清单给我，然后像个讨饭的孩子一样，围着我团团转，要我赶紧帮他把这些歌曲找出来，看弟弟那架势，今天不完成他交给我的任务，想去睡觉？门都没有！

早上醒来时，妈妈告诉我，书包中剪刀、水果刀什么的都不能有，美国的安检比其他任何地方都严格。我再次仔细检查了我的背包以确保背包内所有东西都是可以被带进校园的，免得麻烦。

到学校时，已经是7：23了，第一节课的上课时间是7：31。我正想挤进校门，看到很多学生滞留在校门口！怎么啦？ 我排在长长的队伍后面四处张望着，好像没什么事情发生嘛。这估计就是昨天电话留言中说的随机抽查安检吧?

“把背包打开。”一个安保手上拿着金属探测器一样的东西对我前面的同学说，另一个人用手检查学生的背包和其他包袋。我很快就通过了，因为安保们似乎对我不感兴趣，他们连我的包都没扫描一下就让我直接进去了。也许我一看就是个好人？也许是安保都认识我这个来自中

在卧室看博客

国的交流学生？不管啦，哈哈！

进教室时生物课已经开始了，环顾四周，发现还有一半同学没进教室，估计他们还都在校园外等着安检后才能进来吧。Lopez 蹲在我边上，非常仔细地给我解释了上课的内容，在老师的指导下，我所有的功课都完成得很好，酷！

西班牙语的Jonsson老师通常周五不给我们上新课，她给同学们检查作业，并在作业上敲上图章。我的作业都完成得很好，因此，我得了满分。

政治经济学课上，Holmes老师为我们准备试卷，同学们被分成六人一组，按照白板上的题目，在教科书上找出相应的答案。记得我刚来美国时，也做过类似的练习，那时的我在整个小组中起不了什么作用，因为我找答案太慢了，但现在不一样了，今天有两道题的答案是我第一个找到的，感觉不错哦！

“Holmes老师， 我想用一下你的打印机把回家作业打印出来，我们家的打印机坏了。”“可以。”我一到Holmes老师的电脑前，就看到电脑左侧贴着一张即时贴，我不经意地瞄了一眼即时贴，没想到上面竟然写着我的博客地址—— joe-lyc.blog@163.com. Holmes老师注意到我看到即时贴的内容了，他朝我笑笑。“嗯，我有你博客地址了，Joe。”“但你从哪里得到的呢，Holmes老师？ 我好像没有给过你和同学们我的博客地址啊？你怎么知道的？”“别人给我的。”说这话时，Holmes老师脸上的笑容有些令人捉摸不透，呵呵。“给你的人是谁呢？”我好奇地问道。“嗯，某个人吧，名字我忘了。”“没关系，Holmes老师，有空的话，欢迎你看看我的博客，我相信你会喜欢我的博客的。”“我一定会看的。”

“Swaner老师，你好吗？”“很好，谢谢你。”“Swaner老师，你喜欢上网吗？你想知道我博客地址吗？”“当然想啊，我已经有你博客地址啦！”“什么？你怎么会有我博客地址的？我真是没想到啊。Holmes老师也有我的博客地址，虽然我没有给过他，你竟然也有？我也没有给过你啊。”“你的博客地址是我给Holmes老师的。”“你给的？”“是啊。”Holmes老师那里的谜团解开了。“但谁给你的呢？”“因特网啊！”“怎么会？”“因特网给我的，有次我在用电脑时，弹出一个框告诉我的。”“不可能吧，Swaner老师，说真的。”“是真的啊！”“告诉我吧。”“因特网！”“告诉我……”“因特网。”“好吧，估计你是打定主意不告诉我了。”既然老师不想告诉，我就不追问了。不管怎么说，今天的发现令我有些吃惊，但我也很高兴，是不是所有教我的老师都知道我博客了呢，如果真是这样，不是很好吗？让美国老师看看一个中国学生是如何看待美国学校生活的，应该也挺有意思的吧？！

今天是星期五，又到周末了，真开心，好好享受周末吧！

想　家 2009年1月31日

家务活看着简单，但要想做好，还真不容易啊！在大家心目中，90后是比较娇生惯养的一代，因为是独生子女的缘故吧，大部分人做家务比较差劲，我也一样。忙碌了2个小时之后，终于把妈妈交代的事全做好了。

屋子非常安静，我拉起百叶窗，一个人静静地在客厅内读着英语课外读物，要把英语成绩提高些，再提高些，我必须在AR测试中取得好分数。

爸爸妈妈和我（8个月大）

下午四点多，妈妈回家了。妈妈去上班前吩咐我，今天要和弟弟将圣诞节装饰的用品全部收起来，小心地一个个放回盒子中。弟弟把这作为一件好玩的事来做，而我则非常小心地去取放这些东西，因为这些装饰用品很容易被打碎。

Zech叔叔来我家做客，还给我们带来了好吃的食物，而我，对这些美味似乎毫无胃口。妈妈最近好像很不开心，表情一直很严肃，我想她也许是累了。"我帮你做些什么吧， 妈妈？""不用。""真的不用吗？""嗯，你去自己房间忙自己的事去吧。"

用完晚餐后，按例我和弟弟一起洗碗，可弟弟不知去哪里了，我一个人静静地在那里洗碗，没有人说话，整个一天我都有些默默无语，情绪低落。

昨晚跟自己的生母聊天，不知道为什么，我越来越想念自己上海的父母，越来越想念上海的家了。我不是不喜欢这里，只是……

和生母聊完天已经很晚了，我却毫无睡意，在辗转反侧中度过了一个不眠之夜。

幡然醒悟

2009年2月1日

昨晚睡得很晚，今天起床后感觉头晕晕乎乎的。我的直觉告诉我，我的亲生父母也一定没睡好，母亲一定会给我写邮件的。

果然，母亲的邮件已经躺在邮箱中了，长长的两页纸。虽然母亲非常理解我，但我知道母亲的理解和支持蕴含着对我很高的期望。仔细阅读母亲的来信，言语中没有丝毫的责备，有的全是鼓励。

母亲说，没有人说过男孩子就不能想家，想家是人之常情，想家说明你对你的家庭充满眷恋。每个人都会有情绪低落或不顺利的时候，一个成熟的人会以一种平和的心态去对待面前的困难或者是委屈。父母给你营造温馨的家庭环境，是希望你在外面拼搏得累了，倦了，可以回来歇歇脚。坚强的孩子会因为有父母的支持而更发奋更努力，勇于面对一切困难，懦弱的孩子会因为一点点挫折而选择逃回家。

每个家庭都是不一样的，每个家长的风格也是不一样的。千万不要按照自己习惯的家庭模式去理解其他家庭的行为。一个人要在社会上立足，需要独自面对很多困难、很多委屈甚至是磨难。

中国最初留学海外的学生怀揣着几百美金就去了美国，下了飞机就要想到哪里去挣钱养活自己，语言不通，忍受了很多我们难以想象的委屈和痛苦，很多人就是这样挺过来了。

现在我的心情好多了，窗外明媚的阳光似乎也在鼓励我，要一如既往地做个阳光男孩，我一定不让爸爸妈妈失望。

激情奔放

2009年2月2日

今天天气非常好，晴朗的天空中挂着几丝透明的云彩， 我的心情也随着晴朗的天气而愉悦起来。

生物课Lopez 老师告诉我们，这学期学生第一阶段的成绩将在2月10日发放。自从我换到另一组后，能更安心地听老师讲课了，我所在的组连我一起共有四个男生：Joseph， Jordan， Julian 和我—— Joe，怎么样？我们这个小组很奇妙吧？4J男生组合！酷！

Joseph的个性和我弟弟很像，个性活泼，精力充沛，他的搞笑本领常常令我们捧腹大笑。Jordan也很幽默搞笑，和这组的同学在一起学习非常开心。

西班牙语课上，Jonsson老师发给我们一张西班牙语词汇表。现在西班牙语已经上到第四章了，原来那些超级简单的东西不会再有了，好日子一去不复返啊！老师发词汇表给我们了，意味着很快要测验啦，希望我能考个好成绩。

美国经济课请来了一位大学里的老师给我们做讲座，这位演讲者非常幽默，内容也非常好，同学们全被这位老师的演讲吸引住了，一节课很快就过去了。

物理课时，Zira 和Lizette 又开始关心起我的“终身大事”了，我知道他们通常先问女朋友的事，接着一定会进一步探究和女朋友发展到哪一步了，呵呵。“Joe，你觉得Zira 漂亮吗？”“漂亮啊，你觉得呢，Lizette？”“我也觉得她漂亮。”听了我和Lizette的对话，女孩 Zira 害羞而又极有魅力地冲我们一笑，把头转了过去。“你跟Zira说过你想和她在一起的吧，Joe，我听到了！”“闭嘴，Edgar！”听到Edgar在那里胡说，Zira 又羞又急。说真的，Zira真是个成熟而又漂亮的西班牙女孩，难怪大家都要找她开玩笑。

Swaner老师安排我们一些任务后一直在电脑前忙着什么，我们只需要按照他的要求尽力完成任务就可以了，他真是个很随和的老师，上课的氛围永远是那么轻松。Swaner老师有个很大的孩子了，这令我有些意外，我笑着对Swaner老师说：“你看起来很年轻啊。”“哦，是吗？哈哈哈，我很老啦！”

午间休息时，我又看到了校园内一些“野”孩子在那里接吻并假装做爱。今天还见识了最“牛”最有魅力的Kiss了，一男一女两个人在慢跑，女孩往后退着跑，男孩往前追着跑，他们嘴对着嘴，跑步亲吻两不误，足足跑了5分钟，疯狂吧？

数学老师Concha 今天可真发火了，主要是有些女生不识相，以为男老师对女学生通常比较客气，不会对她们发火的。虽然自古以来男人对女人都会比较谦让和容忍，对漂亮女孩就更不用说了，呵呵，可今天Concha老师偏不信这个邪，当两个漂亮女生不顾他两次警告，还在那里肆无忌惮地高声说笑、展示魅力时，Concha老师终于忍不住了，用圆润的嗓音大声说道："年轻女士，我知道你们的笑容非常迷人，你们的笑容能迷倒男人，会让男人喜欢你们，但你们的笑容对我丝毫不起作用，明白吗？你们的笑容再迷人，我也不在意，所以，当我让你们住嘴的时候，请你们立刻住嘴！""知道了，Concha老师"，漂亮女孩被Concha老师训得有些灰头土脸的。

美国的校园生活让我感觉有些奔放，有些狂野，呵呵！

好成绩 2009年2月3日

昨晚和生母聊天后，我陷入了深深的思索，我来美国的目的是什么？生活中碰到困难是逃避还是勇敢地去面对、去解决？别人如何选择我不管，但我不能做一个逃跑者，绝对不能！

清晨，走在去学校的路上，我突然很想知道自己这个学期开始至今成绩如何，是该去了解一下的时候了。

生物课的Lopez老师告诉我，我的生物成绩是B，我要努力把这个B变成A。生物课剩下一点时间时，同学们量了身高，我现在的身高已经超过6英尺啦，来美国又长高了。

一踏进西班牙语教室，Jonsson 像往常一样，给了我一个灿烂的微笑。从老师那里了解到，我现在的分数是满分，绝对的A了。

我在Holmes老师那里看到的分数是B，因为我昨天没去学校上课，缺了一次作业，如果我把缺的作业补好的话，完全有机会得A的。

Swaner老师的分数还没有出来，我知道我所有的作业不仅都准时交了，而且完成得很好，我对物理拿A很有信心。

数学 Concha老师那里， 我可以很确定地说我的成绩是A。

令我没有想到的是我的辩论成绩得了A！在Macon老师那里拿到A 可真不容易啊。今天我还做了英语小说《圣诞老人的足印》的AR测试，结果准确率为100%！Macon老师说这样的英语小说对我来说太容易了，哈哈！

麻辣洋葱 2009年2月4日

从小，我就喜欢吃辣的食物，直到高中时，知道辛辣食物容易让脸上的小痘痘遍地开花后，才克制了自己喜欢吃辣的习惯。我的接待家庭一家都不怎么吃辣，他们也很少去吃肯德基、麦当劳之类的快餐，我们家对饮食方面是非常注重美味又健康的，爸爸妈妈做菜时，很喜欢放上洋葱。

他们将洋葱和鱼、蔬菜和牛排放在一起做菜。我自学了一个菜谱，洋葱伴鸡蛋再加上酱油和胡椒粉一起炒，味道很不错。有时我肚子饿时，还会吃点生洋葱呢，因为生洋葱热量很低，有利健康。昨天，我将一个洋葱切成6片，放在塑料袋里，饿的时候，就吃上一片，不知这样对健康是否真有好处，不知这是不是个节食或食用洋葱的最佳方法，呵呵，有机会得了解一下。生洋葱真的很辣，弟弟不敢吃，他只吃熟洋葱。

今天生物课上，Lopez 老师安排了一次测验，不知怎么的，测验时，很多同学都在高声说话，Lopez老师只能一遍遍地大声叫着“别说话！”“请安静！”，可说话的同学依然我行我素，老师摇摇头，面对这样的学生，只好无语了。我的同桌Jordan，Julian 和Joseph每天都热力四射，精力十足。Joseph模仿流氓的样子，而Jordan 则把一个同性恋模仿得活灵活现，逗得我们忍不住放声大笑。美国学生非常活跃，男孩子好像天生都是喜剧演员，搞笑的本事一流。不过，搞笑归搞笑，玩闹归玩闹，该做的事他们还会做。今天我的测验成绩还不错，下周，我们还要进行下一章节的测验呢！

踏进西班牙语教室时，Jonsson老师正在那里翩翩起舞。今天本来打算西班牙语测验的，但也许是这个章节实在太难了，很多同学还是没有搞清楚男女形容词之间的转换方式。Jonsson老师很耐心，她努力想让每个学生将所学内容都搞清楚——哪怕是一些非常基本的知识点，她也耐着性子一遍又一遍地讲解着。

经济课上，Holmes老师给每个同学发了张纸，让大家写篇文章，文章的题目是《完美风暴下的金融危机》。美国现在正面临着全面的金融危机，美国新闻媒体、普通市民对面临的危机毫不避讳，学校的老师和同学们也是直面现实，组织各种讨论。Holmes老师说："大家知道吗？ 我们没钱的话，可以让Joe回中国去向中国政府要一些给我们，中国很有钱啊，是不是啊，Joe？" "也许吧。 Holmes老师，你派我去要，我就去。" "哈哈。说真的，现在中国是美国最大的合作伙伴了，我们美国人什么都从中国拿。"

课堂作业做完后，Holmes老师告诉我们，图书馆那边有张大名单，上面是今年可以毕业的学生名单。Holmes老师告诉我："Swaner老师的夫人是我们学校的副校长，昨天Swaner老师和夫人正准备出去吃饭时，我正好碰到他们，我们一起讨论了今年毕业生联欢的事，联欢会很有意思，我和Swaner老师说，我们应该带Joe参加这样的聚会。" "Joe， 你应该去参加！"一些女孩听到Holmes老师的话后怂恿着我。Holmes老师告诉我，那是专为今年PHS毕业的学生举行的聚会，一共三天时间，在学校的健身房内，可以唱歌、跳舞、聊天或者参加各种聚会。真不错，我得去看看。

"Joe， 你认识这位女士吗？"我一踏进Swaner 老师的办公室，Swaner老师就问我了，"哦，她是我在美国的交流学生项目联系人，知道吗，每个交流学生都有相应的联系人的。" "她向我了解你的情况，了解你的成绩和你在学校的表现。" "你说我是好学生吗？" "当然，你当然是个好学生啦，我很确定你是个好学生。" "那么你就跟她说'你好'，'你好吗'之类的客套话对吗？" "没有。我说她不在我联系人名单内，我告诉她Joe在学校的绝大部分信息是保密的，是不是这样啊，Joe？" "呵呵，没关系的，你可以告诉她我的一些情况。" "不，我不告诉她，我要保密，哈哈！"Swaner老师真的很幽默，我忍不住和他一起哈哈大笑起来。

Swaner老师真像是我的好朋友！Swaner老师是个非常风趣幽默的老

师。我很开心能成为他的学生，哈哈！

不断攀登 2009年2月5日

“各位，我们现在要测验了，好好做。”Jonsson老师拍拍手，示意同学们不要再说话了。同学们顿时安静了下来，今天的测验比我想象的要难很多啊。我以为我已经完全掌握了西班牙语的各种转换形式了，但在实际应用时，感觉还缺点火候。Jonsson老师给这次测验设定的时间是15分钟，当铃声想起时，绝大部分同学都没做完，我也一样。

Kate对老师今天设定的考试规则很不满意，她在那儿不停地抱怨着。Jonsson老师说：“各位，当你们每次对我抱怨时，请先找找自己的原因，想一想，你们每天上完西班牙语课后回家复习吗？有多少人回去复习的，请举一下手？看看你们这些回家不复习的学生，难怪你们会觉得西班牙语难，卷子来不及做了。西班牙语是一门语言课，要想学好一门语言，必须每天勤于练习，现在教的这一章确实很难，这就需要各位更加努力地去学习了，对不对？如果你们老是教了后面的忘了前面的，我告诉你们，到时候你们再想一样样捡起来就更难了。”

Jonsson老师的话让同学们集体无语，和很多同学一样，刚才还在抱怨的Kate也低下了头。Jonsson 老师显然对今天学生的表现很不满意，她继续说道：“各位，今天我只是给各位提个醒，大家一定要回去复习，知道吗？真正的测验明天进行，为什么我开始时说这是个测验呢？因为如果我不这么说，你们大部分人会不当回事，会在那里闲聊或开玩笑，是不是？今天我会一个个给你们检查刚才的练习，明天再进行测验。如果明天你们再不能考个好成绩的话，是谁的责任？”Jonsson老师说完后，同学们都认认真真地听老师讲解了，这是我看到的同学们听课最认真的一天了。

经济课上，Holmes老师给我们做了很多幻灯片，同学们都在认真地记着笔记。“你们觉得天下有免费午餐吗？”Holmes老师问道。“有！”“没有！”对是否有免费午餐这个问题，同学们有着不同的见解。“好。各位，如果男孩子约会女孩子的话，是不是男孩子买单啊？”“对！”一些同学迅速地回答道。“不对。虽然男孩子买单，但女孩子得为他们做点什么，这就叫做回报。”女生Jennifer 提出了不同意见。“怎么回报呢？”男同学狡黠地问道。“亲吻、拥抱或者性行为啊，我说得对不对，Holmes老师？”“对啊。各位要记住的是，天下没有免费的午餐，永远不会有。中国是不是也有同样的习语啊，Joe？”“是的。我们中国人常说的是‘天上不会掉馅饼’。”

中午，我去学校图书馆看我的名字是否在毕业生名单上。我刚到那里，就看到了另外两张名单，分别是CAHSEE 数学和 CAHSEE英语。名单上应该公布的是通过考试的学生名字吧，可我找了两遍，也没有找到自己的名字！ 怎么会这样？难道我连数学毕业考试都没通过？ 这绝不可能啊！ 可我看到自己的名字在今年可以毕业的学生名单上啊。CAHSEE考试是加州高中生毕业考试，如果不通过的话，就意味着无法毕业。可恶!

辩论课时，Rosa一见到我，就兴奋地跟我击掌示好，她开心地说：“嘿，Joe， 你知道吗？我通过了CAHSEE 数学考试了，真要谢谢你啦。”Rosa的话让我的感觉更糟：“可我自己却没通过CAHSEE数学考试。”“怎么会？！”听了我和Rosa的对话，班上所有同学的眼光都聚到我身上并大叫起来，连Macon老师也大吃一惊。“太过分了！ 怎么会有这种事？”“我也不知道。今天我看了两遍榜上的名单，数学和英文考试名单上都没有我的名字，我数学和英语都没有通过。”“名单上没你的名字说明你通过啦，Joe，我要被你吓死了！ 你没有通过数学考试，我真要彻底想不通啦，哈哈哈！”听了Rosa的回答，我终于松了口气。“谢谢你，Rosa。 学校把没有通过考试的学生名单公布出来，不是让这些同学很没面子吗，这样做好像不太厚道，不太有人情味啊。”“是啊，也许是不太好。但每个学校都是这样的。”

刚才真是虚惊一场， 看来我在美国书念得还不错哦！

哈哈哈 2009年2月6日

今天我把缺的作业交给Holmes老师后成绩自动回到A了。今天因为有一半同学去羚羊谷社区学院参观了，老师没有给我们布置任何课堂作业，而是放了场电影让我们轻轻松松地度过了一节课。

物理课前，和往常一样，我和Swaner老师在聊着各种有趣的事，今天我们的聊天队伍加入了一位新成员，她的名字叫 Hildaelisa，一个绝对复杂，念起来高难度的名字。连她自己也搞不清楚她名字的正确发音应该是什么。Hildaelisa问我："Joe，我从来没有见过中国足球队参加比赛，中国有足球队吗？""事实上，中国有足球队，你说你从没有见过中国足球队，是因为中国足球踢得实在太臭了。""哈哈，你开玩笑的吧。"我知道她问的是中国男足，这样的问题令我这个中国男人很有些尴尬，但中国男足就这水平了，对他们糟糕的表现我也习以为常了。当然，如果有一天，中国男足能更像样点，我一定会为他们骄傲的。

Macon老师今天没来上课，来了位代课老师。代课老师非常和善，没给我们布置任何作业，同学们就在一起聊天和上网，时间很快就过去了。

又是周末了，开心啊！

特别晚餐 2009年2月7日

今天天气很糟，这样的天气让一切显得毫无生气。

弟弟还是像往常一样的兴奋，昨晚妈妈同意他出去吃饭后，他更高兴了。他拉着我一起去Taco Bell吃墨西哥餐。我告诉弟弟如果这次出去吃饭又是为了去买游戏的话，我选择在家里吃饭。弟弟信誓旦旦地保证确实想出去吃东西。

在快餐店点完食物后，我们得到一大杯免费饮料，服务生给了我们一个写有号码的牌子，食物好了后会有人大声地叫我们号码的。我们在餐厅内随意找个位子坐了下来。餐厅门口车来车往，美国人似乎更愿意把快餐买回家吃。

Macon老师打电话告诉妈妈说我在学校成绩很好。我的课程顾问告诉我，Macon老师也许是PHS对学生最严格的老师了，她几乎从不给学生打A。这学期第一次分数我得了A，我会尽力保持好成绩的。

新乐趣 2009年2月8日

今天妈妈和弟弟去参加派对了，我待在家里。因为我有好多东西要看，也想静静地享受这个周末。

完成课外阅读后，我Google了一下学习西班牙语的信息，没想到，竟然有很多网站可以学西班牙语的，真是太高兴了。母亲正好也在线上，我问母亲："我现在把学习外国语言作为我的爱好之一，你会支持我吗？""哦，当然。只要你自己喜欢。多学些语言很好啊。"母亲的回答给了我极大的鼓舞。

现在我的电脑文件夹中有西班牙语网站，我刚刚从Google上找到一本堪称完美的电子词典，这本词典的名字叫Lingoes。Lingoes可以用中文和80多种语言互译，很酷吧？希望明年我能用西班牙语写博客或其他文章，这也算是我的一个梦想吧。不过，目前最主要的还是学好英语，西班牙语只是作为放松时的一种调节剂。

我要好好安排时间，在美国学习更多的东西。

演绎生活 2009年2月9日

今天开始，我将自己在美国的生活和学习计划做了调整，我将严格按照自己制定的计划，完成自己在美一年交流学生的全部任务。

生物课上，Lopez 老师放录像给我们看。录像的内容主要是自然界中动物间捕猎和被捕猎。平时，生物课课堂作业并不多，即使有，也不会像中国课堂上的生物课搞得那么抽象和复杂，这是中美教学中的不同点吧。美国学生的成绩大多从课堂作业中获得，老师往往以学生的课堂作业作为打分的依据。

明天生物课有项测验，因此今天老师给我们布置的课堂作业稍多了点。很多同学对今天老师布置这么“多”作业很不满意，呵呵，他们是没在中国吃过读书的苦头啊，而我作为一名来自中国的学生，觉得这里的作业太轻松了。我是全班第一个完成作业的，很多同学准备第二天才将今天的课堂练习交给老师呢，美国的学生，自由啊。

西班牙语课老师公布了上周五的测验成绩，35题中我答对了31题。我相信这个月的月成绩仍然会是A的。

刚踏进Holmes老师的教室，Holmes老师就大声向我招呼道：“Joe！ 你好吗？ 杂志上的这篇文章是介绍你的故乡上海的。”“真的？太好了。可以给我看看吗？”这篇文章的题目叫“约会”，讲的是一个美国小伙子周末在上海逛街购物的所见所闻，文章还配发了很多照片呢！看完美国人如何看待和评论上海后，我真自豪啊！

合上杂志，正想把它还给Holmes老师时，突然看到杂志封面一张非常漂亮的照片，是上海外滩的夜景照。“Holmes老师，你能把这张漂亮的照片给同学们看看吗？”“当然可以，我会向同学们介绍的。”上课开始时，Holmes老师说：“各位同学，我手上有一份昨天刚拿到的杂志，封面是一张上海的风景照。”“哇，真漂亮啊，让我看看！”老师一介绍，班里的男女同学顿时发出一阵阵惊叹声，Holmes快招架不住了，赶紧说：“别急，别急。让我先给所有同学介绍一下上海。上海是

演讲课合影

中国一个非常美丽也是非常大的城市，上海有多少居民，Joe？”“大概是一千六百万吧”“嗯，很多人哦。”

看了我的家乡上海的照片后，漂亮女孩Jasmine 和Melissa都瞄了我一眼，我注意到Jasmine 看我的速度极快，呵呵。让我的美国同学了解我的故乡上海，是我的计划之一。希望今年夏天交流学生生活结束后，能带着Melissa和Jasmine 一起去上海看看。Jerry叔叔说过，上海比洛杉矶和旧金山都要漂亮，可以与圣地亚哥相媲美。

介绍完上海后，Holmes 老师给每人发了份回家作业，内容是关于美国股票市场的。老师告诉我们从这周五开始我们要上到www.howthemarketworks.com 网站上去寻找一些股票信息并选择5种股票。9周后看看谁赚的钱最多。”经济学作业太有意思了！我很想知道自己在9周后到底是赚钱了，还是亏钱了，哈哈。

英语辩论课上，我做了一个关于如何精彩演绎自己生活的演讲。这个演讲并不难，同学们自己定好目标，然后想一想如何一步步地去实现自己的目标。我没有为自己定很宏大的目标，我希望自己一步一个脚印，踏踏实实地去实现自己的目标。当我做完演讲时，Macon 老师给了我一个灿烂的笑容以示鼓励。

常言道：“一分耕耘一分收获”，其反面就是“少壮不努力，老大徒伤悲。”每个人都应该以一种积极的态度去演绎自己的精彩人生。美国有很多东西值得我们学习，美国的课堂教学更注重理论联系实际，拒绝纸上谈兵和死记硬背！

发挥想象 2009年2月10日

昨天棕榈谷竟然下起了大雪，现在已是二月份了，真不知老天爷怎么想的。

今天生物Lopez老师没来学校，来了位年长的非常和蔼的老师给我们测验。生物测验半节课就完成了。下半节课的教室简直跟餐馆的热闹程度有得一拼了。整个二十多分钟里，我的耳边尽是“这个中文怎么说……”， 我忙得晕头晕脑，但很快乐，美国学生很疯狂啊。欣赏着同学们各种有趣的模仿，好像看喜剧一样。男女学生各有自己最关心的中文词语。不过，男孩子最有兴趣的都是那些不那么雅的词，我真是被他们逼得无语了，不教又不行，否则我会有麻烦，哈哈，大家不要怕哦，我是开玩笑的，跟我学中文的可都是我的好兄弟啊。“嘿， Joe，我有次听到一些女孩叫我“色狼’，什么意思啊？”“呃，就是对女性超级感兴趣，尤其对性方面感兴趣的男人。”“呃……真不是什么好词啊，不过，她们说对了，我就是这样的人。”

西班牙语课时，Jonsson老师告诉我，我的成绩是A。说到成绩，老师对有些不要学习的同学有些恨铁不成钢。当我告诉Jonsson老师，我在家自学西班牙语时，Jonsson老师非常开心。我觉得，一个人只要用心去学习，成绩一定会很好的。人的潜力是无穷的，人们常常把学知识比作海绵吸水，人就像一块巨大的海绵一样，可以不断吸水，也就是不断地学习新的知识来充实自己，聪明人就是这样产生的，不是吗?

“Holmes老师， 你知道吗，今天是我来美国的第200天了！”“哇， 好日子啊！你在美国还要待多久？”“100来天吧，精确地说，是 110天。”“不错。我告诉你件有趣的事，Joe。我在部队时，曾经和另一个军人一起奉命去韩国待一年，我们一到那里，就找来一张巨大的日历贴在墙上，开始倒计时。我们在倒计时的第一天，也就是第365天的边上画了一只海龟，因为要在韩国待一年啊， 感觉日子过得太慢了，我们就像海龟一样慢慢爬，慢慢熬日子。到了倒计时的最后一天，我们在这个日子边上画了一只鹰，因为我们第二天就可以飞回故乡啦，哈哈！”“哇，我喜欢你们的创意！ 太有意思啦！那时候，你真的很想家吗，Holmes老师？ 你当时多大？”“32岁。”“什么？！你当时已经很大了！ 我才17岁，我比你好，没有你那么想家，哈哈。”“嗯，我太太在德克萨斯，我主要是想她。”“哦，真温馨，你真是个好丈夫。”

这周五开始，我们就要按照Holmes老师的要求，每个同学挑选出5只股票，整个小组4个人，一共有20只股票。小组讨论后从20只股票中再挑出5只最有潜力的股票，作为整个小组的股票投资组合。

物理课Swaner老师的分数还没有出来，估计我的成绩会很不错的，呵呵。

昨天演讲课成绩得了80%以上，能从Macon老师这里得到这样的分数很不错了。“女士们、先生们，请闭嘴！拿出一张纸来。”如果Macon老师不用这种既严肃又搞笑的方式让大家安静下来的话，教室里休想有清静的时候。

开心热闹的一天很快就过去了，走在晴朗的天空下，头顶着金色的太阳，我像往常一样，愉悦地走在回家的路上。

欣喜若狂 2009年2月11日

昨天放学刚到家，弟弟就迫不及待地给我看他新买的X-Box 360。爸爸妈妈并不知道弟弟买了这个东西，钱都是弟弟自己存起来的。拥有X-Box是弟弟的梦想啊，现在，梦想终于得以实现了，哈！

Jonsson老师今天布置的作业是有关情人节的。我们要把西班牙语中所有关于爱恋和浪漫的词汇找出来。“性生活西班牙语怎么说？”这个突然冒出的问题让Jonsson老师有点哭笑不得，正在同学们翘首盼望老师的回答时，只听到一声“不知道”，呵呵，很失望哦！

课上到一半时，我收到了我的课程顾问的一张条子。忙完课堂练习后，我赶紧去我的学习顾问办公室。Berg 老师脸笑得像朵花一样的美丽，她告诉我，老师、校长和我们区域的学区长已同意考虑我在PHS毕业的事了，但我必须将一些课程补修出来并取得好成绩。我高兴得简直要跳起来了。

物理课上，同学们讨论着想跟我去中国看看。我们从中国的女生谈到了中国的美食，我很愿意做他们中国之行的导游，并帮他们做好一切食宿安排。同学们说他们会想办法挣钱买机票，呵呵。

健康生活课的Setzler是位很酷、很有教学经验的老师。因为我是半途插入班中的学生，老师将他所有的上课笔记都给了我，帮助我理解。我一定会做个好学生的。

今天是我的好日子啊，太高兴了。

一起去中国 2009年2月12日

这一周从美国文化的角度来说，真是非常美妙的一周。在美国，情人节活动涵盖整整一周。

Lopez老师告诉我，情人节穿红色衣服就表示你已有男朋友或女朋友了，穿绿衣服就表示你还没有找到爱的方向，穿黄色衣服就表示你对现在的另一半还不确定，是不是很有趣啊？

踏进西班牙语教室时，Jonsson老师的教室里放着动听的音乐。我感觉自己是第一次这么深深地被西班牙语的浪漫爱情歌曲打动。

最近Jonsson检查我的作业时都会表扬我是个好学生，而其他同学则被她批评懒惰。昨天我们还有项作业是制作两张爱情卡片，我设计得漂亮而简洁，Jonsson老师看了很满意。如果我的女朋友此时和我在一起的话，我一定会更精益求精地做出更漂亮的卡片送给她的。

经济课时，Holmes 老师将整个班级的学生分成五组，每组有100，000美金的代币券可用于买股票，每次买卖股票数目不得低于100股，不能买价位低于五美金的股票。“嘿，Joe，来我们这组好吗？”Christian

我爱祖国

热情地邀请着我。“不行，Joe是我们这组的。”Jasmine 和 Melissa回击道。我犹豫了。Holmes 老师和其他同学的眼睛都盯着我，Jasmine 一组的人又开始叫了，“快来，Joe！ 到我们这组来！”“Joe，你知道，我们这组人比她们聪明，真的！”Christian 拍拍我的肩膀，继续邀请我加入他那一组。“不对，不对！”两组同学开始争执起来，声音越来越大，我赶紧用手指着Jasmine对Christian说：“对不起，Christian，我选她们一组。”“好啊，击掌庆贺！”获胜组的所有女生向我击掌示好，真开心啊！

物理课测验完后，同学们又开始讨论中国之行了。我告诉他们，我父母非常欢迎他们去上海玩。同学们很开心，说要以最快的速度攒钱买机票。和同学们在一起，我很快乐！

浓情蜜意

2009年2月13日

第一节生物课，班上好多同学都收到了各种各样的情人节礼物，有玫瑰花，有巧克力，有心形气球，还有爱情卡片。有些礼物真的非常雅致，很吸引人。“Joe，看看这个！”Joseph手指着一个漂亮的礼物对我说。“送给你女朋友的吧？”“正是。”Joseph 美滋滋地答道。一只笑眯眯的小熊抱着一盒心形巧克力，这样的礼物女朋友一定会很喜欢。

“Joe，情人节快乐！”Laura给了我一个印有“爱”心的棒棒糖。“Joe，我爱你！”Yang女生又一次对我大声地说出这么有杀伤力的话了，班里所有人的眼睛都盯着我，“谢谢你！”这已是我第四次用同样的话回答她了，Yang女生告诉我，她对我这样的回答很不满意，嘿嘿，我只好无语。

Jonsson老师问大家情人在哪里，她专门挑男生问，估计是觉得男生皮比较厚吧。“Joe，你的情人在哪里？”我觉得Jonsson老师这个问题问得不够好，她应该问我“你的情人们在哪里？”而我的回答应该是：“处处都有我情人。”哈哈，开个玩笑。

“Joe，你想做我情人吗？”男生 Milton大声问我。“好啊，那你就是我的女朋友了。”哈哈哈！听了我的回答，班上所有的同学都大笑了起来。“不，Joe，你做我的女朋友，你是我的女孩。”同学间闹来闹去真有趣。

今天放学后，又开始下大雪了。今天的大雪也许是上帝故意安排的吧，上帝想给恋人们安排一个浪漫的白色情人节？

愿天下所有有情人都能拥有一个温馨浪漫的情人节，情人节快乐！

浪漫情人节 2009年2月14日

今天是周六，我们一家像往常一样，待在家里，做做家务，看看电视，似乎没有特殊的情人节气氛。午餐后，我静静地回到自己的房间，查看情人节的历史和由来，令我没想到的是，情人节源自一出悲剧，一出感人肺腑的悲剧。

记得在上海时，情人节那天，到处都能看到女孩收到自己心爱的男友送的各种礼物时，那种心动万分的可爱神情。哦，天哪！实在太美了！老天对男人和女人是不是有些不公？为什么女孩总能享受被追求时那种美滋滋的快乐，而男孩却总需苦思冥想让自己女友开心的计谋？有时甚至不惜一切代价，只为博得美人一笑。男人们啊，为了自己心仪的女孩，哪怕再辛苦，再费尽心思也在所不辞。

我知道，不管男孩也好，女孩也好，都不可能一人享尽所有情人节的美妙感受。女孩可以享受男孩送她礼物和祝福的快乐，而男孩呢，能被恋人俏皮可爱的神情迷醉。一对相爱的情人，无论男女，在情人节那天都能享受到爱与被爱的快乐，这不正是瓦伦丁所希冀的吗？

愿世上所有恋人好好享受这浪漫情人节！

独立与依赖 2009年2月15日

弟弟自从悄悄买了X-Box 360 后，一个人待在房间时别提多快乐了。最近几天放学后，他常常邀请同学来家里玩，看着一大帮同学围着他的新电子游戏设备，估计弟弟很有自豪感吧。

美国的孩子如果要买些自己喜欢的东西或想出去旅行，都得自己想办法挣钱。我的一些好朋友想跟我去中国，当他们将旅行计划告诉父母时，竟然没有一位家长给他们提供旅行费用！ 当那些想来中国的美国同学告诉我，他们将自己想办法赚钱来凑够中国之旅的花费时，语气是那么的自然。当我知道他们必须每周工作20小时才能弄到机票费用时，我真有些同情他们，但他们却非常坦然地笑着。美国的孩子从小经历的事情比我们多，这些都是培养他们良好个性的基础。

培养孩子的独立精神和能力非常重要。在父母保护伞下被宠大的孩子在应对未来纷繁的世界时会显得异常的手足无措。美国家长的很多做法值得中国家长学习。

一个什么都想依赖别人的人，即使拥有健全的体魄，其精神也是残缺的，一个精神残缺的人体现出的必是萎靡不振，这样的人，自己在社会上能否立足都是个大问题，更别谈为祖国的强大出力啦！

竞争是残酷的，谁领先一步，谁就是赢家！懦弱的人，注定只能是永远的输家。考个好分数并不意味着什么，培养孩子的独立精神对孩子的一生都将起到至关重要的作用，独立自强，会让你的孩子飞得更高，看得更远。

“机密”泄露 2009年2月16日

弟弟悄悄买的游戏机X-Box 360个头可不小，为了不让爸爸妈妈发现，他必须把它藏在非常安全的地方。弟弟将X-Box 360 和我的衣服一起放在我的衣橱里。X-Box有远程接收功能，只要把它连在因特网上，弟弟就可以在自己房间尽情玩啦。

昨晚弟弟又想玩X-Box 360了，他悄悄潜入我房间，将一切搞定，正准备连接因特网时，爸爸在外面叫了起来。“Matt！”“我在，我在这里！”弟弟的声音充满了恐慌，他用最快的速度将游戏机放回衣橱内，接着，跑到卫生间假装冲了冲水。“你在这里干什么？！”爸爸的语气中透着严厉："我……我在用洗手间。"然而，爸爸的耳朵比兔子还灵，他的心里亮堂着呢。他没有点穿弟弟，而是很有策略地继续问道："Joe已经睡觉了，你到他房间来干什么？""没，我没去Joe的房间！""别对我撒谎，知道吗？""哦，我是来告诉Joe我要用洗手间。"弟弟的回答让我差点笑出声来。

我能感受到此刻弟弟心里有多紧张。也许是屋子太暗，也许是考虑到我已睡了，爸爸没再说什么。我相信，弟弟昨晚肯定没睡好，惊魂未定，呵呵。

弟弟的玩具都被妈妈没收了，现在连 X-Box也不能玩了。希望弟弟这个月的成绩能有进步，这样的话，他的所有玩具又可以陪伴他了。

股票市场 2009年2月17日

经济课的股票挑选本周五之前要完成，昨晚我开始挑选股票了。我最想选的是科技股，为了分散风险，我也不能都买科技股。很快就发现了四个我喜欢的股票。

第一个是微软股票，虽然金融危机对微软公司的生意或多或少会有影响，但相对于其他行业或公司，微软公司的盈利能力还是不容置疑的。相对于其最高价时每股31美元来说，现在15元每股的价格其风险已得到了极大的释放。

第二个是波音公司。波音公司的股价从最高时已跌去了近一半，风险相对较小。令人振奋的是，波音公司与美国政府有大量的开发航天设备项目的合同，这些合同不会因金融危机而撤销。

第三支股票是通用电器。通用电器产品涉足领域很广，产品在相关目标市场拥有很高的市场占有率。目前股价已从最高时的38美金回落至11美金，买入风险极小。

第四支股票是雅芳。雅芳公司是一家经营女性化妆品的公司，无论金融危机多么严重，女性爱美的天性不会改变。

我还差一支股票没有选好，我得继续找我的第五支股票了。

清新早晨 2009年2月18日

今天早晨刚5点，我就被弟弟房间那个恼人的闹钟给吵醒了。醒来后的我睡意全无，索性看书上网，精神很不错，也许该感谢弟弟让我有机会享受这个清新的早晨。

生物课Lopez老师开始上恐龙专题了。我很喜欢恐龙，我喜欢阅读有关恐龙方面的文章，学习恐龙方面的知识。

Holmes老师今天给我们课堂作业的第一个问题是："美国人现在开始存款好不好？"我觉得应该存点钱以备急用。班里有不少学生不赞成存钱，他们认为存钱对刺激消费和经济增长都不利，各有各的道理，呵呵。Holmes老师的观点是存不存钱都无所谓，但必须保证自己在需要用钱时有足够的钱可以用。

"各位，成绩F表示不及格，D表示要'do more work'（多加练习）！我说得对不对？" Holmes 老师真是超级幽默，Melissa想将老师一军，她故意问道："成绩 C是什么意思？" "Can you do more work（你能再努力些吗）？"哈哈，Holmes老师反应真快！

今天中午就放学了，轻松而快乐的学校生活，让我开心得想要飞，哈哈！

英雄救美 2009年2月19日

昨天我放学时，爸爸正在后院修理东西。

最近一段时间，弟弟每天放学都会邀请他的同学来家里玩，孩子们的吵闹声让我无处可逃。昨天爸爸在家，弟弟没把同学带回来，我总算能有个比较清静的时间了。

爸爸妈妈已经无数次告诉弟弟不要带同学到我家，也不可以跟同学出去玩了，可弟弟瞒着他们，依然我行我素。今天爸爸在屋顶上修东西时看见弟弟的同学Alex招呼也不打就来我家时，对弟弟发火了。弟弟时不时地顶嘴更让爸爸火上浇油。

爸爸妈妈一起教育弟弟，家里的气氛非常紧张。这样的场合我待着显然不合适，我赶紧上楼回自己房间。心里默默祈祷弟弟能早点过关。可我知道，弟弟今天过关后，还是不会把爸爸妈妈的话真正记住的。作为哥哥，我多次劝弟弟不要惹爸爸生气，可他哪里会听我的呢？

今天经济课上讨论股票，女孩Ismar没有选好，她说她不懂怎么选股，她担心经济课会不及格。我告诉她不用担心，并教会她如何查看各种股票信息和如何选股，她终于弄明白了。看着她用崇拜的眼神望着我的样子，我的心里真是乐开了花啊。我很高兴能有机会帮助漂亮女孩Ismar，哈哈！

聪明小子

2009年2月20日

西班牙语越来越难，作业也越来越多了，我并不害怕，因为学习语言是我的一大爱好。

Holmes老师的经济课在计算机教室上，我们一组是四个女孩加上两个男孩，今天我们的任务是挑选股票买入。我们至少得花掉48，000美金，我决定买入Microsoft，我相信这支股票很快就会涨。Jasmine问我买Microsoft的理由，我正好卖弄一下，嘿嘿。“看到这支股票的图形了吗？从图形上来看，Microsoft股票非常活跃，每天价格波动范围很大。二月初时，价格在$13，此时成交量巨大。这是很多看好这支股票的人在这样低价位时觉得收益远大于风险，纷纷买入所致。”“成交量在哪里看？”“看柱状图。上次这支股票的启动是从$13附近启动的，最高到$25左右，这次回到$14附近后，还会再往上的，因为V字形底部刚刚确立。这支股票相当活跃，你可以不断地在高位卖出，在低位时买

我和同学们

入。”

接着我们又讨论了通用电器，我最终没买它。因为盘子太大，股性不够活跃。关于是否买入Apple，我的意见是已到每股$90的高位了，风险很大。我成了我们小组的技术顾问了，看着女孩们用崇拜的眼光看我的样子，我的心里别提有多高兴了，哈哈！

Macon老师最近一直在教我们各种辩论的技巧，Macon 老师是个非常好的老师，我相信，在她的教授下，我能学到很多辩论方面的知识。

祝我好运 2009年2月23日

昨晚，我早早上床睡觉了，然而躺在床上的我，却迟迟无法入睡。想起上周四晚在检查自己物品时的无意发现以及随后发生的一系列意想不到的事情，感觉自己好像在梦境中一样，我真希望这是一场梦啊，可令人遗憾的是摆在我面前的是无情的现实。

从小到大，父母对我的教育都是要做一个善良、包容和诚实的人，那晚发现的一切，虽让我心痛不已，但我仍不断鼓励自己去想开心的事。也许我不是那种善于隐藏自己的人，也许是学校老师对我都很关心的缘故吧，周五西班牙语课时，Jonsson老师似乎一下就看出了我的心事，在她的追问下，我告诉了她发生了什么，很快地，负责国际交流学生的Rodriguez老师也知道了，他们告诉我，任何时候他们都愿意向我伸出援助之手。

除了责怪自己不小心外，我不想责怪任何人，当我心怀愧疚地告诉生母此事时，母亲安慰我说，世界上比金钱更重要的是亲情和友情，让我不要有任何压力，也尽可能不要伤到任何人。

爸爸妈妈觉得发生这样的事，他们压力很大，希望我立刻换家庭。我知道我的联系人要找到新的接待家庭并不容易，我决心先靠自己的力量解决，我相信以我的人品，学校的校长和老师们都会帮助我的。

为了尽早为自己找到新的接待家庭，周六一大早我就去了学校寻求帮助。学校Andrews老师、Macon老师和碰到的所有老师都给了我极大的帮助，Rodriguez老师亲自送我去加州学区长官Martinez先生那里，所有的老师都表示他们会尽早帮我找到合适的接待家庭，让我不用担心。老师们的关心和鼓励，让远离亲生父母的我倍感温暖。

昨晚躺在床上的我，真可谓别有一番滋味在心头，大约到凌晨3点，我才渐渐进入梦乡。

今天我得早些去学校，因为我需要向许多学校管理人员和老师寻求帮助。七点左右，我出发去学校了，天空中飘着厚厚的云彩，似乎很快就要下雨了，但此时的我，全然无暇顾及天气是如何变来变去的了。

办公大楼今天人比较多，很多学生来这里办各种各样的事情。“Rodriguez老师在吗？”“哦，对不起，宝贝，她8点上班，现在还没来。”虽然Rodriguez老师不在，但我想我也可以跟招呼我的这位女士说说情况。“我可以把我要找Rodriguez 老师的事情告诉你吗？等她8点来上班时您转告她可以吗？”“哦，可以，你请说。”“……所以我

我和Rodriguez老师

我和Rosete老师

着急要向Martinez 先生寻求帮助。”“我明白了，别担心，我马上打电话，你上课时我们会来找你，你也可以8点左右再来见Rodriguez老师，好吗？你先去上课吧，什么都别担心。”跟老师再见后，我去教室上第一节课。

8：03分时，我再次来到Rodriguez老师办公室。她告诉我她已经帮我联系过了，估计两个小时后会有反馈，他们一定帮我解决困难。边上一位叫Rosette的老师也让我千万别担心。我非常感谢她们对我的帮助。

经济课时，我很伤心地看到我们组的股票亏钱了，看着亏空的账户，我很内疚，因为女孩们都是根据我的建议买入股票的。唉，压力来了！可我们组没有任何人有怪我的意思，也许这也是美国人的风格？我觉得，既然信任别人了，就不应该责备别人，否则，一个团队的凝聚力很容易丧失的，何况我也不希望输钱的，不是吗？

中午休息时，我又去了办公大楼。“Joe， 我们很认真地在安排你的事情，大约下午2：30我们就可以得到确切的消息了。别担心，你会对我们的安排满意的。保证不会再有任何意外发生了。”Rodriguez老师的话，令我非常感动。

下课后，我再次回到Rodriguez老师办公室。“这位是Cason老师，她可以照顾你。”“哦，太感谢了，Cason老师。”“别客气。”“她女儿叫Angie，是你西班牙语课的同学。”“哇，太好了，我认识她。”“你对动物过敏吗？”“哦，不过敏。我喜欢各种小动物。”“太好了。”“她家是棕榈谷的动物园。”Rodriguez老师开玩笑地说道，“我们把接待你的合同签好后，也许明天就可以把你带回家了，希望明天就带你回去。”“好的，实在太感谢了。”“别客气，把双手交叉起来。”“什么意思？”“就是祈求好运的意思。”

我很感谢所有帮助我的老师们，我很感谢Cason老师能把我带回家。我祝自己好运，更祝所有帮助支持我的人好运！

新的方向 2009年2月24日

2009年2月24日，对大多数人来说，是一个普通得不能再普通的日子，而对我来说，却是一个悲喜交加的特别之日。

清晨6：40分左右，我从睡梦中醒来，感觉阵阵剧烈的头痛。也许是这几天睡眠太少，多休息一下会好的吧，再睡一会儿，到7点起来去上学吧。可当我第二次醒来时，已经11点了。我赶紧打电话请妈妈帮我向学校请个假，妈妈听到我病了后，非常紧张。我知道妈妈工作很忙，为了不让她担心，我告诉她头痛已经好多了，让她放心。

躺在床上，我想起了昨天见到的Cason妈妈了，她看上去非常和蔼可亲。Cason老师做我的新妈妈了，我就不用换学校了，因为我喜欢PHS。 想起在学校种种有趣的事，想到学校中这么多的好朋友，不禁思绪万千。东想西想了一会而后，感到肚子饿了，虽然我一点食欲也没有，可为了健康，我还得吃点什么。

“Joe， 妈妈让你接电话。”“嗨， Joe， 你现在好点了吗？”“哦，谢谢妈妈。好多了，别担心。”“好的。联系人说她四点来接

我和Cason妈妈

你，你把自己的东西整理好，我待会儿就回家。”“好的，妈妈。我现在就整理行李。”“好。希望你在新的接待家庭一切顺利。”“谢谢妈妈。”

放下电话后，我很快整理好了自己的行李。我的联系人四点不到就来接我了。临别时，我对妈妈说：“妈妈，我很感谢你们接待了我7个多月，非常感谢。”“我们对发生的事很抱歉。Matt，过来，跟Joe说再见。”“再见Joe，希望我们还能再见。”“会再见的。Matt。妈妈，爸爸回来时请代我向他说再见并问好，请代我向所有叔叔、阿姨、舅舅、哥哥、姐姐和弟弟妹妹们问好。”“一定会的。”“好的，妈妈，你多保重！再见妈妈，再见Matt！”“再见。”

坐在联系人的车里，我很难形容自己当时的心情，是兴奋？是担心？是开心？是希望？我努力想找出合适的词来形容此时的心情。“我们到了，Joe！”“哇，我的新家在一个角落。”“是啊，非常安静。你新妈妈的女儿今天想在西班牙语课上向你问好，但你今天没去学校。她们很高兴你到她们家去住。”

新家的院子很大，联系人轻轻地推开了入口的大门。新妈妈跟联系人寒暄后，立刻招呼我：“嗨，Joe，你好么？”“我很好，老师，哦，妈妈。”我在回答时，一时竟不知道该称呼新妈妈为老师还是妈妈了。签完所有有关接待家庭的合同后，我们一起谈论起新妈妈家的趣事来了。环顾四周，我看到我的新家也有吉他英雄的游戏，我还看到了很大的电视机，房间非常酷，这样的环境让我很放松。令我没想到的是，Cason妈妈养了三只狗、六只猫，还有两条鱼，很多动物啊，哈哈！

“我很难一下子记住这些动物的名字，妈妈。”我笑着对Cason妈妈说。“看，Joe已开始叫你妈妈了，你很开心吧？”听了联系人的话，Cason妈妈开心地大笑起来。

妹妹Angie看上去很开心，身高约165cm的妹妹拥有很好的身材，配上她的蓝眼睛和金头发，非常漂亮。妈妈告诉我，她是副校长秘书，就是我的物理Swaner老师太太的秘书，呵呵！妈妈说她知道我的一切，我告诉妈妈我对自己的表现和成绩很有信心，妈妈开心地大笑了起来。

妹妹Angie带我去看了我的房间。房间是蓝色的，我很喜欢。和我一样，妹妹也很喜欢音乐，嘿嘿！

从我的房间出来后，我跟家里所有的动物们又见面了。家里三只狗很大，最大的一个都赶上小狮子大小了。

以后每天都由妈妈开车带我和妹妹上学，四点钟Cason妈妈下班后我们随她一起回家，我2：30放学后可以在图书馆看看书，做做功课，太好了。

Cason妈妈告诉我，她家很轻松、很随意，没有这样那样的规矩，我来的第一天就感觉到了。我相信Cason妈妈一定是个好妈妈。

我现在很开心，新家很完美，哦，说完美还不够，是非常完美，对！

一帆风顺 2009年2月25日

昨晚Cason妈妈带我和妹妹去Taco Bell吃墨西哥餐，用完餐后我想付钱，妈妈坚决不让。“妈妈打定主意的话，你很难说服她的。”Angie妹妹笑着让我把钱收起来。

昨晚不知怎么的，我醒了七八次。5：40时，我再次醒来，正要起床时，听到Angie房间的闹钟响了。

“早，Joe。”妹妹告诉我，洗手间里有可以接iPod的音箱，太好了，我可以边洗澡边听音乐啦。

早晨6：50时，我们从家里出发了。今天天气真好。一踏进生物教室，我就向他问好。“嗨，Lopez老师，我现在住在Cason老师家里了。”“哦，真是太好了，她是个非常好的人，真太为你高兴了。”

“Joe，你今天看起来很开心啊，告诉我，有什么好事啦？”Jonsson老师一下就看出了我的好心情。“我到Cason老师家去住啦。”“老实告诉你，昨天就有人告诉我啦，她说她很开心，恭喜你！”

“Joe， 你去Cason老师家住了，对不对？” “我还没告诉你，你就知道啦？Holmes老师。” “信不信，学校发生的任何事情我都知道。她人非常好，恭喜你！”

刚才我把博客的地址告诉Cason妈妈了，妈妈看了后说我写得很好，我很开心Cason妈妈也喜欢我的博客！

刚才我还给Jerry叔叔打电话通报了我最近的情况，Jerry叔叔知道前几天发生的事后，很吃惊，让我把电话给Cason妈妈，他跟Cason妈妈又聊了一会儿。Jerry叔叔告诉我，从Cason妈妈的谈吐就可以知道她是位很有修养的女士。Jerry叔叔说对了！ 我现在很开心，哦，非常非常开心，除了有温暖的家外，我还有美妙无比的音乐陪伴！

看，所有的老师都在恭喜我，我确信自己是个幸运的孩子！

四人行 2009年2月26日

今天早上，Cason妈妈驾车带我和Angie妹妹去上学，我很早就到校了。

西班牙语课上，Jonsson 老师让大家做一项类似导游一样的功课，就是用西班牙语介绍一个地方。我的小组由三个女生和我一个男生组成，我们想给大家介绍动物园。确定下来后，我们开始画画、写解说词、并装饰海报等等。女孩们在苦思冥想着怎么把动物画得栩栩如生，我则在海报上标示出东、南、西、北四个方向。我还建议在动物园广场上画个喷泉。当忙着做有趣项目时，时间过得飞快。

经济课上Holmes老师又通报了一下各组的股票收益情况，我现在已经害怕听各组的股票盈利结果了。“我们是不是输钱最多的组啊？” “不是。” Holmes老师让我不要为股票的盈利情况担心，Holme老师知道我对股票知识的认知要比其他同学强，但目前的市场，这些知识似乎根本不管用。

Holmes老师还问了我们一个比较“刁”的问题，那就是，“哪种情况下，股票即使已涨了2-3倍了，你还会选择买入？”我很想说，在女朋友让我买的情况下，后来想想还是把话缩回去了，因为 Holmes老师是比较严肃地问我们这个问题的，我也应该严肃点回答问题才对。

第四节课时，我刚招呼完周围的朋友们，就收到了我的课程顾问老师让我去她办公室的通知。Berg 老师告诉我要参加一个新的课程，在接下来数周内我还要修完美国历史，并拿到10个学分。

放学后，妹妹Angie把她的好朋友Mark和Cassie介绍给了我。Cassie是个非常甜美的女孩，和Angie情同亲姐妹，她懂得11国语言，真是聪明得可以啊！Cassie好像很喜欢跟我聊呢，不好意思，自作多情一下，哈哈！

寓教于乐 2009年2月27日

妹妹最好的朋友Cassie今天早上告诉了我一些发生在她身上的诡异事件，我听后真有种毛骨悚然的感觉，但Cassie在叙述这些事时，那种若无其事、笑眯眯的样子打消了我的惊恐，我想她是在编故事逗我玩吧。

Cason妈妈告诉我，她已经把我住在她家的消息通过邮件告诉学校的所有老师了。妈妈说有一位老师说PHS如果多些像我这样的学生就好了，还有位老师告诉妈妈，说很久没看到我这么开心了，哈哈。

妹妹、妈妈和我一早就出发去学校了。妹妹带我去学校的唱诗班找Cassie。这是我第一次去学校的唱诗班。负责唱诗班的是位年长的老师，会很多种乐器的演奏。

到Cason妈妈家住后，每天我来学校的时间都比较早，我有时间和妹妹的朋友们在一起玩了。妹妹的好朋友 Cassie是个非常漂亮的女孩，她的男朋友名叫Daniel，长得非常英俊，Cassie和Daniel是非常般配的一对情侣。

西班牙语课，我们继续完成Jonsson老师布置的导游项目。我负责导游解说词的撰写。我组里的三个女孩将海报画得非常漂亮。也许是女孩子吧，画的动物超级可爱，卡通得不得了，我简直要被迷晕了。我逗她们说："海报上画的都是些什么动物啊？"老实说，猛一看，我还真辨认不出来。"这些是老虎。"Lisa 和Moody同时答道。"老虎？我还以为是猫呢。这又是什么呢？""是猴子。""哦，猴子啊，我还以为是你们自己发明的新动物呢！还有，老虎竟然比猴子还小？""老兄！这些就像卡通一样，我们画得好玩点，别这么认真啊！"我和组里的女孩开着各种各样的玩笑，把她们乐坏了，我也很开心。

"Joe，今天我们买些什么股票呢？"Jasmine 信任地对我说。"我真是不知道买什么股票了，上次你们听我的建议买的股票，让你们输钱了。""输钱没关系的，我们相信你，因为你聪明啊。"Tatianna也鼓励着我。"你让我们买什么，我们就买什么，我们信任你，真的，不跟你开玩笑。"Jasmine再次表明了相信我、支持我的态度，真开心，呵呵。"你能来我这里帮我看看，给我些选股的建议吗？"Melissa也向我求助了，我乐呵呵地帮大家选了股票。

下周，我要画一张我们买入的股票运行趋势图给大家看，包括我们买入时的价格和总体走势，希望我们的股票快点赚钱，别让我没面子啊。

物理课Swaner老师上课很风趣，真正是寓教于乐，而且周五他几乎不布置课堂作业，因为他觉得周五是周末，而周末应该是过得轻松些的，哈哈！

每天健康生活课的Setzler 老师完成课堂的教学任务后，总喜欢跟我一起聊各种各样有趣的话题。我很喜欢Setzler老师，和我的其他老师一样，他上课也很吸引人。

今天辩论课的主要内容是关于死刑。大家想想，对一个杀人犯的判决，如果犯人有选择权的话，哪种更好？第一种是立刻被处决，第二种是入狱75年。我告诉 Macon 老师说，我觉得是第一种比第二种好，Henry同意我的观点。

放学后， Daniel， Cassie， Angie和我漫步在校园中。我和Cassie走

在了一起，而Angie则和Cassie的男朋友Daniel在一起。Daniel和Angie 说我和Cassie像一对兄妹，因为我们两个都是黑头发，而Daniel和Angie也像一对兄妹，因为他们都是白人，都有着金色的头发，还真是这么回事，哈哈!

明天妈妈要带我们要去参加孩子的生日聚会，今天晚上，妹妹，Cassie，妈妈和我一起制作生日蛋糕。蛋糕要做得非常可爱，Cassie 似乎对如何装饰蛋糕很在行，我对Cassie的能力很惊奇，她才15岁，但任何事似乎都做得很像样，她还会11种语言，怎么像超人一样猛啊？难道是超人？呵呵，开玩笑啦，如果她真是超人的话，应该会告诉我吧。

超自然女孩 2009年2月28日

昨天，我听到发生在Cassie身上的一些事时，感到非常的不可思议，这样的事我除了在一些悬疑报纸杂志上看到过外，连听也没听过。妈妈告诉我，几个月前，Cassie告诉她时，她也不相信，后来她在亲自耳闻目睹了一些事实，并看到了一些很诡异的照片后，不得不信了。Cassie是个超自然人!

Cassie的故事听起来很玄乎，但确是真实的！Cassie是个非常漂亮的女孩，拥有完美的身材，但她却害怕拍照片。一开始发现Cassie忌讳拍照片时，我不太理解，我觉得女孩子都喜欢拍各种各样的照片，越是漂亮的女孩，越喜欢拍照片，不是吗?

我问Cassie，“Cassie， 你的身材像模特一样完美，为什么不喜欢拍照呢？”“因为别人给我拍照时，常常可看到我照片后有一个很大的灰色或黑色的影子。”Cassie的话，让我觉得太荒谬了。看着我一脸狐疑的表情，Cassie说：“你不信可以问Angie的妈妈，她不可能对你撒谎吧。”“Cassie告诉你的都是真的，Joe。待会儿我给你看些照片，非常恐怖。”Cason妈妈作证道。

Cassie 告诉我她在晚上可以看到她周围的各种鬼魂，也许任何时间都可以！ Cassie还说：“有一天，在半夜约3点种的时候；我又被一个巨大的影子弄醒了，我的头颈上出现了一个在流血的环形伤口，我父母亲亲眼看到的。”“你不是在骗我吧？”我战战兢兢地问道。“我没骗你。我告诉过很多认识我的人，他们都不相信，觉得我可能是疯了，看，你也不相信我说的话！”“你拍出的照片怎么会有个黑影子在你身后的呢。”“我也搞不清为什么有黑影子。但我知道，有时候我去世的奶奶或者Melissa会跟着我的。”

今天是星期天，我们如约去参加一个生日派对。Cason妈妈手里拿着相机，尽可能多地给大家拍着照片。

大约下午2：30时，妈妈给小宝宝们拍照时正好拍到Cassie。“看，Joe！来看这张照片！”妈妈拍拍我的肩，一脸的惊恐。“那是什么东西啊？！”我看到妈妈给我看的照片时，我简直不敢相信自己的眼睛。“那…那是她的灵魂，看到多大了吗？”“她身后的影子非常大啊！”“是啊，给她拍照常常发生这样的事。”我和妈妈的嘀嘀咕咕引起了Cassie注意，“Joe，你现在相信了吧？我跟你说过我不是个正常人。”“哦，上帝啊！”我忍不住叹息道。

妈妈说他们以前住在另一个城市，很多事从未告诉过Cassie，可Cassie却知道得一清二楚，她甚至知道妈妈父母的情况。Cassie 还能预知以后会发生的事。妹妹告诉我，Cassie提到的Melissa 在7岁时和她哥哥死于加州的一场大火，Melisa有着棕色的头发和绿色的眼睛，是个小鬼魂。Melisa常在Cassie家和我家来来往往。妹妹Angie常和小鬼魂Melisa聊天。

妹妹的话让我更吃惊了，“告诉我一些你和Melissa之间发生的事。”“有一次，我的一只宠物鼠找不到了，妈妈叫我好好找找，找到后把它放回到笼子里。当时我躺在床上，Melissa就在我身边，我就让Melissa去找宠物鼠，找到后关到笼子里。没多久我就睡着了。第二天一早醒来时，宠物鼠真的在笼子里。Melissa和她哥哥活着的时候，常常喜欢在家里悄悄移动东西。现在我们家的东西也常常被移来移去。”问了妈妈后我知道妹妹说的都是事实。我建议妈妈找个科学家来我家好好研究一下。

妈妈给我看了她前几天刚拍的照片，照片中有个小影子，Angie说照片中的阴影是小灵魂Melissa，太吓人了！我忍不住吸了口气。

我稀里糊涂地住到了一个超自然的屋子里来了，没想到啊！

云淡风轻 2009年3月1日

昨天生日派对上，穿着红色松软紧身衣的Cassie显得分外漂亮。她买了很多礼物给派对上的小朋友，有小赛车，也有各种小玩具。

看到小孩子在自己身边绕来绕去时，Cassie忍不住抱起一个孩子。我开玩笑说："你很有母亲的样子啊，Cassie。""别胡说！我不喜欢生孩子。"Cassie不好意思了。

今天生日派对的主角是三个孩子，长得超级可爱。孩子们忙着拆开收到的各种礼物，他们拆礼物包装时那种充满希望和好奇的眼神实在令人难忘。

现在我房里每天都有一只小猫陪着我。小猫的名字叫Purcey。Purcey很会享受生活哦，每天在我房间吃吃喝喝的，连睡觉也在我房间，幸福无比啊，哈哈！

喜剧好手 2009年3月2日

今天开始我发誓再也不让小猫Purcey睡在我房间了，小猫实在太闹了，真搞不懂小猫怎么不睡觉呢？整个晚上，小猫不断地从地上跳到我身上，我把它推下床，它又跳上来，来来回回不下100次了，后来我实在太累了，只好输给它了。

今天早上，我依然很早就到学校了，妈妈每天上午7点前必须到校。我去唱诗班消磨时间时，发现了Cassie的男朋友Daniel的眼睛一刻也不离开她，他不会觉得这两天我天天混在唱诗班是有什么目的吧？哈哈！我去唱诗班不是冲着他女朋友的，我怎么会这么坏呢？

西班牙语课我们继续完成导游项目，今天小组中要推选一个人上台演讲，Moody是墨西哥人，她在家应该是说西班牙语的，就选她了。

物理课时，我告诉Swaner 老师在我现在住的家的一些超自然现象的故事，他听了也有些害怕，但他告诉我，在美国，确实有一些超自然人存在。Swaner老师建议我去看一部名叫“Poltergeist”的片子，我一定会找来看看的。

中午吃饭时，妈妈带我去见了Swaner老师的太太，也就是我们学校的副校长。Swaner校长是位非常优雅的女士，她告诉我，极少在家中谈学生的Swaner老师在家中常常谈到我，哈哈！

我还去了Rodriguez校长的办公室去对帮助过我的校长和老师们表示感谢。Rosette老师说她两年前去过上海，还说她非常喜欢上海。她建议我每天中午去她办公室，她教我一句西班牙语，我教她一句中文。哈哈！妈妈所有的同事都知道我们家的屋子是超自然的，他们都觉得很酷。他们问我会不会害怕，我说，我也觉得妈妈的屋子非常酷！

妈妈的办公室有冰箱还有微波炉，这个周末，我要去超市多买些三文鱼和日本寿司，太想吃三文鱼和日本寿司了！

中央舞台

2009年3月3日

妈妈告诉我，我们的房子里装了很多的报警器，她还告诉我，家里养这么多动物的主要原因是因为这房子常常发生超自然现象，多一些动物能给家里带来更多的生气。.

今天早上，又有奇怪的事情发生了。妈妈说妹妹橡皮找不到了，问我是否用过。我告诉妈妈我没用，即使我用的话，用完后也会放回原处的。显然，我们家的东西又自己长腿走了。

自从感觉Daniel非常紧张他的女友Cassie后，我就不去唱诗班了。但我去哪里呢？去生物教室看看吧。我到教室一推门，门竟然开着。“Lopez老师，你到学校很早啊，你一般什么时候到校？”“基本上是

6：50吧，我也不确定。”今天早上我没有什么特别的事要做，因此我在教室内与Lopez老师聊聊，无论我提什么问题，Lopez 老师都会非常认真地回答我。

上课时，女生Yang又对我说爱我之类的话了。和往常一样，我表示感谢。我特意强调说是非常感谢，呵呵。

西班牙语课上，我们要站在舞台上给大家介绍自己做的项目了。我已经鼓励过我们小组的主讲人Moody好多次了，我相信Moody今天在台上一定能做个精彩的演讲。可是，上了中央舞台，面对着观众的Moody竟然非常紧张，看着她紧张地抓住我衣袖，楚楚可怜的样子，真是很糟糕。如果我来演讲的话，我们会被扣分的，因为这是一个小组的合作项目，每个人都有任务，我的任务是写演讲稿。可看着身边胆怯可怜的Moody，我不能让她尴尬下去了，我拿过她手中的演讲稿，轻轻在她耳边说：“我来替你做。”演讲结束，老师和同学们给了我们热烈的掌声。

今天我回家还要再找出5支有潜力的股票，我还有很多额外作业要做，我要争取将成绩提高到5A1B或6A。妈妈劝我别逼得自己太紧，没关系的，我要努力实现自己的目标啊！

自主学习

2009年3月4日

自从搬到新家后，我在学校过得更自在了。妈妈有自己的大办公室，办公室里还有冰箱和微波炉，还有三个橱子可以放东西，哈哈！每天放学后，我就到Cason妈妈的办公室去做作业。我的午餐也更方便了，只要从家里带些喜欢的食物，中午在妈妈办公室的微波炉中一热就解决了，嘿嘿！

“早上好，Lopez老师，你好吗？”“我很好，谢谢你，Joe。”我和Lopez老师聊了些加州死亡谷的事情，我告诉他，妈妈会在放春假时带我去那里玩！Lopez老师说死亡谷很好玩，让我多拍些照片。

现在校园里的女生们流行玩一种新东西——玩具小娃娃。女孩们到哪里都带着自己的玩具小娃娃。玩具小娃娃是需要悉心照顾的，如果你打她或者稍微对她照顾不周，小娃娃马上会哇哇大哭的，好玩吧？我忍不住好奇心，在征得一个女生同意我做她怀里小娃娃的爸爸后，刚抱过小娃娃，哭声就随之而来了，唉！也许男人天生没有女人会照顾小娃娃，小娃娃一点也不给我面子，没办法。

今天是我们买入股票的第三周了，我们账面亏了很多钱，失望啊，失望！

健康生活课的Setzler 老师在我心目中一直是个年长的超级好脾气的老师，可谁知道，好脾气的老师也有爆发的时候呢！面对几个调皮捣蛋的学生，他真的发怒了。老师的暴怒令整个班级呈现出死一般的寂静。

上完所有的课后，我还要去上美国历史课。美国历史主要自修完成，学生在规定时间内完成作业并通过考试就可以拿到学分了。太好了！

和往常一样，放学后我到妈妈办公室等妈妈下班。Rodriguez老师知道我对学习语言很有兴趣后，建议我学拉丁语。她告诉我，拉丁语是欧洲语言的基础，懂拉丁语的话，再学习法语、德语、意大利语、瑞士语甚至是葡萄牙语都很容易了。Rodriguez老师的博学令我钦佩不已。

在妈妈办公室，听着iTouch中的美妙音乐，我作业做得飞快。

抢手货 2009年3月5日

西班牙语课测验时，Jonsson 老师让我坐到教室角落的位置去，角落里很安静，我还看见了Jonsson老师的丈夫，长得绝对帅哦！

我的经济课同学Tatianna 是个非常聪明，身材也是一级棒的女生，谁能想到，她已经是两个孩子的妈妈了呢？她的孩子一个3岁，一个才9个月大。Tatianna是个单身母亲，独自照顾她的两个孩子。

Tatianna告诉我，她原来有份在养老院的工作，因为上12年级了，她把工作辞了，她原来攒了些钱可以养好两个孩子。我真是从内心佩服Tatianna啊，一个才18岁的单身母亲独自抚养两个幼小的孩子？难以置信却又令人钦佩，伟大的母爱啊！

我们小组的股票盈利在第三位了，还不错。Holmes问我找女友是漂亮第一还是聪明第一，我当然要找聪明的了。老师还说我回中国后一定很热门，一定会是个抢手货！哈哈！Holmes老师的话，让我很受鼓舞。

物理课上，有同学告诉我，Roberto现在在商店里卖鞋，他想努力赚钱跟我去中国。我真的很感动。有机会我一定去他工作的鞋店看看。

辩论课上，我告诉Macon老师我很希望自己的英语辩论成绩也是A，我想通过做更多的练习来帮助提高分数。Macon老师说我的英语已经相当好了，说我的发音很标准，口语能力也已超过学校一半的美国学生了，让我别把自己逼得太紧。Macon老师对我的评价，令我非常开心。我把Macon老师对我的评价告诉了妈妈，妈妈也很开心，因为Macon老师是出了名的严格。

我心情愉快地在校园内闲逛着，看着蓝天下的小鸟和雏鹰在自由地飞翔，真希望自己有一天也能像他们一样飞得高、飞得远、飞得自由！我相信，我相信一定会有这一天的！

教师裁员 2009年3月6日

今天和妈妈回家前，我看到妈妈的表情似乎带着某种遗憾。要知道，妈妈一直是个快乐、兴奋、精力旺盛的妈妈啊，今天妈妈的表情说明一定有什么重要事情发生了。果然，妈妈告诉我说，我们学校将裁掉21位教职员工，怪不得妈妈这么伤心。

“孩子们，明天是最难过的一天，因为所有学生都知道哪些老师被裁掉了，接受发生的一切吧。”我希望所有教我的老师都没有被裁掉，因为这些老师都是非常好的老师！

一早到生物教室时，看到Lopez 老师坐在椅子上哼着小曲，很放松的样子，我放心了。

Jonsson老师今天没给大家布置课堂作业，同学们都在轻松地聊着天。一些同学问我以后想从事什么工作，我说想成为商界人士，同学Will大声说："你去大公司做CEO，这样你就可以让我们所有人为你打工了。"哈哈，美国同学真逗。

下课后，我来到经济课教室，Holmes老师不在，忽然有个念头跳入我的脑海中，Holmes在部队很多年，来这里教书才两三年，他会不会？Tatianna也是一脸担忧地等待着。要知道，所有的学生都非常喜欢Holmes老师，他是位知识非常渊博的老师，也是位有着极具个人魅力的老师。2分钟过去了，5 分钟， 8分钟，"嗨，Holmes老师， 你来啦！你来啦！"看到Holmes老师出现的那一刻，所有的同学都欢呼了起来，Holmes老师脸上挂着两种不同的表情——既抱歉又开心。"耶！击掌庆贺一下，Holmes老师！"

物理课上，看到Swaner老师也留了下来，我真是太开心了。

Setzler 老师和Macon老师今天也都照常给我们上课了，显然，我的所有老师都留了下来，哇！太好了！

今晚我们去中餐馆买了很多饭菜打包带回家慢慢吃，我坚决不让妈妈付账，我应该请妈妈和妹妹吃中餐的。妈妈说中国的饭菜闻起来很香，我相信吃起来会更香，妈妈和妹妹一定会很喜欢的。

安琪认错 2009年3月7日

来到 Cason 妈妈家后还没机会去超市买自己的洗浴用品，我先拿妹妹的在用。待会儿我们要去商店买东西了。就在我们准备出发时，Angie对妈妈大声抱怨道："我得把我的洗面奶藏到柜子里去，他为什么老是用我的东西？" "Angie， 住嘴！"妈妈的声音中含着愤怒。"我不住嘴，因为他已经……" "闭嘴！" "我讨厌他用我的东西。" "闭嘴！"屋子一下子安静了下来。

“Angie， 你在哪里？”我轻声而心怀内疚地叫着妹妹。“我在这。”“你过来，告诉我你的洗面奶多少钱一瓶，我加倍还给你，好吗？很抱歉我用了你的东西，我保证以后再也不用了。这是给你的钱，10美金够了吗？”“Angie， 你在哪？你这么小气，这么自私，我讨厌你！我还从未见过像你这么自私小气的女人。从现在开始，每天家由你打扫，所有的家务都由你来做！我们走，Joe！”“妈妈，是我不对，不要过多责怪妹妹，她还是个孩子。”“Joe， 这根本不是你的错！我得好好教她如何跟别人分享东西，我不能接受她今天的行为，她对你太坏太自私了。你昨天晚上买饭给她吃，她竟连声‘谢谢’都没有。”“没关系的，妈妈。”“你真是个非常好的孩子， Joe。不过我得好好教教她怎么与人分享东西。她现在这么小气。今天我会给你买香波，你的东西也不要给她用！”“不要这样，妈妈。我想妹妹已经知道她有些地方做得不对了，相信她以后不会这样了。”听了我的回答，妈妈给了我一个非常甜蜜的笑脸，“你父母亲是如何教你的，Joe？”“他们教我任何时候都要有绅士风度，我是这么做的。哦，对了，你给妹妹的任务太多了。”“她必须完成交给她的任务，这是为了让她吸取教训！”

妈妈先带我去理了头发，接着，我和妈妈去了一个名叫Cosco的大商场。商场真大啊，里面的东西可谓应有尽有。我买了金枪鱼和三文鱼片，还有日本寿司和中国的速冻食品。“Joe， 我知道你是个善良的孩子，她对你这么自私我真是感到抱歉，所以，你买的金枪鱼和三文鱼都不要给她吃，好吗？”“妈妈，不要再说妹妹了，我没事的，我不能将自己买的东西都自己吃。我住在你们家，每天吃着你买回来的东西。”妈妈没有再说什么，但透过妈妈的蓝眼睛，我可以看到她眼中的那份抱歉。

一回到家，我就叫妈妈和Angie妹妹一起来吃金枪鱼和三文鱼片。妈妈说她累了，不吃生鱼片了。我请妹妹来吃。一包三文鱼差不多20美金，但我真的不在乎。妈妈和我的亲生父母都说过，要做个有涵养的绅士，要懂得与人分享。我是个男孩子，要学会容忍周围人的一些不足。

我还是一如既往地把Angie当作自己的妹妹来对待。“对不起，Joe。我是说，我今天不是生你的气，我真的很对不起你。”“没关系的。尝尝三文鱼吧，好吃吗？”“嗯，非常好吃。谢谢你把你买来的东西给我吃。”

整个下午，我都忙着看我的美国历史，真有点抓狂的感觉，呵呵。记得我原来的接待家庭妈妈说过，美国历史是高中最难的课程了，现在看来，还真是这么回事。但我相信别人能完成的我也能做好。Macon 老师说我的英语比一半以上出生在美国的孩子要好，我有信心告诉自己：我行！我完全有能力学好美国历史！

晚饭后，我们一家坐在桌子和沙发上一起看电影。妈妈还给我们准备了好吃的冰激凌，真是个很棒的家庭影院！

我是中国人 2009年3月8日

我在美国已有相当长的一段时间了。在美国的时光，有欢乐，有沮丧；有戏剧性事件的发生，也有紧急事件的应对；有独自伤心的日子，更有合家欢乐的时刻。

在我刚来美国的日子里，我努力抓住一切机会向大家介绍我自己。从那时起，我就不断对自己说，你来了，你到美国了，你是代表中国的学生来到美国。想到也许我所在的学区只有一个来自中国的交流学生，也许整个加州只有我一个来自中国的交流学生，我的内心充满了激动之情！

每次老师对我做出评价时，都会提到我是个来自中国的学生。每次竞赛获奖时，一想到我是来自中国的交流学生，我内心的快乐会更增添几分，中国人这几个字激励着我转得更快、飞得更高、笑得更甜。

Holmes老师常常问我有关中国的问题， 学校的同学们见到我都会非常友好地招呼我，他们还非常乐意将我介绍给他们的朋友们，他们对我不认识的朋友们说“那是Joe，他很酷，他从中国来。”其他的朋友立刻会说，“中国人很棒！我想去中国。”甚至有些人还会说，“我想学中文，你好吗，老兄？”

每次看见那些漂亮又可爱的墨西哥女孩和其他种族的女孩向我挥舞着温柔的臂膀大声叫着“Joe！”的时候，我真为自己骄傲。在这么大的校园里，在这么大的一个州，在这么大的国家——一个与中国完全不同的国家，你们也许无法体会到当其他种族的人对你说出“中国很棒！他是中国人”时，我内心的那种快乐和激动！不仅我的美国老师Holmes称赞我聪明，几乎所有认识我的人都会说，中国人聪明。他们似乎不明白为什么我能像他们一样说着流利的英语；他们似乎很好奇为什么我的数学总是比他们好？他们似乎在疑惑为什么一个来自遥远的东方国家的人能这么好地适应西方文化？我用我的智慧告诉我的美国朋友们，中国人确实很聪明！

我要让更多的美国人知道，中国和美国都是幅员辽阔的大国，我们应该永远成为好朋友！每一个中国人都应该对美国人民友好，同样的，每一个美国人也应该把中国人看作其最真挚的朋友！

语言天堂 2009年3月9日

昨晚起，我开始进行全方位的语言学习了，我很想成为一个通晓多国语言的人，我必须要非常努力才行。我觉得，学习语言，我还是很有些天赋的，对任何一种我想学的语言，我都不能因为怕难而说“不”。

“Lopez老师，你会法语吗？”今天一早看到生物Lopez老师时，我一下子蹦出来这个问题。“嗯，我会一些法语。”我太高兴了。Lopez老师是个非常有耐心的老师，我让他读一些法语给我听听，他真的读给我听了，而且他的发音非常漂亮。我敢说Lopez老师当初在学法语时一定很刻苦，他一定是个好学生！

西班牙语课开始学习新章节了，内容是关于佛罗里达的。美国佛罗里达州绝大部分的居民都会说西班牙语，这主要是因为那里的居民80%

以上来自西班牙语系国家；那里墨西哥人很少，而以古巴和西班牙人居多，美国佛罗里达州数百年前是西班牙的领土。

经济课Holmes老师给我带来了一个好消息！我们的团队现在股票盈利处在第二位！而且与第一位盈利非常接近。说不定下周我们就可以超过第一位了。因为我相信，我挑的那些股票都会有很好表现的。Tatianna 和我们组里的其他女孩听到这个消息也很开心。现在我的压力轻多了！

Charlotte是来自比利时的交流学生，她能说非常好的法语！我向她请教了一些法语的发音，法语真是非常好听的语言。

下午我在Cason妈妈办公室时，碰到了Rodriguez和Rosette 两位副校长。她们告诉我一些学习语言的窍门，她们两个都是非常博学的人。

“Guten Tag！”（德语“嗨”），一踏进Macon老师的英语辩论教室，我就用德语向Carey问好，主要想检验一下我的发音是否正宗。Carey在德国出生，她懂得德语。我读了些德语给Carey听，在她耐心的纠正下，大部分的德语发音规则我都掌握了。在美国，除了英语，你还可以抓住一切机会学习其他各种语言，这么好的语言环境，不学真是太可惜了！美国是个多种族的移民国家，绝对是个学习各种语言的天堂！

只要你有好的学习习惯，我相信，在美国你的收获将会是大大的！

如有神助 2009年3月10日

我们的家好比是棕榈谷的动物园，呵呵。每天清晨我一走出自己的卧室，狗狗们会立刻扑上来闻我的脚，狗狗们的样子非常可爱，它们真把我看做家里的主人了，哈！

昨天开始，我们的冬令时结束了。这也是为什么这几天起床时感觉天空还暗暗的了，还真是有些不习惯呢。

7点不到，我们就到妈妈办公室了。“嗨，Joe，你好吗？！”我在教室门口等Lopez老师时，听到远处一个非常可爱的声音在叫着我的名字，“嗨！ Rosa，你好吗？你怎么这么早来学校？在等人吗？还是换了课表啦？”“哦，没有，我不是在等人，我要来完成这些工作，看！”Rosa 个子不高，属于长得小巧而女性味十足的那种女孩。她提着两个装满纸张和各种工具的大袋子。“你拿的东西是什么啊？能告诉我吗？”“哦，是有关年度宣传的东西。你看，我设计了学校中漂亮女孩和英俊男孩的图片，你知道评选校园皇帝和皇后吗？”我知道每年学校都会评选出最热门的男生和最漂亮的女生，他们被称为皇帝和皇后。

Rosa今天要做的就是将她设计的图片贴在学校的各个告示牌和白板上。我知道，这个工作量很大，如果我帮帮她的话，她可以比较快地完成任务，这样就不会耽误第一节上课了。我和她在校园里边走边聊，一看到告示栏，我们就在上面贴上宣传图片。很快地，我们就完成了任务。再见时，Rosa给了我一个温暖的拥抱。

生物课前，我告诉Lopez老师我找到一个可以帮我纠正法语发音的同学了，Lopez老师鼓励我学习多种语言，还鼓励其他同学像我一样多学几种语言，呵呵。

西班牙语Jonsson老师告诉我，拉丁语很重要。要成为一个专业的医生或心理师的话必须学好拉丁语。拉丁语是欧洲国家高中学生的必修课程。

经济课上，我们做第五章的测验。Holmes老师将所有测验题放在PPT（幻灯片）上，每个小组根据幻灯片上的题目找相应的答案。这样的测验，整个小组的协作和凝聚力非常重要。我的英语又进步了不少，有些连Holmes老师都说很难的题目，我都能及时找到答案。Holmes 老师说我们这组是最好的团队，哈！

最近感觉自己各方面的状态越来越好，好像冥冥之中总有人在帮助我似的，我不能让帮助我的人失望。我要成为有能力、有智慧的年轻人！我一定要做到！

重感冒 2009年3月11日

Jordan 是个很好的美国男孩，黑黑的肤色，个子很高，长得很强壮，人非常热心。同学们每次完成经济课 Holmes 老师布置的作业后，只要将作业放在他桌上，他会整理得整整齐齐后交给老师。

“过得怎么样，Joe？ 怎么好久没看见你戴太阳眼镜啦？现在已经是春天啦，太阳光很强的。你戴太阳眼镜的样子很fly啊！”Jordan看到我茫然的样子，拍了拍我的肩膀，笑着说：“哦，fly就是酷的意思！这是美国人的俚语。”

听到Jordan说的又一个美国俚语后，我无奈地对Holmes老师说，要一个个记住美国的俚语习语真不容易，为了让谈话更生动，美国人好像给每个词都发明了一个替代词。Holmes老师让我学学这些词。这是地道的美国人表达方式，还说我已经很美国化了，哈哈！我很关注美国的习语和俚语，作为一个母语非英语的学生，懂得很好地运用这些词语，感觉会很棒哦！

“Joe， 我为你画了颗粉红色的心，我爱你。”物理课上，黑人女孩大声对我说，边上的同学像在欣赏一出精彩的话剧一样盯着我们看。我非常有风度地对她笑笑，我想，她应该明白我一直以来的态度的。这个月是我在美国的第八个月了，在这八个月中，有四个女孩对我表达爱慕之情了，很得意哦，哈哈！

上午课上完后，我去妈妈的办公室了。我感到自己在发烧，鼻子塞住了，胃部也在隐隐作痛。妈妈将手放在我的额头上摸了摸，她觉得我患上流感了，而且在发烧。在征得副校长Swaner同意后，妈妈把我带回了家。

“你肯定是得了流感，别担心你的课程和成绩，别给自己压力太大，身体最重要。”妈妈将一块冷毛巾敷在我的脸上降温，并在我房间里放了大盆，我呕吐时可以不用去洗手间了。

妈妈给我安排好一切后，回学校去工作了。我有些头晕，很快地，大约在下午两点左右，我睡着了。睡梦中隐隐感到有人用手轻触我的额头两三次了，熟睡中的我怎么会感觉有人一直在看着我呢？是不是很奇怪啊？

醒来时，天色已经有些暗了，我床头的台灯却开着。我一下子迷糊了，以为已是第二天的早晨了。“感觉怎么样啊，宝贝？好点了吗？你的烧好像退点了。你睡觉的时候，我去你房间看你了。”哦，原来是妈妈？妈妈真是太关心我了，她把我当作自己的孩子那么关心和爱护，我真的非常感动。

妈妈给我倒了杯茶，拿了些药，还给了我一片面包，妈妈真是个非常细心的好妈妈。“明天别去上学了，多睡些时间。别担心学校的事情。如果你想去看医生的话，告诉我，好吗？”“不用看医生的，妈妈。我是个男子汉，不会像女孩一样娇弱的。”

今天早上9点才醒来。取了些妈妈放在冰箱上的食物吃了。中午11：00点时，妈妈从学校赶回来看看我是否好些了。妈妈给我弄了点吃的，并给了我一些药后，又赶回学校工作去了。

春季是感冒的流行季节，很有可能在不知不觉中就染上了感冒，大家一定要多注意身体。

异国亲情 2009年3月12日

我再次醒来时，已是下午5点了。烧还没完全退，胃也还有些隐痛。为了转移自己的注意力，我拿起了《西班牙语学习》这本熟悉而亲切的书看了起来。看啊看的，人感觉越来越热了。我告诉自己，学习任何知识都不是件容易的事，否则的话，每个人都能轻而易举地成为成功者了。如果你想做个比别人更成功、更有威望的人，你必须比别人付出更多，牺牲更多。想到这里，我重新拿起书本，用一种满含着对未来希望的态度去学习，我必须全身心地、快乐地去学习书中的知识，而不是为了完成一项艰巨的任务而去学。

“嗨，Joe，你现在感觉如何？”听到妈妈的招呼声，我感觉好像被人从一个私人而又安静的空间中唤了回来。“我好多了，虽然胃还有些痛，但烧基本退了，胃痛比上午好多了，鼻子也不塞了。”“哦，太好了，妈妈太高兴了。我刚炖了些鸡汤，你吃点好吗？你现在看起来是好多了，但还没完全康复，估计你还有些发烧，明天再休息一天吧，让你的身体彻底康复。我再给你点药。药虽然不好吃，但对你身体有好处。”“太谢谢你了，妈妈。”“不用谢，宝贝。吃完睡觉去吧，希望明天能恢复得更好，好吗？”

在美国我有这样的好妈妈真是太幸运了！

妈妈病了 2009年3月13日

昨天一个人在家，我把餐具全洗干净。可洗到最后时，一阵阵的胃痛又向我袭来。洗完餐具后，我只好上床去休息了。

下午五点时，我看到妈妈穿着很多衣服躺在客厅的沙发上，我轻轻叫了几声，妈妈没反应。妹妹告诉我妈妈病了。也许是我将流感传染给妈妈了。看着妈妈虚弱地躺在沙发上，我感到非常对不起妈妈。

我拿着一本杂志翻看着，可满脑子想的都是妈妈不知道怎么样了，要不要紧。“嗨，Joe，你好吗？”妈妈的声音听起来疲惫而虚弱，“我现在很好，你感觉怎么样啊，妈妈？”“我感到发冷。你看，我的症状和几天前的你一样，呕吐、头痛和胃痛。”“我去拿点药给你，好吗？你要吃点药吗？”“不用，谢谢你，Joe。”妈妈只是让我给她一些果汁来帮助她降温。

“妈妈，如果需要我做什么，随时告诉我，好吗？我会立刻帮你做好的。”“真是非常谢谢你，Joe。我现在好多了。”妈妈的脸仍有些红红的，我知道她一定还在发烧，可我能为她做些什么呢，妈妈不需要我为她做任何事，她让我去自己房间用电脑忙自己的事。

“妈妈，我帮你热了杯牛奶，热牛奶能帮助你降体温的，我常常喝热牛奶，我还在牛奶中放了些糖，这样牛奶会好喝些。”“哦，实在是太谢谢你了，Joe，你自己也喝点热牛奶吧。”

今天早上去学校，见到Lopez老师时，他非常高声地招呼着我，虽然我只缺课两天，但他好像很久没看到我似的，呵呵。“你好点了吗，Joe？你妈妈给我发了封邮件，告诉我你病得很重。”“哦，我基本好了。”“呃，前两天你怎么啦？”Jordan和Joseph也关切地问道：“我人很不舒服，呕吐、胃痛和头痛。”“噢，你怀孕了？”“什么？我？说什么呢，老兄，我又不是女人。”“Joe怀孕啦！”我的几个好朋友又开始嘲弄我了。搞笑的Joseph把Lopez老师也逗乐了，哈哈。

今天没想到，我们的股票赚大钱了！Tatianna 看到股票赚了这么多钱可真乐坏了，她账户上的股票收益比我还要好。我把所有盈利的股票，尤其是已经疯涨过了的股票全部卖空了。Tatianna 看我把涨的股票卖了，有些不解。我告诉她做股票不能太贪，这些股票已经涨了一段时间了，做股票很重要的是降低风险。卖出股票后，我又找了些价位在相对较低位置的股票买入。我告诉Tatianna我们会成为最佳团队的，Tatianna冲着我迷人地一笑，眼中满是信任。哈哈！

摇滚乐队 2009年3月14日

健康课真有些令我头痛啊，有太多的医学专业词汇了，用词霸也查不到。测验分数总是不理想，好在Setzler 老师允许同学用课外作业来弥补考试分数的不足。我在课外找一些跟健康有关的文章，用自己的语言整理出五个要点。上个星期，我完成了21篇。

放学后，妹妹带了她的同学Maggie来我家玩。我觉得妹妹把同学带回家真不是时候，因为妈妈在生病啊。“妈妈，你好点了吗？头还晕吗？”“嗯，头还有点晕。”虽然妈妈人不舒服，虽然她很累，但她在跟妹妹的同学Maggie说话时，脸上一直洋溢着喜悦的表情。

几分钟后，妹妹和Maggie去房间玩电脑了，妈妈终于可以舒口气了。我知道，妈妈为了让妹妹同学开心，是在强打精神，妹妹和朋友一离开，我可以立刻读到妈妈红红的脸上的四个字母：S–I–C–K（病了）。“Joe，我们来玩玩摇滚乐队好吗？”“哦，好啊。但我的水平也许很臭哦，哈哈。”游戏歌曲的节奏非常欢快，底部鼓乐的节拍让我忙得快要发疯了，玩了半小时后，我的手都麻了，衣服也湿了，呵呵。妈妈说她很喜欢这个游戏，我也很喜欢！

妹妹在Maggie走后，又邀请了更多的朋友来家里玩。妹妹和她的朋友们看电影一直看到半夜2点钟，他们笑啊叫啊，半夜两点过后，我终于可以睡个太平觉了。

今天上午妈妈陪我去书店买西班牙语书，中午妈妈会带我去她最好的朋友家里玩，我们会在那里吃午餐。妹妹和她的朋友出去玩了，我和妈妈也要开开心心出发啦！

品味乡村 2009年3月15日

昨天在和妈妈去她朋友家的路上，妈妈告诉我，我们要去见的女士是妈妈最好的朋友，是位美国历史老师，朋友的先生也是个非常好的人，他给那些问题孩子，像吸毒的、嗜酒的或猥亵女性的孩子做行为矫治。妈妈说，美国现在问题学生不少，我们学校也有一些，但她对这些孩子也很尊重。为什么妈妈要尊重那些校园小流氓呢？后来我想明白了，孩子并不是生下来就有问题的，每个问题孩子的背后都有其原因，从某种意义上来说，他们也是值得同情的人，妈妈同意我的看法，妈妈认为有些小混混的生活是很令人伤心的。

我所在的南加州地理位置非常有趣，到处都可以看到山，但水却很少，这也是这里以沙漠闻名的原因。加州最大的沙漠区域名叫死亡谷，据说那里一年四季天气都很热。在去妈妈朋友家的路上，我们穿越了一个又一个的山洞，整个旅途太令人兴奋了。如果妈妈开的是吉普车或越野车之类的，那就更酷啦。

头顶着蔚蓝的天空，脚踩着碧绿的青草，我们仿佛置身在一幅美轮美奂的风景画中。尽管路上时不时有些小石子让车子有些颠簸，但这不正是乡村之旅应有的味道吗？“看到那里的马了吗？？”妈妈指着一个很大的私人农场对我说，我看到一个小女孩和她的爸爸正悠闲地骑在马背上，跨越着一个个栏杆玩。农场边上放着一捆捆的干草，估计这些就是马儿们每天的主食了吧。

这是我第一次在外面看到有人骑马，真酷啊。我知道，骑马和打高尔夫一样，都是很“贵”的，这个“贵”有两个含义哦，一个是“高贵”，另一个是“昂贵”，呵呵。看着天上的鸟儿开心地飞来飞去，我的心情真是无比舒畅。

二十分钟后，我们到了妈妈朋友家。还没进到客厅，我就听到主人家的几只狗欢快地叫开了，好像在说：“来客人啦！快开门，喔！喔！”哈哈。“嗨，Joe，你好吗？”一进客厅，妈妈朋友一家三口齐声向我问好，像大部分美国人一样，他们是那么的真诚友好。他们家一共有三只大狗，都长得非常非常的可爱。一只是苏格兰牧羊犬。“Joe， 看这只狗的眼睛！”“我看到了。它两只眼睛的颜色不一样，真是太漂亮了！”我忍不住赞叹道。另一只是正宗的达尔马西亚狗，第三只狗的品种我说不上来，也是超级可爱的，它个子最高，叫得最起劲！

隐隐约约地，我听到Connie似乎在放着乡村音乐。我对美国乡村音乐不是很感兴趣，但此刻我竟一下子被迷住了。妈妈朋友的女儿叫Michelle，她的个性非常迷人，是位小学教师，还是个素食者呢。

下午一点，我们开始吃午餐，很快就到了下午4点，时间过得飞快啊，我们得回家啦。刚开始用餐时，我的话不多，有点像犯错误的小孩子那样，坐在家长身边一动不动的，呵呵。好在我的适应能力还不错，很快地，我就跟妈妈朋友一家聊开了，聊啊聊的，他们的注意力都到我这来了。和其他美国人一样，他们对我也有问不完的问题，我很开心地跟他们聊各种各样的话题，呵呵。再说了，到别人家里一声不响，只顾埋头吃东西的话，也很失礼啊，对吧？

聊了很多话题后，妈妈忍不住谈起了我的博客。“有一天，Joe告诉我他写博客的事，让我看看他写的博客，”妈妈顿了顿，笑着望了我一眼，继续说道，“那是他搬来我家的第二天，我看了一篇名叫Finger Crossed的博客。那是有一天，我让他把双手交叉，他不明白是什么意思，我告诉他是祝好运的意思，没想到，他竟然把Finger Crossed 作为那天博客的名字了。哈哈！你们真应该去看看他的博客，他的博客非常非常有趣。”Michelle对我的博客很感兴趣，她从钱包中拿出纸和笔，让我把博客地址写给她。

在妈妈的朋友家除了美美地饱餐了一顿外，还海阔天空地闲聊了一通，很过瘾啊！妈妈的朋友Connie 和她丈夫Howard都是受过很好教育，很有风度的人，和他们在一起时，你可以很强烈地感觉到这点。

我很想念Connie， Howard 和Michelle一家，衷心希望好运永远伴随着他们，让他们天天过得开心！

疯狂采购 2009年3月16日

今天早上，和往常一样，我在7点左右就去Lopez老师的教室了。我向他请教了一些西班牙语的问题。Lopez老师很酷啊，他不仅可以教我西班牙语，还可以教我法语呢。现在，我不仅把他当成老师来尊重，还把他当作朋友那样来交流，他实在是个聪明、博学和令人非常喜欢的人！

“Joe， 你的中文名字叫什么？”Yang女生又开始问我这个问题了。“Joe， 你能给我起个中文名字吗？你就帮我起个和你中国女朋友一样的名字吧！”我晕。

“恭喜Tatianna小组！ 你们现在是最佳团队了！”经济课一开始，Holmes老师就在课堂上大声向我们组长表示祝贺。这可是个空前的好消息啊。我说吧，我买入的股票都会有不俗表现的，所以我们一定会成为最佳团队的。Holmes老师又对我表扬了一番。看来我长大后，说不定能成个很好的股票经纪人哦，哈！

物理课我刚坐下，Jasmine 立刻靠了过来。我在和Jose说话时，Jasmine开始触摸我了，从我的脸部到颈部再到我的手腕，然后又从我背部到我手腕。来来回回忙了至少三次后，我终于忍不住了，说："朋友，能不能请你别……？"我边说边有绅士风度地对她一笑，希望她能明白我的意思。"你为什么不喜欢我呢？我真不明白。你这么性感，我想吻你。"哦，上帝啊！听了她的话，我真是要跳起来了。她问得好，为什么我不喜欢她？我还真回答不上来。爱是很开心也是要有感觉的啊。对她，我只好说声抱歉了。

Cason妈妈让我邀请一个朋友和我们一起去周末野营，我们有两个野营帐篷，一个是给女士的，一个是给男士的，妈妈和妹妹Angie用一个，我可以邀请一个同性与我合用一个帐篷。"Joe，你带我去吧。"见我不理她，她又开始抱怨了："你为什么不喜欢我呢？我真是不明白。"唉，无语。

放学后，我们一家去超市大采购。我们买了很多很多的东西，其中一部分是为周末出去野营做准备的。我相信周末的野营会非常非常开心的！我们要去死亡谷啦！

走向成熟 2009年3月17日

Cason妈妈说她很想知道中国家庭是怎么样的，想看看我家人的照片。我开心地告诉她我生母已经给她发邮件了，还发了些照片呢。

妈妈知道这个消息后，迫不及待去收邮件了。"Joe，这张照片中的你看起来很小啊。嘴巴像你妈妈，鼻子的一半像你爸爸。下巴像你爸爸，笑起来的样子非常像你妈妈，跟你爸爸也有些像。你又像爸爸又像妈妈。"Cason妈妈真逗。"这张照片是去年拍的吗？和照片中的你相比，你现在成熟多了。"妈妈说对了，我在美国经历了很多事，我迅速成长起来啦。

今天是周二，是毕业班学生最后一次参加加州毕业生统考的日子。我全神贯注地做着试卷上的每一道题目。第一部分和第二部分之间休息时，我去妈妈办公室了。我告诉妈妈今天的考试比上次简单多了，因为我英语又有很多进步了。妈妈开心地和我击掌庆贺。完成英语考试后，我又回到了妈妈的办公室。手捧着英语AR书，嘴里嚼着口香糖，我的双膝随着我iPod中的音乐舞动着，一只手则像在弹钢琴一样和着音乐的节拍弹啊弹的，呵呵。显然，妈妈也知道我很快乐。

“Joe， Cassie 说不理我了，她说她和我之间的友谊结束了。”妹妹看起来非常沮丧。 Cassie不理妹妹了？ 可前几天，Cassie在学校看到我时，还非常兴奋，拼命地舞动着双手向我问好的啊。不管怎么说，我要让妹妹像我一样开心起来，我要尽快安慰妹妹：“知道吗，Angie？女人常常比较感情用事，而男人大多很理性。我，作为一个理性的男人，可以很有信心地告诉你，让Cassie 一个人静一静，明天她就又会跟你说话了。” “真的吗？真希望像你说的那样。”

妹妹Angie走后，我坐在妈妈的办公椅上，妈妈去吃饭了。来了一个只会讲西班牙语的女士想找人帮忙，我用简单的西班牙语和她交流着，并帮这位女士找到了会说西班牙语的副校长Mendoza。Mendoza副校长解决了那位女士的疑问后又开始跟我聊天了。她每天都用简单的西班牙语跟我聊天，好像她是我每天的西班牙语家教一样，跟她聊天真是非常非常开心。

诱人计划 2009年3月18日

“Joe， 我要到四点钟才下班。Mendoza 老师2：00就可以回去了，她顺路带你回家好吗？这是我们的门禁密码。”“好的，谢谢妈妈。”几分钟后，Mendoza老师来接我了，她可是个超级好的人啊。

很快地，我就到家了。可我到家后，不知道如何用密码来开门。

以往，妈妈都是载着我和妹妹先进车库，然后她在一个小机器上按密码后，门就开了。可今天车库的门关着啊，我到哪里去按密码呢？

我叹口气，看了看手表，才2：15，妈妈要到4：10才能到家呢。嗯，也不错！我可以趁机好好欣赏欣赏我家的大花园了。

这是我第二次来到我家的大花园。花园真大啊！我相信这是小鸟和蝴蝶们游玩的开心乐园。看，我的判断真没错！几只漂亮的蝴蝶真的在花园里玩，蓝色、橙色和白色的蝴蝶们在花园中快乐地飞舞着。花园中的野草似乎也活得很自由，想怎么长就怎么长，没有人修理它们，呵呵。花园的草地上除了小草外，还有一些野菊花悠闲地盛开着，虽然春天并不是属于菊花的季节，但盛开在春天的菊花看起来是那么的心满意足，就让它们快乐地和小草乐在一起吧。

除了地上的小草和野菊花外，花园中，四处开着各种美丽的花朵，有紫色的，有红色的，甚至还有棕色的，哈哈。这样放松的环境让我想起了以前和朋友们玩得有些幼稚的游戏来了。为了打发时间，我拿出一枚硬币边抛边猜接住时是正面还是反面；我从花园中摘下两朵小花，用力把它们往空中抛，看看哪朵花会被抛得更高；我拔下花园中长长的草，并将它们分成很小很小的片断；我取出我的ID 卡，在花园中旋转着它，看看它到底可以转多快；我对着花园的围墙表情丰富地唱着自己喜欢的歌，时不时地摆出各种很酷的姿势，摇晃着身体自得其乐，呵呵。虽然我不再是个幼稚的孩子了，可这是打发无聊时光的好办法啊。我原本想打电话给妈妈，可手机没电了。妈妈回来看到我后说她实在太抱歉了，她忘了告诉我去哪里按密码开门了。

妈妈一进家门，就向我和妹妹宣布了一项好消息。我和妹妹开心得不知如何是好了。我们叫啊，跳啊，简直要乐疯了。我和妹妹的举动把家里的猫猫狗狗们搞糊涂了，它们很警惕地盯着我和妹妹看，像是在说："怎么啦？这两个人脑子还正常的吧？"哈哈哈！

看着我和妹妹开心的样子，妈妈也很开心。"好了，孩子们，我们本周六去拉斯维加斯玩，晚上在那里一家著名的四星级酒店入住。

然后，我们就去死亡谷国家公园玩，在那里住上两个晚上。周四或周五，我们去圣地亚哥玩，好不好？"“哦，太好啦！漂亮！完美！很棒！哦，上帝啊，你不是在跟我开玩笑吧？”

我开心得想要飞！真恨不得妈妈现在就带着我和妹妹出发！

第一团队 2009年3月19日

昨晚睡觉前，看到网上有人说有一首名叫《黑色星期天》的恐怖歌曲在1930年时，曾导致数百位美国人自杀。我很想听听，可一个人听又有些害怕，尤其是现在已是晚上了。一番激烈的思想斗争后，我找了首由莎拉布莱特曼演唱的版本听了起来。不出所料，《黑色星期天》确实是首让人感觉非常压抑的歌曲。整个旋律诡异而婉转，听了让人异常沮丧。

今天早上我问Lopez老师关于《黑色星期天》这首歌引起人自杀的事时，Lopez老师感到不可思议，他很快上网查了有关这首歌的背景，查完后，他终于明白了。

“我要把这首歌放到我的iPod里。Joe，你记住啦，我的名字叫Julian。今晚我要去听听这首《黑色星期天》，万一明天你没能在学校看到我，请永远别忘了我这位朋友，好吗？Joe？”Julian听说有这么神秘的歌后，跟我开起玩笑来了。“不会的，相信你听了不会自杀的，别这么脆弱啊，朋友。”

经济课时，Holmes老师又安排我们去计算机房看股票了。我听到我们团队的成员高兴地击掌庆贺了，我知道我们团队一定是第一名了。简直不敢相信我们赚了7200美金了。

“继续努力，Joe，要知道，这个游戏的妙处在于你不知道接下去会发生什么变化，所以继续努力！”“我会的，Holmes老师。你看我们小组成员都很开心啊！”“是啊。我知道，股票买卖都是你在做决定，他们很信任你，哈哈。”

我现在每天都很开心。现在我又要开始去挑选股票了，我得好好研究一下，挑出有“钱图”的股票，呵呵。

勇创新高 2009年3月20日

“Joe，看到我了吗？”Julian今天一早在校园里看到我，就夸张地挥舞着双臂大声招呼着我。他那么大声叫我是为了说明他听了《黑色星期天》后活着来学校了，幽默。

“你听了那首歌感觉如何？”“我听了后感觉极度失落和沮丧。”“真的吗？可你还活着呢，你没想到自杀？”“我没听完整首歌，曲调太恐怖了。”原来他活着是因为没有听完整首歌哦，否则，嘿嘿！

Holmes老师看到我一直乐呵呵的。经济课上，我们小组的Tatianna和Melissa 在忙着做股票游戏的计划报告，而我则依然负责股票买卖。“Joe，你帮我个人投资股票吧！”Holmes 老师看我们赢钱多，跟我开起玩笑来了。“你愿意的话，把钱给Joe，让他帮你做吧。”Tatianna自豪地替我回答道。我知道，Holmes老师很欣赏我们小组投资股票的能力。过了5分钟，我听到Holmes老师大声地叫着我：“Joe，Joe，这是我们Grady校长的助理Radford先生。他想看看你们做股票的成绩，好好跟他说说，他非常有兴趣。”Radford先生人非常好，他这么有兴趣，是不是因为他最近自己也在投资股票？没我们赚得多？哈哈，可能哦。

Radford先生看了我们股票成绩后鼓励我们说：“很好，继续努力，你们做得非常好，也许这是你们这年龄段的孩子最值得做的事。”

我和生物课同学们

“还有一天了！我们要放春假啦！”Swaner老师笑脸灿烂地叫道。他一直是很阳光很开朗的人。

辩论课上，我们继续准备辩论材料。Macon老师非常会教学生，她将辩论课的每一步要求都交代得非常仔细。辩论课是门非常有意思也很实用的课程。

明天开始放春假啦，Cason 妈妈要带我和妹妹去拉斯维加斯玩，我们一定会玩得很开心，我会与大家分享我的快乐哦！

畅游赌城 2009年3月21日

周五放学后，妈妈带我和妹妹以及妹妹的朋友们出去购物。我觉得我应该分担一些费用，可妈妈不让我付钱。我还从未外出野营过呢，很兴奋。我观察着妈妈买的东西，以后我跟女朋友或亲朋好友出去野营时就有经验啦。

这已是本周第二次随妈妈大采购了，我知道妈妈很开心，她是个大方的人，买了很多东西，妈妈笑着说不能让我们饿肚子，哈哈！

Daniel来我家帮忙收拾明天出去旅游的东西，大家一起把东西放在妈妈的八座大车上。

今天精神很爽，哈哈！户外的阳光很耀眼。妈妈将所有的美味食物都堆放在她的座位边上，以防哪个孩子悄悄把大家的口粮给吃了，开个玩笑，哈哈！

路上闲聊时，妈妈知道我曾被困在拉斯维加斯机场，很为我伤心，她说，这样的事再也不会发生了。妈妈很仔细，她拿出从网上下载的地图研究着我们要去的地方。她还为大家去买了面包圈。这是我第二次在美国吃面包圈，每次吃面包圈后，总有开心的事发生。面包圈虽然太甜了，可这不正是象征着甜蜜吗？

为了化解妈妈开车的无聊，一路上，我和妈妈闲聊着。“妈妈，看！ 那里是个湖吗？就在那里！”“这里是沙漠，不会有湖的，Joe。哦，对！那里确实像湖，是海市蜃楼中的湖。”“哇，太好了！”我

Cason妈妈在拉斯维加斯

看见远处碧海蓝天下的海滩，非常漂亮！孩子们在沙滩上奔跑嬉戏，海滩边的喷泉令海滩更生动。虽然听到过很多海市蜃楼的故事，可亲眼目睹，这还是头一遭啊，实在是太美了！ 随着车子的不断前行，海市蜃楼的美景渐渐褪去了，眼前只是一座山脉。

约三个小时的车程后，妈妈说："Joe，Mark，叫醒两个女孩吧！"妈妈让我们叫醒女孩时，我就知道，车里又该热闹了，因为妹妹是个嘴巴一刻不得闲的人。哈哈！繁忙的拉斯维加斯让我想起了故乡上海，这里真是个娱乐城。街上的人们穿着各种颜色和风格的服饰。带着墨镜的男人很酷，他们身边的女友轻倚在他们的背上，好甜蜜哦！

进入酒店，我就感受到凉爽的空调了，很舒服。酒店一层到处是赌博机。妈妈去办理酒店入住手续了，我告诉妈妈酒店费用300美金我来付，妈妈同意了，并和妹妹和妹妹的朋友们一起向我表示感谢。妈妈告诉我，在拉斯维加斯不能拍赌博机，那些赌博机真漂亮啊，很酷！

拉斯维加斯有些热，酒店周围有很多商店供像我一样的游客购物。我买了几个很漂亮的纪念品，这里的纪念品很有当地的特色，每个纪念品上都会有个名字。有个礼品上写着"长官Joe"，不错吧？我还花了一块多美金买了两副纸牌，拉斯维加斯的纸牌太多了，著名的赌城嘛！

我买了五种有Joe标志的礼品。我还在商店中挑中了一副金边的太阳眼镜，很漂亮，镜片颜色很有意思，棕色、黑色、紫色、暗红色巧妙地柔和在一起。逛到最后一个商店时，买了个拉斯维加斯打火机，准备回国后送给爸爸。

大家知道M&M公司吗？这可是全球有名的大公司哦。没想到，M&M是从拉斯维加斯起家的！这里有个很大的M&M 商店！商店的墙上挂着数不胜数的各色糖果。商店的二楼，有个小糖果厂，你可以看到糖果是如何一步步制作出来的，酷！

MGM是美国一个非常著名的娱乐场所，这里高雅绚丽。妈妈带我们去那里吃海鲜。各种海鲜烧烤应有尽有，我们尽情地美餐了一顿。接着，我们去看狮子表演。舞台上的两只狮子被装在透明而又厚实的玻璃罩子内。舞台上的雄狮就好像宇宙中的太阳那样，牢牢地吸引住观众的目光。我告诉妈妈我是狮子座的，没想到，妈妈也是狮子座，怪不得我和妈妈能相处得这么好哦！原来我们是“星”以类聚啊。

玩乐了一通后，我们回到了星球好莱坞酒店。晚上7点，所有灯全亮了起来，把整个城市照耀得如同白天一样。美国人很喜欢晚上出去享受夜生活，也许，晚上和白天玩赌博机的感受也有些不同吧。

期盼野营

2009年3月22日

今天一大早我就醒了。环顾四周，大家都还在睡觉。很快地，他们也一个个醒了过来。虽然我昨晚要了两间房，可妹妹和她的朋友还是睡在我们男孩的房间了，有些疯狂吧？因为有女孩子在，我从被窝中钻出时，是以最快的速度将所有衣裤穿戴整齐的，君子风范嘛，是吧？

结账离开酒店后，我们踏上了“死亡谷”探险之旅，这个名字听起来是不是有点惊悚啊？一路上，妈妈尽可能将所有美丽的景点都指给我们看。妈妈说拉斯维加斯是座有些疯狂的城市，主要就是性和赌博，呵呵。我笑着说拉斯维加斯是整个旅行计划中的开胃小菜，妈妈开心地笑了。

两小时后，我们终于到死亡谷国家公园了，谁又能想到，这个公园会是如此的巨大无比啊！进去后，我们就迷路了。妈妈从网上下载的路

我的帐篷

线图标识得不够清楚，没帮上忙。车子在公园内兜了约一个小时后，妈妈让大家休息一下，她也太累了。今天日落前我们得找到野营地，否则太恐怖了。

半小时后，妈妈找到人帮助了，我们终于找到了今晚的野营地，哈哈！搭建帐篷可不是件容易的体力活啊，忙啊忙的，我觉得今天是有史以来最累的一天了，呵呵。

探险之旅 2009年3月23日

找到露营地点后，妈妈长长地舒了口气。否则我们只得打道回府了。Mark和我作为男人，主要干些粗话，而女孩子则主要做些软装饰，像铺床啊什么的。

我们带的大量食物都用冰袋冷藏着。妈妈很有经验，连饮用水的都有计划，不能想怎么喝就怎么喝，这里是沙漠，水喝完就麻烦了。我们每个孩子都尽力把事情做到最好。妈妈对大家的工作很满意。

第一次的野外生活让我明白年轻是多么开心的事！一切准备完毕后，已是黄昏。死亡谷的日落真是美不胜收啊，柔柔的微风吹在脸上，太享受了！

"啾——啾——"身后树上停着的小鸟开心地叫着。每个帐篷前都有属于自己的餐桌，鸟儿们一直盯着我们吃饭，那叫声好像是在求我们给它们留点食物。"听！"不知谁喊了一声，大家都竖起耳朵聆听自然界发出的和谐之声，多醉人的黄昏美景啊！太阳像个金色的球，闪着华贵的光芒，远处的山脉在太阳的照耀下变幻着不同的颜色，风吹在树叶上发出如雨点滴落的声音，轻轻的，柔柔的，让人无比舒畅。

过了一会儿，太阳像个羞怯的少女，将脸埋到了灌木丛中，此刻，散淡的光芒令人着迷，每个人都静静地，愉悦地赞叹着、欣赏着眼前的美景。

妈妈看着搭建好的帐篷似乎有些担心，希望帐篷能经受住考验，可谁也无法打保票啊，呵呵。万一我们睡着时帐篷倒下了怎么办？万一今晚有暴风雨怎么办？ 万一气候突变我们该如何应对？一系列的怎么办出现在我的脑海中，看来“探险有风险，野营需谨慎”啊！熄灯后，周围漆黑一片，我们的帐篷被室外的强风吹得来回晃动着。

我的睡垫在帐篷的最里面，我第一个钻进帐篷，妹妹Angie最后一个进来，负责把帐篷拉链拉好。随着拉链声响，我们知道，所有人的命都捆绑在这个帐篷内了。帐篷外不断传来风鸣声，Mark 很快就发出沉睡的鼾声了，妈妈、Angie和Liz也都陆续睡着了，只有我迟迟不能入睡。我把腿伸到半空中，眼睛透过帐篷的小窗口向外张望着，竖起耳朵仔细辨别帐篷外发出的每一个声响，心里盘算着万一帐篷倒下，我该先拿我的电脑？iPod？还是背包？

耳机内播放着悦耳的音乐，可我却依然无法放松，我很担心帐篷的牢固度，最后一次看表时，已经是半夜2∶37了，人很累，却睡不着，可想而知我的担心程度了。怪不得这个地方叫死亡谷，搞得我这么紧

死亡谷–山脉

张，嘿嘿。不知道什么时候，我终于睡着了，睁开眼时，眼前已是个晴朗的早晨，我们所有人在帐篷内度过了非常安全的一夜。

经过一晚上的考验后，我们确信帐篷很酷、很安全。Angie 精力充沛地在帐篷周围玩，我们都是被她一个个弄醒的。我坐在地上看妹妹从东到西、从南到北来来回回地玩，她最爱好的游戏之一是扔东西，随心所欲地扔，扔得越远越开心。

7:40了，我钻出帐篷想看看外面的天气到底如何。早晨的死亡谷很冷。我一个人像保安一样站在帐篷外，在寒风中颤栗。坚持了一会儿后，我逃回帐篷去了，直到10:10时才出来吃早餐，此时太阳已完全升起，外面已是金灿灿暖洋洋的了。

早餐很不错，面包加牛奶。用完早餐，我们要一起去探险啦，有好多有趣的地方等着我们呢！我们要到美国最低点，一个低于海平面190英尺的地方去看看！

第一站先到了艺术家之路， 我们去爬山，妈妈选择待在车里等我们。山很高，山和山之间有着很长的空隙，从里面穿出的风很急，很凉爽。山体大多为红色、橙色或鲜黄色，很漂亮。旅行时，人应该特别容易觉得饿。一个小时后，我们来到了两座山的中间。看着高高的山峰将我们围绕其中，那种感觉真爽！

也许是太兴奋了，到了午饭时间，我竟毫无饥饿感。直到吃到烤鸡肉后，我才突然觉得饿了，狼吞虎咽地一下子吃下三大片烤鸡才罢休。沙漠很大，绵延不绝。车子在行驶时，周围的山脉好像也在与你结伴而行，我知道这是错觉，但非常有趣。

20分钟后，我们来到了另一个景点。这里到处都是废墟。废墟后面，我看到了巨大的白沙滩，事实上，那不是白沙，而是岩石。这些奇妙的岩石在风和气候变化时会制造出各种海市蜃楼。在死亡谷看到海市蜃楼一点也不稀奇。“看，Joe！”妈妈大声地叫着我，“哇，酷啊！”我看到200里外有两条高约500米的飓风正在空中翻腾，我能感觉到地上的东西都被卷到空中使之变得越来越大，说老实话，那情景，非常恐怖!

死亡谷有超过两百种的动物，可谓是动物们的天堂了。我们正要去另一景点时，一只山狼突然出现在我们眼前。这里除山狼外，还有许多其它动物。虽然死亡谷缺水，但这里还是有很多适合在沙漠恶劣环境中生存的绿色植物。这些绿色植物与岩石、山脉共同构成了大自然美妙的生态环境。沙漠野花随处可见，颜色各异，煞是好看。此外，这里还有大树，有些树的颜色非常漂亮，除了常见的绿色之外，还有粉红色、紫色和金色的树。

欣赏完各种植物后，我们要去提多山玩了。提多山有两个入口，一个由各色岩石堆积而成，比较平坦，而另一个则高大而险峻。和往常一样，妈妈在车中等我们。

终于爬到山顶了。山顶上有数不胜数颜色、形状、粗糙度各异的岩石，有绿色的三角形，蓝色的梯形、紫色的圆形、棕色或粉色的立方体等等。欣赏着美景，享受着微风拂面的那种惬意，我想到了在山下的妈妈。该下山了，她在车中一定等急了，我们还有其它地方要玩呢。

三十分钟后，我们又来到了另一个奇妙无比的地方。燃烧过的或灰或黑的火山一个个连在一起。“看，那个火山口真大啊！”这个巨大的火山口长约500米，宽约200到300米，为橙棕色的椭圆形。我们静静地观赏着，不知不觉地，太阳下山了。“快上车吧，太冷了。”我们在妈妈的招呼声中赶紧上了车。玩了一天，大家都累坏了，我们决定回营地。我也快被晒成黑人了，伤心中……

晚上，我们在露营地燃起了篝火，篝火在沙滩和岩石映衬下更有味道了。

与我们相邻的是个典型的美国和谐三口之家，一对夫妇带着个四岁的小男孩。篝火很旺，我们围坐在篝火边，烧烤着各种食物。麦芽棉花糖是大家最喜欢的，妈妈还买了夹有巧克力的曲奇，我们将麦芽棉花糖放在火种烘烤后，放在曲奇中吃，哎呀，味道实在是太好了！火上烤着的美味香肠也让我们口水涟涟。

死亡谷一小导游

“你想吃麦芽棉花糖吗？”妈妈拿着棉花糖问邻家的小男孩。“哦，非常感谢。你们真好。”男孩的母亲代他回答道。“我喜欢那个粉红色的，是什么东西啊？”男孩的小手指着我们桌上的食物，每个人都被他天真的表情逗乐了。男孩在我们这里吃了一会儿东西后，回到自己帐篷中去了。结束晚餐的我们，也回帐篷中休息了。因为第二天，我们得早早起床，这里的退营时间是上午11：00。要知道，搭帐篷不容易，拆帐篷也不轻松啊。

这次旅行，让我见识了这里美妙的地貌，也让我学会了如何在野外生活。

回家的路险峻而美丽，一边欣赏着美丽岩石的我，一边恋恋不舍地对着神奇的死亡谷说，再见！我的爱！

完胜归来 2009年3月24日

从死亡谷回家，路上花了约4小时的车程。妈妈一打开车库大门就幽默地说了句，“动物们都还活着吗？”狗狗们听到声响后心急火燎地叫个不停，简直是乐疯了，而猫猫们则仪态优雅地静观着事态的进展，呵呵。“Joe，先别打开房门，让这些狗先静一静。”妈妈在跟狗狗们聊着天，“嘿，狗狗们，你们好吗？我们回来啦！你们没事吧？我很想你们。”我们这些孩子则快速将车上的包包袋袋拿回屋子整理好，这样大家都可以早点休息了。

妈妈洗了个澡后开心地叫道：“现在感觉舒服多啦！”我也快速去

洗了个澡，要知道，我们在外两天没洗澡了，可怜啊！

误会消除 2009年3月25日

我和妹妹Angie之间有些小误会，Cason妈妈很担心，她不希望我们在同一屋檐下的兄妹有任何不快甚至小冲突，呵呵。

在死亡谷旅行时，Angie似乎老跟我作对。记得我们去爬提多山吗？整个四十分钟的爬山过程，我只说了两句话，可这两句话还受到她的批评，一句是关于时间安排的，她觉得我太霸道；另一句话被她解读成对她的警告，我不过是说我想要水，问能不能回去拿。唉，无语啊！不过，妹妹只是情绪多变一点，很多时候她对我还是很好的，而且很勤劳。

记得第一天野营时，她帮我整理床垫，她把蓝色系列的床单和枕套都给我用，她说蓝色很男人气，她认为我很有男子气概。虽然我不知妹妹说这话是表扬我还是在暗指她认为我的霸气，我就往好处想吧。我搞不懂妹妹为什么有时对我超级好，有时却又处处跟我作对呢？

“我真担心你们两个在圣地亚哥会吵架，如果这样的话，我还真不知道怎么办呢。你们两个要互相多包容点。”昨晚，妈妈对我和妹妹说了这番话后，我和妹妹都忍不住笑了起来。我让妈妈放心，因为我是男人，我不会像女孩一样任性和情绪化的，我一定和妹妹相处好。我知道妹妹除了任性让人常常摸不着头脑之外，人还是很好的。我并不讨厌妹妹，我只是常常搞不懂她说的话或做的事到底是喜欢我还是讨厌我。

看到我和妹妹的笑容后，妈妈的表情轻松了，她明白我和妹妹之间没有大矛盾。“放心吧，妈妈，我们会相处好的。”我笑着对妈妈说。“是的。”Angie加了一句。“太好了。我希望你们两个不要再有不开心了，好吗？”“不会了。我和妹妹之间只是有些小误会，妈妈你真的别担心。”我宽慰着妈妈。处理这些小纠纷也蛮有趣的，不是吗？

好了，明天上午九点，我们要出发去圣地亚哥看外公和外婆了，我得去整理东西了。

圣地亚哥 2009年3月26日

在 Cason 妈妈家才待了一个半月不到的我，已经去过拉斯维加斯和死亡谷了，接着我们要去圣地亚哥，开心啊！我真的很感谢Cason妈妈。

我的接待家庭外公现住在医院中，不过，他的身体已经恢复得不错了。外公曾经是一名空军，所以现在能住在很高级的专科医院治病。

早上九点，我们从家中出发去圣地亚哥了。天气非常晴朗，令人心旷神怡。天气越来越暖和了，有时甚至能让人热得出汗，不知怎么的，我突然想起来美国的第一天了，当时的我，好像是个迷茫而不知所措的孩子，呵呵。

驾车约三小时后，我们来到圣地亚哥了。妈妈因为要去医院照顾外公，所以我们今天不去圣地亚哥市中心了。Angie和我待在外公家，我第一次看清了Angie身上的优点，她是个非常好的女孩，也许以前真是误会她了，幸好妈妈昨天晚上找我们两人谈了，呵呵。我觉得Angie很有母性，好像“小妈妈”一样，时刻关注着我在做什么。

去圣地亚哥前，我跟妈妈说我要在外公家做美国历史作业。下午我在做作业时，Angie在房里弄电脑上“我的空间”玩。虽然戴着耳机在做作业，但也能感觉到Angie时不时地快速出来张望我一下。那种眼神就像妈妈在时不时地观察孩子是不是在认真做功课一样。

圣地亚哥大海

外公外婆曾去过的地方

下午三点时，我觉得肚子饿了，去冰箱中找点食物吃，可没找到我特别想吃的东西。我从冰箱内拿出一罐可乐。要知道，开冰箱总会发出声音的，对吧？“Joe， 你在吃什么？”Angie关切地声音很像个小妈妈。“我拿了听苏打，可以吗？”“为什么不可以呢？”妹妹说完后，回到她的房间继续玩电脑，我则像是她的孩子，哈哈！

下午四点时，我有些累了。我来到电脑房，不知什么时候，我睡着了。醒来时，我看到妹妹在玩电脑游戏，嘴里嚼着口香糖，两条腿翘在椅子的扶手上，很放松，又有些疲劳的样子。“晚饭弄好了，你想吃的话可以去吃了。”“酷！太谢谢你了。我们要等妈妈和外婆回来一起吃吗？”“不用。妈妈说让我们先吃。”哇，上帝啊！是非常丰盛的晚餐啊。妹妹真是个好女孩，她会做很多菜，非常好吃的菜。

听到我去餐厅的脚步声后，Angie跟出来了。她看着我做一切，拿盘子，切鸡片，直到我坐下。“我也想吃饭了，我也饿了。”Angie 说着也坐了下来。天色越来越暗，可房里还是只有两个人——一个“小妈妈”和她的“儿子”，我知道，我最好按她的吩咐做事，否则，一定会有麻烦的，哈哈！

外公的房子很漂亮，整理得非常干净。客厅中挂着一副地图，上面标着外公和外婆曾经到过的地方。令我没想到的是，他们竟然去过中国！而且去了上海等很多城市，真是太酷了！

明天，Angie 和我将随着妈妈一起去圣地亚哥市中心看外公了，我希望能尽快见到外公。

探望外公 2009年3月27日

今天早上7点，妈妈和外婆就去医院看外公了，我醒来时已是9：30了。“Joe， 妈妈发短信说，再过半小时来带我们去医院看外公。”“好！”我静静地等着，Angie则边看着迪斯尼动画片边欣赏着高中的音乐。

听到妈妈的汽车喇叭声，我们知道该出发了。外公看起来气色很不错，他开心地跟我交谈着，他对中国的文化很感兴趣。说话有条不紊，食欲正常、听力正常、声音洪亮，似乎一切都很好，人和我在照片中看到的一样慈祥。外公的身体看起来很强壮，怪不得他能做空军啊。

聊了半小时，和外公合了影之后，我们得走了，因为护士还要给外公做些检查。这是我第一次来圣地亚哥，太美了！整个城市就像是个充满各种南美洲植物的漂亮大花园，闭上你的双眼，尽情发挥你的想象力吧，你能想出她有多美就多美，这里的绿化要多绿有多绿，真是一点也不夸张。数不胜数的南美洲植物在中国很难看到啊。

妈妈带了我们去海滩边玩。这里的海是太平洋，有着巨大的海滩，人们在海滩边尽情嬉戏游玩。你既可以看到穿着比基尼的热辣女郎，也可以看到穿着花色沙滩裤，光着上身的健美男人。微风拂面，眼前的美景令人陶醉，自己好像成了画中人。

Angie和我下车拍了些照片，因为妈妈还要赶回医院照顾爸爸，我们只好依依不舍地离开了美丽的海滩。

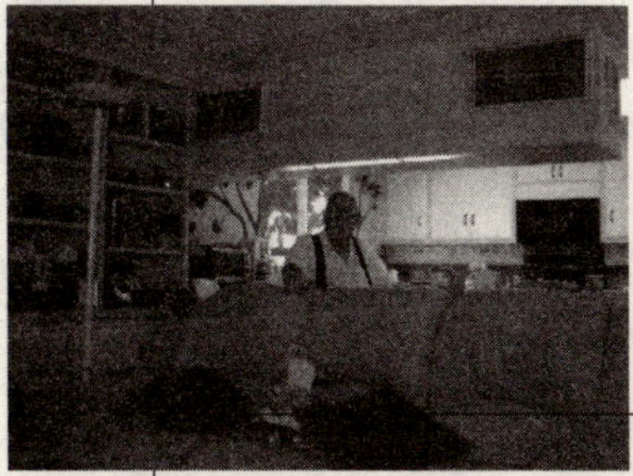

健康的外公

晚上，Angie，妈妈和我帮外公布置房间，外公周一要出院了，我们努力把床、卫生设备甚至是小桌子都布置得舒服、再舒服些。忙完后，外婆拿出一件T恤衫给我看，上面写着：“我登上了长城”，好玩吧？外公很喜欢这件衣服哦！

下周二的经济课上，我要上台做股票市场的幻灯片演讲。上台演讲要正规着装，可我没带正规服装来美国。妈妈准备周日带我去沃尔玛超市挑选。“Joe，用这个吧，这是你外公的”外婆给了我一个领结，“哇，真漂亮啊，太谢谢了。”“不用谢。外公会很乐意给你东西的，把这作为圣地亚哥的小纪念品吧！”外婆真好。

自由自在 2009年3月28日

圣地亚哥的天气依然那么晴朗舒适，我整个人有种彻底放松的自在感，呵呵。我们今天要回自己家了，妹妹Angie帮我整理好床铺后，还准备了午餐，真的很感谢她。

妈妈和外婆还在医院，希望外公今天的身体又有进步。

我会想念这个家，我会想念外公和外婆，我会永远怀念圣地亚哥，这个富有、醉人、华丽得令人流连忘返的美丽城市！

告别春假 2009年3月29日

快乐的春假就要结束了，我们一家享受了这么美好的春假。明天学校要开学了，真开心。我喜欢享受春假，我也喜欢学校生活，我爱我所有老师和同学们。

想到再过两个多月，我就要离开这里，回我的故乡上海了，我的心情似乎有开心、有失落、有兴奋、有不舍，很复杂的情感啊！

双重身份 2009年3月30日

放学回家的路上，我和妈妈讨论着经济课上投资股票的事。我告诉妈妈，在国内读书时，一切以课本为主，每个同学学的课程是一样的，没有像美国学校可以根据同学兴趣自己选择课程，更没有像美国学校这样的公民课或生动形象的经济课。

妈妈听了后感到有些吃惊，她对这样的教育方式不认同，她说这样会抹杀孩子的兴趣和天赋。妹妹听了中国学生是如何读书的之后，大吃一惊。我开玩笑地跟妹妹说："你在中国读书的话，惨啦。""嗯，我知道，我死定了。"妹妹笑着回了我一句。

生物课Lopez老师告诉我们，今天是阿拉斯加归属美国的纪念日，所有的美国人都很开心，还真是这样。教室里同学之间问候起来也比平时更热情了几分，哈哈，我也成了这个大家庭的同胞了。

经济课上，Holmes老师让我们分组讨论股票的幻灯片演讲。今天Melissa和Isamar 都没来，我们小组只剩下四个人了，课堂上是来不及完成幻灯片了，我们相约晚上六点半去Israle家继续完成作业。

六点半时，妈妈把我送到同学家。我看到 Tatianna已在那里了，她的两个孩子也在。Tatianna在校园时，完全像个漂亮少女的样子，可当她和孩子在一起时，则完全是个母亲的样子了，眼神严厉了许多。"妈咪，妈咪， 你在这里干嘛？我们来这里做什么？"大的那个名叫Edgar的孩子不明白妈妈为什么到这个他不认识的家来。"过来，听着，你就在这呆着。妈妈待会儿告诉你我在这里干什么。"Edgar 太小了，想了半天没想出妈妈为什么带他来这里。他有些不高兴地把手里的玩具翻来翻去。

"我可以看看你的小儿子吗？"Jasmine非常可爱地请求道。"他在这，在睡觉，小心别弄醒他。"我像盯着自己的偶像那样盯着Tatianna看着，她真可以做我的偶像了！她今年将要毕业，高中最关键的一年啊，自己带着两个这么小的孩子，我真是无语了。她太了不起了，既是学生又是两个小不点的母亲。

领带先生 2009年3月31日

今天早上，我挑出一件粉红色的衬衫，系上领带，穿戴好后，整个人显得精神焕发。

“早上好，Santiago！”副校长Mendoza叫着我的西班牙语名字。“你今天系着领带很帅啊。为什么打扮得这么酷，是要去参加派对吗？”我告诉她是为了经济课做演讲。

经济课上，同学们都打扮得很帅很漂亮，有的男生还穿上了西装，酷！演讲时，我们小组的表现得没有我想象中的好，主要是我们的幻灯片准备不充分，没有用详细的数据精确地列出我们每一步的盈利情况。幻灯片演讲虽然不怎么的，但Holmes还是宣布我是最佳操盘手，因为我们小组股票盈利最多，呵呵。

辩论课上，Olivia笑眯眯地告诉我说，说我现在是校园内的红人，几乎没有人不知道我的，边上的女孩听了她的话后还点头附和，我知道她们都想寻我开心，哈哈。“Macon老师， 我有个问题。”正在此时，从其它班级来了个陌生的女孩问问题，没人能叫出这个女孩的名字。“对不起？”Olivia 指着我对那个陌生女孩发问了。“你认识这个男生吗？”“你是从中国来的交流生是吗？你的名字叫Joe，对不对？”“看！”测试成功，Olivia 兴奋得大叫起来，而我，则无语。

美国学生很有趣、很热情，和他们在一起，每天都很快乐！

四月愚人 2009年4月1日

今天早上6：15，我准时醒了。洗了个热水澡后，我坐在餐桌前用早餐。 5分钟后，妈妈来了，嘴角挂着微笑。“今天学校不上课！”“真的吗，妈妈？今天不上课？”“嗯，今天学校放假。”“太棒啦！我们击掌庆贺一下！”“哈哈，今天是愚人节啊，我跟你开玩笑的，哈哈。”一早妈妈就寻我开心，嗯，今天是愚人节，我到学校后也要去寻朋友们开心！

生物课Lopez老师一上课就对我们说：“各位，今天我们不能放松了。”“什么？”同学们听到Lopez老师这么说都有些吃惊，再定睛一看，哦，诡异的笑容挂在老师的脸上，他在跟我们开玩笑呢，今天是愚人节嘛，哈哈。

经济课前，我看到Holmes 老师在黑板上写着什么东西，我相信他写的东西一定跟最近的股票投资游戏有关。不出所料，他写的果然是股票投资结果，我们小组获得第一。Holmes老师对我们说：“我会把投资结果用纸盖住，你们已经看到我写什么了，你们要装作不知道。”真好玩，Holmes老师总是会想出很多小诡计来让大家开心。“3、2、1，第一名是Tatianna小组，恭喜他们！”虽然在老师公布前我们已经知道结果，而且我们小组成员已经击掌互相庆贺过一番了，但 Holmes 老师告诉过我们，要假装不知道，因此，结果公布后，我们小组成员又假惺惺地庆祝了一遍，呵呵。

“好，各位，先把你们的嘴闭上！”听到Holmes老师叫大家闭嘴，整个教室一下子安静了下来。不知道他想干什么。“Joe，你知道今天是什么日子吗？”“是4月1日愚人节！”听到我干脆利落的回答，Holmes老师显得有些意外，哈哈。

这几天的辩论课都是上网寻找辩论资料。我的辩论题目是有关超速驾驶，也就是飙车的。我是正方，我要表达的观点是任何人在公共道路飙车都得进监狱。老师对学生上网并不限制，她只给我们设定一个完成收集资料的时间，在截止日期前完成就行。

虽然上课的安排不紧张，可我却有很多额外的作业要做，而且最近都得完成，压力很大啊！我有一大堆的英语课外阅读要看，还有一大堆的美国历史要搞清楚，实在太忙了。接下来，我实在没时间写日记了，今天的日记是我在美国的最后一篇了，大家多保重，再见。

哈哈！今天是愚人节，我跟大家开玩笑的。祝大家愚人节快乐！

快乐至上 2009年4月2日

生物课时，我去看了看昨天种下的向日葵种子，我给种子浇些水，希望种子快快发芽长大。

Lopez 老师轻松而随和，学生有任何问题，都不用紧张，在这里，任何时候老师都很愿意帮助同学解决学习中碰到的问题。我接触到的美国老师对学生都非常友善，宽松的教育环境也许就是大部分美国孩子为什么越学越开心的原因吧！

经济课的Holmes老师今天没来给我们上课，我在课上完成我们的股票买卖分析图，我要将每周我们买卖股票的价格列在一张纸上，这样老师和同学们就会对我们在什么时候、什么价位买卖股票的情况一目了然了。

辩论课上，同学们依然是准备辩论的素材。我已经完成了两个辩论了，我看Macon老师没在忙什么大事，就找她聊聊天吧。“Macon老师，你可以告诉我你大学是学什么专业的吗？”“我学的是英语专业。”“真酷。你是个很棒的英语老师。昨天晚上我和Cason妈妈回家时聊起你时，Cason妈妈说你是个非常出色的英语老师。”“你以后准备读什么专业呢，Joe？”我告诉老师我想学商科，因为商科可以学到很多赚钱的本领，而钱能帮助你实现自己的很多梦想。可Macon 老师并不完全认同我的想法。

记得一位伟大的思想家曾经说过：钱可以让你活得更轻松更自在，却无法给你带来幸福。相反，钱可能会让你的幸福度降低，并给你带来无穷无尽的压力。很复杂吧，嘿嘿！

乐不可支 2009年4月3日

生物课前，Lopez 老师放了一张“周末快乐！”的幻灯片在白板上，可爱的幻灯片加上老师的笑容让同学们的心情非常愉悦。 老师今天给我们的安排超级轻松，因为今天是周末。大家都忙着自己的事时，

Lopez 老师将下周的回家作业发给了大家，是下周整个星期的，不是周一要交的作业。拿到下周作业后，我打开自己最喜欢的iPod，在美妙的音乐声中快乐地做着功课。我们所有回家作业都用A4 纸整整齐齐地打印出来，洁白的纸上印着的漂亮字体让作业看起来很舒服。美国学校的每个教室都有计算机和打印机，中国大部分学校没有这样的装备，至少现在没有。中国的某些老师给学生测验时卷子上的字有些还是手写的，这在美国是不可思议的。是因为中国比美国穷而无法给学校配置这些老师和学生应该拥有的设备吗？我觉得应该不是，我不认为中国穷。那么到底是什么原因呢？谁能说明白？

美国老师给学生布置的功课内容都是他们上课时教过的内容，功课是让你巩固和复习学到的知识，作业中没有任何故弄玄虚的东西。做作业时，学生可以翻书，老师还会给你说明，告诉你答案在书的第几页，一切都做得非常人性化，一切都体现了对学生的尊重。 如果要进行某个章节的测验，老师会事先给学生一张测验指导，学生如果有问题，可以立刻去问老师，我可以很确定地告诉你们，美国的老师一定会非常耐心地一遍遍给学生解释，直到学生彻底搞清楚为止。考试的内容和老师的测验指导内容很相似，学生只要把考试指导内容全部搞清楚，测验对学生来说根本不会是件痛苦的事，取得好分数完全是在情理之中的了。

西班牙语课，Jonsson 老师给大家检查回家作业，我的作业都按时保质地完成，所以没我什么事了。我坐在自己的位置上悠闲自在。Jonsson老师电脑中播放的美妙音乐让大家都很开心，整个班级充满活力。

物理课的Swaner老师今天也让同学们享受着轻轻松松的课堂环境，同学们都很喜欢Swaner老师。美国的老师将学生看作自己的朋友，学生也常常把老师看作自己最好的朋友。

耶稣复活 2009年4月4日

下周我们又要去圣地亚哥啦，因为下个星期天是复活节。我们得去买些东西。妈妈告诉我说，复活节时，孩子们要把家长或爷爷奶奶外公外婆们画在房间各个角落里的蛋找出来，哈哈，很好玩吧？

在商店里，我们买了些五颜六色，非常漂亮的盘子和杯子，还买了些纸巾。复活节时，还可以准备些糖果和巧克力。我和Angie要各买一只篮子。为什么要买篮子呢？告诉你们吧，原因我也不是很清楚，只知道复活节时，篮子是必须的。猜猜我们买了多少？整整两车子！实在是多啊！这些东西差不多要300美金了！ 是不是很疯狂啊？

更上一层 2009年4月5日

生物课 Lopez 老师上周给我们布置了大量的练习，他说这个章节非常重要，所以我们要做这么多的练习来巩固所学知识。和往常一样，打开我心爱的iPod， 我开始在课堂上做起作业来了。因为我被认为是组里最聪明的人，我做完后，一些同学就会拿我的抄一下，同学们这么信任我，让我感觉很好啊！

西班牙语Jonsson老师开始教我们西班牙语动词 中“er”和“ir”的变位了。教会了我们变位的主要规则后，Jonsson老师让同学们列出一些词尾为“er”或“ir”的动词。看到课堂上没有同学回答老师的问题，我举手说了个最复杂的西班牙语动词给老师，我这样做并不是为了炫耀自己，而是想老师也许要找些比较特别的单词讲解给同学们听。听了我说的单词后，老师有些吃惊。“Joe， 你学得太快了，非常好。很高兴你在自学西班牙语，保持下去，Joe。”接着，她又低声在我耳边说：“Joe， 注意自己的行为，别让同学们太困惑！”哈哈！Jonsson老师真搞笑。

今天跟Holmes老师闲聊时，他告诉我，因为美国现在经济状况不景气，越来越多的美国人选择参军了。我的经济课班级已有四个同学签了参军协议，海军空军都有，这样的消息令我有些吃惊，不过美国参军待遇好像很不错哦，可万一被派到战场上去打仗的话也很有可能哦，新兵会害怕吗？

动感精灵 2009年4月6日

不知怎么的，最近几天常常感觉很累。昨晚早早地就上床了，美美地睡了一觉后，今天清晨感觉精神振奋啊。

生物课Lopez老师让我们去暖房看看我们种下的种子发育得怎么样了。幸运的是，我的种子长得很好，已经从厚厚的泥土中露出它的小脑袋了，呵呵。不是每个人都有我这么幸运哦。

健康生活课时，Setzler老师给我们放了一盘录像，内容是孩子是如何从母亲子宫中分娩出的，我觉得太神奇了。生命尤其是人的生命是这么神奇，小小的精子细胞和卵子细胞结合在一起竟然可以孕育出这么伟大的人类？是不是很酷啊？

放学后，妈妈带我去了卖吸尘器的商店。妈妈说她前几天买的吸尘器不好用，她要退了它。商店的店员非常好，很快就地帮妈妈办好一切退货手续。

哦，对了，昨晚妈妈做了非常好吃的牛肉排骨，还做了冰淇淋当餐后甜点，上面放了M&M巧克力，太好吃了！

奋力前行 2009年4月7日

西班牙语课上，我又交到了个好女孩做朋友，她的名字叫Sandra。虽然在同一个班级中上课有一段时间了，但因为她坐得离我有些远，以前我并没有怎么注意到她。今天上课时，她的一些笔记散在了地上，这些散开的纸张就在我的位子周围，我立刻帮她捡了起来，她感激地冲我一笑，我们就这样开始熟悉了起来。

Sandra是个非常漂亮的金发女孩，身材一级棒。她是瑞士和德国人的混血儿。Sandra不仅人长得漂亮，还很幽默。跟我熟悉之后，她不断跟我开着各种玩笑，甚至说想让我把iPod 送给她，哈哈，Sandre让我知道了怎样的女孩可以称之为可爱女孩。

放学后，我去了美国历史教室。我一个人在美国历史教室待了3个小时，看书和做题搞得我头都痛了，美国历史真是让我又爱又恨，太复杂了，很多专业词汇对我这个外国人来说真是太难了，可我还是尽我所能完成了好几个章节。再完成几章节后，我就要去参加这部分的考试了，考试通过，我可以得到一个学分。美国历史总共要通过10个学分才能完成这门课，任务有些艰巨啊。

尽管有难度，但我不害怕。我一定会奋力前行！

再接再厉 2009年4月8日

今天在回家的路上，妈妈和我聊起了一些有趣的事。妈妈原来住在伊利诺伊州，在发“Illinois”这个单词时，妈妈纠正了我的发音，标准的发音中s 是不发音的，至于s为什么不发音，妈妈说她也不明白。我努力思索了几分钟，想起我在看的美国历史中提到过，Illinois曾是法国殖民地。Illinois是法语名字，在法语中，这些s都是不发音的，想明白这个道理后，我告诉了妈妈，妈妈笑了，她知道我自学了很多东西。

生物课上，Lopez 老师给我们每张桌上发了一张纸，让我们画一个动物，然后将动物的各个器官全部标示出来，画任何动物都可以。很有趣的课堂作业哦。我们小组的Jordan画图可是一级棒的，他是我们小组的希望，尤其对于我来说！

西班牙语课上，Sandra依然和我开着各种玩笑互相逗乐，呵呵。不知为什么，很多女孩都说我的表情超级有趣，我真被搞糊涂了，也许自己长了个搞笑的脸？哈哈！Sandra问我：“你是中国人？真酷啊。你能把我的名字用中文写下来吗？”“当然。请先把你的全名写给我，好吗？”“哇，Joe开始问你的姓啦，女孩！”听到我和Sandra的对话，

Jonsson老师大叫了起来，她总喜欢说些搞笑的话，也许她以为我想约会Sandra或干吗？Jonsson 老师边说还边给了我个意味深长又有些鬼鬼的笑容，我实在猜不出其中的含义，只希望她没有误会我和Sandra的关系，呵呵。当我将Sandra的中文名字写好给她后，她真是高兴坏了，“实在太酷了！”她开心地笑着。Sandra的笑容充满了女性特有的柔媚，非常迷人，我也很开心，因为让女孩子开心是大多数男孩都乐意做的事，不是吗？

辩论课上，我把我的辩论提纲给Macon老师看，老师非常耐心地帮我一句一句地看，并帮我把句子改得更贴切、更漂亮。 她鼓励我说：“别因为我修改你写的句子而尴尬，你写得相当好了。对自己的英语要很有信心，辩论时大声说出你的每一个观点，不要因为你来自于非英语为母语的国家而胆怯。你的书面英语比美国本地学生好多了。”真的非常感谢Macon老师对我的鼓励。

放学后，我去美国历史教室测验，因为我已经自学完成了十课。美国历史让我增长了很多知识，这些知识会使我受益终身，我越来越喜欢读美国历史了。

骄人进步 2009年4月9日

昨晚放学回家后，又自学了些美国历史，我已经学习了约13个州的历史了。自学完，我还进行了自我测试，没想到竟然得了两个满分，太开心了，我真得为自己出色的表现而鼓鼓掌了。

生物课Lopez老师将对我们学校给学生查阅各种信息的 Edline网站进行更新，更新后，学生们更容易从网上得到各种及时信息了，当然，最主要的是各项成绩的信息了。

西班牙语课上，我们进行了第五章节第二部分的测验，我10分钟就完成了测验，速度惊人哦！

经济课我们去计算机教室上课，今天我们要用计算机检索一些信息，因为Holmes老师给我们布置了一项很有趣的功课。这项作业是：假设你是个在美国拥有一家私人大公司的老板，你现在想在其它国家建立一个分公司， 这家分公司要给总部提供一些设备或原材料。每个学生都会从另一位同学那里得到一个指定的国家建立分公司，我得到的国家是秘鲁。我要做大量的市场研究来看是否值得在这个国家建立分公司。要知道投资风险很大的海外公司可能给母公司带来负面影响甚至导致母公司破产，在决定投资前，必须尽可能将方方面面考虑周全。该项作业的截止日期是在5月8日，我相信自己有足够的时间将整个计划考虑清楚。

我想，最重要的是要分别做一下几个方面的研究： 准备建立分公司的国家是市场经济的国家还是计划经济的国家？该国的富裕程度如何？富国还是穷国？该国的GDP是多少？ 该国的失业率如何？该国劳动者平均受教育程度如何？该国的主要资源有哪些？该国有哪些支柱产品？该国货币与美元的汇率如何？该国与美国关系如何？海外企业在该国生存状况如何？该国社保系统，如医院、银行、道路和商店布局情况如何？在该国建立分公司是否存在安全方面的问题？…… 需要考虑和担忧的事情非常多，要做好这项功课可不容易，但这样的作业很有趣。把自己想象成一个大老板，要进一步做大必须进行海外扩张，扩张方案必须由大老板来定夺，不是吗？

辩论课上，我完成了关于公共道路飙车的辩论提纲。修正后的提纲中支持我的观点的理由有13条，反方可能辩驳的理由有7条。Macon老师虽然帮我将提纲的句子组织得更完美，但她对我的提纲内容却没做任何修改。

全天课程结束后，我又去了美国历史教室看美国历史，Vawter和Millburn 两位老师对我似乎很有兴趣，她们都说我在美国学到很多东西，表现很好。她们鼓励我说：“保持下去，你能完成美国历史的学习！”是的，我一定会的，哈哈！

光辉节日 2009年4月10日

这次是我第二次去圣地亚哥了。上次去圣地亚哥玩得很开心，我相信这次会玩得更开心，因为这次我们是去外公外婆家过复活节的，而且外公已经出院回到家里了。

出发前一天晚上，妈妈煮了40只鸡蛋，幸运的是，只有两个鸡蛋破了，很不容易啦！

带上一大堆在Party City买的东西后，我们还带好了几袋煮熟的鸡蛋。我坐在车后，负责看着鸡蛋，我必须很小心这些鸡蛋的行为，哈哈！总的来说，鸡蛋们表现不错，没给我添麻烦。

“嗨，大家好！很高兴又见到你们！”还未踏进房门，外婆就热情地招呼起我们来了，慈祥的外婆给了我们每个人一个温暖的拥抱。外婆看起来永远是那么的开心和满足。外公还在美美地睡觉。外公的身体状况虽然好转了，但还没完全恢复，大部分时间，外公都躺在床上睡觉。

这次外婆让妈妈把摇滚乐队的游戏也带来了，等明天其他孩子来的时候大家一起玩。妈妈带着我们提早一天来是帮外婆准备明天复活节的东西的，其他人将在明天才来外婆家。我们把一个个篮子放在壁炉前，我在篮子里铺上了些塑料小草后，篮子一下子生动了起来，很漂亮哦。明天早上，妈妈会在篮子里放上给我们的礼物，拿到礼物要等到明天哦。

外公也许是听到了房间中的嘈杂声，他醒了。扶着步行器行走的外

画鸡蛋

我的杰作

公看到我们非常高兴。外公醒来时已是下午4点了，妈妈从一个大袋子中拿出所有的绘画工具，我们要在每个鸡蛋上画上自已想画的画，很有趣啊。

我用不同颜色画了十几个蛋，画好的蛋真是漂亮。外婆和妈妈给大家准备了很好吃的晚餐——美味披萨和西瓜苹果派，哇，太好吃了。

复活节小兔子 2009年4月11-12日

今天天气真好，我一直睡到，呃……等等！我是被妈妈“吵闹的”敲门声给催醒的！没有啦，跟大家开个玩笑而已，妈妈是非常温柔地把我唤醒的！

今天早上，我们要检查篮子，看看父母亲都为孩子准备了什么礼物啦，“复活节小兔子”就是给孩子们的礼物。真没想到，我从“复活节小兔子”得到的是两本非常棒的书！一本是《Marley and Me》，另一本叫《Twilight》。我太喜欢妈妈给我买的书了，激动得一连谢了妈妈三次！妈妈真了解我啊！

欣赏好礼物后，我们几个孩子要开始找鸡蛋了。除了我和妹妹Angie外，妈妈的兄妹Karen和Mark还带来了他们的孩子Jimmy和Jeffery。外婆藏鸡蛋的水平可是一流的啊，各个你想不到的地方都有。忙了半天，我才找到4个，成绩很糟糕，呵呵。

中午，大家坐在一起享用大餐。在座的除我之外，都是美国白人。

外公、Angie、外婆和Cason妈妈

他们都非常优雅，对我非常好。Karen 还给我们每个孩子准备了一个超级大的兔子巧克力，意外的惊喜哦。我还没尝过味道，也许现在应该去尝尝！复活节对我来说真是太好玩了。

真开心能有这样的机会和妈妈一家一起过了个快乐的复活节。

艳阳高照 2009年4月13日

今天天气很好，令人心情无比舒畅。现在的季节是最令人舒适的。

今天西班牙语课，我们仍然在上以“er”结尾的动词变位。Jonsson老师让我们做个项目，同学们必须想出数个以“er”结尾的单词写下来，造句并将画出相应的图片。

健康生活课的Setzler老师是个很重视纪律的老师，今天才知道他以前在美国空军服过役，怪不得。除了自律外，他还非常有趣。这些天，我们主要学习母亲和孩子的相关知识，Setzler老师感慨地回忆道：“我和太太有第一个孩子时，我每隔两个小时就得起来一次，从小床上把小宝贝抱给他妈妈喂奶。孩子吃饱后，还要玩。要知道，这简直是要把父母累疯了。”Setzler老师说这话时脸上还残留着些苦不堪言的表情，呵呵。

我刚刚知道妈妈给我买的小说“Twilight”是我们学校的英语课外读物，这本书属于AR读物中分值很高的书，值18分啊！太好了！

天助我也 2009年4月14日

最近在我在猛攻美国历史，鉴于本人五星级的诚信度，昨天美国历史老师 Vawter同意我在家中上网完成美国历史的自学考试。

生物课Lopez老师今天嗓音听起来很弱，像是病了，昨天他也没来学校。班级中很多同学并没有因为老师病了而更尊重关心老师，或者至少让教室安静些。我能感受到老师的疲惫和无奈，我真为同学们不懂得体谅病中的老师而气恼。

西班牙语Jonsson老师对我做完交流学生后有什么打算非常有兴趣。她看着我的眼神是那么专注、好奇而又充满希望。

经济课前，我很好奇地问了Holmes一个盘绕我心头很久的问题。“Holmes老师， 你在部队时去过战场打仗吗？”“确切地说，我去过战场。几年前我在中东待过五个月。”我在检索资料时，Holmes 又教了我很多经济学方面的知识，他真是个博学的老师，博学的男人任何时候看起来都是那么聪明、那么有吸引力！

毕业班的学习生活将在5月20日正式结束，时间过得飞快啊！来学校上课第一天的情景仿佛就在眼前。很快地，我就要跟让我学到很多有用知识，带给我很多快乐的学校说再见了，每每想到这里，我的心中有种说不出的留恋和伤感。

放学后，妈妈带我们去吃中国自助餐。餐馆的老板是福建人，很不错。这应该是我来美国吃到的最正宗的中国餐了，很好吃哦！

热门美剧 2009年4月15日

昨天吃完中式自助餐后，我让妈妈带我去Best Buy店，我要买一个120G的iPod 。120G的iPod不仅容量大，颜色也很漂亮，是很经典、很气派的那种银色，我第一眼就被这银色的iPod 迷住了，才249美金。

要把120G的iPod 中装满歌曲也不容易啊。突然，我想到了一个好主意，下载电视剧看！ 我最喜欢看的是《反恐24小时》。剧中男主角

Jack Bauer简直酷毙了！我觉得比007中的James Bond 还强！

记得我在上海时曾和父母一起看过《反恐24小时》第一季，现在美国已经出到第7季啦，牛吧？这样的电视剧不仅能提高我的英语水平，还能教我处理各种危机的技巧呢，太好了。

现在我有三个iPods了！我给银色的取了个女孩名字Jessica，80G的取个男孩名字James，给iPod Touch 取的名字叫Jack！加上我Joe，我的J小团体建立起来了，纯属好玩，哈哈！

左右为难 2009年4月16日

生物课 Lopez 老师身体好些了，今天没有课堂作业，很轻松。接下去的课程中，我们要进行羊眼睛的解剖，同学们必须仔细观察并做相应的解剖记录，我相信这项作业一定很有趣。

“Joe，昨天你怎么没来教室，你怎么可以把我一个人留在这里？你怎么可以这么对待我？”什么？！西班牙语课上，当我听到Sandra对我说这话时，我一下子懵了。Sandra 是个漂亮又调皮的白人女孩，她一定又在寻我开心了，呵呵。坐在离我不远的妹妹Angie听了Sandra的话后，迅速地盯视了她一眼，似乎很无语。

经济课上，Holmes老师跟我们谈论最近大家都很关心的税收上涨问题。Holmes老师手里拿着一份记者写的文章打印稿，这位记者对现行的联邦税收很不满意，声称她会尽全力为美国公民争取权利。她指出，现在正值金融危机，加税不仅让穷人的日子无法过，连中产阶级都感到很大压力了。

真为美国人高兴，他们有权通过游行示威的方式来说出自己的不满，提出自己的要求。虽然这样的示威也许不会立刻改变什么，但至少对政府部门的工作是个提示和压力。

Tatianna显然知道我很快就要回中国了，脸上露出了非常伤感的表情。对她说再见对我来说也不是件容易的事，她是我见过的最有责任心的好女孩，就像我曾经说过的，她像是我的偶像。

羊眼解剖 2009年4月17日

很高兴看到 Lopez 老师身体好多了。今天生物课安排的是羊眼睛的解剖。不知为什么，我总觉得解剖很残酷，我很不喜欢做这样的事。这些羊眼睛是从哪里来的呢？希望都是从已经死了的羊身上取的，因为动物也有动物的权利啊。

看到很多羊眼睛被从一只大袋子中取出来，我感觉说不出的难过。不管怎么说，解剖还是件有趣的事。我觉得自己不够勇敢，我不愿做主刀手，Jordan和Joseph成了我们小组的"解剖专家"，他们显然对这类事很感兴趣。

"Lopez，老师，你很享受解剖，对不对？"我和胆小的Julian 在看老师做解剖示范时，Julian跟老师开着玩笑。"这是我的工作。"Lopez老师笑着回答道。

记得在以前的学校中，生物老师让我们做很疯狂的解剖，老师并不示范给我们看，她只是站在一旁，对不敢解剖的男生冷嘲热讽。看看美国学校是如何安排解剖的吧。在解剖前，应该说是至少两周前，老师会给所有的学生发一份是否同意参加解剖的协议。这份协议除了要求学生签名外，还要学生家长或其监护人签名。愿意的就签上同意，不愿意的就拒绝，很简单，没有人会逼你同意或不同意。希望国内的老师也能这样对待作为人的学生，哪怕做得有美国学校一半好也就很满足了。

这周是股票游戏的最后一周了，令人伤心的是，我们从第一名落到第二名。下周三，我们要做股票游戏的幻灯片演讲，算是这场游戏的闭幕式吧。

抛掉最后三个股票后，我让Holmes老师看看我的博客。老师在看博客时，Tatianna也在边上看，我在博客中说她是个性感漂亮女孩，如果在来美国前，和她一起看我对她的描写一定会让我闹个大红脸的，哈哈。美国漂亮女孩真是多得数不清啊，从我踏上美国领土的第一秒起，就有机会时时、处处欣赏美女了。我相信自己回到上海后很快就会想念美国的，哈哈！

纷繁生活 2009年4月18－19日

很快就要进行辩论考试了。我的四个辩论都会计入我的期末成绩中。除了修毕业班的课程外，我还额外加了美国历史、英美文学课外阅读，还有其它年级修的健康课。要知道，这些都不是小菜一碟的事，需要看很多书并通过考试才能拿到相应的学分。为了实现自己的目标，我愿意接受这样的挑战。

生活确实不容易。一个人从出生那天开始，就要面对生活中的一切，无论是痛苦的，还是快乐的。没有人能永远舒适安逸。度过艰难的日子后我们会倍感快乐，克服前进中的困难后，我们会兴奋不已。如此循环往复，我们的人生也随之跌宕起伏，精彩无限。

每个人都有自己面对生活的态度和方法，让我们做好一切准备，信心满满地去迎接生活的挑战！

幼弱小鸟 2009年4月20日

今天生物课，老师安排我们看录像，内容是人和动物的消化系统，通过录像让我们形象地了解之间的区别。录像拍得风趣幽默，像看游戏片一样。主持人在讲解牛的反刍能力时，用了很多搞笑的语言，这样的教学片一点也不会让学生觉得枯燥。

演讲课时，调皮女生Jenny在研究了我一番后突然叫了起来，“Joe， 你有白头发了！”开始，我以为她在寻我开心，等周围五六个女生都说我有白头发时，我才意识到了问题的“严重性”，呵呵。“多少？很多吗？”“有几根吧。我现在就看到了一根。我帮你拔下来。”“哦，好的，谢谢。我要把这根白头发保存好，这可是我出生以来的第一根白头发啊，我得带回中国给父母看看。”“你真有趣， Joe。”哈哈！

放学后，妈妈看到了一只几天前被学生们捉住的小鸟。这只小鸟好像快死了的样子。显然，妈妈看到小鸟的可怜样很难过，她是个非常善良的人，如果她知道怎么照顾这只小鸟，她一定会带“她”回家的。为了给小鸟更好的照顾，妈妈让我把小鸟送到生物Lopez 老师那里，放在有各种专用设备的生物教室，有专业的老师天天照顾或许小鸟能活下来。望着惹人怜爱、虚弱无比的小鸟，我真希望“她”能顽强地活下来。Lopez老师看到小鸟后，觉得“她”活下来的希望很渺茫，可怜的小鸟。我们一起为“她”祈祷，祝愿“她”转危为安，好吗？

明天到学校，我一定第一时间去探望可怜的小鸟。

好戏连台 2009年4月21日

“铃！”家里的电话铃响了。我房间的电话铃声是音乐，每次听到电话，我都会觉得一定是有好消息来了。可今天的电话似乎有点不寻常。

“哦，上帝啊，什么！？”这可是我第一次听到妈妈这么大声地说话。怎么啦？我一头雾水。妈妈听电话时我正在房间用电脑给妈妈下载歌曲，妹妹Angie 在厨房忙着做晚餐。“发生什么事了，Angie？”“我也不知道。我也正奇怪呢，妈妈才打了几秒钟的电话。”又过了数秒钟，我听出妈妈在电话中谈的是外公的事。外公怎么了呢？我很担心。

“哦，上帝啊，真是太好了！”听到妈妈在电话中说太好了时，我放心了，我相信一定是极大的好消息，才会令妈妈这样激动的。放下电话，妈妈告诉我们，外公现在生活能完全自理了，要知道，最近几个月来，外公的身体状态还从未这么好过。这真是个振奋人心的消息。看来，音乐铃声电话带来的确实都是好消息，呵呵。

昨晚我把小鸟送给Lopez老师回到妈妈办公室不久，小鸟就被两个女生认领并带回家了。Lopez 老师说她们一定会照顾好小鸟的，这样我就放心了。

中午去妈妈办公室，妈妈的学生助理中午也在妈妈办公室帮忙，我们已经成了好朋友了。妈妈的助理告诉我说："今天洗手间一对男女学生在做爱。""啊？！""真的，就是几分钟前的事。""你怎么知道的呢？""学校保安在洗手间发现的，现在老师正在联系两位学生的父母，要跟他们的父母沟通。"太狼狈也太搞笑了吧，哈哈！

做我"妻子" 2009年4月22日

今天一觉睡到上午九点，爽！今天星期三，是九年级和十年级学生考试时间，我不用去学校上课。除了完成学校的各项功课和自学内容外，我还帮妈妈做了些家务，用吸尘器将家里弄干净，将所有的餐具全部清洗好，还准备了晚餐等妈妈和妹妹回来吃。

晚餐我做的是意大利肉汁面条。肉酱放在面条中央，上面再放些乳酪，面的底部浇上美味沙司，很有食欲哦。

"我闻到食物的香味了！"一踏进屋子，妈妈就开心地大叫道。"对了！""你做了什么晚餐了，Joe？""意大利肉汁面""太好了！""妈妈，我还给家里吸了尘，餐具也都洗干净了。""哇，我真该娶你做我妻子！"哈哈，妈妈真幽默！"谢谢你今天在家里做了这么多事情，太谢谢了，Joe。""妈妈，你千万别这么客气。"

我从心里感谢妈妈对我全方位的关心和照顾，我很愿意为这个家庭分担些家务或做些力所能及的事情，我欠妈妈太多的情了，不是吗？

无处可逃 2009年4月23日

生物 Lopez 老师今天给我们布置了一项很有趣的课堂作业，去暖房挑选长大了的植物进行移栽，好玩吧？我们挑的是颗仙人掌类植物，尽管上面长着很多刺，但我们大家都不在乎。Lopez 老师用很幽默的口吻教我们如何进行植物移栽。首先把植物连根一起从原来的盆中小心取出，这个并不难，但取出植物过程中，从泥土中钻出的小虫把女孩们吓得半死，我虽然不怕小虫子，但小虫着实令人恶心。受惊的女孩们躲在男孩们的怀中，不幸的是，没有女孩子躲在我怀里，我哭！

我的经济课同学Tatianna 今天打扮得很漂亮。Holmes老师今天给我们布置的课堂作业很少，即使浪费二十分钟时间再做也完全来得及。“Joe， 你在干什么？做你的功课！别这么美国化！”看到我和Dayshawn在聊天，Holmes老师开始寻我开心了，脸上满是“狡猾“的笑容。“你们知道吗？”Holmes老师用这句话来吸引同学们注意。“Joe现在已经很美国化了，他变得越来越懒了！哈哈！”“……（无语）”“是不是，Joe？”“没……（继续无语）”“你如果再回中国学校读书的话，你的老师要把你赶出教室啦！是不是，Joe？”“呃……”“Joe 不喜欢中国了，他喜欢美国！”“呃……”我每次想张口说些什么，都被Holmes老师抢在了前面，他继续寻我开心：“Joe， 你回中国后最想念美国什么？”“是不是想念美国的女孩子呢？”“呃……我……”Holmes老师直奔主题把我心里的秘密都抖出来了，真不厚道，哈哈！“你喜欢美国女孩吗，Joe？”“Holmes老师，”我觉得我必须打断老师的话说点什么了，“你知道吗，很坦率地说，”为了吸引更多人的注意，也为了让已经沸腾的教室降降温，我顿了顿，因为我知道我接下去的回答会让班上同学再次疯狂的，呵呵。我轻咳了一声，大声说道：“喜欢！”“哇！我们都很漂亮吧！”女孩们开心得大叫起来。这样的场景令Holmes老师很开心。“看看她们，Joe！”Holmes老师指着再次沸腾的同学们说道，“我认为Joe现在非常吸引美国女孩。你一定要回美国来，Joe！”

今天真是搞笑的一天！

绝对胜利 2009年4月24日

今天是周五，不同于普通的上课日子，周五通常是极其放松的学习日。

下周二要出每月学习报告了，整个一周我都非常努力争取取得好成绩。妈妈将我每天的表现都看在眼里。昨天在驾车回家时，妈妈问我："你最近几天怎么这么沉默呢？有什么问题或你在担心什么事吗，Joe？"听到妈妈的问话，我顿了顿呼吸，我本不想告诉妈妈我心里在想什么，因为妈妈已经说过我把自己逼得太紧了，叫我不要太关注自己的成绩。但我觉得我应该完成自己设定的目标。妈妈让我不要逼自己太紧和不要太关注成绩都是为我好，说得没错，如果我告诉妈妈我还在想着怎样提高成绩的话，妈妈也许会生气的。在妈妈的追问下，我还是把心里想法告诉了妈妈，没想到，妈妈一点也没生气。

Macon老师的辩论课，我有四个辩论课题要完成。其他同学都只做两个辩论，我主动申请做四个，主要是为了多锻炼自己的辩论能力。每个辩论都要完成提纲、文献检索、案例分析和主要问题讨论，共计十六份书面作业。昨天放学回家我花了整整四个小时完成了全部辩论作业。今天当我把所有作业交给Macon 老师时，她简直不敢相信地说："这些都是你自己一个人完成的？"搞笑吧？

最近一段日子确实很忙，今天可以早些休息了，因为我的任务已圆满完成了！

我家丛林 2009年4月25–26日

昨晚，按照惯例，妈妈请我和妹妹 Angie 一起讨论下月要买的东西。我很感谢妈妈为我们想得这么周到。妈妈要去商店给我们买冰激凌、水果、蔬菜和美味的意大利餐。虽然妈妈和我们讨论时，我刚吃过饭，可在讨论各种美味食品时，我感觉肚子又饿了，哈哈！

周六晚上我们早早地睡了，因为第二天我们要早早起床整理后院的树木花草，这可不是件容易的活啊。嘭、嘭、嘭！“Joe，起床啦！”

开工了。我和妹妹Angie先把车库中装满东西的塑料袋拖回屋子里去。妈妈有一大堆活要干，妈妈说：“我们先去吃点东西再继续干活。”

天气越来越热了，妈妈希望我们尽快完工，因为太阳升得越高就越热，呵呵。今天我们在后花园的主要任务是将疯狂生长的大量树枝修剪掉。妈妈从屋子里拿出修剪树枝的工具。我学了不少相关的英语单词，我把这些英语称为庭院英语。如果不在亲身体验中学习，作为一个外国人的我很难完全理解和掌握这些英语，虽然一开始妈妈告诉我怎么做时，我像聋子一样听不懂，现在全明白了，很值得哦。练习的机会越多，懂得就越多。妹妹是个女孩子，体力肯定不如我，整理院子这种事，我顺理成章地成了家里的好帮手。

作为家中唯一的男人，我得好好露一露干体力活的本领。当然，没有妹妹Angie帮忙，这些活很难干完。当我看到妹妹Angie不像我那么有力气将妈妈和我修剪下的树枝及时拖走后，我让妈妈休息会，让妹妹用工具修树枝，而我则负责把修剪下的树枝及时拖走。我们今天已经修剪了很多了。

整个后院现在看起来像个丛林，我开玩笑地说：“哇，这里就像是原始森林。”修剪花草树木虽然很累，但也很有趣。因为今天我们电锯的锯子断了，妈妈不会弄，估计得找个铁匠帮忙修好后才行。余下的活

Angie和Cason妈妈

正视Cason妈妈家

就只能下个周末干了。

忙完后，我们一家三口回到客厅聊天休息。妈妈说："我一共收养过24个孩子，只有三个孩子一直跟我保持联系。若干年后我还会收养更多孩子的，我喜欢收养孩子。""即使被你收养的孩子长大后忘了你，你也无怨无悔吗？""是啊。即使有时收养来的孩子做出令我非常恼火的事，我也不会将他们赶出门，因为他们是需要人帮助的孩子，我必须帮助他们。""妈妈，我觉得你很了不起，我觉得世界上很难有比你更善良的人了！是什么让你这么无私，这么善良的呢？""我也不知道，也许是来自父母遗传吧。""我明白了。"

妈妈的故事让我非常感动。

气定神闲 2009年4月27日

昨天半夜我被一束奇怪的光照醒，一开始我以为是自己在做噩梦。我打开灯，发现整个夜空都有些紫色的了，真奇怪。我把灯开着继续睡觉，过了会儿，紫光消失了，也许是哪家的车灯照出的光吧。

除了半夜紫光的困扰，喉咙痛也让我很难受。我的喉咙好久没有这么痛过了，不知是不是感冒引起的。喉咙干得要冒火，只想喝水。可喝了两杯水后，喉咙还是不舒服。我抬头看看表，才清晨4：30。接着，我感到阵阵发冷，即使盖了两条被子也没用。身体的不适让我无法入睡，我躺在床上盼望着天色快点亮起来。

早上6：10左右，我来到客厅，我以为妈妈会在那里，想在洗澡前先向妈妈道个早安。可妈妈不在那里。我坐在沙发上等妈妈，感到阵阵发冷，身体不断地抖着，喉咙越来越痛，头也痛得要裂开了似的。妈妈出来看到我后很惊讶，"你怎么啦？不舒服吗？"妈妈焦急地问我。"对不起，妈妈。今天我恐怕没法去学校了。"虽然我喉咙很痛，说话会让这种疼痛加剧，但我还是努力向妈妈说明情况。妈妈明白了，说："也许是过敏了。昨天我们不是在后院忙吗？""今天我没法去学校了，我不能多说话。"我指着喉咙给妈妈看，妈妈看到我红肿的喉咙，说："我知道了，你不要去学校了。"

妈妈和妹妹走后，我睡到11点才起床。感觉好多了，可无法咽固体食物，只好喝点东西做午餐了。

下午天色很美，我坐在床上，"享受"着难得的闲暇时光。下午3：40时，我去厨房准备晚餐时将餐具洗干净，并用吸尘器将家里各个角落吸干净。妈妈回来看到已基本恢复健康的我和整洁的家后很高兴。她叫我再去多休息休息，我要休息了。

休养生息 2009年4月28日

我的喉咙依然很痛，吃固体食物时更痛。昨天我在家给妈妈和妹妹准备了晚餐，可自己却一点食欲也没有。即使想吃东西，我的喉咙也不允许我吃。

今晨起床时感觉喉咙痛得更厉害了。除了喉咙痛外，我的头也很晕，还伴随着阵阵恶心。因为我胃里根本没东西，所以也吐不出什么来。我感觉自己走路都有些东摇西晃的了，但还是坚持给自己烧了些热茶喝。

妈妈说我的喉咙痛也许是对什么东西过敏。是不是我的身体不够强壮啊，呵呵。不管怎么说，身体是革命的本钱，我躺在床上休息，做些力所能及的事。

康复在望 2009年4月29日

妈妈说的也许是对的。我一直努力做个真男人，一个真男人在生病时也应该很坚强。妈妈照顾我这么长时间了，我应该多听听她的建议。

今天给妈妈和妹妹做了墨西哥餐taquito，这是我在冰箱中找到的唯一会做的食物了，呵呵。今晚我的主食是三个橙子和一加仑水，用完晚餐我要去看美国历史了。

不管明天早上身体状况如何，我都要坚持去学校上课。

夏威夷节 2009年4月30日

今天是夏威夷节，一到校，看到很多老师和同学脖子上挂着五彩缤纷、色彩艳丽的花环，非常漂亮！“你手臂上画的什么啊？”当我看到Jordan手臂上画着的裸体女人时，忍不住好奇地问道。Jordan图画得非常好，他手臂上画的裸体女人很生动。“Jordan，你为什么在手臂上画个裸体女人？”“因为今天是夏威夷节啊！看！看！她在看着你呢，你感觉到了吗？哇哦！”Jordan幽默地跟我开着玩笑。说老实话，他手臂上的裸体女人会有很多人关注到，一定能吸引众多人的眼球，哈哈！

从今天开始，Lopez老师将开始下一章的教学。在下一章开始之前，我们要对鸡做很深入的了解。包括鸡蛋是怎么生成的？养鸡场的流水线是怎么样的？生出的鸡蛋是如何进行灭菌消毒的等等。明天我们还要做个和鸡有关的项目。

经济课的股票游戏落幕了，我们小组最终名列第二。满分999分中我们拿到了925分，很不错的A了。

辩论课上，老师让我担任评委。我要根据每个同学各方面的表现给他们打分。一个完整的辩论包括辩论稿的组织、证据的收集、声音的控制、眼神的交流、辩论时的推理和分析等等。Macon 老师一共请了四位同学做评委，我们四位评委的评分和老师的评分一起构成学生的辩论分数。

很高兴我有机会成为评委，作为评委，在选手们辩论结束时，要向他们提问，这个对我来说一点也不难。当然，如果在我刚来美国时，那绝对是个挑战了。我很感激Macon老师提供给我这样的好机会，这是很有意思的工作。在评分纸的最下方，评委要将自己为什么要支持某个团队的理由详细地列出，这样的功课能激发人的思考，很有收获。我现在对上台去辩论越来越自信了，我觉得自己会是个很好的辩手。

下周一，我将和Olivia合作与我们的对手进行一次有关服用避孕药的激烈的辩驳，祝我好运！

从天而“奖” 2009年5月1日

生物 Lopez 老师今天教我们如何识别鸡蛋的各种等级，要知道，鸡蛋是分成好几等的，有AA级、A 级和B级。当然，还有坏蛋，哈哈！

“你好吗，Joe？”Jonsson老师知道我这几天病了之后，充满同情地看着我。我鼻子塞住了，声音也变了样，只能轻轻地回答道：“我感冒了，鼻塞、咳嗽、头痛。”“那你干吗还来上课呢？”Jonsson老师不解地问道。“我必须得来。因为在学校上课的日子不多啦。”Jonsson老师似乎很认同我的观点。她脸上带着一丝坏坏的笑容，开始给我压力了：“今天如果有人感冒了，都算在你头上！”“呃，我来学校就是因为喜欢听你上课。”“哈哈！”

经济课时，收到我的课程顾问Heather老师给我的纸条，让我抽时间去一下她的办公室。Holmes老师以为Heather老师找我是为了我毕业的事，示意我尽快去。快要下课时，我来到Heather老师的办公室。Heather 老师告诉我一个意外的好消息：“每年我们学校都有世界各地的交流学生来这里学习交流，在学年结束时，学校会根据他们的表现给他们评奖。我很希望你能来参加。颁奖仪式上，我们会用广播叫你的名字，我们会选派一位老师在全校所有毕业生面前给你颁奖。”很有意思啊，是不是？我当然得参加！可学校要给我颁什么奖呢？

不管怎么说，这是个超级好消息，对不对？

爱犬Jackson

爱犬Jackson 2009年5月2–3日

又是一个好消息啊，我的美国历史已经全部通过啦！我只用了二十天不到的时间就将美国历史全部自学完毕，并顺利通过了考试，十个学分全拿到啦！

Jackson今天好像也特别高兴！自我来到Cason妈妈家以来，Jackson就成了我的好朋友。Jackson个头很大，浑身披着灰白色的皮毛，虽是一条狗，但Jackson举止得体，风度翩翩，非常自律，哈哈！每天我一到家，总是先拍拍它，爱抚一下可爱的Jackson。Jackson能感觉到我对它的友好，每次我吃东西时，它都会紧挨着我坐下，全神贯注地看着我吃东西，那神情就好像它从来没吃过东西似的。要知道，它自已的小碗里有数不清的美食呢。它真可爱，实在太可爱了！

Jackson很喜欢我轻轻拍打它，如果我不拍了或突然停了下来，它会很不满意的，呵呵。它会先动动身子，调整一下自已姿势，然后伸出它的右爪轻抓我的大腿，好像在对我说："嘿，再拍拍我啊，求你了！"太可爱了。我每天都会跟Jackson玩一会儿。

睿智辩论 2009年5月4日

今天生物课Lopez老师安排我们做鸡蛋解剖。踏进Lopez老师的教室时，他正在教室后面的工作区域忙碌着。Lopez 老师忙着准备生物课上要用的蜡烛，推车中则放着很多供同学们今天解剖用的鸡蛋。

给鸡蛋做解剖很好玩。首先你要看清楚自己所选鸡蛋的颜色，接着把选好的鸡蛋放到蜡烛上去照，如果发现鸡蛋内有沉淀物在蛋壳上，说明鸡蛋不新鲜或变质了。观察完鸡蛋的新鲜度后，敲开蛋壳，将看到的鸡蛋内所有东西都画好。接着去显微镜下观察蛋黄和蛋壳的形态。我观察到的情况是这样的，蛋黄在显微镜下像太阳，蛋壳在显微镜下像月亮，哈哈！

Andrew挑了些蛋黄和蛋白的混合物尝了尝。我好奇地问道："Andrew，尝了生鸡蛋后，你觉得恶心吗？""嗯，是挺恶心的，真的。我不尝了！"Andrew的可爱模样把同学们都给逗乐了。Lopez老师也被Andrew的"壮举"吓到了。

今天最有趣的课当属辩论课了。我参加的辩论是有关"房事后服用避孕片是最佳的避孕方法"。我是两个反方辩手之一。辩论开始前，我自信满满地走到辩论桌前。现在的我已能非常熟练地应用英语，只要脑子中闪现出有道理的想法，立刻可以用来反驳正方辩手了。

经过正反双方激烈的辩论，我觉得我所代表的反方提出的理由更充分、更站得住脚。虽然在辩论开始前，我极有风度地对正方说："祝你们好运！"可真正辩论起来，大家都想赢，不是吗？虽然我现在还不能说今天我们反方的辩论百分之百赢定了，但辩论结束时，Macon老师的眼神告诉我，她觉得我是个很好的辩手，提出的辩驳理由很有道理。我今天是拼尽全力将辩论做到最好。

辩论课教室

作为一个英语非母语的外国学生，我努力争取在辩论中发挥出最佳水平。我希望自己下一次的辩论能更出彩。现在的我在辩论时，已全然没有了曾经有过的紧张。处在放松状态的我能更好地驾驭自己的思维，能更清晰地表达自己的观点。要知道，人在紧张时，脑子有时会一片空白的，哈哈！

咳嗽与茶

2009年5月5日

这个星期妈妈每天都做很多可口的饭菜，天天都有新花样。我大饱口福地享用着好吃的美国餐，心里非常感谢妈妈为我做的一切。

今晨踏进Lopez老师教室时，他正忙着把一只宠物鼠放进箱子里去。宠物鼠很调皮，一刻也停不下来。“这只小东西昨天第三节课时溜走了，今天我在这里找到他的。”Lopez老师指着堆放各项作业的位置说道。显然，这只小东西想藏起来的，可不幸的是，小东西没能逃过Lopez老师的火眼金睛，于今晨被“缉拿归笼”了，呵呵。

“Jonsson老师好！”一进教室，我就大声向老师问好。老师正在忙着什么。Jonsson老师很想知道我最想念中国什么。我告诉她，第一是我的家人，第二是中国美食。我每天都想着中国的美食啊！

上课时，Jonsson老师正在跟同学们讲着书上的说明时，我没完没了地咳了起来。我不断地说着“抱歉”。“不用说抱歉的，Joe。想咳嗽就咳出来，千万不要因为咳嗽说抱歉。你要喝点姜茶吗？说不定能让你喉咙舒服点。我咳嗽时常常喝点姜茶。”“不用，不用，我没事的。”

我不想麻烦老师给我弄茶。她在给同学们上课，我怎么可以让她给我上茶呢？可不管我怎么拒绝，老师坚持要给我倒杯姜茶喝。Jonsson老师在杯里放了些冷水后在微波炉里加热。一分钟后，热茶出来了，Jonsson老师将茶包和热茶一起递给我，我实在不好意思，赶紧站了起来，恭恭敬敬地双手接过杯子。全班同学都看着我，估计他们是第一次看到中国人的礼节吧！“非常感谢你，Jonsson老师。”“别客气，

Joe。别管其它事，只管喝茶。”我今天才知道，Jonsson老师是个极爱喝茶的人。

下课时，我对Jonsson老师说，我会带些中国的茶叶给她尝尝。我相信她一定会喜欢中国茶的。

梦想乐园 2009年5月6日

今天我把茶叶给Jonsson老师带去了，希望她喜欢。

去上经济课时，正在和一位男士说话的Holmes老师一看见我，立刻把我介绍给了和他说话的男士。男士名叫Warford，是一位资深的作家，也是加州羚羊谷新闻报的专栏撰稿人。

“很高兴见到你，Joe！”“我也很高兴见到你，Warford先生。”也许Holmes老师在我进入教室前已向Warford先生介绍过我博客了。我一提到博客，Warford老师就表现出了浓厚的兴趣。Forward告诉我：“五年前，有个从德国来的女孩子，她和你一样，在棕榈谷高中做一年的交流学生。我遇见她后，曾问她为什么不将她在美国学习生活的点点滴滴记录下来，让更多的人分享她的美国交流生活呢？可交流生项目结束后，她没有写任何东西。我对你的博客实在太有兴趣了，你可以把博客地址给我吗？”“当然可以！”“我一定会抽时间看的。”“我的博客主要是中文的。我把我的邮件地址也给您吧。 您有任何问题，请随时联系我，好吗？”“太好了。谢谢你，Joe！”“我也非常感谢您，Warford先生。”Warford先生将他的名片给了我。我知道Warford 先生有很多著作，他是一位资深的专栏记者。

中午休息时，我把跟Warford先生见面的事告诉了Cason妈妈，妈妈很为我高兴，她说：“祝贺你，Joe！ 这真是太好的消息了，是不是？我的上帝！很多人都说美国是个梦想乐园，在这里你可以美梦成真，说得太对了！真为你骄傲。好好把握这次机会，你一定会成为一个广受大家喜欢的人！”“太谢谢了，妈妈！”妈妈的话让我很受鼓舞，我今天真是太开心了。

颁奖典礼 2009年5月7日

下午4：30到家，吃完晚饭后，该去参加颁奖典礼了。除了妈妈，妹妹Angie也非常乐意去看我领奖，全家齐上场，哈哈！

参加颁奖典礼的学生一共有七十三名，其中交流学生有一男两女共三名。最初我们一起来参加这个交流项目的共有六人，四位男生和两位女生。可现在，女生们还在，而男生只剩下我一个“幸存者”了，哈哈！我真是太幸运了！

今天来观看颁奖仪式的人很多，一大半是学生家长。等待领奖前，我问坐在边上的同学：“来参加颁奖典礼你自豪吗？”“嗯，当然。我非常兴奋也很自豪。”

颁奖仪式在学校自助餐厅进行。Heller老师自豪地说：“每年我们学校都有国际交流学生，但今年来的交流学生很特别，他们都取得了非常好的成绩。向他们表示祝贺！”我们三个交流学生上台领奖时，全场爆发出令人振奋的欢呼声和尖叫声。我兴高采烈地向所有的老师和支持我的朋友们挥手表示感谢。获奖证书上写着：你来我校参加了国际交流学生项目，你将永远是我们棕榈谷中学雏鹰队的一员。字体的下面印着中美两国的国旗，美国国旗下方有着校长的签名。“哇，太酷了，是不是？”妈妈开心地大叫着。“嗯，太棒了！”“保存好。”“一定。”

我的荣誉证书

“我现在先不管你准备把证书放在哪里，我现在只需要……”说着，妈妈迅速地给了我一个大大的温暖的拥抱！

我太开心了！

享受培训 2009年5月8日

我在等候进入西班牙语教室时，妹妹 Angie 来了。她开心地说：“妈妈今天一定对我很满意。”妹妹将手里的纸递给我看，哦，原来是成绩单！英语：404， 高级；数学：402，高级。这个消息对妹妹来说绝对是好消息啊。妹妹的成绩让我想起我的考试成绩了，我马上向我顾问老师办公室奔去，急切地想知道自己是否通过加州高中毕业生英语考试。我一定要通过，我要完成自己的目标！“Hunt老师，打扰一下。我想看看我是否通过了考试。”“你通过了！”哇，开心！

拿到成绩单后我赶紧向妈妈报喜，妈妈开心地和我用力击掌庆贺。“祝贺你！Angie也通过了考试！ 哇！你们两个孩子都很棒！”妈妈激动得几乎叫了起来。

演讲课进行的是一个关于强奸的辩论。“我喜欢这个辩论，我得好好问辩手几个问题。”我开玩笑地跟Olivia说，逗得她哈哈大笑。正式辩论前，Macon老师在全班发六张评分纸，每个同学要为其他辩手打五次分，这是计入学生成绩的课堂作业。我所在的一桌有Carey、Olivia和我三个人，我们都只完成一次打分，都很想拿到第二张打分纸，可老师只给了我们一桌两张评分纸。“我拿到一张！”我开心地对Olivia大笑道。“Joe， 我才打过一次分！”“我也是啊！”“不公平！”她笑着说。“是啊，生活就是不公平的。”我的这句“名言”把Macon老师逗得放声大笑。

辩论很激烈。我支持正方观点——判强奸犯入狱十年。反方辩论说将强奸犯释放或给予治疗，因为强奸犯可能有精神方面的问题，正反两方都有自己的理由，这样才构成辩论，呵呵！

计算机房

回到家，妈妈教我做意大利通心粉，学会后让我回家做给亲生父母尝尝。“全部弄好后叫我，我来尝尝你的手艺！”妈妈很会培训和鼓励人，我就是个很好的例子。

妈妈说我做的意大利通心粉很好吃。通心粉很软，沙司很美味。哈哈！

期末准备 2009年5月11日

西班牙语 Jonsson 老师今天显得超级高兴，有趣的是，每次她超级高兴时，她总是问我为什么超级高兴，真是巧合得搞笑了，哈哈！

经济课Holmes老师也开始为期末评分做准备了。记得我们做的一家母公司想在其它国家建立子公司的项目吗？我们现在所要做的就是按照老师设定的格式和要求完成可行性报告的幻灯片。

物理Swaner上课时让我们做实验。他还给我们一个网站，上面有各种名称的项目，我们要认真看，这将作为我们期末评分的一部分。

我的英语听力进步神速，似乎已进入无敌状态了，哈哈！辩论课上双方辩手的辩论我完全能听懂。要知道，听辩论比听演讲要难很多。因为辩论时，你的思维要跟上辩手讲话的速度，而正反辩手的观点又截然相反，只有充分理解每位辩手所陈述的观点，才能做出自己的判断和选择并对辩手进行提问。我很自信地说我完全能像美国同学一样，提出高质量的问题请辩手回答。

本周四我要进行自己第三个有关死刑的辩论了，祝自己好运！

西班牙语课同学们

纪念相片 2009年5月12日

今天生物课 Lopez 老师布置的课堂作业不多。我忙着请同学们拍照、签名留念，很开心。

西班牙语课上，我们开始做期末的项目——家谱。我做的家谱全部采用手工绘制，呵呵。尽管我图画得不算美，但把人物及表情画出来还是绰绰有余的。

经济课Holmes老师的课仍在计算机房上，今天做的是期末考试。总共四十道题。下课前我准时完成了所有问题，相信我的成绩会非常好。

健康生活课Setzler老师今天貌似有些失落，因为学期很快结束，学生们将要离开他了。我觉得Setzler老师是个非常好的老师。

今天的晚餐很中国化，妈妈做了我最爱吃的肉条，味道非常好！

明天我打算去Carlos Junior 餐馆给大家买些好吃的，希望妈妈和妹妹能给我机会这么做。

"法庭"辩论 2009年5月13日

生物课 Lopez 老师今天上课时给我们放 Disney 公司出品的两只小狗的电影，两只小狗超级可爱，哈哈！作业全部完成的同学可以轻轻松松地看电影放松，而那些未全部完成课堂作业的同学正好利用这段自由时间补作业。

Jonsson 老师和我的同学们听到我说再过几天就要不得不跟他们说再见时，显得很伤感。“别说‘再见’这样的话，Joe。求你别说，太伤心了。”漂亮女孩Sandra快哭了，“我会很想你的，我一点都不是开玩笑，Joe。”“我也会想你的。”我很有礼貌地回应了Sandra。

经济课Holmes 老师让我们把昨晚做的幻灯片交给他，我昨晚做好后就以附件形式发给Holmes老师了，所以今天没我什么事了。我尽情地跟同学们聊着天。下课后，我请教了Holmes 老师一些有关死刑的问题，Holmes老师真是位博学的老师啊！有了他的帮助，我今天辩论更自信了。

今天我的辩论对手是同学们公认的非常聪明和强劲的Henry，几乎每个同学都害怕跟他辩论，因为他给人的感觉是很聪明而且总是有理。但我并不怕他。我已完成了两个辩论，都取得了很好的成绩。我就对赢得这场有关死刑的辩论很有信心。当然啦，我也不能太低估辩论对手的能力，否则的话，我们很有可能因过于轻敌而承担不必要的风险。骄兵必败啊！

“法庭辩论开始！”当正反两方辩手坐定后，Jenny轻轻宣布了辩论的开始。我知道Henry是个比较难对付的辩手，但中国不是有句俗语叫“正义必将战胜邪恶”嘛，呵呵，我一定能战胜Henry！辩论结束后，Macon 老师对我的辩论非常满意。我们一方努力说服观众支持我们的观点，那就是，对那些犯故意谋杀罪的人执行死刑。我希望最终Macon老师能判我们获胜，因为她是我们辩论双方的裁判啊，是不是？

另一记者 2009年5月14日

经济课上 Holmes 老师又从羚羊谷报社请来了一位记者，大家一起讨论股票投资的游戏。Holmes老师把我介绍给了这位记者，并在他耳边说：“他是从中国来的交流学生。显然，他父母投资过一些股票，他把从父母那里学到的投资技巧用到投资美国股票上来了。他做得很好，是个非常出色的学生。”“你从中国股票投资学到哪些经验？”记者饶有兴味地问道。“总体来说，我选中一些股票后，会看其前3到6个月的表现，如果现在正处在股价的相对低位，我就买入。过两三周股票涨起来后抛掉。再寻找另一些有潜力的处在低位的股票买入。”我在和记者聊时，报社的摄影师用非常专业的照相机在给我拍照。

今天的晚餐我们选择在一家快餐店吃，味道很不错。哦，对了，美国的汉堡包真是大，哈哈！

美国军队 2009年5月15日

今天生物老师病了，没能来学校上课，希望他早日康复。

西班牙语课时，每位同学都上台展示自己的项目，我做得很不错。西班牙语课对所有学生来说都是外语，每个同学上台时都会有些紧张，不过，大家都能调整好自己，一定会过关的。我们在台上只需要微笑、放松，再微笑。

经济课Holmes老师今天请来了两位加州海军来给我们介绍军队情况。我第一次知道在美国当兵有这么多的好处，简直是爽呆了。如果你已结婚，政府会提供给你免费住房。每年还有几千美金的旅游、购物或其他费用。军人看病费用几乎全免，家属享受同等待遇。军人的孩子上学可以享受各种优惠并受到极大的尊重。此外，军人还享受很多优厚的保障等等。哇！

“所以，女孩们，如果你们不想自己很辛苦，找军人是个很好的选择。现在这里就有两个现成的！”介绍完军队的情况后，一个军人跟女生们开起了玩笑，真搞笑！

小可爱们 2009年5月16-17日

这个周六我们家来了一男一女两个小可爱。小可爱的爸爸要上班，妈妈要去参加朋友的派对，小可爱就来我家啦，哈哈！跟孩子们在一起真开心。

不管是哪个国家的孩子都有着类似的天性。有时候，两个宝贝坐在厅里的地上看电影，有时他们在桌上玩橡皮泥，有时他们会跑到钢琴那里，尖叫着摁动琴键，有时他们会将各处搜寻到的玩具扔得满屋子都是。妈妈以前照顾过很多孩子，家里各种玩具都有。金头发蓝眼睛的两个孩子很漂亮，真希望以后自己的孩子也能是金发碧眼的，呵呵。当然啦，这几乎是不可能的，因为我不是白人。不过，有几个混血儿也不错啊，一定会很可爱！

昨晚我和妈妈一起准备晚餐，因为我们有五个人用餐呢！两个孩子不明白为什么Cason妈妈、Angie和我都去厨房而不是陪他们继续玩。“我们在做饭，饿了吗？”妈妈问两个小可爱，他们点点头走了，估计他们终于弄明白晚餐是要人去做而不是自动跳出来的。“去坐好哦！”妈妈对两个孩子说。孩子们想在厨房中玩小汽车，那里可不是个好玩的地方，我们都在里面忙着呢。两个小不点很容易被踩到或受到不必要的伤害。

给孩子们弄点彩色的饮料喝是个不错的主意。孩子们看到好看的饮料后，会研究这到底是什么鬼东西，还会尝尝味道，呵呵。他们会坐在凳子上好奇地研究一会儿，不过，大部分孩子只能安静五分钟，好在有这宝贵的五分钟不受孩子干扰，晚餐基本就可以准备好了。

用完餐，我将厨房和餐具清理干净，我知道妈妈陪小孩子玩已经很累了。

今天早上，我和Angie在花园里修剪树枝。我用一个新的大锯子锯树枝，妹妹则用把大剪子修剪枝叶。锯子非常锋利，我们只花了80分钟就完成了院子的修剪工作，效率很高，表现不错吧？

期末考试 2009年5月18日

明天要进行生物期末考试，我想问 Lopez 老师是否有类似考纲之类的东西可以准备一下，可一无所获。看着老师轻松的表情，我想期末考试一定不会难。“我告诉你期末考试考点什么吧，Joe。你要将闻自己身体、把脚趾头放进嘴里和行走三个动作同时完成。”坐在Lopez老师边上的女士跟我开起了玩笑。“哇。看来很难哦！”哈哈哈！Lopez老师和那位女士都大笑了起来。

西班牙语课的Jonsson 老师的新课已经都教完了。同学们有更多的时间聊天开玩笑了。我将自己最要好朋友的联系方式记录了下来，回国后我会与他们保持联系的。

Holmes老师邀请了两位加州军队负责征兵的军人来我们的课堂，这两个军人极有幽默感，同学们问了很多问题，除了少部分玩笑外，大部分都是严肃的问题。当我听说军人中的一位去过亚洲时，我举手开玩笑地问他是否喜欢亚洲女孩。女孩子们都非常专注地想知道答案，因为Holmes老师说过女孩子很在意竞争，尤其是与别国女孩的竞争，呵呵。这位军人最后说：“每个国家都有漂亮女孩，所以选哪个国家的女孩都无所谓，她们都很漂亮。”很圆滑哦。

辩论课我完成了最后的关于赛车的辩论，相信自己能取得很好的成绩。

明天我还有生物和健康生活的考试，祝自己一路好运！

幸运小子 2009年5月19日

“哪天是你在学校的最后一天啊，Joe？”第一节生物课前，几个女孩跑到我桌前来问我，事实上，周四我把离校手续办完后，就不需再来学校上课了。可现在我改变主意了，我会尽可能多地在学校出现。

今天我进行了生物期末考试。Lopez老师将我的考卷打印出来后，我看到考卷上有很多题目，并不容易啊。我努力将题目答完整后交给老师。五分钟后，分数出来了，期末测验88分，学期总评为A！ 酷！

Lopez 老师还给我发了一张非常漂亮的奖状，打开奖状后，看到上面写着：杰出学生奖，字的下方有Lopez老师的签名，这真是个意外的惊喜啊，我的心情更灿烂了。

经济课上，Holmes老师给我们介绍毕业后的一些重要的事。幽默风趣的授课方式常常把我们逗得哈哈大笑，笑完之后，我们把老师要求我们做的事也牢牢记住了。突然一个好主意跃上心头，拍些照片！我从蓝色背包中快速取出相机，轻轻地将相机调到拍摄状态，Tatianna 和 Jasmine 注意到我给同学们拍照了。今天唯一可惜的是Melissa 不在。

我从教室左边开始拍。一些学生教我美国式的酷酷的照相姿势，这样能让我在照片中很显眼。美国学生拍照都很上镜，而且他们永远知道怎样的姿势能让他们看起来更漂亮和更酷。

下课前，一位学生建议我跟全体同学拍张合影，但显然拍不下。我每次跟十个同学一起拍。第一张照片我和Jasmine站在中间，Jasmine有些不好意思，而我则毫不犹豫地用手搂着她的肩膀，好像半个拥抱似的。同学们拍着手大叫着起哄着，他们说我爱上Jasmine并已经得到她了。可爱的Jasmine轻轻地依偎在我胸前，今天的她看起来特别漂亮。

Tatianna 站在我的左边，一位男生叫她将手搭在我的胸前，这样看起来更性感，哈哈，美国就是这样一个开放的国家。Jasmine和 Tatianna 姿势摆好后，更多女士加入了进来，我被女生簇拥着，感觉真好！Dayshawn 还在黑板中写着“女人们的男人”我被认为是一个很酷的男人，呵呵。

Swaner老师今天没来，代课老师给我们放电影。我听着iPod 趴在桌

我和美眉们的合影

上休息。半小时后，一个不认识的女孩推推我，我看到她手里拿着两只气球。“这是给你的。”“谁送的？”“这里有张条子。”女孩走后，我打开了条子，上面写着：恭喜你！Joe。我们为你骄傲。落款是妈妈和Angie。真是个意外的惊喜。我喜欢妈妈和妹妹送我的气球，我很感谢妈妈和妹妹这么有心。

放学后，妈妈展开了羚羊谷新闻报给我看。我的名字和照片都被刊登在了报纸上。看着报纸上的我，妈妈很开心，我该把这报纸带回国内给亲生父母看看，嗯，得好好珍藏，哈哈！

哇！短短的一天发生了很多有趣的事，我真是个幸运小子啊！

嘻嘻哈哈 2009年5月20日

今天很多同学都来恭喜我昨天上了报纸，很感谢他们。

演讲课Macon老师做了个超级大的海报贴在教室里，每位今年毕业的学生都可以在上面留言。Macon 老师说：“海报上留下字、词、信息或想对我说的话都可以。”我知道，每个毕业生都会在海报上为Macon老师留下些什么做纪念的，美国是个处处充满幽默的国家。

“要是我就是不留下点什么呢？”看着海报，Jenny 大叫道。大家都知道Jenny是在开玩笑。听了Jenny的话，Macon老师做出一副很伤心的样子，两只手撑着头，低头看着桌子。老师沮丧的模样令学生们大笑起来。

“我真是太漂亮了！”Olivia 张开双臂突然说出了这样一句话。正在她身边的我接着她的话用低浊的嗓音说：“不，你一点都不漂亮。”我的话让同学们一下子又爆笑起来。“Joe，你真搞笑！”我觉得来美国后自己的幽默感还真是增强了不少。很多人说我很幽默，包括Setzler这么严谨的老师。Olivia当然是个漂亮女孩，我只是逗她玩。

每个同学都在搞笑打闹。我把三副太阳眼镜同时带在脸上，三副太阳眼镜几乎把我的整张脸都给遮住了。我的滑稽模样逗得Macon老师哈哈大笑。

Macon老师还做了另外一个让大家很“晕”的游戏。因为她以前曾被Henry“痛打”过，Macon老师很不爽，毕业之前她要好好修理一下Henry。趁Henry不防备，Macon 老师把Henry的双脚绑在一起。当Henry想从座位上站起时，立刻跌坐了下来。Macon 老师把他的双脚绑得蛮结实的。Henry很搞笑地努力想保持身体平衡并站起来，跌了下去，爬起来后，又跌了下去，真是太搞笑了！Henry夸张搞怪的动作把大家乐得东倒西歪的！ 我都不知道怎么来形容可爱的Henry了，只好将滑稽的Henry拍了下来。Macon老师让我回家后把这张照片发给她，一定会的，哈哈！

离校手续 2009年5月21日

第一节课时，我拿到了一张蓝色的毕业生离校表。表上列着我的全部成绩、通过我的努力，我取得了很好的成绩，我为自己能在这短短的时间内顺利实现自己的目标而自豪。

当同学们知道明天是我和他们在一起的最后一天时，都表现出了依依不舍之情，我也很是不舍。也许有些同学我们这辈子再也无缘相见了。

“Jonsson老师，在你给大家测验前，可以先让我拍些照片吗？”

“Joe！ 别问我，问同学们！”Jonsson老师用搞笑的眼神盯着我说。

“你知道吗，Jonsson老师？ 我得先征得你的同意后才问同学们啊，这个班级你是老大，你说了算啊。”我的话让Jonsson 老师大笑起来。除了和同学合影外，我和Jonsson老师一起拍了很多照片。

演讲课Macon老师教我打一种美国墨西哥名叫Uno的牌，很好玩！我觉得比我会打的所有中国牌都有趣。Macon老师还说明天在班里给大家开个派对，我们还会在班里玩 Uno 牌。

晚上，我邀请妈妈和妹妹一起去中国餐馆吃自助餐，那里的自助餐味道很好，我很开心妈妈和妹妹都喜欢。作为一个中国人，还有什么比看到美国白人认同我们的中国文化更令我高兴的呢？

百感交集 2009年5月22日

今天是毕业班学生在校的最后一天了，毕业典礼将在下周举行。最后一天跟各位老师和朋友们说再见了。今天，5月22日，似乎是我生活中最长也是最短的一天。

不知不觉间，一年的学习生活就结束了，弹指一挥间啊。此刻，我的心情非常复杂，欢乐中夹着感伤，很难分清哪种成分更多些。和往常一样，到校后我给妈妈倒上一杯凉水才去上第一节课。我很愿意为妈妈做些什么，让妈妈快乐。

走进生物教室时，教室的门锁得牢牢的，Lopez 老师不在。他应该在的啊，我还要跟他最后话别呢。我在教室外等啊等，除了些不太认识的学生外，没有人来生物教室，一直到下课铃声响起Lopez老师还是没来，代课老师也没出现。估计Lopez老师去处理紧急事情了，因为如果前一天他就计划不来的话，学校会安排代课老师来的，Lopez老师他没事吧？“Joe， 请一路多保重，我们会想你的。”朋友们跟我大声道别。“嗯，好的。谢谢你们，你们也多保重。谢谢你们这一年来对我的帮助。”再见了Lopez老师，再见了各位同学，转身离开生物教室前，我轻轻再次说道。

接着，我来到了Jonsson老师的教室。没想到，老师没在，只有Felarence和Sandra 在，我和他们道别。Jonsson老师昨天说她永远不会忘了我，就是最后的话别？嗯，应该是的。再见了Sandra，再见了Felarence，再见了Jonsson老师，感谢你们给我的所有帮助。

“Holmes老师好！”我开心地向老师问好，可声音中却透出了伤感。这节课我们要完成所有的离校手续，Holmes 老师告诉我们怎么做。先到图书馆将可能欠的费用付清，接着去见自己的学习顾问，然后去领毕业衣帽，完成后就等着下周的毕业典礼了。“Holmes老师，我真的很感谢你这一年来对我的关心和培养，我真的……”我不知道用什么言语才能确切表达我对他的感激之情，我的声音有些颤抖，我感动得有些语塞了。“千万别客气，Joe。有你在我的班级我真是太高兴了。你表现得非常好，你取得了非常棒的成绩。让中国多送些像你这样的交流生来美国。”拿好我的毕业衣帽后，我跟所有经济课的朋友们道了再见，我和他们又拍了很多照片做留念。

接着，我去了妈妈的办公室。我把自己的毕业衣帽展开给妈妈看。下周我将和美国学生一起参加毕业典礼，我像美国学生一样，拿到了PHS的高中毕业证书，成为了PHS毕业的学生。我实现了我的目标，我把不可能变成了可能！哈哈！

从妈妈的办公室出来，我去了Swaner老师的物理教室。我跟Swaner老师和所有的朋友们道了再见，我们真挚地握着手，热烈地拥抱着，“再见，Joe！”再见，老师和同学们。

辩论课Macon老师很伤感，我们开了个离别派对，在派对上我们还玩了Uno 牌。我一次次地看手表，希望时间能多停留一会儿，哪怕多停留十分钟也好。可下课铃声还是无情地响了起来。那一刻，Macon老师毫不犹豫地紧紧拥抱着我，这个拥抱是那么的温暖，那么的让人感动。无需任何言语，这样的拥抱是我们道别的最好形式。我知道面临分别，每个人都有些感伤。我永远不会忘了Macon老师，我永远不会忘了PHS所有的老师和同学们。

昨天的晚餐是披萨，用完餐，我回到自己的房间。夜幕悄悄地降临了，周围很安静，催得我想入睡。我躺在床上，回想这一年的生活，很多美好的回忆涌上心头，我的眼睛湿润了。我想念所有帮助支持过我的老师、同学和朋友们，我永远不会忘了你们对我的好。珍重，再见！

音乐之路 2009年5月23-24日

上次和妈妈、Angie 在中国餐馆吃自助餐时，妈妈告诉我，这个周末她的另一个养女Sandy会来看望我们。妈妈提起过Sandy好多次了，我非常希望能见见她。Sandy已经结婚了，酷！

昨晚很早就睡了。今天上午9点时，迷迷糊糊听到有人敲门的声音，睡意蒙眬的我没有在意。半小时后，我被大笑声唤醒了，一定是Sandy来了！正在这时，Angie敲门进来了。"Sandy 来了！"Angie 笑脸灿烂地告诉了我这个好消息。

我匆忙起身刷牙洗脸，一阵忙乎后赶紧去客厅见Sandy。Sandy 长得非常漂亮，我很难想象这么年轻的她已经结婚了。也许是太年轻了吧，她还没有自己的孩子。Sandy来看我们的时间有限，估计她下午两点之前要回家的。

我们四个人先去了一家很漂亮的名叫Red Robertson的餐馆用餐。那里的食物非常美味，炸薯片是那里的特色，无论你点什么做主食都会给你各种炸薯片，很不错哦。我在国内从未见过这样的餐馆。我点了个名叫怪兽的汉堡包。这个汉堡包长得真像它的名字，确实像个怪兽。两片汉堡面包中夹着巨大的牛肉和大量的起司，吃得我饱饱的。"大家都吃饱了吗？？"妈妈在车上听到我们都在打饱嗝时开玩笑地问道，呵呵。

用完餐，我们去了一个著名的名叫"音乐之路"的地方玩。这个地方是Sandy介绍给我的，很感谢她哦。我曾听说过"音乐之路"，我以为是一种能发出各种声音的自然的石头，应该在沙漠中才有的吧，棕榈谷会有吗？"音乐之路是天然的还是人造的？"我忍不住好奇地问道。"是人造的。"妈妈解释道。"踏在道路上时，你真的可以听到音乐的！不骗你！"Sandy兴奋地向我强调了好多次。"我们到啦！！！耶！！！"妈妈、Angie、Sandy和我一起张开手臂开心地大叫起来！Du-da-da-bi-ba-da-di-du…"太棒了！"听到美妙的音乐声，我开心极了。

不可思议啊，实在是酷，我们听到的是一段美妙的旋律！“我说很酷的吧！”“哇！确实很酷很神奇啊！”我再次大叫道。“我们用不同的车速再开一次看看，好吗？”妈妈问道。“好啊。”这次我们将车窗玻璃放低一些，这样可以听得更清楚些。没想到，这次我们听到的完全是段不同的旋律！“看到吧，不同的车速能产生不同的旋律！”妈妈开心地说。“嗯。”我回答道。“这条路造价很贵啊！我听说这条路花了至少一百万美金呢。”“这么厉害。”Sandy 将音乐录在了她的漂亮手机上留作纪念了，很有创意啊！

阵亡将士纪念日 2009年5月25日

妈妈昨天中午12：30一个人去购物中心购物，快下午四点了还没到家。我很奇怪妈妈为什么在商场逛这么久，通常我们去 Costco买东西只要一小时就够了。“Angie， 我们是不是该做饭了？差不多四点了。我们把晚餐先准备起来，妈妈回到家一定又饿又累。”通常妈妈出去时，我和妹妹会自觉地将晚餐准备好，帮妈妈分担家务事是我们应该做的。妹妹打电话给妈妈后得知她马上到家了，晚餐她回来做。我和妹妹打开客厅的灯，坐在厅里迎接妈妈的到来。

当听到狗在开心地叫时，我知道一定是妈妈回来了。“嗨，孩子们！”妈妈开心地招呼着我们。“我买了个很好玩的东西给你，Joe！”妈妈说的好玩东西一定是很酷的。我好奇地接过来看后，像孩子般地惊叫起来。妈妈给我买了一付蓝框的2009造型的眼镜，两个“0”就是两个镜框，哈哈！戴上眼镜后我忍不住赞叹着，真是太酷了！妈妈让我参加毕业典礼时带上这副眼镜，真是个好主意啊！“太谢谢你了，妈妈！”眼镜上还有个开关，镜框上有五个漂亮的灯泡，打开开关后，灯泡会变幻出各种颜色，设计得非常好，很有创意！我实在太喜欢了，嘿嘿！妈妈给妹妹买了漂亮的东西作生日礼物。妹妹Angie的生日是在6月5日，还有一个星期就是妹妹生日啦。我问妹妹生日想去哪里吃晚餐，我来为妹妹的生日晚餐买单，酷吧？

妈妈给我们准备的晚餐非常丰盛，有各种美味的肉，哈哈，我们美美地饱餐了一顿。

今天早上，我们都早早地起床了，妈妈带我和妹妹去电影院看一部名为"Night at the Museum 2"的电影。看电影前，妈妈为大家准备好了爆米花和水，这样我们就不会饿了。今天的电影超级逗，里面的人物很有个性，呵呵。看得我们哈哈大笑。各位有机会的话真该看看这部电影！

看完电影，妈妈带我和妹妹去了一家名为Souplantation的著名餐馆。餐馆名字有窍门啊。Souplantation这个词包含了三个单词，分别是soup，plan 和station，酷吧？这里的食物以素食为主。我吃了很多有各种伴料和调味酱的色拉，还尝了多种配方的非常美味的汤。有些汤实在太好喝了，很难想象蘑菇汤可以做得这么美味，神奇啊！

"非常感谢妈妈带我们出来吃饭看电影。""不用谢！"妈妈是个超级好妈妈，她总是想办法带我去各种我没去过的地方。妈妈说她会努力让我在美国的生活过得更有趣。她甚至想带我去UCLA观看篮球比赛。我告诉妈妈我对篮球比赛不是很痴迷，我不想让她为我这么累，更不想她花这么多钱，她这才把计划取消了。

每年五月的最后一个星期一是美国阵亡将士纪念日。这是个非常重要的纪念日，是纪念那些在战争中死去的美国将士们的。是美国军队的一个重要节日。美国军人誓死保卫自己的国家，他们做得很好。上帝保佑他们！

毕业聚会 2009年5月26日

昨天晚饭前，妹妹 Angie 和我去后院帮妈妈给家里的游泳池换水。夏天，妈妈很喜欢在家里游泳。远处美丽的月亮挂在紫色的天空上，阵阵和风吹来，让人心旷神怡。

看着游泳池中的水被一个大机器抽出，感觉很好玩。妹妹坐在游泳池边上，我和她边干活边嬉笑玩闹着。忙碌了一个小时后，天色越来越暗了，我们收工了，留下的活第二天继续做。

今天早上八点在健身房举行毕业生聚会。这周毕业生主要是参加各种聚会和玩乐。聚会很有趣，我以为会从早上8点一直持续到中午12点。同学们准时出现在了健身房内，我看见了我的一些好朋友，我还看见了Holmes老师，他在帮助维持秩序，并告知同学们一些注意事项。哈哈！Holmes老师不愧为军人出身，培训和安排学生他最拿手啦，比校园巡警要专业得多哦。

美国学生参加各种聚会总是很兴奋，他们会为了一点小事而欢呼尖叫，比如看到自己认识的老师来了或看到一些学生打扮得很美去参加毕业舞会等等。聚会很多，有正规的，也有很放松的。每个学生有六张入场券，可以邀请自己的朋友或家人来参加毕业聚会和典礼，安排得很有人情味啊。

一些学生打算周四开车去迪斯尼乐园参加毕业狂欢。今天聚会快要结束时，校园巡警介绍了一些交通事故的危险性和致命性以及一些火灾的严重后果，还放了些录像，这些对我们每个人都是很好的安全教育。

“注意安全，好好享受你们的生活！”聚会结束时，我听到了这样一句非常善意的提醒。我又一次见到了幽默的校长。

明天早上毕业生将在学校足球场进行第一次毕业典礼排练，我很兴奋。

心的骄傲 2009年5月27日

砰砰砰，昨晚妈妈敲我房门时，我正在洗手间洗手。“Joe！你把那个大玻璃的烘烤盘放哪里啦？”晚饭都吃好了，妈妈为什么要找那个烘烤盘呢？如果妈妈要为明天准备些什么的话，通常她会第二天早上才弄的啊？

妈妈说玻璃烤盘找不到了，烤盘是我放的，可我也记不清放在哪了。当我走出洗手间时，看到妈妈已经找到盘子了。妈妈正在餐厅切着什么东西，找到盘子就好。这下我放心了，否则找不到盘子妈妈该生气了吧。“要我帮忙吗？”我拉长语气问道，心想妈妈一定需要我帮些什么的。但妈妈的回答令我有些意外。“不用。”简短的字配上坚决的语气让我感觉妈妈是在为我没把烘烤盘放在应该放的位置而生气。我默默地回到自己的房间，心里有些落寞。

今天早上，我那每天都响的手机闹钟没响。砰砰砰，“Joe，快起床！”哦，老天，妈妈这下又该生气了吧。到了妈妈办公室后，我恍恍惚惚竟然忘了给妈妈倒上一杯凉茶。“我的茶在哪里啊？”妈妈诡异地冲我一笑，“你今天早上表现不太好哦？”说这话时，妈妈似笑非笑着。那一刻，我真的恨我自己，怎么好像没睡醒一样的呢？今天早上为什么老是出错呢？

7：48 左右，我和朋友去足球场了。“再见妈妈！”“再见，孩子。”可千万别忽视妈妈语气中的“孩子”啊，这说明妈妈一点也没生我的气，开心！我放心地走出妈妈的办公室，没什么好担心的了。

接着，我们进行了毕业典礼训练。训练有些无趣，阳光非常刺眼。今天主要是训练行走，我们得走得像军人般齐整威武，走得不好，就要重新来过。“回去！重新走！”短短的五个字得让我们忙上四十分钟。当然，训练好是非常必要的，否则，正式毕业典礼上走不好的话，不仅我们尴尬，观众也不爽啊。所以为了毕业典礼上走得完美，现在累点没关系。大约到10：40左右，队列训练结束了。估计我的皮肤又要像上次去死亡谷玩一样，被晒得黑黑的了。

接着，我们去健身房领周五毕业典礼的入场券了。毕业典礼可以邀请父母和朋友们来。“祝贺你！”拿到票后，一些老师大声向我祝贺着。那一刻，我很为自己实现了一个艰难的目标而自豪。回到妈妈办公室后，被加州强烈紫外线照射后的我渴得都快脱水了，赶紧喝水，否则连话都说不出来了。妈妈建议我留张入场券做纪念，好主意，嘿嘿！

我刚坐下，妈妈把昨天晚上做的一大盘东西拿了出来，瞄了我一眼，在桌上铺上一张绿色的漂亮桌布。我突然意识到妈妈做的事会跟我很有关系。当我第二次扫视妈妈准备的食物时，不禁大叫了起来，“这真是为我做的？！”妈妈默默地看着我。“哦，老天啊，真是为我准备的？”这不是在开玩笑吧？妈妈为什么要为我做这些？妈妈为我专门做了个大大的蛋糕，蛋糕上有妈妈精心设计的美丽图案。“我们很为你骄傲，Joe。这蛋糕是专门为你做的！”妈妈开心地说道。“哦，妈妈。谢谢你，我真是非常非常非常得谢谢你。”我不知道对妈妈说了多少次的感谢，但即使再多的感谢也不能尽情表达我内心深处对妈妈的感激之情。

我忍不住给妈妈一个长长的、温暖的、大大的拥抱。很快的，Rodriguez校长，Rosette校长、Mendoza、Jessie 、 Debbie 和其他的一些老师都来了。“我们得为Joe唱些什么！”Rodriguez校长拍着手建议道。所有的老师和妈妈一起摇晃着头，一边拍手一边为我唱起了歌。歌曲非常好听，我真的非常感谢大家为我做的一切。我看到Holmes 老师和Jonsson老师走过办公楼时，我赶紧给他们送上妈妈给我做的蛋糕，我太开心了。

我很感谢妈妈为我骄傲，更为自己拥有这样一位慈爱的妈妈而骄傲。

骄阳似火 2009年5月28日

今天早上7：40我又来到了昨天训练的足球场大门口。今天比昨天闷热得多，从妈妈办公室走到足球场时，我已出了很多汗。正式训练开始前，老师在门口给每位今年毕业的学生分发一小袋纪念礼品。找到一个位置坐下后，我翻出礼品细细看了起来。我原以为礼品会是一些可以挂在车上或包上的装饰品，看了才知道，小小一袋礼品东西真不少呢，都是些很别致的纪念品哦。一只穿着蓝色长袍带着帽子的可爱小猴、一个圆形的糖圈、一个绿色的颈圈、一个泡泡糖、一付2009造型上面系着舞动的中国结的眼镜，我很感谢PHS为我们每位毕业生准备的可爱礼物。

8：30，所有毕业生都到齐时，排练正式拉开了序幕。今天天气比昨天更热，我能感受到大家多么不情愿在加州这么经典的大太阳的照耀下训练，很猛的太阳啊，训练场地一点遮挡的地方也没有，想找片树叶挡一下都是妄想。好吧，听天由命吧！

“各位，这样的天气对大家是个考验，我知道天气很热。加油！我们一起好好训练，完成今天的任务。大家可以经受住的！来吧！”Colvert 老师负责今天的训练。她真是个非常严格的老师，尽管头顶上的太阳快把大家烤焦了，可她仍然坚决严格要求我们做好每个动作。除了练习队列行走外，我们还操练了其他的毕业仪式，感觉训练似乎没完没了啊。我虽已事先准备了一瓶冰水，可要喝的时候冰水已变成沸水了，太阳实在太猛了。我感觉头发都要被烧焦了，把手放在头顶上两秒钟都受不了，我试过，手好像被烫伤或烤熟了。

“我想吃东西！我要个汉堡包！老师！我想吃汉堡包！”边上的同学对着老师大叫道。大家都是又渴又饿啊。“你可以在我头发上做吃的了，真的可以啊。”我开玩笑地跟同伴说道。我真的觉得头发上可以做热狗了！把一跟香肠放在我头发上半分钟相当于把它放在微波炉中转40秒，真的，虽然没人愿意这么试一下，哈哈！

这几天训练时，我的太阳眼镜真是帮了我大忙了，如果不是戴着太阳眼镜遮挡一下紫外线，估计我真成了从赤道附近来的“赤佬”了，明白我的状态了吧？太阳都快把我们烤成人干了，真让人受不了啊。

11：30时，训练终于结束了。我不顾形象摇摇晃晃地去妈妈办公室，这样的形象在女孩子面前肯定很没面子啊，我知道我的样子一定很丑，哈哈哈！

你们看到过卡通黑猩猩戴太阳眼镜吗？是不是很搞笑？我戴上太阳

眼镜的模样跟黑猩猩有得一拼了。明天我们还要进行最后一天的训练，晚上就是毕业典礼啦。让我们好好开心吧。我可以挺住训练，我一定会过得很好。

毕业典礼——大结局 2009年5月29日

5月29日，我最兴奋和快乐的日子来到啦。仿佛不经意间，“她”就来到了我身边。我准备好迎接这幸福的时刻了吗？为什么我还没来得及细细地描述，一年的交流学生生活就这么快地结束了呢？

“紧张吗，Joe？”“嗯。很紧张。今天是个重要的日子啊！”“是啊！但我真不知谁更紧张呢，你还是我？”早上妈妈边驾车边跟我聊了起来。妈妈今天要上台给我颁发毕业证书，我相信妈妈会有一种幸福的压力，呵呵。

“美国高中毕业是件很重要的事吗？”我好奇地问妈妈。“是啊。高中毕业典礼是最重要的，比大学毕业更重要。不是每个学生都能毕业的。高中不毕业的话，很难找到好点的工作。高中毕业典礼是你一生中最重要的日子！”听着妈妈的感叹，我明白高中毕业对美国人的意义了，要知道，这些都是我以前，哪怕是半小时前也不知道的事啊。

昨天晚上，很多毕业班学生去迪斯尼乐园进行毕业狂欢。整个狂欢活动从晚上11点一直持续到今晨6点，大家简直是乐翻了天！昨晚参加狂欢的学生今天早上来训练时无一例外都是红眼睛，我能想象他们是多么疲惫，更能想象他们是多么的快乐。今天的日子属于我们，是仅属于我们毕业班学生的日子。很感谢学校老师今天给全体毕业班学生提供了早餐。阳光很猛，如果我们体内没有足够能量的话，估计训练时要晕倒了。老师们想得真周到。为了今晚毕业典礼圆满举行，他们将一切都安排得妥妥帖帖。

早餐很丰富，每人都有各种味道的面包圈、一块烤牛排、一个荷包蛋、一瓶冰苹果汁、一小袋面包、 一勺各色水果和一瓶水，很棒哦！我们在大太阳下等那些去迪斯尼乐园狂欢的同学回来，学校一共出动了

毕业典礼—女生入场

三辆巴士，等了一个多小时后，人都到齐了。训练开始后，大家都做得很好，今天不必反复训练了，我们很快就结束了最后的演练。

"你真的晒黑了！"刚回妈妈办公室，妈妈就笑着对我说了。"晒得很黑吗？""是啊。""你现在看起来像墨西哥人了。"Mendoza 老师也笑了。不管了，男孩子黑点不要紧，如果我是女孩的话，我可要哭啦。在妈妈办公室休息了一会儿后，我去Macon老师教室了。Macon老师正和一帮同学打Uno牌呢，很有趣，我也要去玩。我边打牌边跟大家开着各种玩笑，把同学们和Macon老师逗得哈哈大笑。"Joe，你刚来我班级时像个害羞的学生，一个人在角落里做功课。现在你完全变了，变得很搞笑很辛辣了。你回中国后，估计你的朋友会想'这个人是谁啊？'"Macon老师说得没错，我确实改变了很多，我这一年学到很多东西，我爱棕榈谷。

下午4：30，全体毕业生要在体操房集合。出发前，妈妈将我的毕业礼服熨烫得非常平整，还给我拍了张很美的照片。妹妹和我的好朋友Cassie今天也穿戴一新和我们一起去参加我的毕业典礼。"她很少穿得这么正规的，Joe。"Angie 笑着对我说。我很意外，我非常感谢Cassie专程来参加我的毕业典礼。"好了，出发吧，孩子们！"

我穿着毕业礼服上了车。天气非常舒服，太阳被薄薄的云层遮盖着，阵阵凉风吹在身上很是舒爽。看来上帝也在为我骄傲。毕业典礼很庄重，很气派。观众站台上有军人、有羚羊谷的负责人还有毕业生的家长和朋友们。整个仪式宏伟、庄严而又豪华，我很难找出确切的词来描述这样的场景。美国国旗和加州州旗飘扬在站台的前方，音乐是那么的神圣，所有的一切都和我们排练时一样，但此刻的感受却和排练时完全不同。站台上每个人都在高声尖叫着、呼唤着一个个名字。

当扩音器中传出我的名字时，我大步走上舞台，从妈妈手里接过我的高中毕业证书。那一刻，你很难想象我有多快乐，我相信妈妈的感觉和我一样。妈妈为我颁发毕业证书的那一刻必将永远留在我和妈妈的脑海中。那一刻，我很为自己骄傲，我相信，所有的毕业生都会为自己骄傲的。毕业证书颁发完毕后，校长宣布我们正式从PHS毕业啦。校长话音刚落，所有毕业生都开心地将帽子抛到天空，我们唱着、跳着、叫着、笑着、哭着、拥抱着，我们拍着照、握着手、欢呼着、亲吻着自己的毕业证书。我们做着很多疯狂的事，我们尽情地宣泄着我们的快乐和自豪。“我们终于得到这鬼东西了！我们终于得到了！”男孩们快乐地大叫道，虽然用词不够高雅，但这样的词是宣泄他们真实情感的最美之词。今夜是属于我们的，我们自由地表达着自己的激情！这就是美国人的庆典方式。

我和妈妈紧紧相拥，这是我们俩共同拥有的好成果。这份毕业证书为我的交流学生生活画上了圆满的句号。我和妈妈都乐得合不拢嘴。经过十个月的努力学习，我最终实现了自己在PHS毕业的目标！我像美国同学一样，从美国高中毕业了。说心里话，此刻对我的含义远胜于我的美国同学们。我会继续努力去实现自己人生的一个个目标。我爱PHS，我爱PHS的所有校长、老师和同学们。我爱妈妈和妹妹Angie。我感谢

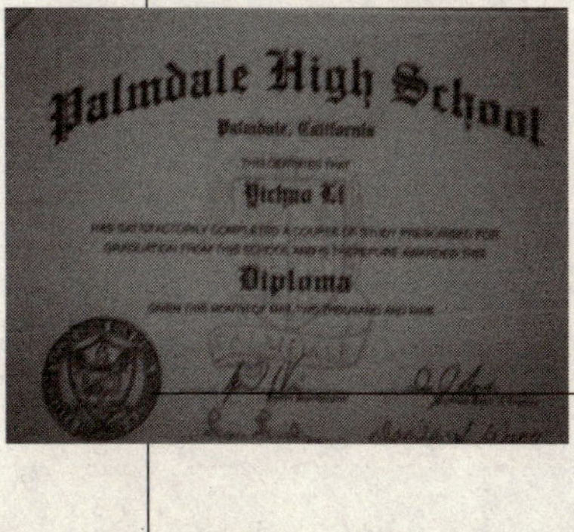

我的毕业证书

妈妈为我所做的一切。

我的美国交流学生生活将在今天圆满结束，希望各位朋友今天都像我一样快乐。抬头仰望蓝天，我似乎看到了新的目标，我将继续前行，我将尽自己所能去实现自己的人生目标！

完

老师及朋友的评价

学校生活结束前，我请任课老师给我的学习生活作一个简单的评价。我永远不会忘了他们，希望他们也不要忘了我这个交流学生。感谢他们为我作的评价。

我的学习顾问Berg老师的评价：

我很高兴能有机会为Yichao “Joe” Li写一些评语。Joe是一个非常聪明的年轻人，他为自己设定目标并全力以赴去实现自己的目标。他是一个聪明、自律、积极向上、独立自主、有着强烈价值观的学生。在PHS学习的这一年中，Joe在各方面取得了和他数学一样好的成绩。看着Joe在我们PHS毕业是一件很快乐的事。祝愿Joe在他今后的人生之旅中一切顺利，心想事成!

我的健康生活Setzler老师的评价:

在过去的十五年教学经历中，我教过好多位外国交流学生。我很开心能教Li Yichao这样的学生。他上课专心、富有幽默感，我可以想象他需要克服多少语言上的障碍来学好这门课。他学习刻苦，结交了很多朋友。我希望在我校的学习是他快乐学习里程的一部分，我非常高兴能有机会认识他。对于我所好奇的一些中国文化方面的问题，Joe给了我非常坦诚的回答，希望我在与Joe的互动中能给他带来一些有益的帮助。

我的西班牙语Jonsson老师的评价：

亲爱的Yichao，有你在我西班牙语班的日子真是太快乐了。我真希望所有的学生都能像你一样对学习新知识充满渴望。Joe，你是个温情而又热心的人，你聪明、可爱、风趣幽默、讨人喜欢。继续追寻你的梦想吧，我知道你一定会在这个世界上打拼出一番不平常的事业。我会努力记住你教会我的中文单词和句子，我很开心能向你学习中文新单词。保持你的快乐笑容并将我的爱传递给你的家人。希望以后能在街上碰到你，希望你永远别忘了Jonsson老师。我永远不会忘记你，Joe。祝好运！谢谢。

我父母的美国好友Jerry Micham和他太太Sophia Micham的评价:

我和我太太在意识到Joe将与我们共同度过2008年最后的两周包括圣诞和新年时，心中有些许担心。虽然我跟Joe的父母很熟，我也从他们那里知道了Joe的一些情况，但对Joe这个具体的十几岁的大男孩，我们是完全陌生的。太多要考虑的问题出现在脑海里，“他的英语如何？”“我们会沟通得很好吗？”“他喜欢吃什么？”“他最喜欢做什么？”“这两周我们怎么安排能让他玩得更开心？”但Joe的到来瞬间打消了我们所有的顾虑。Joe的个性非常随和，他的好学和对各种知识的寻根问底让两周时间转眼即逝。我们非常开心与Joe一起度过了这么一段快乐时光，并使这段快乐时光成为Joe在美国生活经历的一部分。

我的生物老师Lopez的评价：

在过去的一学年中能与你相识是件非常愉快的事。从你来的第一天开始迄今已有相当长的一段时间了。我会记得你，因为你给我们带来了一个更具体的中国概念。奥运会在中国召开，你让我们班学生对中国有了更多的了解。你总是乐意去完成更多的学习任务，你的学习态度令我欣赏。从第一次培育种子到最后的科学实验，你向我展示了你对科学的认知能力。我知道你曾经历过一些不顺心的日子，但你能以非常积极的态度去面对，并最终取得了很好的结果。开心的日子要比不顺心的日子多很多，希望这一年的美国经历给你留下的印象是正面的、积极的。祝愿你在中国一切顺利。如果我有机会去中国，希望能与你联系。送上我所有最美好的祝福给你！

我的经济老师Holmes的评价:

当Joe第一次出现在我班时，我就开始考虑我怎么跟他互动。他会说多少英语？他能很好地融入到美国学生中去吗？教了Joe一年后，我可以非常坦诚地说，我原先所有的担心都是多余的。他表现得非常出色，他在很多方面的表现超过他的美国同学们。我曾跟一些老师说，如果能有更多像Joe一样的学生，那该有多好。他和美国同学们相处得非常融洽，在课堂分组活动时大家都争着与他分在一组。他的英语表达能力取得了惊人的进步。我可以毫不夸张地说，他的英语表达能力比有些一辈子生活在美国的人都强。Joe：谢谢你这一年的出色表现，你是位杰出的学生。我们的课堂教学因为有你而变得更有趣。我非常欣赏你勤奋好学、不断努力去争取更好成绩的精神。因为有你，我觉得自己也更出色了。祝你一切顺利，期待你的书取得极大的成功。

我亲爱的Cason妈妈的评价:

哇，该如何来评价这样一位令人难以想象的年轻人啊！他来我家与我们在一起生活真是太令人愉快了，他已成了我们家不可分割的一部分了。接待一位交流学生一直是我的梦想，但我从未敢奢望能有Joe这样的交流学生走入我的生活。他实在是个温情、善良、有风度、善体贴、慷慨而又风趣幽默的年轻人。Joe抓住一切机会学习新东西，比如我们怎么生活的，我们平时做的事等等。你可以看到他学会每一样新技能时是多么的快乐与自豪。如：学会了使用启罐器，学会了换灯泡，学会了打理庭院，即使手割伤了也不放弃，直到把一切处理得井井有条。当他第一次做出美味的意大利通心粉时，你可以感觉到他是多么的兴奋。他对野营、在睡袋里过夜、拆帐篷、烤棉花糖等任何探险或新奇事务都有着极大的兴趣。看着他努力学习各种知识真是种乐趣。教他学习美国的各种习语并看他用自己独到的方式应用它们会让你忍俊不禁。看到他在美国获得各种奖项和他不断增加的自豪感令我们很快乐。Joe实在是个很难得的年轻人，这样的年轻人无论在美国还是在中国都必将会给这个世界留下自己浓重的一笔。对我而言，有机会认识这位杰出的年轻人是我极大的快乐。祝愿Joe在今后的人生路程中一切顺利，永远好运相伴。我们爱你Joe，我们会非常非常想念你！

鸣 谢

再过两个多星期，我将离开这个伟大的国家启程回国了。有太多的人值得我真诚地向他们说声谢谢！

刚踏进美国领土时，我在很多方面对这个国家一无所知，不知道美国的生活是怎么样的。面对陌生的环境，我既害羞又紧张。真诚感谢Nathan Genda——我在PHS结识的第一位朋友，是他耐心细致地为我解答学校生活的一切，帮助我一步步熟悉了新环境。

每个教室里，都有很多热情友善的美国同学给我提供各种各样的帮助。我去过8个不同的教室：生物、西班牙语、公民、物理、数学、英语小说与电影12、健康生活、演讲与辩论。幽默可爱的美国老师与同学们共同营造的趣味横生、轻松快乐的学习氛围令我难忘。一些同学如 Felarence Nacnac, Mark Luafau等将是我永远的朋友。我要真诚感谢 Steve Alfaro, Jennifer Ambriz, Mandisa Austin, Jordan Banks, Julian Barragan, Ernesto Beltran, Brandon Berrellez, Azalea Botello, Caitlyn Buck, Johnny Cambell, Asia Cannon, Oliver Cardenas, Angela Cason, Isela Castillo, Henry Cisneros, Crystal Coronado, Shakara Crusby, Aldana Daisy, Selena Dayoub, James De La Torre, Isamar Deleon, Tamara Dilmore, Tierra Dilmore, Charlotte Dorminique, Joseph Espinoza, Christian Estrella, Devin Fletcher, Jasmyne Ganbrah, Melvin Garcia, Nathan Genda, Sondra Gist, Jasmine Gonzales, Lizzette Gonzales, Sarah Greear, Ashley Groves, Cassandra Guerra, Vamari Gulley, Lilianna Gutierrez, Milton Hasley, Jhonson Hernandez, Angela Herrera, Jordan Hines, Lillion Hornardez, Venessa House, Courtney Huft, Jazmine Hughes, Julio Iraheta, Jessica Jaimes, Stephen Joyner, Katie Kaiser, Brandon Keffer, Kerry Kelley, Juan Ledezma, Henry Lemus, Sandy Leon, Chanel Lewis, Jennica Lira, Yoyce Lopez, Mark Luafau, Andrana Macias, Manuel Marin, Roberto Mariscal, Hildaelisa Maya, Nick Mayo, Ivan Mejorada, Alex Mendoza, Jesus Mendoza, Luis

Mendoza, Edwin Miguel, Brianna Moody, Israel Morales, Luis Muniz, Felarence Nacnac, Rosa Diaz Ochoa, Olivia Ordaz, Tatianna Ordaz, Edgar Padilla, Starla Penn, Sandy Perez, Miguel Ramirez, Cortes Raymond, Mark Ramesy-Rambo, Adrian Ramos, Allyson Ramos, Fausto Rendom, Melissa Reyes, David Richards, Jesse Ronaldo, O’keem Ross, Jose Salgado, Deshon Scarbrough, Madie Schmidt, Charles Sharrer, Rose Shawelk, William Shibuya, Rudy Simmone, Carey Smith, Lashay Smith, Shamaiya Smith, Perla Solis, Dayshawn Stevens, Willy Sumner, Jordan Taylor, Christiaan Tillman, Chris Uribe, Andrew Viera, Adelyn Vinuya, Alyssa Viramontes, Lisa Weber, Dayvon Williams, Terence Williams, Andrew Willey, Breanna Young, Zaira Zambrano与我一起度过快乐的学习时光。

我的课程顾问老师Angela Berg是位非常好的老师，她花了极大的精力协调帮助我从PHS毕业。我要真诚感谢的老师还有Chris Andrews, Walter Beddoe, Angela Berg-Roberston, Giselle Bice, Carl Bledsoe, Linda Cason, Debbie Clayton, Jerry Concha, Dave Eiser, Angela Forbes, Bob Goldberg, Tom Grady, Sharon Halcomb, Stacy Hardcastle, Mike Heller, William Holmes, Dianne Hunt, Felicia Jonsson, Viki Kempenaar, Carlos Lopez, Frank Lynch, Nan Macon, Anthony Martinez, Sylvia Mendoza, Juli Milburn, Lori Pettyjohn, Steve Radford, Maryann Rodriguez, Connie Rosete, James Setzler, Judy Swaner, Paul Swaner, Darla Wagner, Paul Wagner, Reid Wagner, Jesse Weeks, Leanne Vawter, Robert Zima。无需再一个个介绍了，每个看我日记的人都知道老师们给予过我的极大支持和帮助。

我感谢我的第一个接待家庭J’linda, Demone, Matthew和 Christine一家，我永远忘不了他们对我的好。

我感谢帮助我寻找第二个接待家庭的Felicia Jonsson, Maryann Rodriguez, Connie Rosete, Sylvia Mendoza, Chris Andrews, Nan Macon,

Anthony Martinez 和Linda Cason等PHS的老师们。在他们的帮助下，我又找到了一个很好的接待家庭。Cason妈妈教会我很多生活经验和常识，她把一切都安排得尽善尽美，像爱妹妹Angela那样地爱我。感谢妈妈和妹妹Angela为我做的一切。

在底特律，我生母的好友Jerry Micham 和他慈爱的家人朋友与我一起度过了难忘的圣诞新年。在此真诚感谢他们。我还要感谢在Stockton给我带来很多乐趣的Babette, Tyler 和Dreanna 一家。

再次感谢我所热爱的棕榈谷高级中学，我在这所学校中度过了非常快乐的一年交流学习生活。感谢幽默睿智的校长Tom Grady先生和加州羚羊谷地区长官Anthony Martinez先生为我提供的一切帮助。

我用博客记录着我每天的生活，感谢所有博友们对我的关注。

最后，我要感谢我的亲生父母为我提供了美国之行的所有帮助，我还要感谢我的家人朋友们，正是有你们的支持，我才能取得今天的成绩。

有太多的人需要感谢了，请原谅我可能的疏漏。总之，我感谢在我生命中出现的每一个人，衷心祝愿大家心想事成，前程似锦。